Corrie Jackson
Fashion Victim

PIPER

Zu diesem Buch

Das junge Ausnahmetalent Sophie Kent hat alles, was man sich nur wünschen kann: eine steile Karriere als Investigativ-Journalistin, tolles Aussehen, Selbstdisziplin und Enthusiasmus. Mit ihrem feinen Gespür für Zeugen ist sie nicht nur ihren Kollegen vom *London Herald*, sondern auch der Polizei immer eine Nasenlänge voraus.
Als sie Zeugen eines brutalen Mordes interviewt, lernt sie Natalia kennen. Natalia ist Model bei der London Fashion Week – und aus Gründen, die Sophie zunächst nicht kennt, stark traumatisiert. Im Versuch, mehr über die Hintergründe von Natalias Angst zu erfahren, freundet sie sich mit dem Model an.
Dann erhält sie eines Nachts eine anonyme SMS: »Rose Hotel. Zimmer 538. Sie ist tot.« Sophie kann nicht widerstehen, sucht das Hotelzimmer auf – und entdeckt dort Natalias bestialisch zugerichtete Leiche. Ein gefährliches Katz-und-Maus-Spiel beginnt, hinter der die grausamste Story steht, die Sophie je aufgedeckt hat. Während um sie herum die Fashion Week tobt, muss die Journalistin um ihr Leben bangen …

Corrie Jackson arbeitete dreizehn Jahre lang als Journalistin, unter anderem bei *Harpers Baazar* und der *Daily Mail*, und war anschließend als Features Director bei der *Glamour*. Nach einem Aufenthalt in den USA lebt Corrie Jackson wieder in Surrey. *Fashion Victim* ist ihr erster Roman.

Corrie Jackson

FASHION VICTIM

Thriller

Aus dem Englischen von
Anna-Christin Kramer

PIPER

Mehr über unsere Autoren und Bücher:
www.piper.de

MIX
Papier aus verantwortungsvollen Quellen
FSC® C083411

Deutsche Erstausgabe
Juli 2017

Titel der englischen Originalausgabe:
»Breaking Dead«, Twenty7/Bonnier Publishing UK, London 2016

Umschlaggestaltung: semper smile, München
Umschlagabbildung: Gordan/shutterstock (Rahmen);
tugolukof/shutterstock (Frau); Gile68/shutterstock (Frame)
Satz: Satz für Satz, Wangen im Allgäu
Gesetzt aus Fournier
Druck und Bindung: CPI books GmbH, Leck
Printed in Germany ISBN 978-3-492-30971-4

Für James
T. C. B

Wie in dem Ohr des Mohren ein Rubin,
So hängt der Holden Schönheit an den Wangen
Der Nacht; zu hoch, zu himmlisch dem Verlangen.

– William Shakespeare, *Romeo und Julia*

Ihre Haut ist perfekt.

Rosa und straff. Die kalte Nachtluft überzieht sie mit einer Gänsehaut. Bei diesem Anblick durchfährt es mich heiß. In mir erwachen Verlangen, Begehren und Wut. Rasende Wut, die ich kaum ertragen kann.

Sie liegt mit ausgestreckten Armen und Beinen auf der Matratze, die Augen geschlossen; das dunkle Haar hängt ihr in nassen Strähnen in die Stirn. Ich ziehe an meiner Zigarette. Beobachte sie durch den Rauch. Sie dreht den Kopf von mir weg. Egal. Ich muss ihr Gesicht nicht sehen. Ich kenne es so gut wie mein eigenes. Kann mir die dunkle Wölbung über ihren Augenlidern vorstellen, den Erdbeermund.

In der Ferne schreit ein Fuchs. Ich neige den Kopf, drehe die Zigarette zwischen Daumen und Zeigefinger. Die Brise, die durch die Fenster des Schuppens hereinweht, zupft an meinem Haar wie ein Kleinkind mit klebrigen Händen. Ich drücke ihr die Zigarette in die Halsgrube.

Das heiße, rote Zischen verbrennender Haut.

Mein Körper summt.

Jemand bewegt sich neben mir, bricht den Zauber.

»Bereit?« Seine Stimme klingt barsch.

»Lass dir Zeit. Die geht heute nirgends mehr hin.« Mein Blick gleitet zu den Fesseln an ihren Handgelenken, dem Klebeband über ihrem Mund.

Schatten stehen an der Wand, schauen uns zu, warten darauf, dass sie an der Reihe sind. Das Ende ist nah, da bin ich mir sicher. Diese violetten, schmerzerfüllten Nächte sind nicht mehr genug. Sie ist nicht mehr genug. Ich sehe doch, wie schnell uns das Lächeln gefriert und die Blicke sich wieder trüben, sobald es vorbei ist.

Er geht an mir vorbei. Ein Hauch von altem Schweiß und Birnenbonbons streift mich. Ich höre, wie das Bonbon gegen seine Zähne klackt.

Er kniet sich neben sie. Schnallt seinen Gürtel auf. Ich kann nicht wegsehen. Sie dreht sich zu mir. Ein stilles Flehen in der Dunkelheit. Ihre Pupillen glänzen schwarz wie Lakritz.

Mein Daddy mochte Lakritz am liebsten. Wenn er mich angefasst hat, hat er mir hinterher immer eine Lakritzschnecke gegeben.

Ich starre auf die Wunde, die an ihrem Hals Blasen wirft.

Jetzt ist ihre Haut perfekt.

1
Februar 2014

Die dünne Frostschicht auf dem Rasen knirschte unter meinen Schritten, während ich am Absperrband entlangging und mir einen Überblick verschaffte. Ein Teil der Axt schimmerte im winterlich blauen Licht auf. Der Rest steckte im Schädel des Jungen. Auf dem buttergelben Griff stand der Name des Herstellers, ich konnte ihn aus der Entfernung nicht entziffern. Dann eben später, auf den Fotos. Solche Details bezog ich gerne in meine Artikel mit ein.

Die bitterkalte Luft schmerzte beim Einatmen. Eine unheimliche Stille lag über der Szenerie. Ich hatte gerade mit dem Fotografen in einer angrenzenden Straße die Zeugen eines Überfalls interviewt, als plötzlich Sirenen durch die Luft schrillten. Wir folgten dem Blaulicht und trafen nur Sekunden nach der Polizei im Milton Way ein. Die Spurensicherung hatte gerade erst ihre Arbeit aufgenommen – nicht, dass es Zweifel an der Todesursache gegeben hätte.

»Ach du Scheiße.« Ned Masons Stimme klang leise, wie aus weiter Ferne, obwohl er so dicht neben mir stand, dass ich noch den kalten Rauch seiner letzten Zigarette riechen konnte. »Ist das eine Axt?«

Er wartete meine Antwort nicht ab, sondern betätigte hektisch den Auslöser. Offenbar hatte er sich schon wieder gefangen und hielt die entscheidenden Details fest. Das hochgerutschte Hosenbein über der dünnen, dunklen Wade.

Den abgenutzten Turnschuh, den der Junge verloren hatte. Die Haarbüschel zwischen der klebrigen roten Schweinerei. Mein Blick kroch weiter, über den dunkelblauen Parka. Eine Erinnerung stieg in mir auf. Ich schüttelte sie ab und konzentrierte mich auf die ausgestreckten Arme des Jungen. Noch immer krallten sich die Finger in das mit Raureif überzogene Gras, an dem er sich hatte fortziehen wollen.

Ned sah sich um. »Die Kavallerie rückt an.«

Ein untersetzter Beamter stürzte mit einer Abdeckplane unter dem Arm auf uns zu.

»Können Sie mir etwas über den Jungen sagen?«

Er musterte mich aus kleinen Frettchenaugen. »Wer will das wissen?«

Ich streckte ihm meinen Presseausweis entgegen. »Sophie Kent, *London Herald*.«

»Na dann, Sophie Kent. Wenn Sie hier irgendwo ein Gesicht finden, anhand dessen wir ihn identifizieren können, sag ich dem Chief Bescheid.«

Ich zückte meinen Notizblock, obwohl mir seine Miene mehr als deutlich verriet, dass es Zeitverschwendung war. »Wer hat ihn gefunden? Wie lange liegt er schon hier?«

Der Beamte deckte die Leiche ab und zog die Plane zurecht, wobei er über der Axt kurz zögerte. Als er sich wieder aufrichtete, war er noch eine Spur bleicher.

»Tut mir leid, Schätzchen. Ich hab striktes Fraternisierungsverbot mit eurer Zunft. Schade eigentlich. Mit Ihnen würd ich gern mal fraternisieren.« Er grinste mich unverhohlen an, doch die Anspannung stand ihm ins Gesicht geschrieben. Ich ging nicht auf die Bemerkung ein. Kaum verwunderlich, dass der Druck zunahm. Mein Chefredakteur würde das hier einen VWM nennen. Einen Verdammt

Wichtigen Mord – und zwar mit Großbuchstaben und Ausrufezeichen. Der zwanzigste tote Teenager, seit der Commissioner vor neun Monaten öffentlich ein härteres Durchgreifen gegen Straßenkriminalität verkündet hatte. Diesen Jungen würde die Presse zum Symbol des Versagens der Londoner Polizei stilisieren. Kein Wunder, dass der Beamte nicht zum Plaudern aufgelegt war.

Er stapfte zurück zu den vor der Sozialsiedlung aufgereihten Polizeibussen und hinterließ dabei grüne Fußspuren im Frost.

Ned schielte angestrengt auf seine Kamera. »Ich hab was von der Leiche und was von der Axt drauf. Sonst noch was?«

Ich sah hinüber zum Parka des Jungen, zum runden goldenen Logo auf dem Ärmel. Vor meinen Augen tauchte der gleiche Parka auf – nur, dass er einen dürren weißen Körper mit silberblonden Haaren verhüllte –, und ich kniff die Augen fest zusammen.

Dann holte ich tief Luft und bemühte mich um einen ruhigen Tonfall. »Schieß ein paar Fotos von der Menge, den Trauernden. Ich will Nahaufnahmen von den Blumen und Botschaften, die hier niedergelegt werden. Alles, was mir seine Geschichte erzählt.« Der Junge mochte als Symbol für die schwindende Polizeipräsenz in der Hauptstadt enden, aber ich würde dafür sorgen, dass man ihn nicht auf eine Nummer in einer Statistik reduzierte.

Ned tat so, als würde er nicht merken, dass ich um Fassung rang. Er maß die Szene mit scharfen, grauen Augen. »So was sieht man auch nicht jeden Tag, hm?«

Ich räusperte mich, trat auf der Stelle, um meine Füße aufzuwärmen. Ein grüner Rucksack lag neben der Leiche, der Inhalt war auf dem Boden verteilt. Eine Plastikbrotdose neben einer ramponierten Ausgabe von *Romeo und Julia*. Der Umschlag eines Biologiebuchs flappte im Wind. »Er war noch jung. Auf dem Heimweg von der Schule, der arme Junge.« Meine Stimme brach.

Dieses Mal warf mir Ned einen besorgten Blick zu. »Alles okay?«

Ich betrachtete den Himmel, der in der Dämmerung immer dunkler wurde. »Mir geht's gut.«

Ned zögerte, dann hängte er sich die Kamera um den Hals. »Sobald ich fertig bin, komme ich wieder.«

Er bahnte sich einen Weg durch die Menge wie ein in die Jahre gekommener Boxer. Mit vierundsechzig war Ned deutlich älter als andere Fotojournalisten, aber was ihm an jugendlicher Finesse fehlte, machte er mit seiner Erfahrung wett. Ned mochte zwar mit einem Bein in »Gottes Abflughalle« stehen, wie er sich ausdrückte, aber ich zweifelte nicht im Geringsten daran, dass er das perfekte Bild liefern würde.

In der Ferne dröhnten die Rotoren eines Fernsehhubschraubers. Mit klopfendem Herzen beobachtete ich das um sich greifende Chaos. Hier und da klammerten sich ein paar Augenzeugen aneinander, verloren im zuckenden Blaulicht. Reporter und Filmteams eilten zwischen ihnen hin und her wie ein paar Eichhörnchen auf Speed. Wenn ich mich dazugesellte, stünde ich am Ende mit denselben O-Tönen da. Ich musste mir etwas anderes einfallen lassen.

Also sah ich mich in der Hochhaussiedlung um. Der Mord war hinter einer Reihe parkender Autos geschehen, auf dem Brachland vor einem der Häuser. Aus einer Wohnung auf der rechten Seite im dritten Stock hätte man die beste Sicht. Ich lief zum Haus und nahm immer zwei Stufen auf einmal, wich einem benutzten Kondom und einer leeren *Burger-King*-Box aus. Oben angekommen, rang ich nach Atem. Beißender Uringestank stieg mir in die Nase.

Ich klopfte an die erste Tür.

Eine ältere Dame öffnete. Sie war klein, etwa so groß wie ich, und rund wie ein Fass. Um ihren Hals hing eine Kette mit Christophorus-Anhänger.

»Hallo, ich arbeite für den *London Herald*. Können Sie mir etwas über den Vorfall da unten erzählen?«

»Ich hab nix gesehen«, meckerte sie. Sie schob sich die dicke Brille auf dem Nasenrücken nach oben, und ein tiefroter Abdruck kam zum Vorschein. »Aber ist doch klar. Drogen. Ich wohne seit über vierzig Jahren hier, früher war das mal 'ne anständige Gegend. Wissen Sie, wie viele Kinder hier in letzter Zeit umgebracht worden sind?«

Das wusste ich in der Tat. Schließlich hatte ich über die meisten berichtet.

Am Ende des Flurs sah ich eine große junge Frau, die gerade in ihrer Wohnung verschwand. »Warte!« Sie drehte sich um, und in ihrem Blick sah ich so heftige Angst, dass ich für einen Moment aus dem Konzept geriet. Ich musterte ihr Gesicht, das von den dunkelbraunen Haaren eingerahmt wurde, die zarten, elfenhaften Züge und vollen Lippen, die sie nervös hochzog, sodass ich ihre Zahnlücke sehen konnte. Sie starrte auf den Boden und hielt mit aller Kraft die Tränen zurück. Ihr Kinn verzog sich vor lauter Anstrengung. »Hey, ist alles in Ordnung?«

Das Mädchen wischte sich mit zitternder Hand über die Augen. Ein blauer Schmetterling zierte den unteren Teil ihres Mittelfingers. Sie wollte die Tür schließen, doch ich hielt sie auf.

»Bitte, ich will dir nur helfen.«

Das Mädchen sagte nichts. Aber sie ließ die Tür für mich offen. Ich folgte ihr in ein winziges, von Zigarettenrauch vernebeltes Wohnzimmer. An den feuchten Wänden wölbte sich die gelbe Farbe wie Akne. Hier drinnen war es kaum wärmer als im Freien. Ich zog den Mantel enger um mich und wartete darauf, dass sie etwas sagte, aber sie ließ sich nur auf das graue Sofa fallen, schlug ein langes, dünnes Bein über das andere und steckte sich eine schon halb heruntergebrannte Zigarette an. Der Rauch stieg an die Decke.

»Kanntest du das Opfer?«

Sie starrte mich mit leerem Blick an. Im Bücherregal sah ich ein russisches Wörterbuch.

»Kommst du aus Russland?« Ich setzte mich neben sie. Etwas zuckte durch ihren veilchenblauen Blick. »Wie heißt du?«

Sie zog lange an der Zigarette und blies den Rauch in einem weißen Strom aus. »Natalia.«

Ihre Stimme klang tiefer, als ich erwartet hatte. Trotz der Kälte trug sie nur ein T-Shirt und einen kurzen, geblümten Rock.

»Wie alt bist du?«

Sie zögerte kurz. »Achtzehn.«

»Wie lange bist du schon in London?«

Natalia drückte die Kippe in einem überquellenden Aschenbecher aus. »Drei Monate.«

Sie ging nicht weiter darauf ein, und ich drängte sie nicht. Halb unter dem Sofa lag eine schwarze Mappe mit goldener Prägung: *Models International*. Das erklärte die feinen Gesichtszüge und die schlanke Gestalt.

»Wohnst du allein hier?«

Natalia steckte sich mit zitternden Händen eine neue Zigarette an. »Mit Eva. Sie ist bei einem Casting.«

Mein Abgabetermin saß mir im Nacken, und unruhig ging ich zum Fenster hinüber. Die Tüllgardine fühlte sich zwischen meinen Fingern feucht an.

Die Spurensicherung baute gerade ein weißes Zelt über der Leiche auf. Der blaue Parka. Ich schüttelte den Kopf. »Weinst du deswegen? Hast du irgendwas gesehen?«

Natalia rappelte sich hoch und trat neben mich ans Fenster. Wässriges Tageslicht sickerte durch die schmutzige Scheibe, und ich sah mir ihr Gesicht genauer an. Haut wie Perlmutt, auf der Wange ein hässlicher blauer Fleck. Sie schaute aus dem Fenster und schlug sich die Hand vor den Mund. Ein Armband aus blauen Flecken leuchtete an ihrem Handgelenk. Sie schüttelte so heftig den Kopf, dass sich ihr Haar aus dem Dutt löste und ihr auf die Schultern fiel, sie verlor das Gleichgewicht. Ich manövrierte sie zurück zur Couch.

»Natalia, willst du mir nicht sagen, was mit deinem Gesicht passiert ist?«

Sie versank in ihrem Sofa und zog sich den Rock straff über die bleichen Oberschenkel. Das runde braune Muttermal, das einem alten Penny ähnelte, war jedoch immer noch sichtbar.

»War ein Unfall. Bin ausgerutscht.« Sie sah mich tieftraurig an. »Bitte, gehen Sie.«

»Ich gehe erst, wenn du mich dir helfen lässt.«

Natalia biss sich auf die Unterlippe. »Ich kann hier nicht reden. Lieber woanders.«

»Wo?«

Sie zuckte mit den Schultern, ihr Blick war voller Angst.

Ich schnappte mir ihr Handy und wählte meine Nummer. In meiner Handtasche klingelte es. »Ich schicke dir nachher die Adresse von einem Pub hier in der Nähe. Können wir uns heute Abend dort treffen?« Natalia schüttelte den Kopf. »Morgen?« Sie nickte fast unmerklich.

Vor der Wohnung lehnte ich mich an die kalte Betonwand. Ich durfte jetzt nicht stehen bleiben. Ich wusste genau, was dann passieren würde.

An der dritten Tür erfuhr ich, dass das Opfer der vierzehnjährige Jason Danby war, ein Musterschüler und leidenschaftlicher *FC-Millwall*-Fan, der bei seiner Tante Mary im Wohnblock gegenüber gelebt hatte. Sein älterer Bruder Jermaine war Mitglied in einer berüchtigten Gang namens The Red-Skilled Boys und hing oft in der Siedlung herum. Sein Markenzeichen: ein dunkelblauer Parka. Ein ältlicher Herr mit grau meliertem Haar erzählte mir, er habe einen Schrei gehört, aus dem Fenster geschaut und das Blut aus dem Schädel des Jungen fließen sehen. Er habe gedacht, es sei Jermaine, bis er den Rucksack erkannt habe. Er nahm meine Karte und schloss kopfschüttelnd die Tür.

Unten auf dem Rasen näherte sich ein Pathologe dem Zelt. *Mach weiter.* Ich schloss die Augen und rief mir die Szene ins Gedächtnis. Blutverschmiertes Gesicht, blütenweiße Socken. Erfrorene Fingerspitzen, klebrige Axt. *Mach weiter.*

Wie von selbst bewegte sich meine Hand zu dem kleinen silbernen T, das an einer Kette um meinem Hals hing. Ich spürte die vertraute Form, drückte mir die Enden in die Fingerspitzen. Plötzlich überkam mich das Grauen, schwer wie nasse Erde. Ich wappnete mich für den Zusammenbruch. Mein Herz hämmerte wie wild. Mein Atem ging hektisch. Eine kalte, eiserne Faust schloss sich um mein Herz. Ich grub mir die Fingernägel in die Handflächen und hoffte, es werde vorübergehen. Die Übelkeit wich einem dumpfen Schmerz. Ich heulte auf, und trat mit aller Kraft gegen die Wand.

Dann stolperte ich weiter, hämmerte an die nächste Tür. Die billige Sperrholzplatte vibrierte unter meinen Knöcheln. Die Tür wurde einen Spaltbreit geöffnet, und ein drahtiger Junge mit Afro und blauer Kapuzenjacke spähte hindurch.

»Ja?«

»Sophie Kent, ich arbeite für den *London* …«

Er schlug mir die Tür vor der Nase zu. Ich klopfte erneut.

»Verpiss dich«, klang es gedämpft und wütend von der anderen Seite.

Ich warf mich gegen die Tür. »Ich will wissen, was du gesehen hast! Hör auf, dich zu verstecken, du Idiot. Ich will helfen!«

»Sophie?« Ned fasste mich bei der Schulter. »Was machst du da?«

Ich schüttelte ihn ab und taumelte gegen die Betonwand. »Ich hab den Namen rausgefunden. Jason Danby.« Tränen verschleierten mir den Blick. »Er war erst vierzehn, Ned. Vierzehn. Seine Tante wohnt in Block C. Ich muss mit ihr reden.«

»Um die Tante kümmern sich bestimmt schon jede Menge anderer Leute. Außerdem solltest du lieber keine Angehörigen befragen. Nicht in deinem Zustand.«

»Was soll das denn bitte heißen?«

Ned fummelte an seinem Kameragurt herum. »Ich meine bloß, du bist heute erst zurückgekommen, und dieser Tatort ist …«

»Ned, da drüben liegt ein Teenager mit einer Axt im

Hirn. Können wir dieses Gespräch vielleicht auf später verschieben?«

Er zuckte mit den Schultern und setzte zu einer Antwort an, doch ich wandte mich ruckartig ab und stürmte die Treppe hinunter, hin zu Block C. Zu Mary Danby. Zur Story.

Die eisige Luft brannte mir in der Lunge.

Mach weiter, verdammt noch mal.

2
Eine Woche später

»Verdammt noch mal, Sophie, was hast du dir dabei gedacht?« Philip Rowley streckte das schmale Gesicht aus den Papierbergen auf seinem Schreibtisch hervor wie ein Maulwurf, der nach frischer Luft schnappt.

»Sie hat dir doch gar nicht die ganze Geschichte erzählt. Ich habe bei ihr geklingelt, und sie wollte nicht mit mir reden …«

»Also hast du sie angeschrien?«

»Ich habe nicht geschrien.« Mary Danbys müde Stimme hallte in meinem Kopf nach. »Hätte sie mich ausreden lassen, hätte sie mit mir gesprochen, da bin ich mir sicher.«

Rowley sah mich mit versteinerter Miene an. »Erzähl doch keinen Scheiß, Sophie. Das ist nicht nur eine völlig ineffiziente Vorgehensweise, um jemanden zum Reden zu bringen, es ist auch noch Belästigung. Ich habe dir schon vor einer Woche gesagt, du sollst die Frau in Ruhe lassen. Und jetzt muss ich erfahren, dass du zurückgegangen bist und sie wieder befragt hast.« Rowleys schrille Stimme hatte ihm den Spitznamen »der Heuler« beschert, aber ich hütete mich, seine Autorität infrage zu stellen. Vom ersten Moment an war mir klar gewesen, dass ich mich vor ihm ganz besonders würde beweisen müssen. Rowley, ein knallharter Mann aus Yorkshire, verachtete den Geldadel genauso sehr wie das Privatschulwesen, und ich war mit beidem aufgewachsen.

Mit Sicherheit störte er sich an meinem geschliffenen Akzent, aber einen gewissen Respekt schien er trotzdem vor mir zu haben. Ich hatte ihm mehr als genug Exklusivstorys geliefert, und außerdem wusste ich mit ihm umzugehen: Fass dich kurz, und sag niemals Nein.

»Hör mal, Mary Danby hat sich der Presse gegenüber mehrfach ausführlich geäußert. Sie hat die Polizei öffentlich beschuldigt, die Ermittlungen im Fall ihres Neffen zurückzufahren. Ich wollte nur ein Zitat von ihr.«

Rowley lehnte sich in seinem quietschenden Ledersessel zurück. »Und, hast du was bekommen außer ›Verpissen Sie sich, verdammt noch mal‹?«

Ich seufzte. »Na gut. Vielleicht hab ich's ein bisschen übertrieben.«

»Ein bisschen?« Rowleys Glatze verfärbte sich dunkelrot. Er setzte die Hornbrille auf und griff nach einem Blatt Papier auf seinem Schreibtisch. »Hier steht, du hast ihr damit gedroht, die Tür einzutreten.«

Ich schnaubte. »Die Tür eintreten? Hast du mich schon mal angesehen?« Ich hätte noch mehr sagen können, überlegte es mir aber in Anbetracht seiner Gesichtsfarbe anders und starrte stattdessen aus dem Fenster. Draußen über dem Hyde Park türmten sich dicke Wolken am Himmel auf und verhießen weitere Regenfälle. Von Rowleys Eckbüro aus sah man einen Teil des Kensington Palace, was ihm mit seiner sozialistischen Ader bestimmt gewaltig gegen den Strich ging.

»Einer der Gründe, warum ich dich eingestellt habe, war dein besonderes Talent, Leute dazu zu bringen, sich zu öffnen. Du bist erst seit Kurzem wieder zurück, und das ist schon die zweite Beschwerde über dein Verhalten.« Rowleys

Heulen wurde etwas sanfter. »Hier geht es nicht um Mary Danby, oder?«

Ich hatte keine Lust auf seinen mitleidigen Blick und konzentrierte mich demonstrativ auf die gerahmten Fotos hinter ihm. Rowley mit David Cameron an der Downing Street Nummer 10, mit Angela Merkel bei einem NATO-Gipfel, auf dem roten Teppich hinter George Clooney. Er mochte noch so sehr auf Mann-aus-dem-Volk machen, er hatte eine Schwäche für die Reichen und Schönen.

»Ich muss los. Ich habe in einer Dreiviertelstunde einen Interviewtermin in Brixton.«

Rowley seufzte. »Sophie, erinnerst du dich noch daran, was ich an deinem ersten Arbeitstag zu dir gesagt habe?«

Ich nickte. »Kenne immer deine Schlagzeile.«

»Ganz genau. Die Schlagzeile ist die Wahrheit. Und die Wahrheit verkauft den Artikel, egal, ob du fünfzig Wörter schreibst oder fünftausend. Wenn du die Essenz der Geschichte nicht in einer Zeile zusammenfassen kannst, dann vergiss es.« Ein Schatten huschte über sein Gesicht. »Das gilt nicht nur für den Journalismus, sondern auch fürs Leben. Und wenn ich dich so anschaue, sehe ich keine Schlagzeile mehr.«

»Philip ...«

»Lass mich ausreden. Mir ist klar, dass du eine Menge durchgemacht hast, aber wir sind hier kein Wohltätigkeitsverein. Wir stecken tief in den roten Zahlen.« Er setzte die Brille ab. Plötzlich wirkte er mitgenommen. »Und nicht nur wir: der *Mail*, der *Times* und dem *Telegraph* geht es genauso. Man hat uns an die Wand gestellt und abgedrückt. Jetzt geht es nur noch darum, wer von uns als Letzter ausblutet. Die Etats sind gekürzt, wir erreichen kaum noch Leser, und außerdem sollen wir uns über Nacht in digitale Zauberer verwandeln. Unsere Klickzahlen beschäftigen mich mittlerweile mehr als die Titelseite. Aber das ist die Herausforderung: weniger ausgeben und gleichzeitig mehr Inhalte generieren. Wir steuern auf eine ungewisse Zukunft zu, und trotzdem verdienen die verbliebenen Leser Journalismus auf höchstem Niveau. Wo ist dein Niveau, Sophie? Wo ist deine Schlagzeile?«

Er beugte sich vor, der Blick hart wie lackiertes Holz. »Die Sophie Kent, die ich kenne, würde niemals eine Informantin bedrohen. Sie wüsste außerdem, dass nur hirnverbrannte Trottel verkatert zur Arbeit kommen. Du hast Talent, Sophie. Mehr als die meisten hier. Aber du bist vom Weg abgekommen. Du bist ein langatmiger, aufgeblähter Text, der zusammenhanglos von einem Satz zum nächsten stolpert und dem die Struktur fehlt, die Essenz.«

Ich konzentrierte mich auf meine Hände, da ich meiner Stimme nicht traute. Die Trauer drohte mich zu überwältigen. An manchen Tagen konnte ich sie regelrecht schmecken und spülte sie mit Hochprozentigem wieder runter. An anderen Tagen rann sie mir wie ein Narkosemittel durch die Adern und betäubte mich von innen. Aber das konnte ich vor Rowley nicht zugeben. Die Zeitungsbranche war im Krieg, und er musste sich auf seine Soldaten verlassen können.

»Tut mir leid, dass ich dich enttäuscht habe. Mach dir keine Sorgen um mich. Mir geht's gut.« Ich versuchte, mir nichts anmerken zu lassen, doch ich hörte selbst, wie hohl meine Worte klangen.

Rowley verschränkte die Arme vor der Brust. »Weißt du was? Du hättest dir eine Auszeit nehmen sollen, nachdem es passiert ist. Dann hätte ich dich nicht zwingen müssen, nachträglich Sonderurlaub zu nehmen.« Er seufzte. »Ich glaube nicht, dass eine Woche lange genug war.«

Die Erinnerung an einen sich scheinbar unendlich ausdehnenden scharfkantigen Moment durchfuhr mich. »Glaub mir, hier bin ich besser dran.«

»Nicht, wenn es auf Kosten der Zeitung geht. Ein Haufen nörgelnder Wutbürger hat mir gerade noch gefehlt. Du kannst froh sein, dass Mary Danby auf eine Anzeige verzichtet.«

Ich lehnte mich nach vorne. »Sie wusste doch eigentlich nur, dass ich für den *London Herald* arbeite. Woher kennt sie meinen Namen?«

Rowley schob die Papiere auf seinem Schreibtisch mit seinen kleinen, gepflegten Händen zurecht. »Keine Ahnung. Sie hat mit Mack gesprochen. Der hat ihr den Stachel dann gezogen.« Ich schnaubte verächtlich, woraufhin Rowley mir einen strengen Blick zuwarf. »Er sorgt sich um dich. Er meint, die Beschäftigung mit Mord und Totschlag stehe deinem Genesungsprozess im Weg und ich solle dir lieber etwas weniger Anspruchsvolles übertragen. Lifestyle, oder Mode.«

Bei meinem Gesichtsausdruck zuckten Rowleys Mundwinkel. »Wenn sich nichts ändert, lässt du mir keine andere Wahl.«

Ich war in Gedanken immer noch bei Mack. Was für ein Arschloch.

»Wie dem auch sei.« Rowley klang gereizt. »Darum geht's jetzt nicht. Du schickst Mary Danby eine handschriftliche Entschuldigung. Nicht auf *London-Herald*-Papier, falls sie damit irgendwo hausieren geht.« Rowley wandte sich wieder seinem Bildschirm zu und erklärte unser Gespräch damit für beendet.

Ich war schon fast zur Tür hinaus, als er noch etwas hinterherschob. »Du musst dich nicht aufopfern, Sophie. Falls du mehr Zeit brauchst, sag mir Bescheid. Drei Monate sind nicht besonders lange, wenn man einen nahen Verwandten verloren hat.«

Im Flur vor Rowleys Büro summten grelle Neonröhren vor sich hin. Erschöpft lehnte ich mich an die Wand. Aus der Nachrichtenredaktion drang eine Kakofonie aus klingelnden Telefonen und klappernden Tastaturen. Links von mir prangte in übergroßen Metallbuchstaben der Schriftzug THE LONDON HERALD. Rechts von mir flackerten die Nachrichten über eine Wand aus Fernsehern. Festungen, gebaut aus Bildschirmen, zwei oder drei pro Person, standen auf unordentlichen Schreibtischen. Überall Papierstapel; selbst im digitalen Zeitalter arbeiteten Journalisten lieber mit handfesten Informationen. Ich manövrierte durch das Großraumbüro, den Blick starr auf den Teppich gerichtet, und ließ mich schließlich auf meinen Schreibtischstuhl fallen.

Mein Handy vermeldete piepsend den Eingang einer SMS.

Lust auf ein Feierabendbier und reden?

Ich starrte auf die Nachricht und ging im Kopf mögliche Antworten durch, aber wem machte ich hier etwas vor?

Okay. Such was aus, wo uns keiner kennt.

Er schickte mir den Namen einer Bar in Soho, von der ich noch nie etwas gehört hatte. Ich knallte das Handy auf den Schreibtisch und schnappte mir meinen Mantel. Rowley und Mary Danby mussten warten.

Ich wurde erst noch woanders gebraucht.

3

Sie saß am gleichen Tisch wie immer, gekrümmt wie ein Fragezeichen.

Ich durchquerte den düsteren Pub und legte meine Tasche auf dem Stuhl ihr gegenüber ab. »Entschuldige die Verspätung.«

Natalia Kotow stierte ins Leere. Als ich ihr die Hand auf die Schulter legte, zuckte sie derart zusammen, dass sie ihr Getränk verschüttete.

»Ah, du bist's.« Das Morgenlicht wurde von den dreckigen grünen Fensterscheiben gefiltert und verlieh ihrer Haut einen kränklichen Ton. Die blauen Flecken in ihrem Gesicht und an ihren Handgelenken waren verschwunden, aber die unsichtbaren Spuren, die sie hinterlassen hatten, entgingen mir nicht. Sie schob ein Glas über den klebrigen Tisch. »Ich hab Orangensaft bestellt. Okay?«

Bis auf zwei Männer in Maleranzügen an der Theke war der Pub leer. Sie saßen vor einem tragbaren Radio, aus dem der Kommentar zu einem Pferderennen plärrte. In den farbbespritzten Händen hielt jeder von ihnen ein Glas Bier, obwohl es erst elf Uhr morgens war.

Ich lehnte mich an das Polster, das nach altem Zigarettenrauch und Schweiß stank. »Und, bereit für die Fashion Week?«

»Meine erste Show ist Samstag. Bennett Turner. Morgen

ist Anprobe.« Sie sagte es fast beiläufig, aber am hellen Klang ihrer Stimme erkannte ich, dass sie sich darauf freute.

»Wie schön. Vor ein paar Tagen hatte dich noch niemand gebucht.«

»Ändert sich schnell.« Natalia spielte am Kragen ihres schwarzen Pullovers herum und wippte nervös mit dem Bein. Mittlerweile war ich mit ihrer unruhigen Art vertraut – sie schien ständig auf der Flucht. Aber heute traten ihre Tics deutlicher zutage als sonst.

»Hast du diese Woche mit deiner Mutter telefoniert?«

Natalia trank einen großen Schluck aus ihrem Glas. »Mamma macht sich Sorgen. Piotr ist krank. Hat eine Entzündung hier.« Sie deutete auf ihre Brust.

Ein sanftes Klopfen setzte ein. Regen schlug gegen die Scheibe.

»Natalia, wegen unserem letzten Treffen … du bist abgehauen, bevor wir uns wirklich unterhalten konnten.«

Sie griff nach der Zuckerdose aus Porzellan, leerte sie und reihte die Zuckertütchen, nach Farben sortiert, nebeneinander auf, wobei sie peinlich genau darauf achtete, dass die Kanten einander nicht berührten. Ich beobachtete sie einen Augenblick lang und dachte an unser erstes Treffen zurück, einen Tag nachdem Jason Danby ermordet worden war.

Natalia wirkte damals so fragil wie ein Gespinst aus Zucker. Sie wich mir aus, arrangierte die Zahnstocher in langen, geraden Linien. Als ich sie damals danach fragte, erwiderte sie nur: »Ich mag es ordentlich.« Sie erzählte mir, wie sie zu Hause in Russland das Bettlaken immer tadellos über die Matratze gespannt hatte, die sie mit ihrem Bruder teilte. Ihre Mutter hatte sie ihr kleines Geisterkind genannt.

»Wenn du ein Zimmer verlässt, *milaya moya*«, hatte sie gescherzt, »ist es, als wäre nie jemand darin gewesen.«

Seit unserer ersten Begegnung hatten wir uns jeden Tag im *The Goat in Boots* auf der Brixton High Road getroffen. Ich hatte das Gefühl, unsere Treffen könnten zu einer Enthüllung führen, einem Geständnis, einer Art Beichte. Natalia war selbstsicher und wirkte für ihr Alter sehr reif, aber sie hatte auch eine verletzliche Seite, so, als müsste das Kind in ihr erst noch erwachsen werden. Sie öffnete sich langsam, erlaubte sich mehr und mehr, mir ihre Gefühle zu zeigen. Sie erzählte von ihrer Vergangenheit. Von ihren vier kleinen Brüdern in Iwanowo (»da werden keine Träume wahr«) und ihrer Mutter, die drei Jobs gleichzeitig hatte, um Essen auf den Tisch zu bringen. Wenn sie Heimweh verspürte, was nicht selten vorkam, wickelte sie sich in die grüne Wolldecke ihrer Mutter und atmete den schwindenden Duft von Tannen und Kiefern ein. Mit ein bisschen Konzentration, so behauptete sie steif und fest, hörte sie dabei die beruhigende Stimme ihrer Mutter, die mit jedem Winter schwächer wurde.

Natalia waren diese schweren Jahre anzusehen, dennoch lachte sie oft. Sie sprach in höchsten Tönen von ihrer Agentin Cat Ramsey, die für sie eine Art Ersatzmutter war, genauso wie von ihrer Mitbewohnerin und Model-Kollegin Eva Kaminski. Ab und zu fragte ich sie nach den blauen Flecken, dann wich sie mir jedoch konsequent aus.

»Wir müssen uns darüber unterhalten, was du mir letztes Mal erzählt hast.«

»Wieso?« Gerötete Haut schimmerte unter dem verblassten Concealer hindurch. Sie reckte trotzig das Kinn.

Ein Mann schlurfte an uns vorbei und hinterließ einen

beißenden Bleichmittelgeruch. »Weil wir etwas dagegen unternehmen können«, sagte ich leise.

Natalia trank aus. »Ich nehme noch einen. Willst du auch?«

Ich stand auf. »Die nächste Runde geht auf …«

»Nein!« Sie sprang auf. »Ich zahle.«

Ich schaute ihr verwirrt hinterher, wie sie am defekten Spielautomaten vorbei zur Bar ging. Ihre Beine steckten streichholzdünn in der engen Jeans. Ich seufzte und schlug meinen Notizblock auf. Mitten auf der Seite von gestern stand in blauer Schrift ein einziges, unterstrichenes Wort: *Vergewaltigt*.

Natalia kam mit einem Glas in der Hand und einer Tüte Chips zurück. Sie riss das Tütchen auf, und saurer Zwiebelduft stieg mir in die Nase. Fragend hielt sie mir die Chips hin. Ich schüttelte den Kopf.

»Das war ein großer Schritt, dass du mir dein Geheimnis anvertraut hast.« Natalia kaute geräuschvoll auf ein paar Chips herum und vermied es, mich anzusehen. »Weißt du, wer dir das angetan hat?«

Sie schnappte sich das Glas und leerte es zur Hälfte. Dann warf sie einen Blick auf ihre Armbanduhr. »Blödes Teil. Ist kaputt. Weißt du, wie spät ist?«

Ich seufzte. Natalia war wie ein Stern am mondhellen Himmel. Um sie genauer zu sehen, musste ich den Blickwinkel ändern, und darin war ich in letzter Zeit nicht besonders gut.

Ich schaute auf meine Uhr. »Halb zwölf. Wieso?« Natalia wischte den feuchten Glasabdruck auf der Tischplatte weg. »Ist alles in Ordnung? Du wirkst irgendwie durcheinander.«

»Sophie, ich kann nicht mehr sagen.«

Ich klappte den Notizblock zu. »Ich kann schon nicht mehr zählen, über wie viele Vergewaltigungsprozesse ich für den *London Herald* berichtet habe. Weißt du, was die meisten Vergewaltiger gemeinsam haben?« Natalia knüllte die leere Chipstüte zusammen, ihre Knöchel traten weiß hervor. »Sie sind Wiederholungstäter.« Natalia schien nicht ganz zu verstehen. »Das heißt, dass sie mehrere Frauen vergewaltigt haben, und keiner hat sie daran gehindert. Ich will dich wirklich nicht unter Druck setzen. Du schuldest niemandem irgendwas. Du darfst so lange schweigen, wie du willst.« Ich lehnte mich über den Tisch und legte meine Hände auf ihre. »Aber du hast die Wahl. Du kannst diesen Mann anzeigen. Und wenn du so weit bist, werde ich für dich da sein.«

Natalia zog die Hände weg und rieb sich mit dem Daumen über den Mittelfinger, wobei sich das Schmetterlingstattoo verzerrte. Ihre Fingernägel waren bis aufs Blut heruntergekaut. »Dann ist es vorbei mit meiner Karriere.«

»Weil er in der Modebranche arbeitet?«

Sie nahm noch einen großen Schluck und sah mich müde an. »Wieso muss *ich* es sagen? Wieso nicht …« Sie brach ab und kaute am Daumennagel.

»Letzte Woche, die blauen Flecken – war er das?« Natalia stapelte die Zuckertütchen zu einem wackeligen Turm. »Wurdest du vergewaltigt?« Natalia schnippte gegen die Ecke eines Tütchens, und der Turm geriet ins Wanken.

Ich stützte die Ellenbogen auf den Tisch und sah ihr direkt in die Augen. »Weißt du was, Natalia? Ich glaube, dass wir uns heute treffen, weil er sich mit dem falschen Mädchen angelegt hat. Du willst nicht, dass er damit durchkommt und anderen Frauen vielleicht das Gleiche antut.« Ich drückte ihre Hand. »Du hast dich mit mir getroffen, das Schwierigste liegt jetzt hinter dir. Sein Name brennt dir doch auf der Zunge. Du musst ihn einfach nur aussprechen.«

Natalia saß wie erstarrt da. Als sie schließlich antwortete, klang ihre Stimme so dünn wie nie. »Nach London kommt Mailand, dann Paris. Es muss geheim bleiben.«

»Versprochen. Sag mir den Namen, und wir warten, bis die Shows vorbei sind, bevor wir irgendwas unternehmen.«

Natalia leerte das Glas und wickelte sich einen roten Schal um den Hals. Sie griff nach ihren Zigaretten und lächelte mich entschuldigend an. »Ich brauche eine Minute.«

»Soll ich dir Gesellschaft leisten?«

Natalia schüttelte den Kopf. »Du rauchst nicht. Ich komme wieder. Dann reden wir.«

Ein kalter Windstoß fuhr durch den Pub, als Natalia die Tür öffnete. Ich lehnte den Kopf zurück, schloss die Augen und lauschte auf die Geräusche in meiner Umgebung. Glas auf Holz, das Klirren leerer Flaschen, der feuchte Husten des Barkeepers. Meine Gedanken wanderten zu Rowley und seinem enttäuschten Blick. Er hatte recht. Ich war vom Weg abgekommen. Hatte das Ziel aus den Augen verloren. Ich klammerte mich nur noch an einen seidenen Faden. Und Rowley hatte mich durchschaut.

Da wurde die Tür aufgerissen, und Natalia stürzte sichtlich erschrocken herein.

»Hey, was ist …«

»Ich muss gehen.«

Ich schaute an ihr vorbei Richtung Tür. »Ist was passiert?« Natalias Tasche verfing sich unter dem Tisch, und sie riss panisch an dem Gurt, wobei sie das Gleichgewicht verlor.

»Warte!« Enttäuschung stieg in mir auf, und ich packte sie fester am Arm als beabsichtigt. »Denk doch mal nach, Natalia. Wenn du wegläufst, hat er gewonnen. Willst du das wirklich?«

»Du glaubst, dass ich das will?«, zischte sie wütend. »Ich habe gar keine Wahl!«

»Ich kann dir helfen.«

»Niemand kann mir helfen.«

Natalia durchquerte den Pub mit drei großen Schritten und war verschwunden.

Ich stand auf, sank dann aber auf meinen Stuhl zurück. Was hätte es für einen Sinn? Je mehr ich sie jagte, desto weiter würde sie sich von mir entfernen.

»Deine Freundin hat wohl die Schnauze voll, hm?« Die barsche Stimme des Barkeepers riss mich aus meinen Gedanken. »Schade. Hatten uns gerade an eure Damenkränzchen gewöhnt.«

Ich blieb im Eingang der Bar stehen, kämpfte mit dem Klettverschluss meines Regenschirms und blinzelte in die Dunkelheit. Wo zum Teufel war er? Buntglaslampen auf den Tischen verströmten ein mutterleibartiges Licht. Es roch nach süßen Cocktails, der Boden klebte unter meinen Füßen. Aus den Lautsprechern hämmerten die Bässe im Rhythmus meiner pulsierenden Kopfschmerzen.

»Kann ich Ihnen weiterhelfen?« Die Kellnerin trug eine Hornbrille und einen gelangweilten Gesichtsausdruck zur Schau.

»Ich bin verabredet.« Ich wollte seinen Namen nicht laut aussprechen und drängte mich an einer Gruppe bärtiger Hipster vorbei, die Cocktails aus Einmachgläsern tranken.

Er saß, gegen das leberfarbene Vinyl gelehnt, an einem Ecktisch. Bourbon, BlackBerry, dunkelblauer Anzug (»aus Mailand, maßgeschneidert«).

Ich zwängte mich auf die Sitzbank ihm gegenüber. Er entspannte sich. »Hast du ja super ausgesucht, Mack.«

»Hör bloß auf, Kent. Du wolltest doch nicht gesehen werden.«

Zwei Schnapsgläser standen auf dem Tisch. Mack schob mir eins davon zu, und ich leerte es, ohne mit der Wimper zu zucken. Er fuhr mit einem langen, knochigen Finger am Rand seines Glases entlang und beobachtete mich. Wahrscheinlich hielt er das für verführerisch. Alles an Mack Winterson wirkte aufgesetzt.

Sein BlackBerry vibrierte. »Ich muss kurz antworten.«

Aus dem Augenwinkel bemerkte ich ein Mädchen mit einer Strickmütze und Hotpants, das breitbeinig auf dem Schoß eines Typen mit fettigen blonden Haaren saß. Er flüsterte ihr etwas ins Ohr, und sie nickte. Dann kletterte sie von seinem Schoß und zog ihn in eine dunkle Ecke.

Mack tippte auf dem BlackBerry herum, sein Ehering glänzte golden. Ich stürzte auch den zweiten Shot herunter und nahm das Brennen dankbar in Kauf.

»Langsam, ich will dich hier nicht raustragen müssen.«

Ich sagte nichts dazu. Schon mein ganzes Leben lang wurde ich unterschätzt, es war mir völlig egal. Es hatte auch seine Vorteile.

»Du hast es dir mit Rowley verschissen, na und? War bestimmt nicht das letzte Mal.«

Sollte das eine Drohung sein? Ich konnte nicht klar denken, die Ränder meiner Wahrnehmung waren verschmiert wie der Lippenstift einer Betrunkenen.

»Ich weiß nicht, was mit mir los ist«, erwiderte ich leise, wünschte mir aber gleichzeitig, er könnte es hören. Ich schob das leere Glas von mir weg. »Ich brauche noch einen. Das Zeug wirkt nicht.«

Mack gab der Kellnerin ein Zeichen. »Mach dir nichts draus, Kent. Früher oder später nimmt er jeden in die Mangel. Heute warst du eben dran.«

Die Verlogenheit sickerte ihm aus allen Poren. Ich wollte ihn daran erinnern, dass Rowley überhaupt erst durch ihn von Mary Danby erfahren hatte, aber das wusste er natürlich selbst. Er tat zwar so, als stünde er hinter mir, aber wir wussten beide, was wirklich Sache war. Er hatte mir nie verziehen, dass ich ihn einmal vor Rowley in den Schatten gestellt hatte. Ich war damals noch nicht lange beim *London Herald* gewesen. Ein Mann namens Steven Wright, besser bekannt als der Suffolk-Würger, hatte sich auf brutalste Weise an Prostituierten vergangen. Mack wurde auf die Story angesetzt, kam aber mit leeren Händen zurück. Also schickte Rowley mich. Ich ergatterte ein Exklusivinterview mit einem der Opfer, und mein Artikel schaffte es auf die Titelseite. Man überreichte mir die Druckplatte – ein Erinnerungsstück für jeden Journalisten, der beim *London Herald* seine erste Titelstory veröffentlichte. Ich hatte den mürrischen Ausdruck auf Macks Gesicht nicht vergessen.

Seither stand unser Arbeitsverhältnis auf wackeligen Beinen. Doch vor kurzem hatte sich etwas verändert.

Ich murmelte etwas von wegen Toilette, zwängte mich aus der Bank und tastete mich durch ein Labyrinth dunkler Flure. Zum Glück war die Toilette frei. Ich wischte eine dünne weiße Koksschicht vom Klodeckel, setzte mich und stützte den Kopf in die Hände.

Was trieb ich hier eigentlich?

Als Chef der Nachrichtenredaktion stand Mack unter immensem Druck, die Verkaufszahlen zu erhöhen. Er beherrschte die Konzernspielregeln perfekt und machte der Chefetage weis, er sei der richtige Mann für den Job. Aber er hatte einfach keinen Riecher für heiße Storys. Er ackerte sechzehn Stunden am Tag, und am Ende kam kaum etwas dabei heraus. Der Stress nagte an ihm. Er fühlte sich in die Enge getrieben und ließ es an seinen Mitarbeitern aus. Die meisten hielten ihn für ein Arschloch, aber ich verstand ihn. Mein Leben war in letzter Zeit nicht gerade ein Ponyhof, und ich erkannte eine verkorkste Existenz, wenn ich sie vor mir hatte. Wir mussten uns nicht unbedingt mögen, um uns gegenseitig Ablenkung zu verschaffen. Zumindest sagte ich mir das, als ich zum ersten Mal in der leeren Redaktion seine Hose aufknöpfte. Zwei Monate später waren wir kein Stück weiter. Der gleiche Mist wie sonst, nur in einer anderen Bar. Scharfzüngiger Small Talk. Wir wussten beide, wo der Abend enden würde, und waren nicht froh darüber.

»Was treibst du da drin? Hier gibt's Leute, die kacken müssen.«

Ich wankte zum Spiegel und strich über meine hellblonden Haare, atmete tief durch und richtete mich auf, wie von einer unsichtbaren Macht nach oben gezogen.

»Ich wollte dich gerade schon als vermisst melden.« Mack ließ sein silbernes Feuerzeug auf- und zuschnappen und musterte mich fragend. Er schob einen weiteren Shot über den Tisch. »Kopf hoch. Wir werden die Stellung schon halten, bis die große Sophie Kent zurück auf ihr Podest geklettert ist.« Sein schmallippiges Lächeln strafte seine Worte Lügen.

Ich kippte den neuen Shot und fuhr mir mit dem Handrücken über den Mund. »Wir hauen ab.«

Als ich durch die Schatten taumelte, legte Mack mir eine Hand an die Hüfte. Ich zuckte zurück. Noch fünf Minuten, dann würden die Shots endlich wirken.

Dann konnte er mich berühren, wo er wollte.

4

Die Luft stand. Mein Mund schmeckte nach Wodka. Ich lag still da, während Erinnerungsfetzen vom Vorabend in meinem Kopf herumschwirrten, ohne dass ich sie einordnen konnte. Ich richtete mich vorsichtig auf und wartete ab, bis das Zimmer sich nicht mehr drehte. Es war noch dunkel. Ich schaute auf mein Handy. Sechs Uhr achtunddreißig.

Mack schnarchte neben mir, an der Wand machte ich eine Kommode aus, und aus dem Flur fiel ein dünner Lichtstrahl auf gerahmte Fotos. Mack mit einer hübschen Blondine in einem Konfettiwirbel. Wir hatten selten über sein Privatleben gesprochen, aber es kursierte das Gerücht, seine Frau habe beschlossen, die Stadt sei nichts für sie, und sei mit den Kindern nach Wiltshire gezogen. Bei dem unberechenbaren Arbeitsalltag eines Redakteurs war eine anderthalbstündige Anfahrt schlicht undenkbar, deshalb schlief Mack unter der Woche meistens in einer winzigen Wohnung über einer Reinigung in der Litchfield Street.

Ich suchte das Zimmer nach meinen Klamotten ab und vermied es, mir das andere Foto anzusehen. Zwei kleine Jungs, dunkelhaarige, schmächtige Kopien ihres Vaters. Ich sammelte die verstreuten Kleidungsstücke auf und betete, dass Mack nicht aufwachte. Ich war schon auf dem Weg zur Tür, als mein Handy laut piepste. Rasch huschte ich ins Bad und stieß mir dabei unglücklich den Zeh.

Sobald ich die Nachricht geöffnet hatte, war der Schmerz wie weggeblasen.

Rose Hotel. Zimmer 538. Sie ist tot.

Eine unterdrückte Nummer.

Wer ist tot?

Ich setzte mich auf den Marmorfußboden und wartete auf eine Antwort, doch es kam keine. Vielleicht war die Nachricht ein schlechter Scherz. Seit es diverse Apps gab, mit denen man anonyme SMS verschicken konnte, erreichten mich zehnmal so viele Nachrichten von Verrückten wie zuvor. Aber was, wenn es doch kein Scherz war? Das *Rose Hotel* lag nur ein paar Minuten entfernt. Und wenn mir das einen Grund verschaffte, noch schneller aus der Wohnung zu verschwinden, umso besser.

Ich zog mich hoch, spritzte mir kaltes Wasser ins Gesicht und rieb an dem Kissenabdruck auf meiner Stirn. Dann drehte ich meine Unterhose auf links, warf mir die Klamotten von gestern über und schlich auf Zehenspitzen aus der Wohnung. Auf der Fußmatte im Flur lag eine Zeitung. Die Ausgabe vom vierzehnten Februar. Einen fröhlichen Valentinstag allerseits.

Langsam verwandelte sich Schwarz zu Blau, der Tag brach an. Ich vergrub das Kinn in meinem Schal und überquerte die Shaftesbury Avenue. Busse schoben sich die Straße entlang, die Fenster waren vom heißen, ungeduldigen Atem der Pendler beschlagen. Ich bog in die Old Compton Street ab und blieb vor einem winzigen vietnamesischen Restaurant stehen, das nach Käsefüßen roch. Die Backsteinfassade des *Rose Hotel* war hell erleuchtet, die grün-weißen Markisen flatterten im Wind. Ich zog meinen Notizblock hervor und notierte die Nummernschilder aller Autos, an denen ich vorbeiging. Die goldene Regel für Journalisten: alles aufschreiben. Willkürliche Informationsfäden verwoben sich später oft zu einem vollständigen Bildteppich.

Ein korpulenter Portier in einem flaschengrünen Mantel hielt mir lächelnd die Tür auf. Drinnen blieb ich kurz stehen und scannte die Lobby. Der Marmorboden glänzte wie eine Eislauffläche. Rosa Sessel standen kreisförmig im Zentrum, von der verzierten Decke hing ein prachtvoller Kronleuchter. Der Duft von gebuttertem Toast stieg mir in die Nase, und mein Magen knurrte. Ich ging in die Hocke und kramte umständlich in meiner Tasche, während ich die Lobby nach jemandem absuchte, der verstört oder aufgewühlt wirkte. Das war immer meine erste Anlaufstelle; Leute verraten einem alles Mögliche, wenn sie unter Schock stehen.

Nichts deutete darauf hin, dass die Nachricht sich schon verbreitet hatte. Falls es überhaupt eine Nachricht gab. Das Ausbleiben der Polizei deutete jedenfalls darauf hin, dass ich meine Zeit verschwendete. Ganz sicher war das allerdings nicht. In einem Etablissement wie diesem würde ein Skandal nicht an die große Glocke gehängt werden. Sollte tatsächlich jemand tot sein, wusste das Hotelpersonal offenbar noch nichts davon. Gut möglich, dass der Tatort noch nicht einmal abgesperrt war.

»Kann ich etwas für Sie tun?« Ein feingliedriger Hotelangestellter stand plötzlich neben mir und sah mich erwartungsvoll an.

Ich lächelte so breit, wie es mir mein Kater erlaubte. »Alles in Ordnung, danke.«

Tu so, als gehörtest du dazu. Selbstsicherheit hat dir in diesem Job noch jede Tür geöffnet. Ich ging an der verspiegelten Bar vorbei zur Treppe und zog mich am eichenen Geländer hoch. Die Treppenabsätze waren leer. Wenn die Polizei schon eingetroffen wäre, würde es vor Uniformierten nur so wimmeln. Ich wäre niemals so weit gekommen, wenn die Spurensicherung hier schon herumschnüffeln würde. Im fünften Stock meldete sich fauchend mein Kater, und ich klammerte mich mit verschwitzten Händen an das Geländer, um wieder zu Atem zu kommen.

Der Straßenlärm klang nur gedämpft in diesen Winkel des Hotels, es war, als hätte jemand der Stadt einen Knebel verpasst. Auf dem Flur zu meiner Rechten hörte ich das vertraute Knistern eines Funkgeräts. Ich hielt den Atem an. Das Blut rauschte mir laut in den Ohren. Der Flur war nur schwach beleuchtet; der smaragdgrüne Teppich schluckte das meiste Licht. Ich schlich weiter bis zur Ecke und drückte mich an die Wand.

»Optimal ist es nicht, aber wir müssen wohl das Beste draus machen.«

Er sprach bedächtig und mit melodischer Stimme, ich entspannte die geballten Fäuste und riskierte einen Blick um die Ecke. Detective Chief Inspector Sam Durand steckte den rotbraunen Schopf in ein Hotelzimmer. Mit seinen eins fünfundneunzig füllte er den gesamten Türrahmen aus. *Was will der denn hier?* Normalerweise tauchte zu diesem Zeitpunkt noch niemand von seinem Rang am Tatort auf. DCI Durand war einer der wenigen Beamten, die die Karriereleiter hinaufgeklettert waren, ohne sich in ein komplettes Arschloch zu verwandeln. Einige waren machtgeile Narzissten, andere hielten sich streng an die Vorschriften und gingen keinerlei Risiken ein. Durand dagegen war scharfsichtig und glänzte durch ein fast schon unheimliches Talent, die Menschen zu durchschauen. Und er hatte keine

Angst davor, sich die Hände schmutzig zu machen. Dank des Abhörskandals um Rupert Murdoch war meine Schublade mit DCI-Visitenkarten ungefähr so nützlich wie ein Bikini in einem Schneesturm. Anders als die meisten seiner Kollegen erkannte Durand jedoch die Vorteile einer symbiotischen Beziehung mit der Presse, insbesondere mit mir. Mir war egal, warum er mich bevorzugte. Ich wusste diesen Vorteil für mich zu nutzen.

Im Grunde lief in meinem Job alles auf gutes, altmodisches Vertrauen hinaus. »Mit Vertrauen ist es wie mit der Jungfräulichkeit«, hatte Durand mir einmal gesagt. »Wenn du es einmal verloren hast, dann für immer.« Ich verstand die Warnung und arbeitete unaufhörlich daran, unser Vertrauensverhältnis zu festigen. Ab und an tat ich ihm einen Gefallen.

Vor vier Jahren hatte ein Mann namens Ardit Dushku in Peckham mehrere Frauen angegriffen, sie missbraucht und anschließend sterbend auf der Straße liegen lassen. Nach dem fünften Opfer erstellte die Sonderkommision unter Leitung von Detective Inspector Durand ein detailliertes Täterprofil, in dem auch von einem Wagen die Rede war, den man an drei Tatorten gesichtet hatte. Ich recherchierte damals in die gleiche Richtung, ging aber noch einen Schritt weiter, indem ich die Exfrau des Täters ausfindig machte und um ein Gespräch bat. Als ich in die Auffahrt des heruntergekommenen Bungalows an der A3 einbog, fiel mir damals etwas ins Auge: ein angekratzter blau-gelber Aufkleber mit dem Schriftzug ELBASANI 1913. Jemand hatte offensichtlich versucht, ihn zu entfernen. Später besuchte ich eine Pressekonferenz, auf der DI Durand vor über dreißig Journalisten verkündete, der Verdächtige fahre einen silbernen

Honda mit dem Aufkleber eines albanischen Fußballvereins auf der Heckscheibe. Als er geendet hatte, nahm ich ihn beiseite und verriet ihm, wo er diesen Aufkleber finden könne. In dem anschließenden Prozess – Dushku plädierte auf Unzurechnungsfähigkeit – bewies der Aufkleber, dass er die Morde im Vollbesitz seiner geistigen Kräfte begangen hatte. Ein Geisteskranker hätte nicht die Weitsicht besessen, dieses eine belastende Merkmal zu entfernen, das seinen Wagen identifizieren konnte. Der Aufkleber änderte alles. Durand wurde befördert, und das erleichterte mein Leben um ein Vielfaches. Es half, dass Durand mich für anständig hielt. Was ich auch war. Meistens jedenfalls.

»Lacey, sichern Sie das Stockwerk bis zu den Aufzügen. Hier ist eine Liste mit den belegten Zimmern. Die Spurensicherung sollte in zehn Minuten hier sein.«

Ein Beamter mit Plastiküberziehern an den Schuhen ging an meinem Versteck vorbei, und ich drückte mich noch dichter an die Wand. Aus dem Zimmer drang ein leises Murmeln, dann Durands Stimme, die jetzt weicher klang. »Jemand muss den Flur bewachen. Andrews, können Sie das übernehmen?«

Kurz darauf hörte ich ein Keuchen und spähte wieder um die Ecke. Police Constable Doug Andrews hatte sich vorgebeugt, die Hände auf den Knien, und atmete geräuschvoll durch den Mund ein und aus. Ein Schauer lief mir über den Rücken. Er hatte mehr als zwei Jahre Einsatzerfahrung und schon eine Menge Leichen gesehen.

Was befand sich in dem Zimmer?

Ich zog meinen Notizblock hervor und zeichnete rasch einen Grundriss des Stockwerks auf. Sechs Zimmer grenzten an den Flur, durch den ich gekommen war, um die Ecke lag ein kürzerer Flur mit zwei weiteren Zimmern, darunter die 538. Ich notierte mir, später einen Blick in den Belegungsplan zu werfen.

Ich spähte erneut in den Flur. Lacey würde jeden Moment zurückkehren. Ich straffte die Schultern und schlenderte um die Ecke, als hätte ich jedes Recht der Welt, hier zu sein.

Andrews sah mir misstrauisch entgegen. »Wie zum Teufel sind Sie hier reingekommen?«

»Pures Glück.«

Er reckte die Brust vor, um Mannhaftigkeit bemüht. Meinetwegen musste er sich die Mühe nicht machen. Ich hatte es selbst schon oft genug erlebt. Meistens war es nicht der Anblick der Leiche, von dem man würgen musste, sondern der Geruch von billigem Parfüm auf verwesendem Fleisch, der sich in der Nase verbiss und den man noch Tage danach zu schmecken schien.

Ich zog eine Dose Pfefferminzbonbons hervor und hielt sie ihm hin. »Hier, das hilft.« Er musterte mich misstrauisch, griff dann aber doch nach der Dose. Ich nickte in Richtung der Tür. »So schlimm?«

Sein Mund verzog sich, während er gierig das Bonbon lutschte. »Das können Sie sich gar nicht vorstellen.«

Police Constable Andrews war nicht gerade mein größter Fan. Wir waren uns zum ersten Mal vor zwei Jahren an seinem allerersten Tatort begegnet. Es ging damals um einen Mord an einem Ehepaar in Shepherd's Bush. Jemand hatte die beiden in ihrem Haus erschossen, Blut an die Wände geschmiert und dem Hund die Kehle durchgeschnitten. Andrews war damals weiß wie eine Wand, und seine Hände zitterten, also forderte ich ihn dreist auf, mich durchzulassen. Er hielt mich für eine höherrangige Beamtin in Zivil und ließ mich passieren. Erst eine Viertelstunde später wurde ich rausgeschmissen und stellte mich grinsend bei Andrews vor. Er war bis auf die Knochen blamiert. Diesen Fehler beging er nicht noch einmal.

»Gibt es Hinweise auf ein Verbrechen?« Er blitzte mich wütend an. »Wo ist überhaupt Ihr Chef? Warum hat sich Durand den Fall geschnappt? Das hier ist der Zuständigkeitsbereich von Belgravia.«

Andrews zuckte mit den Schultern. »Er war in der Gegend. Hat die Meldung gehört und ist vorbeigekommen. Chief Inspector O'Byrne ist unten bei der Hoteldirektion. Sind Sie damit einverstanden?«

Das ergab keinen Sinn. Ob Durands Auftauchen wohl etwas mit dem neuen Star-DCI zu tun hatte? Angeblich war der Kerl noch keine dreißig und hatte eine lupenreine Erfolgsbilanz vorzuweisen.

»Kommen Sie schon, Doug. Nur das Wesentliche. Mann, Frau, jung, alt? Ich werd's sowieso rausfinden. Seien Sie mein Held, und helfen Sie mir.« Er konnte sich ein Lächeln nicht verkneifen. »Oder ich rate so lange, bis ich rausgeschmissen werde. Vielleicht erholt sich Ihr Magen in der Zwischenzeit noch ein bisschen.«

Das Lächeln gefror. »Wenn Lacey zurückkommt, begleite ich Sie gerne nach draußen.«

»Ich mach's Ihnen leicht. Sie müssen nichts sagen. Nicken Sie einfach, wenn ich recht habe.«

Andrews seufzte entnervt.

»Der Tote ist männlich.« Ich schaute ihn genau an, aber er ließ sich nichts anmerken. »Weiblich?« Die Ahnung eines Nickens. »Unter vierzig?« Andrews nickte erneut. »Unter fünfundzwanzig?« Etwas huschte über sein Gesicht. »Überdosis? Erstochen? Kommen Sie schon, ich muss meine Deadline einhalten. Wer hat die Leiche gefunden?« Ich hörte, wie jemand im Zimmer hustete. »Was meinte Durand mit ›nicht optimal‹?« Andrews fixierte einen Punkt an der Wand über mir. Da konnte man auch einen Holzklotz befragen. »Ich lasse Sie gleich in Ruhe, versprochen. Aber geben Sie mir etwas, irgendetwas, damit ich meine Zeit hier nicht verschwendet habe.«

Andrews verlagerte das Gewicht von einem Fuß auf den anderen. Er war kurz davor.

»Gestern Abend war hier irgendeine Modeveranstaltung. Wir glauben, dass sie dort gemodelt hat. Ist aber schwer zu sagen. Sie …« Er schluckte schwer und versuchte, seine Gesichtszüge unter Kontrolle zu halten.

»Sonst noch was? Tatwaffe?«

Andrews schüttelte den Kopf. »Ich war nur kurz drinnen. Durand brauchte mich hier draußen.«

Ich lächelte aufmunternd und tat so, als wüsste ich nicht, warum Durand ihn wirklich nach draußen geschickt hatte.

»Sie war tätowiert«, fügte er mehr zu sich selbst hinzu.

»Tätowiert?« Ich schrieb mit. »Wo?«

Andrews fing sich mit einem Räuspern. »Hier.« Er deutete auf den Mittelfinger seiner rechten Hand. Ich stockte. »Das Tattoo stand auf dem Kopf, ich tippe auf einen Schmetterling.«

Eisige Kälte breitete sich in mir aus. »Ein blauer Schmetterling?«

Andrews sah mich unsicher an. »Woher wissen Sie …«

»Scheiße, Scheiße, Scheiße.« Ich rammte meine Faust gegen die Wand. Bei Andrews fiel der Groschen etwas später.

»Sie kannten sie?«

»Ich muss mit Durand sprechen. *Jetzt*.«

Andrews nickte und verschwand in dem Zimmer.

Ich sackte gegen die Wand. Das hier durfte nicht wahr sein.

Durand steckte den Kopf zur Tür heraus und kam dann mit gerunzelter Stirn auf mich zu, während er sich die Gummihandschuhe auszog. Sein rotbraunes Haar war länger als bei unserem letzten Treffen und hing ihm schlaff in den Nacken. Er erinnerte mich immer an eine Art runtergekommenen Daniel Craig, aber heute wirkte er noch runtergekommener als sonst. Wenn man nahe genug an einem Informanten dran ist, weiß man irgendwann, was er frühstückt und was seine Frau ihm zu Weihnachten schenkt. Durand frühstückte nie, und seine Frau hatte ihn im November verlassen. Der Knopf der grauen Jacke spannte über seinem Bauch.

»Ja?« Durand wusste, dass ich ihn nur holen ließ, wenn es um etwas Wichtiges ging.

»Ich weiß, wer sie ist.«

Er ließ sich nichts anmerken. »Ich höre.«

»Nur eine Bitte.« Durand setzte zu einer abwehrenden Antwort an, doch ich kam ihm zuvor. »Sie hat dunkle Haare und ein kleines Muttermal auf dem linken Oberschenkel. Und ich wette, Sie haben eine grüne Wolldecke im Zimmer gefunden.« Durand sah mich erstaunt an. »Sam, sie war eine Informantin von mir. Ich weiß alles über sie. Gib mir nur fünf Minuten.«

»Ich lasse dich bestimmt nicht den Tatort kontaminieren, ganz egal, wie gut du sie kanntest«, erwiderte Durand knapp.

»Das meinte ich auch gar nicht.« Ich würde hier nicht

mit leeren Händen rausgehen. Also zückte ich mein Handy. »Nur einen kurzen Überblick, ein paar Fotos, egal was. Und ich gebe dir ihren Namen, ihre Adresse, alles, was du wissen willst.« *Und verschaffe dir einen Vorsprung vor dem neuen DCI*, hätte ich beinahe noch hinzugefügt.

Durand rieb sich über das Gesicht. Er wirkte übermüdet, als hätte er seit Tagen nicht mehr geschlafen.

»Die Spurensicherung sollte jeden Moment eintreffen. Gib schon her.« Er schnappte sich mein Handy und verschwand in dem Zimmer.

Ich warf einen Blick über die Schulter. Sollte uns jemand hierbei erwischen, würde das böse enden. Ich trommelte mit den Fingern gegen meine Tasche und suchte mit gerecktem Hals die Tür nach Anzeichen für ein gewaltsames Eindringen ab. Anscheinend hatte sich niemand daran zu schaffen gemacht. Ich sah Durand förmlich vor mir, wie er mit einer tiefen, v-förmigen Falte auf der Stirn im Hotelzimmer stand. Er hatte mir einmal erklärt, dass er sich an einem Tatort immer an der linken Wand orientierte. »Wie in einem Labyrinth«, hatte er gesagt. »Wenn man sich immer an die linke Wand hält, kommt man irgendwann in der Mitte an.« Auf diese Weise entging ihm nicht der kleinste Blutspritzer oder Fußabdruck.

Ein paar Minuten später kam Durand zurück und reichte mir mit spitzen Fingern das Handy. »Ich muss dir nicht erklären, was passiert, wenn irgendwer die Fotos zu Gesicht bekommt.«

Ich nickte. Nahm den süßlichen Geruch wahr, der an seinem Anzug haftete. Kein Leichengeruch. Etwas anderes.

Durand zog mich außer Sichtweite. Ich öffnete mit zitternden Händen die Galerie auf meinem Handy. Fahles Tageslicht tauchte das Zimmer in einen unheimlichen Dunst. Eine große, verspiegelte Kommode stand vor einer grün beflockten Tapete, darauf eine Vase mit blauen Blumen und fünf heruntergebrannten Kerzen. Ich zoomte näher heran. Rosenblüte. Das erklärte den Duft.

Durand schaute mir über die Schulter. »Ein paar davon brannten noch, als man sie heute Morgen gefunden hat.«

»Reisekerzen. Ziemlich teuer. Gehören die ihr, oder waren die schon im Zimmer? Wobei …«

»Was?«

»Wenn die Kerzen vom Hotel gestellt worden wären, würden sie auf einer Unterlage stehen. Kerzen werden heiß.«

»Vielleicht hat sie sie mitgebracht«, meinte Durand schulterzuckend.

»Oder die Kerzen waren Teil eines Rituals.«

»Möglich. Vielleicht wollte der Mörder irgendeine romantische Fantasie ausleben.« Die Absurdität dieses Kommentars verwunderte mich nicht. Acht Jahre in einer Nachrichtenredaktion hatten mich gelehrt, dass menschliche Bösartigkeit keine Grenzen kannte.

Ich betrachtete das nächste Foto. Eine grüne Wolldecke über einem taubenblauen Sessel, auf der Sitzfläche ein paar High Heels mit roter Sohle. Auf dem Boden eine schwarze Reisetasche, aus der Kleidung hervorquoll und sich im ganzen Zimmer verteilte. Ich schaute mir den Mahagoninachttisch genau an. Ein Telefon stand darauf, daneben ein leerer Notizblock und ein Glas mit zwei Fingerbreit einer klaren Flüssigkeit.

»Wasser?«

»Wahrscheinlich. Riecht zumindest nicht nach Alkohol.«

Ich zoomte einen glitzernden Haufen auf dem Nachttisch heran. »Ihr Schmuck ist noch da.«

»Genau wie ihre Handtasche. Anscheinend war der Mörder nicht daran interessiert, ihr irgendetwas zu nehmen.« Er lächelte schief. »Bis auf das eine.«

Durand hatte ein Foto durch die angelehnte Badezimmertür gemacht. Fläschchen und Pinsel lagen kreuz und quer auf dem honigfarbenen Marmorwaschtisch verteilt.

Das nächste Bild traf mich wie ein Schlag in die Magengrube.

»Scheiße.«

Natalias milchweiße Hände, von denen sich die blauen Flügel des Schmetterlings sonst immer so deutlich abgesetzt hatten, waren nun leblos und verrenkt und von derselben Farbe wie ihr Tattoo. Die Finger waren zu hässlichen Klauen verkrümmt, nach Hilfe suchend, die nie kommen sollte.

Sie lag auf dem Rücken. Ihr goldenes Brokatkleid war so weit heruntergezerrt, dass man die Rippen sehen konnte. Die letzte Woche mit Natalia hatte mich gelehrt, dass jeder einzelne hervorstehende Knochen eine Geschichte von Verzicht und Ablehnung erzählte. Man konnte mit den Fingern darüberfahren wie über Brailleschrift und ihre traurige Geschichte entziffern. Die cremeweiße Daunendecke, auf der sie lag, war blutdurchtränkt, und ich war dankbar, dass das Kleid verhüllte, was auch immer der Täter ihr angetan hatte. Ich vergrößerte ihr Gesicht. Es war derart entstellt, dass ich sie nicht wiedererkannt hätte. Von ihrer Nase war nur ein kleiner Stumpf übrig. Ich zwang mich, die lila Würgemale an ihrer Kehle zu betrachten. Erst jetzt fiel mir auf, dass Natalias Haare fast bis auf die Kopfhaut abgeschnitten waren.

Durand räusperte sich. Ich löste mich vom Display und

verstaute das Handy umständlich in meiner Tasche, damit er nicht merkte, wie aufgewühlt ich war.

Ich atmete tief durch. »Sie heißt Natalia Kotow. Russin. Ist letztes Jahr im Juli nach London gezogen, um Model zu werden. War auf der Suche nach einem besseren Leben.«

Durand ließ meine Aussage zwischen uns in der Luft hängen. »Wann hast du sie das letzte Mal gesehen?«

»Gestern, gegen elf.«

»Wo?«

»Im *The Goat in Boots* auf der Brixton High Road.« Ich erzählte Durand, wie wir uns kennengelernt hatten. Er hörte aufmerksam zu.

»Und du hast keine Ahnung, wer ihr das angetan haben könnte?«

Ich schüttelte den Kopf. »Sie hat mir seinen Namen nie verraten. Aber ich glaube, er arbeitet in der Modebranche.«

»Wie kommst du darauf?«

»Nur so eine Ahnung.«

Durand dachte nach. »Da stimmt doch was mit dem Timing nicht. Natalia wird ermordet, *nachdem* sie kalte Füße bekommen hat? Wenn sie den Täter nicht verraten wollte, wieso sollte er sie dann umbringen?«

»Vielleicht hat er ihr nicht vertraut.«

»Oder die Vergewaltigung hat nichts mit dem Mord zu tun.« Durand lehnte sich an die Wand und verschränkte die Arme vor der Brust. »Wie hat sie gestern auf dich gewirkt?«

»Angespannt. Aber Informanten bekommen oft kalte Füße.« Ich lächelte Durand schwach an und rieb mir die Augen. Das war alles ein schlechter Traum. »Ich wollte ihr ein, zwei Tage Zeit lassen und dann noch mal nachhaken.«

Das Bild von Natalias entstelltem Körper zuckte mir

durchs Hirn, und ich schluckte schwer. »Woher stammt das Blut auf dem Bett?«

»Nachdem der Pathologe hier war, wissen wir mehr. Aber es sieht ganz nach einer Verstümmelung aus. Sie trägt keine Unterwäsche.« Durand bemühte sich um Sachlichkeit, aber sein Unterton entging mir nicht.

Ich schauderte. »Ganz schön dreist, sie an einem derart öffentlichen Ort zu ermorden und die Leiche nicht zu verstecken. Und nach einem Einbruch sieht es auch nicht aus. Entweder kannte sie den Täter, oder er hatte einen Schlüssel.« Ich musterte Durand aufmerksam, aber er würde sich vor der offiziellen Tatortbegehung nicht zu einem Kommentar hinreißen lassen. »Wer hat sie gefunden?«

Durands Handy klingelte. Er sah stirnrunzelnd auf das Display, ging aber nicht ran. »Ein Zimmermädchen hat heute früh bemerkt, dass die Tür offen stand.«

»Was meinst du mit offen?«

Durand wirkte plötzlich genervt. »Offen eben. Nicht abgeschlossen.«

Ich fragte mich, wer ihn wohl gerade angerufen hatte. »Wann gebt ihr den Namen raus?«

»Wir werden innerhalb der nächsten Stunde eine Erklärung veröffentlichen, halt also bitte noch die Füße still. Wir haben die Angehörigen noch nicht verständigt.«

Ich dachte kurz an Natalias Mutter, eine Kämpferin, die in ihrem Leben schon genug durchgemacht hatte. »Ich behalte ihren Namen erst mal für mich.« Durand musste nicht wissen, dass das ganz in meinem Interesse war. So hatte ich einen Vorsprung und konnte in Ruhe recherchieren, ohne dass mir die Konkurrenz im Nacken saß. Sollte Durand ruhig glauben, ich täte ihm einen Gefallen.

»Boss?« Das war das Warnsignal.

Ich steckte den Notizblock in die Tasche und fühlte mich plötzlich leer, als wäre all das Adrenalin auf einen Schlag verpufft.

Durand entging das nicht. »Alles in Ordnung mit dir?«

Ich zuckte die Achseln. »Ganz schöner Schock. Ich hab sie erst gestern noch gesehen.«

»Ich meinte eigentlich …«

»Schon klar.« Ich wich seinem Blick aus. »Mir geht's gut.«

Durands prüfender Blick verunsicherte mich. Ich trug mein Herz bewusst nicht auf der Zunge, aber er gehörte zu den wenigen Menschen, die trotzdem in mir lesen konnten.

»Wirklich? Du siehst nämlich furchtbar aus.«

Ich schnaubte. »Balsam für die Seele.«

Ich wartete ab, ob er noch etwas sagen würde. Aber stattdessen drehte er sich um und verschwand in der Totenkammer.

5

Als ich aus dem Aufzug in die Lobby trat, spürte ich sofort, dass die Atmosphäre sich gewandelt hatte. Nur noch wenige Millimeter trennten Flamme und Zündschnur voneinander. Die Nachricht hatte sich wie ein Lauffeuer verbreitet. Draußen vor den abgesperrten Eingängen drängten Polizisten Journalisten zurück. Ich war zwar durch die Maschen geschlüpft, doch viel Zeit blieb mir nicht mehr. Ich wandte mich einer verzierten Palisandervitrine zu und tat so, als betrachtete ich den ausgestellten Schmuck, während ich die Videofunktion meines Handys einschaltete und die Lobby abfilmte. Als ich aufsah, fielen mir zwei Überwachungskameras mit blinkenden Lämpchen auf.

Meine Schuhe quietschten laut, als ich die Lobby durchquerte und auf eine schwere grüne Tür mit der Aufschrift ZUTRITT NUR FÜR PERSONAL zusteuerte. Ich spähte rasch über meine Schulter und drückte sie auf. Ein schlaksiger Kellner kam mit einem Wägelchen auf mich zu.

Ich lächelte ihn breit an. »Wo finde ich bitte den Sicherheitsdienst?«

»Dritte Tür auf der linken Seite.« Er deutete mit dem Kopf hinter sich. »Roger ist da.«

»Danke.« Bevor er mich fragen konnte, wer ich war, eilte ich davon. Ich öffnete die Tür einen Spaltbreit. Ein stämmiger Wachmann mit kurzen grauen Haaren saß mit dem Rücken zu mir an einem Schreibtisch. In der einen fleischigen Hand hielt er eine angesprungene Tasse, mit der anderen blätterte er in einer Autozeitschrift. Ich schlüpfte in den Raum und schloss die Tür hinter mir.

Der Wachmann drehte sich überrascht um und stemmte sich von dem Stuhl hoch, als hätte ich ihn gerade bei etwas erwischt. »Kann ich Ihnen weiterhelfen?«

Es roch nach einem herzhaften Frühstück und Schweiß. »Roger, Sophie Kent vom *London Herald*. Ich untersuche den Vorfall, der sich gestern Nacht hier ereignet hat. Darf ich Ihnen ein paar Fragen stellen?«

Er runzelte die Stirn. Seine dicken Augenbrauen waren so dunkel, als hätte sie jemand mit Kohle nachgezogen.

»Wie sind Sie hier reingekommen?«

»Ich mach's kurz. Ich brauche die Aufnahmen der Überwachungskameras von gestern Abend.« Er schaute mich ungläubig an. »Schon klar, ich weiß, das geht nicht, Sie werden gefeuert. Aber wir wissen doch beide ganz genau, dass das Material früher oder später sowieso an die Öffentlichkeit gelangt. Ich bitte Sie nur um einen kleinen Vorsprung.«

Roger richtete sich auf. Sein Körper war wie aus Ziegelsteinen gemauert. Ich wich vor ihm zurück. Neben mir hing eine Pinnwand mit privaten Fotos. Roger in einem Karohemd, den Arm um eine kleine, dunkelhaarige Frau gelegt – vermutlich seine Ehefrau. Daneben hing das Foto eines Mädchens, das ähnlich kräftig gebaut war wie Roger, aber die zarten Gesichtszüge und braunen Haare der Mutter geerbt hatte.

So hatte ich die Sache also anzupacken.

»Ich kannte das Mädchen.« Absichtlich benutzte ich das Wort »Mädchen« anstelle von »Frau«. »Wir haben uns erst gestern getroffen, sie war völlig verängstigt. Und jetzt liegt sie oben in einer Suite, und das Blut rinnt ihr aus den Augen.« Natalias geschundene Kehle tauchte vor meinem inneren Auge auf, und mir brach der Schweiß aus. »Scotland Yard untersucht den Fall, langsam und gründlich. Jeder Gast und jeder Mitarbeiter wird befragt. Was glauben Sie, wie lange das in so einem Riesenhotel dauert? Und währenddessen läuft der Mörder da draußen rum und denkt, er kommt ungeschoren davon.« Ich deutete mit dem Kopf auf das Foto. »Wahrscheinlich ist er gerade auf der Suche nach seinem nächsten Opfer, und wie es aussieht, mag er sie am liebsten jung, hübsch und brünett. Ich werde dieses Monster finden, ob Sie mir helfen oder nicht. Mit Ihrer Hilfe würde es allerdings deutlich schneller gehen.«

Roger stierte mich wütend an, unter seinem einen Auge zuckte ein Nerv. »Acht Monate bis zur Rente. Sie glauben doch nicht ernsthaft, dass ich das jetzt noch riskiere.« Er fuhr sich mit der Hand über den Kopf und seufzte geräuschvoll. »Wissen Sie was, ich muss mal aufs Klo. Das ist nicht gerade um die Ecke, und ich hab heute Morgen eine Menge Kaffee getrunken. Dauert wahrscheinlich einen Moment.« Er deutete ein Zwinkern an und taperte davon.

Ich warf mich auf Rogers Stuhl, rümpfte angewidert die Nase und nahm die Monitore genauer unter die Lupe. Die Kamera über dem Haupteingang überwachte die Lobby. Die andere war in der gegenüberliegenden Ecke angebracht. Ich rief die letzten vierundzwanzig Stunden auf, stöpselte meinen USB-Stick ein und klickte auf »Download«. Der blaue Balken bewegte sich im Schneckentempo voran. Währenddessen suchte ich nach Videomaterial aus dem fünften Stock, fand jedoch nichts.

Roger näherte sich pfeifend über den Flur. Ich hatte noch nicht einmal das Material der ersten Kamera heruntergeladen, geschweige denn das der zweiten. Allerdings war allein das schon mehr, als ich zu hoffen gewagt hatte. Ich schnappte mir den USB-Stick und sprang auf.

Die Tür wurde geöffnet. Roger zog sich den Hosenbund hoch.

»Sie sind ja immer noch hier.« Er drückte sich durch den schmalen Raum an mir vorbei, setzte sich ächzend an den Schreibtisch und schloss die Hand wieder um seine Tasse.

»Roger, mal angenommen, ich wäre auf der Suche nach Überwachungsvideos aus dem fünften Stock …«

»Mal abgesehen davon, dass Sie Ihr Glück ganz schön strapazieren, können Sie sich das abschminken. Da gibt es nämlich keine Kameras.« Er deutete mit einem Wurstfinger auf einen Grundriss an der Wand. »Wir überholen gerade das Überwachungssystem. Auf den ersten drei Etagen haben wir Kameras an den Aufzügen und jeweils am Ende des Flurs. Aber die beiden oberen sind noch nicht fertig.« Er warf mir einen strengen Blick zu. »Wenn Sie mich jetzt entschuldigen würden.«

Ich schob meine Visitenkarte über den Tisch und ging. Ein Stück weiter den Flur hinunter entdeckte ich eine Tür, an der ein goldfarbenes Schild mit dem schwarzen Aufdruck PERSONAL hing. Ich drückte sie auf und spähte hinein. Drinnen war es warm und roch nach frisch gewaschenen Laken. Reinigungswagen standen ordentlich nebeneinander aufgereiht, und durch das Dröhnen der riesigen Waschmaschinen hörte ich Stimmen. Ich schlich mich hinein und entdeckte zwei Frauen in grünen Kleidern, die mit dem Rücken zu mir an einem Tisch saßen. Beide trugen ihr dunkles Haar in strengen Knoten. Die eine von ihnen legte routiniert ein paar Handtücher zusammen. Neben der anderen, rundlicheren türmte sich ein Haufen Kissenbezüge auf. Obwohl ich kein Spanisch sprach, merkte ich sofort, wie aufgewühlt die Frauen waren.

Als ich aus dem Schatten hervortrat, drehte die ältere von beiden sich abrupt um. Sie hatte tiefe Falten im Gesicht, doch ihr Blick war glasklar. »Haben Sie sich verlaufen, Miss?«

Ich streckte ihr meinen Presseausweis entgegen, um einen offizielleren Anschein zu erwecken. »Dürfte ich Ihnen ein paar Fragen stellen?« Sie zuckte mit den Schultern. »Wissen Sie, was gestern Nacht mit dem Mädchen passiert ist?«

Sie warf die Hände in die Luft und brach in einen spanischen Wortschwall aus, Tränen stiegen ihr in die Augen.

»Schhh, Carlita, reg dich nicht auf.« Die jüngere Frau legte ihr eine Hand auf die Schulter und warf mir einen wütenden Blick zu. Sie war Anfang zwanzig, groß, mürrisch und heillos überschminkt. Dunkle, aufgemalte Augenbrauen prangten auf ihrer Stirn, und sie trug dicke Rougestreifen auf den schmalen Wangen.

»Seien Sie nachsichtig.« Ihr Akzent war nicht so ausgeprägt wie Carlitas. »Sie hat das Mädchen gefunden.«

Ich nickte mitfühlend. »Und um wie viel Uhr war das, ähm …«

»Sasha.«

Sie wiederholte meine Frage auf Spanisch, und Carlita sah mich argwöhnisch an. »Kurz vor sieben? Die Tür war offen, und als ich reinschaue, sehe ich …« Ihr Gesicht knüllte sich zusammen wie ein Papiertaschentuch, und ich empfand Mitleid mit ihr.

Ich trat einen Schritt auf sie zu und zückte meinen Notizblock. »Hatte eine von Ihnen Kontakt mit dem Opfer?«

Carlita nickte. »Sie hatte den Zimmerservice gerufen. Sie wollte, wie sagt man, Dampf?« Sie warf Sasha hilfesuchend einen Blick zu.

»Einen Dampfglätter. Ihr Kleid war zerknittert«, erwiderte Sasha ungeduldig. »Ich hab ihn am Abend gegen halb sieben hochgebracht.«

»In Zimmer 538?«

Sasha überlegte kurz. »Zimmer 340.«

Ich runzelte die Stirn. »Sind Sie sich da sicher?«

»Ja, die Lampe vor ihrem Zimmer war nämlich kaputt, und das musste ich melden.«

»Hat sie das Zimmer gewechselt?« Carlita zog die Schultern hoch, wobei ihr dicker Hals verschwand. »Als Sie ihr den Dampfglätter gebracht haben, wie hat sie da auf Sie gewirkt?«

»Kommt das in die Zeitung?«, fragte sie unsicher.

»Nur, wenn Sie einverstanden sind.«

»Sie wirkte irgendwie, na ja …« Sie deutete eine Trinkbewegung an.

»Betrunken?«

»Sie klang ziemlich komisch.«

Ich nahm mir vor, später zu recherchieren, ob Natalia etwas auf ihr Zimmer bestellt und, falls ja, wer es ihr gebracht hatte.

»Wurde die Minibar seitdem kontrolliert?«

Carlita erhob sich schwerfällig und schlurfte zu einem Tisch, auf dem ein Ordner lag. »Nein. Niemand war in ihrem Zimmer. Sie hatte ein Schild an der Tür.«

Sie hielt mir den Ordner hin. In der Spalte »Zimmerreinigung« war neben Zimmer 340 »BNS« vermerkt – bitte nicht stören. Blitzschnell überflog ich die Seite auf der Suche nach Zimmer 538 und stieß wieder auf den Vermerk »BNS«.

»Haben Sie einen Belegungsplan für die Zimmer?«

Sasha schüttelte den Kopf. »Dafür sind wir zu unwichtig. Wir wissen nicht, wie die Gäste heißen, wir putzen bloß ihre Scheiße weg.« Sie lächelte schmallippig.

Carlita sagte etwas auf Spanisch zu Sasha, die zustimmend nickte. »Versuchen Sie 's mal bei Dmitri an der Rezeption.« Eine leichte Röte überzog ihr Gesicht.

Damit konnte ich arbeiten.

»Sie meinen diesen gut aussehenden Typ da draußen?« Ich beugte mich vor. »Wie lange sind Sie schon zusammen?«

Sasha grinste. »Fast zwei Monate. Er hat mir einen Zettel in mein Fach gelegt, dass er mit mir ausgehen will. Wir sind dann in so eine russische Bar um die Ecke. Achtundvierzig verschiedene Wodkasorten! Dmitri hat mir beigebracht, wie man in Russland trinkt. Nastrowje!« Sie kicherte.

»Meinen Sie, Dmitri würde Ihnen den Belegungsplan kopieren?«

Sasha schien sich ihrer Sache nicht so sicher. »Ich kann's versuchen, aber ich weiß nicht …« Sie blickte kurz zu Carlita. »Vielleicht macht er's, wenn Sie ihn dafür bezahlen.«

Ich seufzte. »Ich bezahle nicht für Informationen. Wenn jemand helfen will, dann spricht er mit mir. Aber es bleibt natürlich Dmitri überlassen, ob er etwas für ein totes Mädchen riskieren will.«

»Nein, Dmitri ist ein anständiger Mann. Ich sag ihm, dass es wichtig ist. Für mich macht er das vielleicht.«

Sie lächelte schüchtern. Dmitri musste wirklich etwas

Besonderes sein. Eben noch zickig, wirkte sie jetzt völlig verliebt.

Ich gab ihr meine Karte. »Rufen Sie mich an, sobald Sie mit ihm gesprochen haben.«

Als ich die Tür hinter mir schloss, griff Sasha schon nach ihrem Handy.

6

Ich hatte die heiligen Hallen der *Premier News* vor einigen Jahren zum ersten Mal betreten, den Universitätsabschluss frisch in der Tasche, mit rund geschnittenem Pony und felsenfesten Ansichten. In meinem Hosenanzug fühlte ich mich wie fünfunddreißig. Ich setzte meine Tasche an der Eingangsschleuse ab und wühlte mich durch Münzen, diverse Lippenstifte und einen kleinen Kaktus – ein Glücksbringer von meinem Bruder Tommy. Als ich aufschaute, stand ein breit grinsender Wachmann vor mir. Sein Gesicht war kreisrund, die Augen bernsteinfarben, die Zähne strahlend weiß. Er manövrierte mich auf einen Stuhl.

»Erster Tag?« Er sprach langsam, der zarte äthiopische Akzent troff wie Honig von einem Löffel. Erst später erfuhr ich, dass er schon seit über zwanzig Jahren in London lebte.

»Ist das so offensichtlich?«

»Einige sehr wichtige Leute sind hier schon zur Tür hereingekommen, und selbst die sind nervös, wenn sie die Eingangshalle betreten. Muss wohl an der Luft liegen.« Er hatte mir zugezwinkert. »Sie sind jedenfalls in guter Gesellschaft.«

Acht Jahre später waren Joe Vassalos Locken dünner geworden, und er hielt sich nicht mehr ganz so aufrecht wie früher, aber sein Grinsen war immer noch genauso breit.

»Miss Sophie, Sie sehen nicht besonders gut aus. Haben Sie sich etwas eingefangen?«

»Ging mir schon besser.« Ich kramte in meiner Tasche nach meinem Mitarbeiterausweis und lächelte ihn an. »Ist Rowley schon da?«

»War noch dunkel, als er gekommen ist.« Joe grinste. »Sie wissen schon, der frühe Vogel …«

»Kann mich mal?«

Joe lachte auf und ließ mich durch das Drehkreuz. Ich klackerte auf meinen High Heels durch die marmorne Eingangshalle zum Aufzug und warf einen Blick zu der Glasdecke hundertfünfzig Meter über mir, durch die ich ein Stück grauen Himmels sah. In der Kathedralenakustik der Halle fühlte ich mich immer gleichzeitig winzig klein und enorm wichtig. Sie zog mich nach oben, richtete mich auf. Selbst an einem Tag wie heute.

Die Aufzugtüren öffneten sich im achten Stock, und ich steuerte die Nachrichtenredaktion an, eine Insel aus mehreren Schreibtischen in einer Ecke am Fenster, wo ich mich auf meinen Stuhl fallen ließ. Eine Brise Knoblauchgeruch zog zu mir herüber, und mir wurde schlecht. Ich legte den Kopf auf den Schreibtisch und wartete, dass es vorüberging. Ich musste etwas essen, doch schon der Gedanke daran verknotete mir den Magen.

Mein Schreibtisch war so gut wie leer. Keine Fotos, kein Bürospielzeug, nur eine Tasse mit der Aufschrift KEINE PANIK und ein Kaktus. Nicht der, den Tommy mir geschenkt hatte – der hatte keinen Monat überlebt. Entgegen der landläufigen Meinung brauchen Kakteen tatsächlich Pflege, sie überleben nicht einfach so. Trotzdem besorgte ich mir jedes Mal einen neuen, wenn wieder einer eingegangen war. Ich drückte mit dem Finger gegen einen der Stachel, bis er in meine Haut drang. Ein kleiner Blutstropfen quoll hervor, doch ich spürte nichts.

In Tommys Daumen steckte auch ein Stachel, als er mir den Kaktus geschenkt hatte.

»Autsch, Mist.«

Das war an einem seiner besseren Tage gewesen. Er wohnte zu der Zeit bei mir. War vor meiner Tür aufgetaucht und hatte fürchterlich gestunken. Obwohl ich sechs Monate lang nichts von ihm gehört hatte, wusste ich sofort, dass er es war, als es an der Tür klingelte. Tommy stand zitternd auf der Fußmatte, über seiner Schulter hing ein schäbiger Rucksack, vollgestopft mit irgendwelchem Müll; oben drauf ein versiffter Schlafsack, mit einem rostigen Spanngurt daran befestigt.

Er sah mich unsicher an. Sein Gesicht war kreidebleich, die Augen, früher so strahlend blau wie meine, trübe von Giftstoffen. »Hallo, Sops, meinst du, ich kann bei dir pennen?«

Ich nahm ihn in den Arm, drückte ihn fest an mich, das Gesicht in seinem blauen Parka vergraben und atmete den Dreck und die Einsamkeit der Straße ein, bis ich ein leises Schluchzen hörte; ich weiß nicht mehr, ob ich es war, die weinte, oder er. Seine Besuche waren jedes Mal aufs Neue hart. Ich drängte Tommy zu einer heißen Dusche und suchte ihm etwas zum Anziehen. Schon seit einer Weile verwahrte ich in einer Schublade ein paar Klamotten in seiner Größe, für den Fall, dass er auftauchte. Er nahm sie stets dankbar an, aber bei seinem nächsten Besuch waren alle Sachen, abgesehen von dem blauen Parka, wieder verschwunden.

Tommy kam in Jogginghose und T-Shirt zu mir in die Küche, fast schon wieder er selbst. Er war fünf Jahre jünger als ich und schon immer ein Hänfling gewesen. Ohne sich merklich zu verändern, hatte er sich in einen Erwachsenen verwandelt. Gut, sein sommersprossiges Gesicht war noch schmaler geworden, sein platinblondes Haar dicker und die Stimme etwas tiefer. Er überragte mich nur um wenige Zentimeter. Und unser eins neunzig großer Tyrann von einem Vater nahm das sehr persönlich, als hätte Tommy absichtlich aufgehört zu wachsen, nur um ihn zu ärgern. Er nannte Tommy den »Spatz« und höhnte, er müsse unter der Dusche von Tropfen zu Tropfen laufen, um überhaupt nass zu werden. Im Urlaub erwischte ich Tommy einmal dabei, wie er sich streifenweise Sonnencreme auf den Bauch schmierte, in der Hoffnung, die Illusion eines Waschbrettbauchs zu erzeugen.

Als wir klein waren, las ich ihm unter der Decke in Redcroft, unserem alten Herrenhaus in Surrey, Geschichten von Roald Dahl vor, in denen tapfere Kinder fiese Erwachsene besiegten. Ich wollte ihm zeigen, dass Liebe und Glück nicht von Größe und Stärke abhingen. Doch je weniger er wuchs, desto sackartiger wurden seine Klamotten, als zöge er sich in eine Rüstung aus Stoff zurück.

Mit dreizehn schoben sie Tommy aufs Internat ab, und ich konnte mich nicht mehr um ihn kümmern. Ich flehte meine Eltern an, ihn nicht wegzuschicken. Tommy war viel zu zart für die kalten, hohen Schlafsäle und grausamen Internatsrituale. Selbst in diesem Alter machte er manchmal noch ins Bett.

Mein Vater warnte mich davor, mich einzumischen. »Ich tue dem Spatz einen Gefallen. Dann wird er eben mal geneckt, na und? Das härtet ihn ab. Habe ich von deinem Großvater gelernt. Hat mir ja auch nicht geschadet, oder?«

Meine Mutter sagte überhaupt nichts. Irgendwie hegte ich immer den Verdacht, dass sie dahintersteckte. Ich würde bald mein Studium in Oxford aufnehmen, und wenn Tommy aus dem Weg wäre, könnte sie den lieben langen Tag in einer Puderwolke von Raum zu Raum schweben und sich in Ruhe ihren gingetränkten Bridgeabenden hingeben, um sich danach im Schlafzimmer einzuschließen, eine Platte aufzulegen und sich von Rachmaninow in den Schlaf wiegen zu lassen.

An jenem Abend, als er so heruntergekommen vor meiner Tür auftauchte, schob ich eine Tasse Tee über den Küchentisch und bemerkte die Einstichstellen an seinem Arm. Er zog hastig den Ärmel seines Pullovers herunter.

»Ich versuch's ja, Sops, erst lief es auch ganz gut ...« Er legte die schmalen Hände um die Tasse und starrte auf den Tee, als könnte er nicht glauben, dass er wirklich bei mir war.

»Morgen, Tommy. Schlaf erst mal. Das Bett ist frisch bezogen.« Ich fragte mich, wie lange er wohl nicht mehr in einem Bett geschlafen hatte. Als ich später am Abend nach ihm sah, schlief er tief und fest und in voller Montur – vermutlich eine alte Gewohnheit. Ich verkroch mich in meinem Schlafzimmer und bereitete mich geistig auf die zermürbenden Tage vor, die mich erwarteten.

»Da bist du ja!« Kate Fingersmith' wilder Lockenkopf tauchte über der Trennwand auf und riss mich aus meinen düsteren Gedanken. »Gott, du siehst scheiße aus.«

Kate war Anfang vierzig und eine Art Mentorin für mich. Sie war hartnäckig und respektlos, und ihr Gespür für heiße Storys war in der Zeitungsbranche legendär. Sie setzte sich auf meinen Schreibtisch, und eine Wolke von Bergamotte hüllte mich ein. Kate trug Herrenparfüm, da sie sich in Damendüften zu »aufgerüscht« fühlte.

Sie reichte mir eine Tasse Kaffee. »Trink das hier. Wo hast du dich rumgetrieben, Kent? Oder sollte ich lieber fragen, mit wem?«

Ich schob die Erinnerungen an Tommy beiseite. »Der Pennerlook ist dieses Frühjahr total angesagt. Was du wüsstest, wenn du ab und zu mal die Modeseiten unserer geschätzten Zeitung aufschlagen würdest.« Ich nahm einen Schluck und fuhr zusammen. Das Zeug war so stark, es grenzte an ein Wunder, dass sie bei ihrem Konsum nicht vibrierte wie ein Aufziehmännchen.

Kate deutete auf ihr Outfit. »Seh ich aus, als würde ich meine Zeit mit so einem Mist verschwenden?«

Da war etwas dran. Kates Lieblingsklamotten waren schlabberige Oberteile und zerknitterte Hosen, und mit ihrem kräftigen Körper wirkte sie darin wie ein schlecht gepackter Rucksack. »Na ja, es gibt Wichtigeres auf der Welt. Zum Beispiel meinen Artikel über Korruption in der Regierung. Und mit wem du gestern Abend um die Häuser gezogen bist.«

Sie sah mich listig an, und ich setzte eine Unschuldsmiene auf. »Keine Ahnung, wovon du redest.«

Kate seufzte. »Warum bist du überhaupt so spät? Der Sack schleicht schon den ganzen Morgen um meinen Schreibtisch herum und hält nach dir Ausschau.«

Sie sprach von Mack. Kate hatte ihm diesen Namen verpasst, da sie fand, er gehe »wie einer, dem man einen Tritt in die Eier verpasst hat«.

Ich erzählte Kate von den Vorfällen im *Rose Hotel*. »Natalia wollte sich mir nicht öffnen, aber ich habe nicht aufgehört, sie zu bedrängen, und jetzt das. Verdammte Scheiße.«

Kate legte mir die Hand auf die Schulter. »Mit so was

darfst du gar nicht erst anfangen. Natalia wusste, dass es riskant ist, mit einem Journalisten zu sprechen.«

Ich knallte die Tasse auf den Tisch, und die zwei Typen aus der Sportredaktion schreckten auf. »Das ist doch Schwachsinn, Kate. Wir müssen unsere Informanten schützen.« Ich schüttelte den Kopf. »Ich hätte sie gestern nicht gehen lassen dürfen.«

»Du bist nicht ständig für jeden verantwortlich, das weißt du, ja?«

Ich wusste, worauf sie hinauswollte, weigerte mich aber, darauf einzugehen. »Danke, dass du dir Sorgen machst, aber mir geht's gut.« Ich wandte mich dem Bildschirm zu.

»Wo zum Teufel hast du gesteckt?« Mack stand plötzlich hinter mir.

»Bei der Pediküre war sie, wo sonst?« Kate war die Wut deutlich anzumerken. Theoretisch war Mack als Ressortleiter ihr Vorgesetzter, aber Kate war zu lange im Geschäft, als dass sie sich irgendetwas von ihm hätte gefallen lassen.

»Tut mir leid, ich wollte es dir gleich erzählen.« Ich gähnte herzhaft, bereute es aber umgehend, als ich Macks Gesichtsausdruck sah. »Ich war an einem Tatort im *Rose Hotel*.«

»Als dein Vorgesetzter muss ich jederzeit wissen, wo du dich aufhältst.«

Er starrte mich bedeutungsvoll an. Natürlich entging mir der Subtext nicht. Er war wütend, dass ich ihn heute Morgen sitzen gelassen hatte.

»Es ging alles so schnell«, nuschelte ich in meine Tasse.

»Jetzt mach mal halblang.« Kate erhob sich vom Schreibtisch, stand Mack nun Auge in Auge gegenüber. »Wenn jemand ermordet wird, hält man sich nicht erst mit dem Papierkram auf. *Tut mir leid, Rowley, die Story ging flöten, weil ich erst noch allen Bescheid sagen musste, wo ich bin.«* Sie lachte schallend. Mack versteifte sich. »Warum befestigst du nicht gleich einen Peilsender an Sophie, dann können wir uns die Aufregung sparen.«

Mack starrte uns wütend an und zischte: »Wir sehen uns in der Konferenz.«

Er stolzierte davon, und ich spürte, wie die Atmosphäre sich von einem Moment auf den anderen klärte.

Kate grinste belustigt. »Das hat Spaß gemacht. Apropos Konferenz, darf ich vorschlagen, dass du dich noch ein bisschen aufhübschst? Du wirkst nicht gerade wie ein Ausbund an investigativem Talent.«

Ich ging schnurstracks am Spiegel vorbei und schloss mich in einer der Kabinen ein. Ich hatte nicht die geringste Lust, mich mit den Spuren der letzten Nacht zu konfrontieren. Die Sache mit Mack musste aufhören. Rowley hatte nicht das Geringste für Büroromanzen übrig (»Ihr scheißt doch auch nicht da, wo ihr esst«), und Gott weiß, was passieren würde, sollte er Wind von unserer Affäre bekommen. Bisher waren wir damit durchgekommen, aber Mack bewegte sich gefährlich nahe am Abgrund seiner Karriere. Und ich hatte Angst, dass er mich mit sich reißen würde. Natürlich gehören immer zwei dazu, aber nur einer von uns stünde am Ende als Schlampe da. Und das wäre nicht der mit dem Penis.

Das kalte Wasser auf meinem Gesicht brachte wenig Verbesserung. Ich kniff mir in die Wangen und wischte die verschmierte Tusche weg. Meine Haare rochen wie die Achselhöhle eines Feuerwehrmanns. Ich schaute an meinem Stella-McCartney-Hosenanzug hinab. Der Schnitt war edel, aber selbst ein tausendfünfhundert Pfund teurer Anzug sah aus, als käme er vom Wühltisch bei Primark, wenn man ihn nicht pflegte. Ich kratzte an dem kleinen, verkrusteten Fleck auf meinem Oberschenkel herum und suchte in meiner Handtasche nach einem Kaugummi. Dann richtete ich mich wieder auf und musterte mein Spiegelbild. Das musste reichen.

»Lasst uns die Ausgabe von gestern schnell durchgehen.«

Austin Landsdowne, der respekteinflößende stellvertretende Chefredakteur des *London Herald*, hielt die Zeitung vom Vortag hoch. Ich lehnte zusammen mit den anderen Journalisten, die noch nicht lange genug dabei waren, um mit am Tisch sitzen zu dürfen, an einer Wand in Konferenzraum zwei. Die Heizung lief auf Hochtouren, und einige Männer hatten die Jacketts abgelegt.

»Scheiße.« Kate saß auf einem Stuhl vor mir und fächerte sich mit ihrem Notizblock Luft zu. »Hier drin stinkt's wie im Pumakäfig.«

Irgendwer verströmte den Geruch von schalem Zigarettenrauch und etwas anderem, Undefinierbarem. Womöglich war ich der Übeltäter. Ich verlagerte das Gewicht von einem Fuß auf den anderen, während Austin damit loslegte, welche Artikel ins Schwarze getroffen hatten und welche nicht. Die Pläne der EU, die Geschwindigkeit auf der M3 auf hundert Stundenkilometer zu begrenzen, hatten die meisten Leserkommentare eingefahren, dicht gefolgt von einer Sichtung der Kardashians auf der Bond Street. Austin verdrehte die Augen und erntete ein paar verhaltene Lacher. Rowley, der zu seiner Linken saß, ließ sich nichts anmerken. Er war darauf bedacht, niemals etwas offen zu verschmähen, das die Leserzahlen steigerte.

Charlie Swift, der die Wirtschaftsredaktion leitete, zwinkerte mir zu. Ich grinste. Seit der Weihnachtsfeier 2008 waren wir miteinander befreundet. Charlie hatte in einem Spidermankostüm vor sich hin geschwitzt, und ich war als genervte Tinkerbell aufgetreten. Nach mehreren Wodka Martinis hatte er mir anvertraut, dass seine Frau vor Kurzem gestorben war. Im Laufe der Jahre, und während die Sache mit Tommy eskalierte, waren wir beide oft die Letzten im Büro gewesen und hatten die Arbeit als Ausrede benutzt, um nicht nach Hause gehen und uns den dunklen Gedanken stellen zu müssen. Dann hatte Charlie eine hübsche Hochzeitsplanerin kennengelernt und es nicht länger nötig gehabt, sich des Nachts in einem menschenleeren Büro aufzuhalten. Ich freute mich für ihn.

Austin schloss seine Kritik ab, und es herrschte Stille.

Rowley räusperte sich. »Die Ausgabe von heute. Hat irgendwer was für die Titelseite?«

»Was anderes als Operation Yewtree und Dave Lee Lewis kommt eigentlich nicht infrage«, meldete sich Spencer Storey aus der Lokalredaktion. Ein Raunen ging durch den Raum. Der ehemalige Moderator von *Radio 1* war gerade in einem Sensationsprozess in zehn Fällen vom Vorwurf des sexuellen Missbrauchs freigesprochen worden.

»Was da wieder abgelaufen ist«, sagte Austin kopfschüttelnd.

Rowley nickte. »Lewis hat am Vierundzwanzigsten noch eine Anhörung. Wir sollten live aus dem Gericht bloggen.«

Ich schaltete ab, als die Diskussion sich der neuen Fußballergeneration zuwandte, die in England große Erwartungen weckte. Plötzlich bemerkte ich, dass alle Blicke auf mich gerichtet waren.

»Wie bitte?«

Austin grinste hämisch. »Hättest du wohl die Güte, uns von deinen morgendlichen Aktivitäten zu berichten? Natürlich nur, wenn es dir keine Umstände bereitet.«

Ich spürte, wie mir die Röte ins Gesicht stieg. »Ähm, ja. Gestern Nacht wurde eine Achtzehnjährige ermordet. Im *Rose*.«

»Mhm.« Austin war mit seinem iPad beschäftigt und hörte nur mit halbem Ohr zu.

Ich räusperte mich. »Ein Model. Die London Fashion Week startet heute, einen Aufhänger hätten wir also schon mal.«

»Wir reden hier mindestens von Seite drei. ›Sexy Model in Londoner Nobelhotel erdrosselt‹. Das ist heiß, das verkauft sich.« In Macks Augen lag etwas Gieriges.

Ich wahrte einen neutralen Gesichtsausdruck. »Wenn man es so ausdrücken will.«

Rowley klopfte mit einem silbernen Stift auf seinen Notizblock. »Wissen wir, wer sie ist?«

»Die Polizei hat ihren Namen noch nicht bekanntgegeben, aber ich kenne sie. Sie heißt Natalia Kotow. Sie war eine Informantin für eine potenzielle Story.«

»Welche Story?« Austin hob den Kopf.

Ich erklärte, dass ich mich am Vortag mit Natalia getroffen hatte, um mit ihr über sexuellen Übergriff zu sprechen.

Austin schnaubte verächtlich. »Russin? Das war doch garantiert 'ne Nutte. Was ist da wohl passiert – Liebesspiel mit tragischem Ende?«

Ich wartete, bis alle zu Ende gegackert hatten, bevor ich antwortete. »Ich muss rausfinden, ob Natalia wegen ihrer Person oder wegen ihres Jobs ermordet wurde.«

»Wie meinst du das?« Rowley sah mich prüfend an.

»Ihr Gesicht war komplett zerschnitten. Der Mörder hat ihr symbolisch das genommen, womit sie ihr Geld verdiente.« Das Bild des Blutflecks auf dem Bett tauchte vor mir auf, und ich stockte. »Aber vielleicht ist das Motiv auch persönlicher Natur.«

»Was wissen wir über sie?« Niemand antwortete. »Wo ist das verdammte Modeteam?«

Eine Assistentin mit übergroßer Brille hob schüchtern die Hand. »Auf der Fashion Week.«

»Findet raus, was sie über das Opfer wissen, wenn sie wieder hier aufkreuzen.«

»Vielleicht wurde sie ermordet, weil jemand euch zusammen gesehen hat«, sagte Mack. Seine Stimme war eisig. Ganz offensichtlich hatte er keineswegs vor, mir mein Verschwinden heute Morgen zu verzeihen. »Möglicherweise hast du das Mädchen ja bedrängt?«

»Das reicht, Mack.«

Ich warf Rowley einen dankbaren Blick zu. »Schon möglich. Ich recherchiere auch in diese Richtung.«

»Und in welche noch?«, fragte Rowley.

»Zuerst will ich herausfinden, was zwischen unserem Treffen und dem Mord passiert ist. Beim Hotelpersonal bin ich schon weitergekommen. Außerdem stand sie ihrer Agentin sehr nahe. Wenn wir hier fertig sind, fahre ich zu *Models International*.«

»Du brauchst nicht zufällig jemanden, der dir das Diktiergerät hält?« Rupert Brewster aus der Sportredaktion klimperte mich an.

»Wahrscheinlich gibt es in den sozialen Netzwerken noch keine Reaktionen zu ihrem Tod, aber ich schau trotzdem mal nach. Sie hatte außerdem eine Mitbewohnerin, die mich vielleicht die Wohnung durchsuchen lässt.«

Rowley nickte. »Sag der Fotoredaktion, sie sollen Laufstegfotos von ihr auftreiben. Innerhalb der nächsten Stunde will ich was auf der Webseite haben, das strecken wir dann für die Printausgabe. Solange du nichts Neues weißt, hat es keinen Sinn, über ein persönliches Motiv zu spekulieren. Und halt den Namen aus der ersten Meldung raus. Die Konkurrenz soll ihre Arbeit schön selbst erledigen. Alles klar, gut.« Das Gespräch wandte sich anderen Themen zu, und ich atmete langsam aus.

»Gerade noch gerettet, Kent«, raunte Kate mir zu. »Nächstes Mal wartest du mit deinem Nickerchen besser bis nach der Konferenz.«

Zurück am Schreibtisch, spülte ich ein paar Schmerztabletten mit einem Schluck kaltem Kaffee runter und schrieb eine Meldung für die Webseite. Sobald der Onlineredakteur mir grünes Licht gegeben hatte, twitterte ich den Link. Dann suchte ich nach Natalias Facebookprofil. Sie hatte keins, aber ich stieß auf ihren Twitteraccount. Ihren ersten Tweet hatte sie im Juli abgesetzt, kurz nachdem sie nach London gezogen war.

@*N_Kotowofficial* Woohoo, ich liebe London, die beste Stadt der Welt!

Ich scrollte mich durch Natalias Feed, der hauptsächlich aus langweiligen Anmachsprüchen und dem ein oder anderen verzweifelten Schrei nach Aufmerksamkeit männlicher Verehrer bestand. Sie hatte es zu fünfzehntausend Followern gebracht, aber nie jemandem geantwortet. Bei einem Tweet vom sechzehnten August blieb ich hängen.

@*N_Kotowofficial* Hey, lass mich in Ruhe. Hör auf!

Das war ihr letzter Eintrag. Ich scrollte wieder nach oben. Die schwarzen Buchstaben tanzten auf dem Bildschirm Ringelrein. Ich stieß auf nichts, das besonders bedrohlich gewesen wäre.

@*mr_sound* Baby, ich brauch dich, ich brauch dich jetzt sofort.

@*Cityofbrides* Auf der Suche nach Liebe?

@*LyLaw* Was geht, Bitch? Wir sehen uns bei Givenchy!

Sogar ich wusste, dass sich hinter *@LyLaw* Lydia Lawson verbarg, berühmt-berüchtigtes Model und Liebling der Klatschpresse. Ich klickte auf die beiden anderen. Das Profilbild von *@mr_sound* zeigte einen Teenager auf einem Skateboard, dünne Beinchen in tief hängenden Shorts. Sein Feed war voller Ausrufezeichen und Abkürzungen, mit denen ich nichts anfangen konnte. Besonders verdächtig wirkte er nicht. *@Cityofbrides* hatte Natalia fast täglich gleichlautende Botschaften geschickt. Ich gab den Namen in die Suchmaschine ein, und mir wurde eine russische Partnervermittlung angezeigt, die mit dem Slogan »Hübsche osteuropäische Singlefrauen auf der Suche nach Liebe« warb.

»Hey, Kate?« Ich streckte den Kopf über die Trennwand. »Als du damals an der Story über die Ukrainerin gearbeitet hast, die ihren irischen Mann getötet hat, ist dir da die Webseite cityofbrides.ru begegnet?«

Kate hörte auf zu tippen. »Warte kurz.« Sie blätterte in ihrem Notizblock. »Nein, wieso?«

»Ist vielleicht harmlos, aber eine russische Partnervermittlung hat regelmäßig Tweets an Natalia geschrieben.«

»Kann gut sein. Eine Informantin hat mir damals erzählt, dass solche Agenturen potenzielle Bräute über die sozialen

Netzwerke kontaktierten. Sie locken sie mit hohen Geldbeträgen. So wie früher, als der Posteingang noch voller Penisvergrößerungsmails war.«

»Schließ mal nicht von dir auf andere.«

»Tu doch nicht so, als hättest du deinen nicht vergrößern lassen.«

Ich lachte kurz auf und wandte mich wieder meinem Bildschirm zu. Ob Natalia sich wohl bei der Webseite angemeldet hatte? Ich gab ihren Namen ein, fand jedoch nichts.

Ich nahm einen Schluck aus der Wasserflasche und klickte die jüngsten Bilder an. Eine Modestrecke im Fashionmagazin *W*. Natalia räkelte sich auf Satinlaken, mehr schlecht als recht von mehreren Schichten neonfarbenen Chiffons bedeckt. Sie trug eine Perücke wie aus Zuckerwatte und kokettierte mit leicht geöffnetem Mund mit der Kamera. Eine Lolita auf LSD. Der Fotograf war Liam Crawford.

Glühende Hitze breitete sich in meinem Nacken aus. Liam war das Enfant terrible der Modefotografie und Lydia Lawsons Freund, von zahlreichen Beziehungspausen mal abgesehen. Doch ich kannte ihn schon länger. Liam und ich hatten beide das St Hugh's College in Oxford besucht, bevor er das Studium zugunsten der Fotografie abgebrochen hatte, sehr zum Missfallen der weiblichen Studentenschaft. Zahllose Gespräche waren bis dahin im Angesicht seiner Wangenknochen ins Stocken geraten. Ich hatte mich stets geweigert, Teil der schmachtenden Masse zu werden, und mich von ihm ferngehalten. Bis Liam und ich uns am Abend des Keble Ball begegnet waren. Eine Szene jenes hitzigen Abends blitzte vor mir auf. Die Flasche rutschte mir aus der Hand und rollte über den Schreibtisch.

Ich rief Instagram auf. Bei Natalias letztem Foto musste ich zweimal hingucken. Ein leicht verschwommenes Selfie von Natalia und Lydia bei einer Party des Designers Leo Brand im *Rose Hotel* am Abend des Mordes. Unter dem Foto stand: *#leobrand4eva #lylawdurockst*. Lydia formte einen Kussmund mit den Lippen, das dunkle, schulterlange Haar fiel ihr ins Gesicht. Natalia warf lachend den Kopf zurück und setzte ihre klaren Züge gekonnt in Szene. Sie ähnelten einander wie Schwestern. Der Money Shot, dachte ich grimmig. Ich kopierte das Bild in eine E-Mail und schickte es der Fotoredaktion. Natalia war also vor ihrem Tod mit Lydia zusammen gewesen. Ich musste so schnell wie möglich an sie herankommen, aber während der Fashion Week war das leichter gesagt als getan. Natalia und Lydia wurden von derselben Agentin vertreten, Cat Ramsey.

Kate telefonierte, also schickte ich ihr eine kurze Mail.

Wenn der Sack fragt: Bin bei Models International. Warte nicht auf mich.

7

Ich stand vor den gläsernen Türen von *Models International* und bewunderte den imposanten Eingangsbereich. Die Lobby wirkte wie aus einem Designmagazin. Über der orangefarbenen Rezeption hing ein riesiger pyramidenförmiger Leuchter. Übergroße Fotografien der bekanntesten Gesichter von *Models International* zierten die Wände. Tammy French, Nadja Wodiowa, Lydia Lawson. Selbst zwischen den schönsten Frauen der Welt stach Lydia noch hervor. Katzenaugen in der Farbe tiefblauer Tinte in einem kantigen Gesicht mit vollen Lippen. Sie war eine Mischung aus Liz Taylor und Angelina Jolie und wirkte verdammt einschüchternd.

Ein äußerst attraktives dunkelhäutiges Mädchen saß steif auf einer olivgrünen Couch, auf dem Schoß eine ungelesene Zeitschrift. Immer wieder schaute sie zur Rezeption, wo sich zwei Frauen angeregt unterhielten. Die eine wirkte eher wie das Mädchen von nebenan, aber die andere mit ihren bananengelben Haaren hatte was. Ich schaute in den wolkenverhangenen Himmel und hoffte, es werde nicht regnen. Ich musste den richtigen Moment abpassen.

Ein Grüppchen in Pluderhosen, dunklen Strickpullis mit Zopfmuster und Bikerboots näherte sich dem Gebäude. Ich schätzte sie auf Mitte zwanzig, zwei von ihnen blieben in meiner Nähe stehen, um zu rauchen. Ich zückte mein Handy und tat so, als führte ich ein Gespräch.

»Ich mein, das ist echt beschissen.« Das aschblonde Mädchen zog an einer Zigarette, deren Spitze vor ihren schwarzen Klamotten orange aufleuchtete. »Ich musste ihr Mittagessen mit Christopher absagen. Glaub mir, irgendwas stimmt hier nicht. Erst bekommt der Drachen einen Anruf, und dann lässt sie sofort die Jalousien runter.« Sie schnippte die Kippe in eine Pfütze. »Die Fashion Week ist in vollem Gange, verdammt noch mal. Wir ertrinken in Arbeit. Echt, so eine Scheiße.«

Ihr Begleiter fuhr sich mit dem Handschuh über den kahl rasierten Schädel. In seinem Ohrläppchen steckte ein winziger Stoßzahn. »Mein Rat: Wenn der Drachen so drauf ist, zieh den Kopf ein, sonst reißt sie ihn dir ab.«

Sie gingen durch die Drehtürr und ich nutzte die Gelegenheit, um hinter ihnen an der Rezeption vorbeizuschlüpfen, dankbar, dass ich wegen meiner Größe so leicht zu übersehen war. Ich folgte ihnen in ein geräumiges Büro mit Betonböden und Rohrleitungen an der Decke. In der Mitte saßen Mitarbeiter an langen Schreibtischen aus Walnussholz einander gegenüber. Angesichts des vorherrschenden Chaos blieb ich kurz überwältigt stehen. Gegen das hier war die Nachrichtenredaktion ein Kloster.

»Ich hab Dominic dran!«, schrie eine gertenschlanke Brünette quer durchs Büro. »Joan ist nicht aufgetaucht. Wann sollte sie da sein?«

Ein Mann mit wasserstoffblonder Haartolle schoss an mir vorbei und hinterließ einen Duft von würzigem Aftershave. An seinem Ohr klemmte ein Handy. »Erdems Show fängt später an. Beißt sich das mit Serenas Haaren und Make-up bei Burberry?«

Ich vermutete, dass Cat Ramsey als Agentin ein eigenes

Büro besaß. Der Raum neben mir stand leer, aber im Eckbüro waren die Jalousien heruntergelassen. Ich hoffte, dass ich bei all dem Zirkus nicht weiter auffiel, steuerte den gläsernen Kasten an und öffnete ungeniert die Tür.

Cat Ramsey saß hinter ihrem Schreibtisch über eine Handtasche gebeugt und kramte darin herum. Ein eleganter blonder Bob verbarg ihr Gesicht. Als sie aufsah, offenbarte das ihre gemeißelten Züge. Schwer zu sagen, wie alt sie war, ich schätzte sie auf etwa fünfzig. Die Haut spannte über den Knochen. Für diesen Gesichtsausdruck hatte sie sicher einiges hingeblättert. Dank des roten Lippenstifts wirkte ihre Haut wie aus Porzellan, ihr kräftiger Körper war in eine schwarze Tunika gehüllt.

Cat runzelte die Stirn, wobei sich ihre Muskeln kaum bewegten. Ich zögerte kurz, überlegte, wie ich die Sache angehen sollte. In meinem Job hängt alles davon ab, blitzschnell in den Menschen zu lesen. In neun von zehn Fällen wollen sie nicht mit mir reden, deswegen bleibt mir nur ein Atemzug, ein Wimpernschlag, um ihre Körpersprache zu deuten und eine Strategie zu entwerfen.

Bei Cat entschied ich mich für den direkten Weg. »Tut mir leid, dass ich hier so reinplatze. Ich möchte mit Ihnen über Natalia Kotow sprechen.«

»Woher wissen Sie … Wer sind Sie?« Dieser Ton. Offensichtlich war mit Cat nicht zu spaßen. Sie sprach außerdem mit einem Akzent, den ich nicht ganz einordnen konnte.

Ich ließ mich nicht aus der Ruhe bringen. »Ich heiße Sophie Kent und arbeite beim *London Herald*.« Sie machte augenblicklich dicht. »Bitte, bevor Sie mich rauswerfen … Ich will nur kurz mit Ihnen reden.«

»Und warum sollte ich an einem Gespräch mit der Presse interessiert sein?«

»Ich kann es Ihnen erklären. Bitte, es dauert nur eine Minute.«

Sie musterte mich streng. »Eine Minute. Mehr habe ich nicht für Sie.«

Ich nickte und setzte mich ihr gegenüber an den Schreibtisch. »Natalia und ich haben an einer Story gearbeitet.«

Cat klammerte sich fest an die Tasche auf ihrem Schoß. »Das bezweifle ich. Natalia hat kaum den Mund aufgemacht, schon gar nicht vor Journalisten.«

»Da liegen Sie falsch. Mit mir hat sie gesprochen. Am Anfang etwas zögerlich, aber wir waren auf einem guten Weg.«

»Worum ging es in dieser Story?«

Ich holte tief Luft und erzählte, wie ich Natalia in ihrer Wohnung kennengelernt hatte, beschrieb, in welcher Verfassung sie damals gewesen war und die zahlreichen blauen Flecke.

»Und wann war das?« Cat bemühte sich um einen nonchalanten Ton, doch ich hörte die Angst dahinter.

»Letzte Woche. Ich habe mir Sorgen um sie gemacht, deswegen bin ich an ihr drangeblieben.«

Cat schaute auf die Uhr. »Ihre Zeit ist um.«

»Kommen Sie schon, Cat. Ich will doch nur helfen.«

»Ach ja? So wie ich das sehe, haben Sie sich hier Zutritt verschafft, um irgendwelchen Dreck für Ihre Zeitung auszugraben.«

Cats Worte trafen mich, und ich reagierte unverblümter als beabsichtigt. »Wussten Sie, dass Natalia vergewaltigt wurde?« Ich war beeindruckt, dass Cat sich nichts anmerken ließ. »Was wissen Sie darüber?«

»Ich weiß, dass es Sie nichts angeht.«

»Und schon wieder liegen Sie falsch. Als ich mich gestern mit Natalia getroffen habe, wollte sie den Namen des Täters preisgeben, aber irgendwas jagte ihr Angst ein, und sie sprang ab. Sie war völlig verängstigt. Und nur Stunden später war sie tot. Ich hätte sie nicht gehen lassen sollen. Ich kann Ihnen also versichern, dass es mich sehr wohl etwas angeht, dass man Natalias Vergewaltiger und Mörder ausfindig macht, ob es sich um dieselbe Person handelt oder nicht.«

Cat starrte mich an, und dann, urplötzlich, vergrub sie das Gesicht in den Händen. »Gott, ich fasse es nicht, dass das wirklich passiert.«

Sie schniefte, und ich reichte ihr ein Taschentuch, nutzte den vorübergehenden Riss in der Fassade. Sachte bohrte ich nach. »Hat Natalia Ihnen erzählt, wer sie vergewaltigt hat?«

»Nicht wirklich«, antwortete Cat mit gesenktem Kopf, »aber ich hatte so einen Verdacht. Sie hatte einen Rückfall ...«

»Drogen?«

Es entstand eine Pause. »Das hier ist vertraulich. Ich will nicht, dass sie in Ihrer Zeitung als Junkie dargestellt wird. Ich kümmere mich schon lange genug um Models, um die Anzeichen zu erkennen. Dunkle Ringe unter den Augen, starker Gewichtsverlust, ständiges Verschlafen. Ich habe Natalia um ein Gespräch gebeten. Es war ein heißer Augusttag, aber sie trug kniehohe Stiefel und einen dicken Pullover.« Ich musste an Tommy denken. Er hatte immer gefroren, egal, wie warm es draußen war. »Erst stritt sie es ab, behauptete, sie schlafe einfach nur schlecht. Ich habe ihr gesagt, wenn sie nicht davon loskommt, setze ich sie in den nächsten Flieger zurück nach Russland.«

»Ich dachte, in der Modebranche gehören Drogen dazu«, sagte ich mit unverhohlener Skepsis.

Cats Stimme war kalt wie Eis. »Nicht in meiner Agentur. Ich kann mir keine Sentimentalitäten leisten. Mit jedem Jahr wird es schwieriger. Mehr Models, weniger Jobs, weniger Geld. Meinen Mädchen sage ich immer, du bist immer nur so überzeugend wie dein letzter Job. Ein guter Ruf ist alles. Durchgefeierte Nächte, unreine Haut und schlechte Laune – damit kommt man nicht mehr durch. Was ich damit sagen will: Sobald mir etwas Derartiges bei einem Mädchen auffällt, ersticke ich die Sache im Keim.«

»Und wie?«

»Selbsthilfegruppe, Entziehungskur, was auch immer. Es hängt ganz davon ab, wie viel ich in das Mädchen investiert habe. Natalia hat noch nicht das große Geld gebracht, sie war ja quasi erst seit fünf Minuten dabei. Aber ich setzte große Hoffnung in sie. Sie war definitiv eine Investition wert. Ihr Aussehen ist extrem in – androgyner Typ mit großen Augen –, aber es war mehr als das. Ihre Schönheit hatte etwas Zerbrechliches. Als wüsste sie nicht, wie umwerfend sie ist. Diese Unschuld ist genau das, worauf die Modeindustrie scharf ist.« Cat schraubte eine Flasche Evian auf und goss sich davon ein. »Bei manchen reicht schon ein ernstes Gespräch. Bei anderen braucht es etwas mehr Überzeugungskraft. Ich gebe ihnen jedenfalls nur eine Chance, clean zu werden, danach sind sie raus.«

Ich trug immer noch meinen Mantel, mir war heiß und ich schwitzte. Wie gerne hätte ich einen Schluck von Cats Wasser getrunken. »Und hat Natalia ihre Chance genutzt?«

Cats Handy klingelte. Sie schaute auf das Display und seufzte theatralisch, ging jedoch nicht ran. »Zuerst schon, aber dann rutschte sie wieder ab. Ich wollte ihr sagen, dass sie ihre Koffer packen kann, aber ich brachte es nicht über mich. Ich habe sie zu einer Selbsthilfegruppe geschickt. Ich dachte, es würde funktionieren. Entschuldigen Sie bitte.« Cats Handy klingelte erneut, und diesmal drehte sie sich weg und nahm den Anruf entgegen.

Ihr Büro war glatt und aufgeräumt, ganz wie die Besitzerin. In den Regalen hinter dem Schreibtisch standen gerahmte Titelseiten, Auszeichnungen und Trophäen. In eine davon waren zwei Ruder eingraviert, auf der Plakette stand: EINER DER FRAUEN, 1. PLATZ, 2000. An der Wand hing ein großes Whiteboard, darauf der Zeitplan für die London Fashion Week. Die Spalten waren jeweils mit dem Namen eines Models überschrieben. Unter *Lydia Lawson* stand: *Jemima Snow. Berkeley Square, Samstag 12:00.* Jemima Snow war die Altmeisterin der britischen Fashionindustrie. Ich vermerkte mir den Termin in meinem Notizbuch. Auf einer Kommode standen zwei identische gerahmte Fotos von Cat und Lydia, Arm in Arm, das glänzende Empire State Building im Hintergrund. An einem Rahmen klebte ein Post-it mit der Notiz: *Lydia schicken, Sloane Gardens 42.*

Cat legte auf. »Ein Andenken an die Fashion Week in New York. Ich habe einen Abzug für Lydia bestellt.«

Wie viel Zeit blieb mir noch?

»Welchen Eindruck hat Natalia bei Leo Brands Party auf Sie gemacht?«

Cat wog ihre Worte sorgsam ab. »Sie war ein bisschen neben der Spur.«

»Soll heißen …?«

»Sie war betrunken, wenn ich ganz ehrlich bin. Ich habe ihr gesagt, sie soll sich zusammenreißen. Nathan Scott hat auf der Veranstaltung fotografiert, und ich wollte nicht, dass er Natalia dabei ablichtet, wie sie eine Szene macht.«

»Und hat sie sich zusammengerissen?«

»Ich weiß es nicht. Mein verfluchter Akku war leer. Ich musste ins Business Center, um einen Anruf zu erledigen. Als ich zurückkam, war Natalia schon nicht mehr auf der Party. Ich nahm an, dass sie meinen Ratschlag beherzigt hatte und ins Bett gegangen war. Gegen halb zwölf habe ich mich dann auf mein Zimmer zurückgezogen, als die Party etwas wilder wurde.« Sie lächelte knapp. »Ich bin keine große Freundin von Alkohol. Und normalerweise quartiere ich mich auch nicht in teuren Hotels ein, aber ich kam direkt aus New York und konnte mich kaum noch auf den Beinen halten.«

»Sie müssen ziemlich verärgert gewesen sein, nach all dem, was Sie für Natalia getan hatten.«

Cat seufzte. »Ich war mehr als verärgert. Ich wollte ihr heute so richtig die Meinung geigen. Aber dann …« Ihr Kinn zitterte.

»Wie sind Sie auf Natalia aufmerksam geworden?«

Cat strich sich das Haar glatt und lehnte sich zurück. »Ich habe sie selbst entdeckt. Zweimal im Jahr fahre ich nach Osteuropa und suche nach frischen Gesichtern. Letztes Mal habe ich die ausgetretenen Pfade verlassen und bin nach Iwanowo gefahren, vier eiskalte Autostunden von Moskau entfernt.« Sie trank einen Schluck Wasser und hinterließ dabei rote Lippenstiftspuren auf dem Glas. »Ich saß in einem Taxi, auf dem Weg zu einem Casting. Der Fahrer trug eine Pelzmütze, obwohl die Heizung voll aufgedreht war. Wir blieben im Stau stecken, und da sah ich sie. Sie saß an einer Bushaltestelle, mit gefalteten Händen wie auf einem Klassenfoto.« Cat tippte mit einem Fingernagel gegen das Glas. »Schönheit ist nur schwer in Worte zu fassen. Ich mache das jetzt schon sehr lange und kann es Ihnen immer noch nicht erklären. Aber manchmal hat man so ein Gefühl. Ein Flattern im Magen. Als wäre es vorherbestimmt, dass man genau dieses Mädchen an diesem Morgen auf dieser Straße findet.«

Zum ersten Mal lächelte sie aufrichtig. »Natalia war in Gedanken versunken und hat mich zuerst gar nicht bemerkt. Dann sah sie mich an, und es war um mich geschehen. Sie hatte etwas Verletzliches an sich. Das Leben hatte es nicht gut mit ihr gemeint.«

»Was wollen Sie damit sagen?«

»Ich weiß auch nicht. Sie schien vor irgendwas oder irgendwem davonzulaufen. Sie ist in einer armen Familie in den erbarmungslosen Wintern von Iwanowo aufgewachsen. Sie war härter, als ich dachte, aber hier drüben hatte sie zu kämpfen. Das sieht man oft bei Mädchen aus armen Verhältnissen. Manche passen sich schnell an, während andere …« Cat starrte in ihr Wasserglas.

Ich ließ ihr einen Moment Zeit, dann beugte ich mich vor. »Wissen Sie, warum Natalia nicht mehr getwittert hat? Ihr Account war noch aktiv, aber nach dem sechzehnten August hat sie nichts mehr gepostet.«

Cat seufzte. »Nein. Wir haben wiederholt darüber gesprochen. Unsere Models sind vertraglich verpflichtet, in den sozialen Netzwerken so aktiv wie möglich zu sein. Für Designer ist heutzutage die Zahl der Follower wichtiger als das Portfolio. Aber Natalia wurde nicht so richtig damit warm. Vielleicht hat sie sich für ihr Englisch geschämt.«

»Können Sie sich vorstellen, wieso sie mich gestern sitzen gelassen hat?«

Cat schüttelte den Kopf. »Nein. Ich weiß auch nicht, wieso sie gestern Abend in so einer Verfassung war. Seit die Polizei angerufen hat, denke ich an nichts anderes. Ich hatte sie seit etwa einer Woche nicht mehr gesehen.« Sie blätterte in dem ledernen Kalender auf ihrem Schreibtisch. »Ich habe mich ein paarmal bei ihr gemeldet, aber alles schien in Ordnung. Ich wünschte, sie hätte sich mir anvertraut.« Cat wischte sich eine imaginäre Träne aus dem Augenwinkel. »Tut mir leid. Es ist nur … Es ist meine Aufgabe, mich um diese Mädchen zu kümmern.«

Meine Zeit war fast um.

»Wissen Sie, ob Natalia sich bei einer Partnervermittlung angemeldet hat, die Osteuropäerinnen mit Briten verkuppelt?«

Cat wirkte überrascht. »Sie meinen, so wie bei diesen Katalogbräuten? Davon weiß ich nichts. Gott, ich hoffe nicht.«

»Eine Frage hätte ich noch. Haben Sie die Nummer von Natalias Mitbewohnerin? Eva Kaminski?«

»Sie gehört nicht zu mir, aber wir geben auch sonst keine Kontaktdaten von Klientinnen heraus. Und jetzt entschuldigen Sie mich bitte, ich glaube, ich habe Ihnen mehr als genug meiner Zeit gewidmet.«

Ich schob meine Visitenkarte über den Schreibtisch. »Könnten Sie Eva meine Nummer geben? Bitte. Ich will mich nur mit ihr unterhalten. Und wenn Ihnen noch etwas einfällt, würde ich mich sehr über einen Anruf freuen.«

Cat studierte aufmerksam meine Karte. »Und nichts davon wird veröffentlicht?«

»Nicht, wenn Sie nicht damit einverstanden sind. Ich meine das ernst. Sie können mir vertrauen. Ich will herausfinden, wer Natalia umgebracht hat, mehr nicht. Mir geht es nicht um Sensationsgeheische. Das überlasse ich der Boulevardpresse.«

Die Drehtür katapultierte mich wieder hinaus in die Kälte. Die Luft fühlte sich an wie ein nasser Teppich. Nicht weit entfernt bohrte ein Arbeiter mit einem Presslufthammer den nassen Asphalt auf, bei dem Lärm platzte mir fast der Schädel. Ein bernsteinfarbenes Licht leuchtete in der Ferne, und ich winkte müde das Taxi heran.

»In die Bywater Street.« Ich ließ mich in den Ledersitz sinken und schloss die Augen, während die Stadt um mich herum lautstark gegen den Einbruch der Nacht protestierte.

8

Das Taxi hielt vor einer Zeile pastellfarbener viktorianischer Häuser, und ich sprang die Stufen zu Nummer sieben hoch. *Zu Hause*. Im Flur blieb ich kurz stehen und lauschte dem gedämpften Ticken der Standuhr, atmete den hölzernen Duft der warmen Eichendielen und den Geruch vergangener Mahlzeiten ein. Ich streifte die Schuhe ab, tappte in die Küche, schaltete den Fernseher ein und wieder aus. Ich konnte mich eh nicht darauf konzentrieren. Der Hals marmorweiß. Die Haut mit Würgemalen übersät. Blutspuren, die zum Rand hin heller wurden. Entstelltes Fleisch und Rosenblüte. Ich stürzte ein Glas Wasser hinunter und hechtete umgehend Richtung Bad. Ich schaffte es gerade noch rechtzeitig, würgte heiße gelbe Galle. Dann sank ich auf den Boden zwischen Toilette und Wand und gab mich meinem Selbstmitleid hin.

Die Eingangstür wurde geöffnet.

»Soph?« Poppys Stimme, heiser mit einem leichten Lispeln.

»Ich bin hier drin.« Ich hatte mir gerade den Mund ausgespült, als meine Mitbewohnerin den Kopf durch die Tür steckte. Dank des feuchten Wetters war ihr kastanienbrauner Bob struppig und gewellt. Ein hübsches Lächeln lockerte ihre markanten Züge auf. Es wirkte stets, als hätte sie die Pointe einen Wimpernschlag vor allen anderen gehört.

»Schlechter Tag?«

»Mhm.« Ich trocknete mir die Hände ab.

Poppy half mir in die Küche, wo ich mich auf die Arbeitsplatte hievte und ihr beim Teekochen zuschaute. Sie war groß und kräftig, bewegte sich aber voller Anmut.

»Gestern Nacht hab ich geträumt, dass du nach Albuquerque gezogen bist.« Sie nahm kichernd zwei Tassen aus dem Schrank. »Du hast bei mir ins Zimmer geguckt und ganz lässig gemeint, die *Albuquerque Times* hätte dir eine Stelle angeboten.«

Ich musste unwillkürlich lächeln. »Und du hast mich einfach so ziehen lassen?«

»Ich hab gesagt, du sollst Walter White von mir grüßen, und bin wieder eingeschlafen. Ich schau anscheinend zu viel *Breaking Bad*. Im Ernst, letztens hat mich jemand gefragt, was ich gerne koche, und mein erster Gedanke war Crystal Meth. Hier.« Sie schob mir eine Tasse Tee zu und musterte mich. »In meinem Traum hast du allerdings besser ausgesehen. Nicht ganz so … elend und grau.«

»Albuquerque, hm? Das hört sich ziemlich verlockend an.«

Poppy schaute mich argwöhnisch an. »Du bist gestern Nacht nicht nach Hause gekommen.«

In meiner Kehle brannte es empfindlich, als ich den Tee schluckte. »Ganz im Ernst, wenn unsere Nachbarin ihren Fernseher noch lauter stellt, können wir unseren abmelden.«

Poppy seufzte. »Mein Tag war jedenfalls ziemlich toll, danke der Nachfrage. Ich hab doch am Samstag einem Mädchen meine Nummer gegeben, und jetzt will sie mit mir ausgehen. Und ich bin kurz davor, die Verhandlungen über die Fentonfleet-Sache abzuschließen, deswegen schickt mich die

Kanzlei am Sonntag nach New York.« Sie taxierte mich unauffällig. »Und um dem Ganzen die Krone aufzusetzen, gab es in der Kantine mein Lieblingssandwich: Pute mit Cranberrysoße.« Sie verschränkte die Arme vor der Brust. »Okay, jetzt bist du dran.«

»Ich bin aufgewacht, alles war beschissen. Dann wurde es noch schlimmer.« Ich rutschte von der Arbeitsplatte. »Ich muss noch was arbeiten.«

Ich war schon fast an der Tür, als Poppy sich noch einmal zu Wort meldete. »Soph, ich bin für dich da, wenn du mich brauchst.«

Ich knipste die Schreibtischlampe an und ließ die Jalousien herunter. Ich bereute schon jetzt, dass ich so fies zu Poppy gewesen war. Schnell schob ich den Gedanken beiseite und seufzte. Nach Tommys Tod hatte ich das dritte Schlafzimmer in ein Büro umfunktioniert, es aber noch nicht eingerichtet. Derzeit standen neben ein paar Regalen nur ein Drehstuhl und ein Schreibtisch aus den Fünfzigern darin, den ich von meiner Großtante geerbt hatte. Abgesehen von ein paar abgegriffenen Büchern, herrschte in den Regalen gähnende Leere: *Frühstück bei Tiffany* von Truman Capote, sämtliche Sherlock-Holmes-Bände (die ich im Alter von dreizehn Jahren komplett verschlungen hatte) sowie Nachschlagewerke über Kriminalistik und das britische Rechtssystem. Über dem Schreibtisch hing eine Pinnwand. Ich holte ein Foto von Natalia aus meiner Tasche und pinnte es in die Mitte.

Cats Worte, dass Natalie vor etwas oder jemandem aus ihrer Heimat davongelaufen sei, hatten mich nachdenklich gemacht. Ich wusste kaum etwas über ihr Leben in Russland.

Ich stärkte mich mit einem Schluck Tee, suchte auf meinem Laptop nach dem russischen Telefonbuch und tippte unter »Nachname« Kotow, unter »Ort« Iwanowo ein. Dreißig Einträge wurden mir angezeigt. Iwanowo war vier Stunden voraus, also war es dort jetzt zwei Uhr morgens. Und das war nicht das einzige Problem. Ich beherrschte kein Russisch. Selbst wenn ich Natalias Familie aufspürte, war nicht davon auszugehen, dass sie Englisch sprachen. Das hier konnte ich nicht alleine übernehmen. Ich scrollte mich durch die örtlichen Nachrichtenseiten, fand die E-Mail-Adresse eines gewissen Michail Chernow, Reporter bei der Iwanowo Post, und bat ihn in einer Mail um Hilfe.

Poppy rumorte in der Küche, mein Magen knurrte vernehmlich, doch ich ignorierte ihn. Ich schloss den USB-Stick mit dem Überwachungsvideo aus dem *Rose* an, und das körnige Bild der Lobby erschien auf meinem Bildschirm.

Eine halbe Stunde später nahm ich das Material nur noch verschwommen wahr. Bisher hatte ich den üblichen Trubel gesehen, den man in einem Londoner Hotel erwartet. Eine Familie mit riesigen Koffern checkte aus, ein Mann mit Schirmmütze saß auf einem Sessel und las Zeitung, eine Gruppe japanischer Touristen kehrte vom offenbar erfolgreichsten Einkaufsbummel aller Zeiten zurück. Um achtzehn Uhr vierundzwanzig traf Natalia ein. Über der Schulter trug sie eine kleine schwarze Reisetasche. Nach weniger als fünf Minuten an der Rezeption verschwand sie im Aufzug. Ab neunzehn Uhr fünfzig versammelten sich elegant gekleidete Leute an der verspiegelten Bar.

»Pops!«, rief ich über die Schulter. »Darf ich dich kurz was fragen?«

Poppy erschien im Türrahmen, den Geruch von Lasagne im Schlepptau.

»Nach deinem *Vogue*-Abo und deinen männerfeindlichen Schuhen zu urteilen, bist du der modebewussteste Mensch in meinem Umfeld.«

Poppy wischte sich die Hände an der Schlafanzughose ab. »Du meinst wohl, ich bin der einzige modebewusste Mensch in deinem Umfeld.«

Ich lächelte liebenswürdig. »Ich bin auf deinen sechsten Modesinn angewiesen. Erkennst du hier auf dem Video irgendwen?«

Poppy beugte sich über mich und inspizierte den Bildschirm.

»Das da ist Anna Wintour, Chefredakteurin der *Vogue*. Zieh dir mal ihre neue Kurzhaarfrisur rein. Faszinierend!« Sie war voller Bewunderung, und ich lächelte in meine Tasse. »Und das in dem Catsuit ist Daphne Leonard. Sie ist mit Giles Thompson verheiratet, dem Chef von Sony. Die trägt sogar zum Einkaufen nur Designermode.« Sie korrigierte sich. »Nicht, dass sie jemals einkaufen gehen würde.«

»Was ist mit dem hier?«

Ein Mann mit wasserstoffblonder Tolle durchquerte die Lobby. Sein silberner Anzug schillerte im Blitzlicht einer Kamera.

Poppy verschränkte die Arme. »Du solltest öfter vor die Tür gehen. Das ist Amos Adler.« Poppy schüttelte verständnislos den Kopf. »Dem gehört *stitched.com*, die Promiwebseite meines Vertrauens.«

Ich kannte den Mann, der jetzt in zerrissenen Jeans durch das Bild schlenderte. Auf seinem Pullover prangte ein Aufdruck: ARM, ABER SEXY.

Poppy seufzte. »Wenn ich anders gewickelt wäre, würde ich Liam Crawford nicht von der Bettkante stoßen.«

Ich räusperte mich.

Um zwanzig Uhr sechzehn erschien der Ehrengast, Leo Brand, aufgestylt und selbstbewusst mit Lydia Lawson am Arm. Sie trug ein schimmerndes schwarzes Paillettenkleid, schmiegte sich an Leo, warf ihr glänzendes Haar zurück und lachte über eine seiner Bemerkungen.

Um zwanzig Uhr sechsundzwanzig öffneten sich die Aufzugtüren, und Natalia trat in dem goldfarbenen Kleid heraus, das ich morgens an ihr gesehen hatte. Die dunklen Haare hingen ihr wie ein Schleier ins Gesicht. Sie huschte durch die Lobby, blieb stehen und sah sich um. Huschte weiter, blieb stehen, sah sich erneut um. Das wiederholte sie dreimal.

»Was treibt die denn da?« Poppy beugte sich weiter vor.

Jedes Mal, wenn Natalia stehen blieb, wandte sie ruckartig den Kopf. Beim letzten Mal hielt ich das Video an und zoomte auf ihr Gesicht. Mir blieb die Luft weg. Sie sah aus wie ein Reh, das in den Gewehrlauf eines Jägers schaut. Ich spulte zurück zu der Stelle, an der Natalias seltsamer Tanz durch die Lobby begann. Wo schaute sie hin?

An der unteren rechten Ecke erschien immer wieder der Fotograf im Bild.

Der Fotograf.

Ich spulte noch mal zurück.

»Pops, sieh dir das an.« Der Fotograf stand hinter Natalia und drückte im Sekundentakt den Auslöser. »Meinst du, er hat das drauf, was Natalia so anstarrt?« Ich streckte mich. Meine Muskeln schmerzten.

»Scheiße! Die Lasagne.« Poppy eilte davon. »Dauert nur zehn Minuten.«

Ich wollte gerade den Laptop zuklappen, als mein Blick an dem Mann mit der Schirmmütze hängen blieb. Er saß immer noch mit der Zeitung auf dem Schoß in seinem Sessel, das Gesicht vom Kragen seiner Lederjacke verdeckt. Ich checkte die Zeitanzeige. Er saß seit über zwei Stunden da. Ich spulte das Video zurück und konzentrierte mich nur auf ihn. In zwanzig Minuten blätterte er seine Zeitung kein einziges Mal um. Um zweiundzwanzig Uhr fünfundvierzig stand er auf und ... Ich beugte mich vor. Das war merkwürdig.

Mein Laptop zeigte den Eingang einer E-Mail von Charlie Swift an.

Betreff: WTF?

Klick auf den Link, Tink (hey, das reimt sich).

Spidey

Charlie hatte die URL zu einem Artikel über *Kent Industries* angefügt, in dem es um die milliardenschwere Übernahme eines Stahlherstellers ging. Der Artikel sollte morgen im Wirtschaftsteil erscheinen. Fünftausend Menschen würden ihren Job verlieren. Im ersten Absatz wurde Antony Kent zitiert, mein Vater: »Die Herausforderung bestand darin, *Jenson Steel* wieder in die schwarzen Zahlen zu bringen. Dafür war es nötig, ein paar schwerwiegende Entscheidungen zu fällen, dazu stehe ich. Ich bin stolz darauf, dass *Jenson Steel* jetzt Teil der *Kent-Industries*-Familie ist.«

Was zum Teufel weißt du schon von Familie? Der Artikel wurde von einem Foto meines Vaters begleitet, auf dem er stoisch in die Kamera blickte. Brauen wie silberne Geschosse über stahlblauen Augen. Auf dem Kopf spross das unverkennbare Silberblond der Kents. Sein massiger Körper sprengte fast den teuren Anzug. Ich knallte den Laptop zu. Fünf Minuten später zog ich mir meinen Mantel über.

Poppy kam mit einem hölzernen Kochlöffel aus der Küche und seufzte schwer. »Soph, nicht schon wieder.«

Da zog ich jedoch schon die Tür hinter mir zu.

Der eisige Regen stach mir ins Gesicht, während ich die Lower Sloane Street entlangstolperte und weiter über die Chelsea Bridge in den Battersea Park. Ich sah Natalia vor mir, wie sie aus Augen und Ohren blutete und alle Wärme aus ihr wich. Was war ihr durch den Kopf gegangen, als der Mörder ihr die Hände um den Hals gelegt hatte? Hatte sie sich gewehrt? Wann hatte sie eingesehen, dass es vorbei war? Ich sog die Nachtluft ein, es roch nach brackigem Flusswasser. Ich war durchnässt und zitterte am ganzen Körper, dennoch schleppte ich mich weiter den Uferweg entlang.

Wie lange hatte Tommy dagelegen, während die Drogen seine Organe lahmgelegt hatten? Wie lange hatte es gedauert, bis sein Herz aufgegeben hatte? Plötzlich hörte ich die Stimme meines Vaters, kalt wie Stahl. *Tommy ist tot*.

Der Regen prasselte auf mich herab, doch ich nahm ihn kaum noch wahr. Ich hörte nur mein eigenes Keuchen. Dann, ohne darüber nachzudenken, verlangsamte ich meine Schritte und blieb stehen. Ich war immer gerne spazieren gegangen, aber seit Tommys Tod führten mich meine Schritte immer an denselben Ort: die rosa Balustrade und die funkelnden Lichter der Albert Bridge. Ich beugte mich über die Brüstung und starrte in die Dunkelheit. Kurz nach Tommys Tod war ich oft in das Brachland unter der Brücke hinabgestiegen, um dem Ort näher zu sein, an dem er zuletzt gelebt hatte. In Eiseskälte legte ich mich zwischen die Ratten und den Müll und schaute nach oben auf die Betonträger, die auch Tommy gesehen hatte, fuhr mit den Fingern durch die Grasbüschel, die auch er berührt hatte. Irgendwann schimpfte ein aggressiver Obdachloser, ich solle mich endlich verpissen, deswegen wagte ich mich inzwischen nicht mehr weiter als bis zum Ufer.

Genau hundertachtundzwanzig Tage waren seit Tommys Tod vergangen, und ich drohte daran zu ersticken.

In der Ferne verschwand eine Fähre unter einer Brücke. Ich beobachtete das schwankende grüne Positionslicht, bis es von der Nacht verschluckt wurde.

9

In 5 Minuten.

Die SMS ging ein, als ich mich gerade wieder an meinen Schreibtisch gesetzt hatte. Ich war übermüdet und hatte mich für das erwiesenermaßen wirksamste Mittel bei Schlaflosigkeit entschieden: zur Arbeit gehen.

Um halb sechs war die Luft schneidend kalt, und die Straßen immer noch in die Schwärze der Nacht getaucht. Gegenstände kamen unter Straßenlaternen zum Vorschein, nur um gleich darauf wieder von der Dunkelheit verschlungen zu werden. Von der U-Bahn-Station aus, wo ich, an eine Wand gedrängt, Schutz vor der Kälte suchte, schickte ich eine SMS an Dr. David Sonoma, den Pathologen. David war ein Frühaufsteher. Einmal hatte er mir gegenüber die Bemerkung fallen lassen, dass es sich nur schwerlich schlafen lasse, wenn man kurz zuvor noch ein vierjähriges Missbrauchsopfer vor sich auf dem Tisch liegen gehabt habe.

An meinem Schreibtisch schälte ich mich aus mehreren Lagen Kleidung und nickte den letzten Kollegen der Nachtschicht zu, die gerade Feierabend machten. Ich liebte es, wenn die Redaktion verlassen war. Sie erinnerte dann an ein Filmset, das bald zum Leben erwachen würde. Während ich auf Davids Rückruf wartete, checkte ich meine Mails. Michail Chernow hatte geschrieben, er werde mir bei der Suche nach Natalias Familie helfen. Im Gegenzug wollte er als Coautor des Artikels genannt werden. Ich stand auf, um mir einen Tee zu kochen, als mein Handy klingelte.

»David. Danke für den Rückruf.«

»Hallo, Sophie.« Er klang müde. Ich konnte ihn förmlich in seinem Büro im St.-George-Krankenhaus vor mir sehen. Graue Augenbrauen, die in einem ansonsten gepflegten, von einer kleinen, rahmenlosen Brille betonten Gesicht vor sich hin wucherten. David glich in seinem Äußeren einem golfspielenden Liebhaber von Gartensendungen, doch der Eindruck täuschte. Er stand auf Heavy Metal. Schon des Öfteren hatte ich ihm Konzerttickets besorgt – meinem Job sei Dank. Er meinte, die Musik helfe ihm, das visuelle Chaos zu übertönen, mit dem er sich täglich konfrontiert sehe. Ich verstand ihn nur zu gut. Ich kenne einen Polizeichef, der sich auf der Rennstrecke entspannt, und einen Kriminalreporter, der jährlich an mindestens fünf Triathlons teilnimmt. Wenn man Erste-Reihe-Tickets für die Horror-Show hat, reicht ein abendliches Bier im Pub einfach nicht mehr.

»Was kannst du mir über die Brünette sagen, die gestern eingeliefert wurde?«

»Da musst du schon ein bisschen genauer werden.«

Ach du Scheiße.

»Natalia Kotow, achtzehn, im *Rose* ermordet. Sie hatte Würgemale am Hals, also gehe ich davon aus, dass sie erdrosselt wurde.«

David fragte nicht nach, wieso ich ihren Hals gesehen hatte. Ich hörte, wie er in seinen Unterlagen blätterte. »In ein paar Stunden veröffentlichen wir die Ergebnisse. Kannst du nicht bis dahin warten?«

»Kannst du auf deine Saxon-Tickets warten?«

Er seufzte. »Du liegst nicht ganz falsch. Allerdings wurde sie erwürgt, nicht erdrosselt. Das heißt, der Mörder hat seine Hände benutzt. Sie hat Quetschungen an beiden Seiten der Luftröhre und ein paar kleinere Hautblutungen im Nacken, was darauf hindeutet, dass sich der Angreifer ihr gegenüber befand.«

Ich hatte mir das Handy zwischen Ohr und Schulter geklemmt und schrieb mit.

»Zungenbein und Kehlkopf sind frakturiert, und die petechialen Blutungen – die Blutungen im weißen Teil der Augen – sind massiv. So starke sehe ich selten. Zusammen mit dem Aussickern von Blut aus beiden Augen und Ohren deutet das auf einen signifikanten Kraftaufwand hin.« Er hielt inne. »Im Grunde genommen ist das noch eine Untertreibung. Der Mörder hat ihr alle Finger gebrochen, was schwieriger ist, als es sich anhört. Er ist stark … und entschlossen.«

Ich starrte in meine leere Tasse. Ob das Gespräch mit einer Ladung Koffein erträglicher wäre?

»Erstickungsopfer haben oft eingerissene Fingernägel, weil sie sich gegen die Umklammerung des Angreifers wehren. Aber die Nägel der Toten sind noch intakt. Ich habe nach verwertbarer DNA gesucht, aber nichts gefunden.« David hustete. »Die Blutproben sind noch beim Toxikologen, aber bei der Erstprüfung stießen wir auf Spuren von Ritalin, eines Psychostimulans, das meistens bei Aufmerksamkeitsdefizitstörung eingesetzt wird. Und wir haben eine erhöhte Konzentration von Gamma-Hydroxybuttersäure in ihrem Blut gefunden.«

»Red nicht um den heißen Brei herum, David. Was heißt das?«

Gnädigerweise ging er über meinen ungeduldigen Einwurf hinweg. »Sie war bewusstlos, als sie ermordet wurde, ein kleiner Trost. GHB wirkt sedativ auf das Nervensystem. Wahrscheinlich wollte der Mörder sie gefügig machen.«

Ich lehnte mich zurück. »Gut möglich. Er hat einen öffentlichen Schauplatz gewählt, sie musste still sein.« Ich kaute an einem Fingernagel. »Hat er Spuren hinterlassen?«

»Keine Fingerabdrücke an ihrem Körper. Nur ein sehr schwacher Handschuhabdruck unter ihrem linken Ohr, wahrscheinlich Latex. Außerdem ist der Mörder Rechtshänder. Die Würgemale auf der linken Seite sind ausgeprägter.«

»Was ist mit ihrem Gesicht?«

»Die Schnitte waren unterschiedlich lang, wurden ihr aber mit derselben Klinge zugefügt. Der Einstichwinkel ist untypisch für ein Messer. Vermutlich hat er die Schere benutzt, mit der er ihr auch die Haare abgeschnitten hat. Ich tippe auf eine ganz normale Küchenschere. Da kaum Blut ausgetreten ist, hat der Mörder ihr das Gesicht wahrscheinlich erst nach Eintritt des Todes aufgeschlitzt.«

Ich pfiff leise durch die Zähne. »Er hatte es also nicht eilig.« Das Rose war ein frei zugänglicher Ort – zahlreiche potenzielle Zeugen, Überwachungskameras an jeder Ecke. Entweder war der Täter arrogant, dumm, oder er hatte das alles von langer Hand geplant. Ich wusste nicht, was schlimmer war.

»Irgendwas zum Todeszeitpunkt?«

David legte die Hand über den Hörer und murmelte etwas. Dann wandte er sich wieder unserem Gespräch zu. »Der Todeszeitpunkt ist schwer zu bestimmen. Der niedrige Body-Mass-Index und ihr Zahnschmelz deuten auf eine Essstörung hin, mit dem Mageninhalt war also nicht viel anzufangen. Aber die Leiche befand sich in fortgeschrittener Starre, also nehme ich an, dass es irgendwann zwischen neun Uhr abends und drei Uhr morgens passiert ist.«

Ich dachte an das blutbefleckte Laken. »Wurde sie vergewaltigt?«

David klang beinahe entschuldigend. »Nicht im traditionellen Sinne. Aber der Täter hat sich mit einem Gegenstand an ihr vergangen, der ihr extensive innere Verletzungen zugefügt hat.«

»Was für ein Gegenstand?«

»Das muss unter uns bleiben. DCI Durand will es als Täterwissen nutzen.« Er räusperte sich. »Es war ein zwanzig Zentimeter langer, dornenbesetzter Ast. Der Mörder hat ihn in ihr belassen. Wir haben ihn zur Botanik geschickt. Für mich sah es nach Schwarzdorn aus. Aber entschuldige, Sophie, ich muss Schluss machen. Mein Halb-acht-Termin ist hier. Bis bald.«

Wie benommen legte ich auf und googelte »Schwarzdorn«.

Schwarzdorn: lange, spitze Dornen, kleine weiße Blüten. Symbolisiert die Unausweichlichkeit des Todes, Rache.

Das Bild eines dicken Astes mit langen, aggressiven Stacheln wurde angezeigt.

»Wusste gar nicht, dass du einen grünen Daumen hast.«

Ich drehte mich erschrocken um. Kate schaute mir über die Schulter.

»Soll ich dir was Krankes erzählen?« Ich berichtete ihr von meinem Gespräch mit Dr. Sonoma.

»Das ist echt pervers. Wie krank muss man sein, um eine Frau mit einem Ast zu vergewaltigen? Hat er keinen hochgekriegt oder was?«

Es lief mir kalt den Rücken runter. »Oder er ist schlau und wollte keine Spuren hinterlassen.« Ich sank auf meinem Stuhl zusammen. »Er muss eine Tasche dabeigehabt haben. Ach ja, apropos. Was hältst du davon?«

Ich zückte den USB-Stick und spielte die Aufnahme der Überwachungskamera ab.

Kate grinste. »Ich frag am besten gar nicht erst, wo du das herhast.«

Ich deutete auf den Bildschirm. »Sieh dir den Typ mit der Kappe mal genauer an.«

Ich ließ das Video in doppelter Geschwindigkeit ablaufen. Der Mann stand auf, hängte sich seinen Rucksack über die Schulter und verschwand hinter dem Sessel.

»Wo ist er hin?« Kate stieß mit der Nasenspitze fast an den Bildschirm.

»Ganz genau. Er geht nicht durch den Haupteingang, das hätten wir gesehen. Und er steigt auch nicht in den Aufzug, das würden wir auch sehen. Ich habe die Lobby mit dem Handy gefilmt, und es gibt nichts, wo er hätte hingehen können. Aber dann ist mir das hier aufgefallen.«

Ich hielt das Video an. Die Zeitanzeige stand auf zweiundzwanzig Uhr sechsundvierzig. An der linken Wand hing ein ausladendes düsteres Landschaftsgemälde. Das Bild war gerahmt, und in der Scheibe spiegelten sich die Lichter des Kronleuchters und die Lobby. Ich zoomte das Gemälde näher heran und spielte das Video erneut ab. Der Mann verschwand hinter einer Tür.

»Na gut, er geht durch eine Tür, was soll's?«

»Dann schau dir mal das hier an.« Ich reichte Kate mein Handy und zeigte ihr die Panoramaaufnahme der Lobby. »Wo ist die Tür?«

Sie kniff die Augen zusammen. »Keine Ahnung.«

»Weil sie tapeziert ist, damit sie nicht auffällt. Sie ist also nicht für Gäste gedacht. Entweder arbeitet der Mann mit der Kappe im Hotel, was allerdings unwahrscheinlich ist, da er geschlagene viereinhalb Stunden auf seinem Hintern gesessen hat, oder …«

»Er führt etwas im Schilde.«

Ich druckte eine Aufnahme seines Gesichts aus, die zugegebenermaßen nicht besonders aufschlussreich war. Mein Handy piepste. »Okay, ich muss zurück ins Rose. Auf das Zimmermädchen ist anscheinend Verlass. Ich hab ein Date mit dem knackigen Dmitri.«

Kate stand gähnend auf. »Was soll ich dem Sack erzählen? Er will Stimmen von den Eltern aus dem Highgate-Kindergarten. Du weißt schon, die Geschichte mit dem Puff eine Etage drüber.«

Ich sah sie flehend an.

Kate seufzte. »Na los, verschwinde, Tante Käthe kümmert sich schon drum. Im Gegenzug kannst du dem heißen Typen ja meine Nummer zustecken.«

Ihr Gelächter folgte mir quer durch die Redaktion.

Als ich am *Rose Hotel* eintraf, war der feine Nieselregen durch meine Kleidung gekrochen und ich bis auf die Knochen durchgefroren. Wenigstens hatte ich während des zehnminütigen Fußmarsches den Fotografen Nathan Scott erreicht und mich für elf Uhr mit ihm in seinem Atelier verabredet.

Abgesehen von dem eigentümlichen Knistern, das nach jeder Tragödie in der Luft liegt, deutete nichts in der Lobby auf den brutalen Mord hin, der hier in der Nacht zu Freitag stattgefunden hatte. Ich fand den rosafarbenen Sessel, suchte die Wand dahinter ab und entdeckte den schwachen Umriss der tapezierten Tür. Mein Herz schlug schneller, als ich eilig die Lobby durchquerte und durch die Tür schlüpfte. Ich fand mich auf einem schmalen, hell erleuchteten Flur wieder. Rechts gingen drei Türen ab. Hinter der ersten befand sich ein Lagerraum, der mit staubigen Pappkartons gefüllt war. Hinter der zweiten lag ein leerer Personalraum. Ich drückte die dritte Tür auf und stand am Fuße eines Treppenaufgangs. Im Erdgeschoss waren mir keine Überwachungskameras aufgefallen. Ich nahm also zwei Stufen auf einmal und hielt zwischendurch inne, um nach Kameras Ausschau zu halten. Es gab keine. Im fünften Stock blieb ich stehen. Eine schwere Glastür lag vor mir, ich entzifferte die spiegelverkehrte Aufschrift NUR FÜR PERSONAL. Ich war völlig desorientiert und öffnete sie vorsichtig.

Ich stand vor Zimmer 538.

»Kommt er Ihnen bekannt vor?« Ich saß auf der Bank in der Waschküche und beobachtete, wie Sasha sich den kaugummipinken Lack von den Nägeln pulte.

»Ich kann sein Gesicht nicht erkennen.«

»Ein besseres Bild habe ich nicht. Sie sagten, dass Sie an diesem Abend Dienst hatten. Kann es sein, dass Sie ihn gesehen haben?« Sasha streckte die Finger aus und inspizierte gelangweilt ihr Werk. Ich bemühte mich, nicht allzu genervt zu klingen. »Auf der Überwachungskamera sieht man, wie er um zweiundzwanzig Uhr sechsundvierzig durch die Personaltür in der Lobby verschwindet. Waren Sie zu dem Zeitpunkt in der Nähe?«

Endlich riss sich Sasha von ihren Nägeln los. »Ich musste jemandem im hinteren Teil des Hotels einen Bademantel aufs Zimmer bringen, da ist die Personaltreppe schneller. Ich glaube, auf der Treppe kam mir ein Mann entgegen.«

»Sie glauben?«

»Ich war abgelenkt«, sagte sie verlegen. »Dmitri ist hinter ihm mit einem Rucksack die Treppe runtergekommen. Er macht eigentlich um neun Feierabend, und ich hatte überhaupt nicht mit ihm gerechnet.«

»Erinnern Sie sich an irgendwelche Einzelheiten? Hatte er etwas bei sich? Eine Tasche? Sind Ihnen irgendwelche besonderen Merkmale aufgefallen?«

Sasha verzog angestrengt das Gesicht. »Er war so schnell. Also, ich weiß nicht. An seiner Mütze vielleicht.«

»Was war damit?«

Sie runzelte die Stirn. »Da war ein Aufnäher. Rot oder schwarz. Oder vielleicht rot-schwarz.«

»Haben Sie sein Gesicht gesehen?«

»Ich habe Ihnen doch schon gesagt, dass ich nicht auf ihn geachtet habe«, maulte sie genervt.

Ich steckte das Bild zurück in die Tasche. »Danke, dass Sie sich noch mal die Zeit genommen haben.«

»Klar, kein Problem.« Sie studierte erneut ihre Fingernägel, allerdings wenig überzeugend. »Und jetzt treffen Sie sich mit Dmitri? Grüßen Sie ihn ganz lieb von mir.«

Ich stand in der Gasse hinter dem Hotel und trat auf der Stelle, um meine Füße aufzuwärmen. Mittlerweile fiel Schneeregen vom Himmel und schmolz, kaum dass er den Asphalt berührt hatte. Ein hochgewachsener Mann in einer flaschengrünen Uniform stolzierte auf mich zu. Sein Haar war zurückgegelt und glänzte, als wäre er gerade einem Pool entstiegen. Stechende blaue Augen, markante Wangenknochen.

»Dmitri?«

Er nickte und zog einen braunen Umschlag aus seinem Jackett. »Hiervon darf niemand erfahren.« Mit seinem Akzent hätte er locker in Hollywood als Bösewicht anheuern können. »Ich mach das nur für Sasha.«

»Ihre Freundin.«

Dmitri lachte freudlos auf. »Das hat sie Ihnen erzählt?«

Ich kramte in meiner Tasche nach Zigaretten und bot ihm eine an. Meine Hände waren so kalt, dass ich das Feuerzeug nicht zum Laufen brachte. Dmitri griff danach und zündete sich mit langen, dünnen Fingern eine Zigarette an.

»Können Sie mir irgendwas über den Vorfall in der Nacht zu Freitag erzählen?«

Er stieß Rauch aus und musterte mich durch den Dunst. »Sasha bleibt ab sofort außen vor. Sie redet viel, wenn der Tag lang ist, und brockt sich noch sonst was ein.«

Ich wedelte den Rauch weg und nickte. Wollte er wirklich Sasha schützen oder doch sich selbst?

Dmitri lehnte sich an die Wand und drückte den Zigarettenfilter zwischen Daumen und Zeigefinger zusammen. »Ich hab nichts gesehen. Ich war die ganze Zeit an der Rezeption. War viel los an dem Abend.«

»Das ist aber nicht die ganze Wahrheit, oder? Sasha hat mir erzählt, sie sei Ihnen auf der Personaltreppe begegnet, fast zwei Stunden nachdem Sie Feierabend hatten.«

Seine Miene verhärtete sich. »Und ich sag noch, dass sie viel redet.«

»Warum sind Sie nicht nach Hause gegangen?«

»Ich hatte noch was zu erledigen.« Er schnippte die Kippe auf den Boden, und ich holte das Päckchen erneut hervor.

»Haben Sie Natalia gesehen?« Er nahm sich eine weitere

Zigarette und schaute mich verständnislos an. »Das Mädchen, das ermordet wurde.«

Jetzt grinste er anzüglich. »So eine Frau vergisst man nicht. Ist gegen zehn von der Party verschwunden. Ihr Kleid war hochgerutscht, über ihren …« Er formte mit den Händen einen Kreis und ließ die Augenbrauen spielen.

»Haben Sie gesehen, ob ihr jemand gefolgt ist?«

»Nee.« Er blickte gelangweilt die Gasse hinunter. »Ich muss wieder zurück.«

Ich fischte die Aufnahme aus meiner Tasche. »Haben Sie diesen Mann gesehen, Donnerstagabend?« Dmitri schüttelte den Kopf. »Ernsthaft? Er saß über vier Stunden lang in der Lobby.«

»Es war viel los.«

»Laut Sasha ist dieser Mann etwas später mit Ihnen die Personaltreppe heruntergekommen.« Er entfernte sich ein paar Schritte von mir, und ich griff nach seinem Arm, um ihn aufzuhalten. »Dmitri, ich habe jeden Tag mit Lügnern zu tun. Ich lese Körpersprache wie Sie billige Pornoheftchen, und Sie zappeln rum wie ein Schwein auf dem Schlachthof.« Ich fixierte ihn und hielt ihm die Aufnahme erneut unter die Nase. »Jetzt schauen Sie sich das Foto noch mal genau an. Und dann erzählen Sie mir, was Sie nach Feierabend noch hier getrieben haben. Ansonsten werde ich meine Vermutungen mit Sasha besprechen, und glauben Sie mir, daran haben Sie nicht das geringste Interesse.«

Dmitri schlug mit der Faust gegen die Wand und knurrte irgendetwas. »Ich war bei einer Frau. Einem Gast.« Er strich sich über die Haare und wischte das Gel anschließend an seiner Uniform ab. »Wenn sie im *Rose Hotel* übernachtet, treffe ich mich mit ihr.«

»Für Geld?«

Er lächelte spöttisch. »Wieso? Bringen Sie das in Ihrem Artikel?«

»Was ist mit Sasha?«

»Was soll mit ihr sein?«, fragte er gelangweilt.

Er zeigte nicht den Hauch eines schlechten Gewissens. Und doch … »Sie tun Sasha einen Gefallen mit dem Belegungsplan, weil Sie Gewissensbisse plagen.«

Dmitri beäugte mich über seine spitze, vor Kälte gerötete Nase hinweg. »Ich empfinde nichts. Für keine von beiden.«

»Ich brauche ihren Namen.«

»Welchen Namen?«

»Den von Ihrer speziellen Bekannten. Um sicherzugehen, dass Sie mich nicht schon wieder anlügen.« Die Verachtung war mir deutlich anzuhören. Dmitri störte sich nicht im Geringsten daran.

»Sadie Long. Ihre Daten stehen im Verzeichnis. Halten Sie sich zurück, die ist mit einem Milliardär verheiratet. Ich bezweifle, dass sie davon in der Zeitung lesen will.«

»Und was ist jetzt mit dem Mann?« Ich hielt ihm erneut das Foto unter die Nase.

Dmitri schaute es sich demonstrativ an. »Nie gesehen.« Er warf die Kippe auf den Asphalt und trat sie mit dem Absatz aus. »War's das? Ich hab keine Lust, dass mein Chef mich hier draußen mit der Presse erwischt.« Die letzten Worte spuckte er förmlich aus und drehte sich dann ruckartig um, ohne meine Antwort abzuwarten. Ich schaute ihm nach, wie er durch die Gasse verschwand, und spürte einen Anflug von Mitleid mit Sasha.

10

Eine halbe Stunde später stand ich in der Lobby eines gepflegten Stadthauses in der Dover Street und rang nach Atem. Eine Kerze mit den Ausmaßen eines Feuerlöschers verströmte einen blumigen Duft, zum Kotzen. Hinter der Rezeption stand eine elegant gekleidete Frau mit gebleichtem, weißblondem Haar und winkte mich zu sich. Ihr cremefarbenes Tweedjackett und die perlenbesetzen Ohrclips erinnerten mich an meine Mutter. Als sie sich nach dem Aufstehen noch zurechtmachte.

»Geradeaus den Flur entlang. Viel Zeit haben Sie allerdings nicht, Mr Scott muss in einer Viertelstunde los.«

Die Wände des Korridors waren mit weinrotem Damast bespannt, die Leuchten saßen in goldenen Einfassungen. An einer eisenbeschlagenen schwarzen Tür blieb ich stehen.

»Miss Kent, es ist mir eine Freude, Ihre Bekanntschaft zu machen.« Nathan Scott sprach, als entstammte er altem Geldadel, wirkte dabei aber ziemlich neureich. Jeder Muskel seines aufgepumpten Körpers schrie förmlich: Steroide! An den Handgelenken baumelten protzige Goldarmbänder. Seine Haut schimmerte rostfarben, das dunkle Haar war nach hinten gegelt. Er deutete auf den lila Samtstuhl vor seinem Schreibtisch.

»Das ist hier ja wie in Versailles.« Ich betrachtete die übergroßen Fotografien nackter männlicher und weiblicher

Oberkörper. »Wenn Madonna für die Inneneinrichtung zuständig gewesen wäre.«

Nathan lachte und schob den Ärmel seines hautengen grauen T-Shirts hoch. »Sie haben einen Sinn für Design, meine Liebe. Versailles war tatsächlich meine Inspiration. Ich besitze kein festes Studio, sondern folge dem Modezirkus. Ich bin ein Nomade, ein Herumtreiber. Ich verewige die Reichen und Schönen. Dann kehre ich hierher zurück, an meine Zufluchtsstätte.« Mit einer schwungvollen Geste beschrieb er den Raum. »Hadley Summerville war der Innenarchitekt. Der Mann ist ein Genie. Dieser Schreibtisch ist eine exakte Nachbildung des Privatschreibtischs von Ludwig XIV.« Er strich liebevoll über die Oberfläche. Ich biss mir auf die Zunge, um nicht laut loszulachen.

»Dürfte ich Ihnen ein paar Fragen zu dem Mord im *Rose Hotel* stellen?«

Nathans Gesicht verdunkelte sich. »Was für ein furchtbarer Vorfall an einem so wunderbaren Abend. Kennen Sie Leo Brand? Der Gute. Endlich zollt ihm das Fashion Council den angemessenen Respekt. Seine Verdienste um die weibliche Silhouette sind einfach bemerkenswert. Man sollte ihn in den Ritterstand erheben.« Er drückte auf einen Knopf an der Wand. Kurz darauf stand die Rezeptionistin in der Tür. »Margot, Schatz, ich verdurste. Würdest du bitte Wasser aufsetzen?«

Ich schlug meinen Notizblock auf. »Sie waren der Eventfotograf bei Brands Party. Haben Sie Natalia Kotow an dem Abend gesehen?«

Er seufzte. »Ich schaue mir die ganze Nacht lang Menschen an, aber ich *sehe* sie nicht, wenn Sie verstehen. Ich bin viel zu sehr damit beschäftigt, sämtliche Gesichter und Perspektiven einzufangen. Ich befürchte, ich erinnere mich gar nicht an sie.«

»Sind Sie schon lange im Geschäft?«

»Oh, schon mein ganzes Leben lang. In meiner Familie erwartet man vom Nachwuchs, dass er geschniegelt und gebürstet zur Arbeit ins Vorstandsbüro dackelt, aber ich wollte immer nur fotografieren.«

»Wieso fotografieren Sie auf Partys und nicht für Zeitschriften oder Werbekampagnen?« Es interessierte mich wirklich, doch an seinem Gesichtsausdruck erkannte ich, dass ich ihn verletzt hatte.

»Jeder Trottel mit einer Kamera kann in einem Studio mit Leuchtkästen, Kulissen und Scharen von Assistenten fotografieren. Reportagefotografie hat eine reiche Tradition. Lord Snowdon, Slim Aarons, Norman Parkinson. Die hat bestimmt nie jemand gefragt, warum sie nicht nach Höherem streben.«

Ich verlagerte mein Gewicht. »Es war überhaupt nicht meine Absicht …«

Nathan stand auf und schwebte zu einer Regalwand. »Die wahre Kunst besteht darin, die Stars wie im Vorbeigehen abzulichten. Für Vorbereitungen bleibt keine Zeit, man arbeitet mit dem, was man vor sich hat.« Er zog einen Ordner aus dem Regal und kehrte zu seinem Stuhl zurück. »Zum Beispiel die Aufnahmen von Donnerstagabend.« Er drehte mir den Ordner zu. »Ich fotografiere zwar digital, aber ich bin noch von der alten Schule. Ich liebe das Gefühl von Papier zwischen den Fingern. Die Abzüge kosten mich zwar ein Vermögen, aber ich muss sie vor mir sehen. Nur dann weiß ich, ob ein Bild etwas taugt.«

Ich beugte mich über die Fotografien.

»Das hier ist Cecily Press, die neueste Nymphe am Mischpult. Irin. Glaube ich. Und das da ist Diana Lewis, ein hübsches Ding, ich habe keine Ahnung, womit sie ihr Geld verdient. Doch wen interessiert das schon, bei diesen Pfirsichblütenwangen.«

»Wow, die sind wirklich toll«, sagte ich mit aufrichtiger Bewunderung. Nathans Fotos sprühten förmlich vor Energie. Am liebsten wäre ich hineingestiegen und hätte mitgefeiert.

»Danke.« Er war sichtlich geschmeichelt. »Der Trick besteht darin, selbst zu verschwinden. Nur dann bekommt man sie, wie sie wirklich sind. Und natürlich leiste ich mir niemals eine unvorteilhafte Aufnahme«, fügte er grinsend hinzu.

Margot kam mit einem Silbertablett herein. Sie bewegte sich wie eine Geisha und wandte den verliebten Blick keine Sekunde von Nathan ab. Sie stellte eine Tasse und ein Kännchen vor mir auf den Tisch. Ich bedankte mich, und ihr kleiner rosafarbener Mund verzog sich zu einem Lächeln.

»Die Gute. Ist sie nicht fabelhaft?« Nathan schielte Margot hinterher, während sie das Büro verließ. »Und Sie sollten ihre Tochter sehen. Sie war kürzlich hier, ein umwerfendes, strahlendes Geschöpf. Bestand nur aus langen braunen Beinen und einem goldenen Teint. Ich will sie unbedingt fotografieren, aber Margot weigert sich. Behauptet, sie sei zu jung. Hoffentlich kann ich sie überreden. Nicht viele schaffen es in meine private Kollektion.« Er deutete auf die Fotos an den Wänden. »Wenn ich erst ein Auge auf ein Objekt geworfen habe, lasse ich so schnell nicht locker.« Er machte eine Pause und musterte mich eingehend. »Würden Sie sich fotografieren lassen?«

»Nackt?«

»Seien Sie nicht so schüchtern, Miss Kent. Der Körper ist das Meisterwerk der Natur.«

Nathans intensiver Blick machte mich nervös und schmeichelte mir gleichzeitig. Mir war klar, dass er sich völlig unangemessen verhielt, aber er tat es auf eine so charismatische Art und Weise, dass ich es ihm nicht übel nehmen konnte. Verlegen trank ich von dem stark aromatisierten Earl Grey und verschluckte mich prompt. Nathan grinste. Ich blätterte durch den Ordner, der vor mir lag. Sämtliche Fotos trugen einen Zeitstempel. Ich zog meinen Stuhl näher heran. Natalia hatte um zwanzig Uhr sechsundzwanzig die Lobby durchquert. Ich blätterte weiter und entdeckte ihr goldenes Kleid hinter zwei Blondinen, die mit Champagner anstießen.

»Seit wann arbeiten Sie schon für den *London Herald*, meine Liebe?«

Ich riss mich von den Fotografien los. »Seit acht Jahren.«

»Nein, wirklich?«, fragte er ungläubig. »Sie sehen viel zu jung aus. Kinderarbeit?« Er beugte sich vertraulich vor. »Kennen Sie die liebe Molly?«

Es war schwer, die Modechefin Molly Simpson nicht zu kennen. Sie war groß, hatte eine schrille Stimme und trug einen asymmetrischen schwarzen Bob, der aussah, als wäre der Friseur während der Arbeit unterbrochen worden. Ihr Markenzeichen war alles, was glänzte, pink oder mit Federn geschmückt war. Gerüchten zufolge wollte sie unbedingt zu einem Magazin wechseln, aber niemand nahm sie so ernst, als dass er sie zur Chefredakteurin ernannt hätte. Also war sie auf ewig dazu verdammt, wie ein verschmähtes Bonbon in der Redaktion zu verbleiben.

»Molly und ich sind gut befreundet. Während der Fashion Week in Paris hat sie immer in meiner Wohnung übernachtet. Die war zwar eng wie ein Schuhkarton, aber was hatten wir einen Spaß.«

»Sie haben in Paris gelebt?«

Er fuhr mit der Hand durch die Luft. *»Mais bien sûr!* Paris, Florenz, Venedig, Brüssel. Ich habe überall gelebt. Ich bin eine Art fahrender Musikant.«

»Und wo wohnen Sie jetzt?«

Nathan zwinkerte mir zu und nippte an seinem Tee. »Um der Wahrheit die Ehre zu geben, meine Liebe, befinde ich mich gerade in einer Art Zwischenstadium. Eine kleine finanzielle Verstimmung, eine Fehlinvestition, wenn Sie so wollen. Deswegen habe ich meine Wohnung auf der Marylebone High Street aufgegeben. Im Moment lebe ich hier.« Er deutete auf das pflaumenfarbene Tagesbett hinter mir.

»Sie schlafen in Ihrem Büro?«

»Nur für den Moment, Liebes. Und wer schläft schon nicht gerne in Versailles?«

Das vergoldete Telefon auf seinem Schreibtisch klingelte, und er stürzte sich darauf.

»Ja, mein Schatz? Versteht er nicht, dass ich zu tun habe?« Ein theatralischer Seufzer. »Gut, ich komme schon.« Er knallte den Hörer auf und schaute mich entschuldigend an. »Tut mir leid, meine Liebe. Ich muss mich um etwas kümmern. Machen Sie es sich bequem, ich bin sofort zurück.«

Nathan rauschte, eingehüllt in eine Sandelholzwolke, davon, und ich zog den Ordner näher heran. Das nächste Bild hatte Nathan aus einer Position hinter Natalia in Richtung der verspiegelten Bar aufgenommen. Sie befand sich in der Mitte des Fotos. Ich wusste, was als Nächstes kommen würde. Das folgende Bild zeigte Natalia leicht verschwommen. Das dunkle Haar hing ihr ins Gesicht und verbarg ihre Züge.

Doch ich erkannte die starre Haltung wieder, die unnatürliche Drehung des Kopfes. Was sah sie? Zuerst konnte ich nur eine undefinierbare Masse von Gesichtern ausmachen. Auf dem nächsten Bild lag der Hintergrund jedoch im Fokus.

Liam Crawford.

Ich erstarrte kurz, schnappte mir dann mein Handy und fotografierte Nathans Aufnahmen ab. Schritte näherten sich, dann hörte ich Nathan, wie er nach Margot rief. Der Türgriff knarzte, und ich sprang zurück auf meinen Stuhl.

»Vergeben Sie mir, meine Liebe.« Nathan stelzte zu einer Walnusskommode hinüber, zog eine Schublade auf und packte seine Ausrüstung in eine große Ledertasche. »Ich fürchte, unsere Zeit ist leider um. Die Pflicht ruft. Ich habe eine Verabredung mit den Reichen und Schönen am Berkeley Square.«

Ich horchte auf. »Jemima Snow?«

»Ebenjene.« Er hörte mir nur mit halbem Ohr zu, während er sich suchend im Zimmer umsah. »Wo ist meine Jacke? Margot!« Seine Stimme ließ die Wände erzittern.

Ich sammelte meine Sachen zusammen und überlegte, wie ich unser Gespräch noch ein wenig herauszögern könnte. »Ich gehe auch zu Jemima Snow.«

Margot kam mit einer abgewetzten Lederjacke zur Tür herein.

»Margot, du bist ein Engel.« Er gab ihr einen Kuss auf die Wange und wandte sich dann zu mir um. »In dem Fall bestehe ich darauf, Sie begleiten zu dürfen.« Er hielt mir die Tür auf und drehte sich noch einmal um, wobei er sich einen Seidenschal umschlang. »Margot, Liebes, wenn Laura anruft, richte ihr aus, dass ich um sechs bei Browns auf sie warte.« Dann wandte er sich wieder mir zu. »Bereit?«

Ich sah gerade noch, wie Margot sich die Hand an die Wange legte, wo Nathan ihr den Kuss aufgedrückt hatte.

Nathan eilte die Dover Street entlang, als wäre er zu seiner eigenen Hochzeit spät dran. »Meine Güte, welch ein furchtbares Wetter.«

Bei einem silbernen Rolls-Royce blieb er abrupt stehen, und ich lief prompt auf ihn auf.

»Das ist Ihr Wagen?« Ich rieb mir den Kopf.

»Ist er nicht wunderschön? Vintage. 1984. Fährt wie auf Schienen.« Mit einem breiten Lächeln tätschelte er liebevoll das Autodach.

»Sind wir zu Fuß nicht schneller?«

Nathan schnappte schockiert nach Luft. »Zu Fuß? Sind Sie des Wahnsinns?«

Lachend glitt ich auf den Beifahrersitz.

»So, hoffentlich springt der alte Knabe jetzt auch an.« Er drehte den Zündschlüssel, und der Motor erwachte schnurrend zum Leben. »Die Show beginnt um zwölf, wir sind also schon zu spät.«

Ich schaute auf meine Uhr. »Es ist erst Viertel vor.«

Nathan schnaubte verächtlich. »Schätzchen, jeder weiß, dass die wahre Show nicht auf dem Laufsteg stattfindet.«

»Macht es Ihnen etwas aus, wenn wir noch mal auf Donnerstagabend zurückkommen? Ist Ihnen irgendwas Verdächtiges aufgefallen?«

Nathan kurbelte das Fenster ein Stück herunter. »Tut mir leid, ich weiß, es ist eiskalt, aber die Fenster beschlagen sonst.« Ich wickelte mir den Schal fester um den Hals. Nathans Transportmittel mochte optisch etwas taugen, allerdings war es gut möglich, dass wir auf dem Weg erfrieren würden.

»Hm, etwas Verdächtiges.« Er bog schwungvoll in die Berkeley Street ab und verfehlte nur knapp einen Fußgänger. »Wie gesagt, ich kann mich an kaum etwas erinnern. Mit Lydia Lawson gab es allerdings einen köstlichen Zwischenfall. Irgendeine beschwipste Schauspielerin ist in sie und Cat Ramsey gestolpert. Ich konnte Cat gerade noch auffangen.« Er senkte die Stimme, obwohl uns eh niemand hören konnte. »Eine beachtliche Leistung, wie ich finde. Ein Schlachtschiff von einer Frau. Lydia ist beleidigt abgezogen. Den mörderischen Gesichtsausdruck hätte ich nur zu gerne festgehalten.« Nathan schlug einen ernsteren Tonfall an. »Entschuldigen Sie, meine Liebe, falsche Wortwahl. Aber der Abend sollte für Lydia nur noch schlimmer werden. Ich habe sie bei einem hitzigen Streit mit ihrem Ex erwischt.«

»Liam Crawford?«

Nathan nickte. »Übler Kerl. Das war kurz nach dem Essen, vor den Toiletten.«

Ich wischte das Kondenswasser von der Scheibe, um mich zu orientieren. »Wissen Sie, weswegen die beiden gestritten haben?«

»Ich konnte nichts verstehen, aber Liam tobte vor Wut. Dann taumelte Natalia dazwischen, machte alles nur noch schlimmer. Ich habe mich nicht näher herangewagt. Glauben Sie mir, mit La Lawson wollen Sie es sich nicht verscherzen. Und mit Liam Crawford schon gar nicht«, fügte er hinzu. »Wie auch immer, danach habe nicht viel gesehen. Der Akku meiner Kamera war leer. Zumindest ging der Blitz nicht mehr. Ich musste kurz verschwinden, um in meinem Büro einen neuen zu holen.«

Nathan fuhr rückwärts auf einen Behindertenparkplatz am nördlichen Ende des Berkeley Square. Er holte einen blauen Parkausweis für Behinderte aus dem Handschuhfach und warf ihn auf das Armaturenbrett.

»Ist der echt?«

Nathan stellte den Motor ab und zwinkerte mir zu. »So, meine Liebe, hier trennen sich unsere Wege. Aber ich hoffe sehr, dass wir uns bald wieder begegnen, Sie entzückendes Ding.« Er drückte mir die Hand, legte sich den Kameragurt um den Hals und war schon verschwunden.

11

Der Verkehr stand so gut wie still. Das Who's who der Modewelt ergoss sich aus den parkenden SUVs und strömte zu einem weißen Kuppelzelt, das aus dem Rasen ragte wie ein halb versunkenes Raumschiff. Manche hatten sich der Witterung entsprechend gekleidet, andere trippelten mit nackten Beinen auf Zwölf-Zentimeter-Absätzen über den vereisten Gehweg. Eine Asiatin in Tutu und mit glänzender lila Mütze posierte für die Presse. Eine Horde Fotografen stürzte sich mit gezückten Kameras auf eine kleine Rothaarige, als hinge ihr Leben davon ab.

Ich blieb bei ein paar Frauen stehen, deren schwarz gekleidete dürre Gliedmaßen mich an Spinnen erinnerten. An einen Baum gelehnt, schlüpfte ich in ein Paar Louboutins, die ich in meiner Handtasche verstaut hatte, trug roten Lippenstift auf und verstrubbelte mir das Haar. Neben mir stand eine Gruppe Blondinen, in beißende Muster verpackt, alle mit ihren Handys zugange.

»Im Ernst, unter null. Wehe, Jemima fängt später an. Ich erfriere hier.«

»Hast du die Front Row bei Aria Gold gesehen? Einfach nur traurig. Zu wie vielen Shows gehst du heute? Ich hab neun. Gerade mal Mittag, und mir fallen jetzt schon die Füße ab.«

Ein Mann mit wasserstoffblondem Haar und silbernen

Motorradstiefeln wurde gerade von einem Onlinejournalisten der *Vogue* interviewt. Ich erkannte den bunten Vogel von der Aufnahme der Überwachungskamera: Amos Adler. Da stieg das ehemalige Supermodel Chloe Buchanan in Trenchcoat und schenkelhohen Stiefeln aus einem Mercedes mit verdunkelten Scheiben, und der Journalist eilte davon. Amos war die Verärgerung anzusehen.

Ich gesellte mich zu ihm. »So was kann ich echt nicht leiden.« Er musterte mich rasch und verzog beim Anblick meines Max-Mara-Hosenanzugs enttäuscht das Gesicht. »Keine Ahnung, was die an ihr finden. Die ist doch schon locker fünfzig.«

Amos schüttelte sich. »Und aus der Form geraten. Da muss irgendwer die Reißleine gezogen haben. Und was wollen fette Weiber immer mit Gürteln? Gürtel betonen die Taille nur, wenn man eine hat, Schätzchen!«, rief er Chloe hinterher.

Die produzierte sich gerade vor den Kameras. Sie trug höchstens Größe sechsunddreißig.

»Ich bin übrigens ein großer Fan Ihrer Webseite.«

Amos rückte seine schmale graue Krawatte zurecht. »Vier Millionen Zugriffe allein in diesem Monat. Und mir wurde die Hollywoodrubrik auf *Good Morning London* angeboten. Ziemlich krass, oder?«

»Na ja, Sie sind in London vernetzt wie kaum ein anderer. Wie kommen Sie an den ganzen Klatsch?«

Er schaute kurz abgelenkt an mir vorbei. »Das kann ich Ihnen nicht verraten, Süße.«

»Apropos …« Ich senkte die Stimme. »Waren Sie nicht im *Rose Hotel*, als diese schreckliche Sache passiert ist?«

Amos nickte. »Was für ein Schock. Das arme Ding.«

»Haben Sie eine Ahnung, wer ihr etwas hätte antun wollen?«

»Ich tippe ja auf Lydia Lawson. Irgendwie muss man die Konkurrenz ja in Schach halten, hab ich nicht recht?« Seine grünen Augen blitzten. »Kleiner Scherz. Lydia ist mit mir in einen Club gegangen, das *DreamBox*. Sie hat also eine reine Weste.« Kichernd ging Amos davon.

Jetzt galt es. Eine Frau mit feuerrotem Haar und Leohose stand mit einem Klemmbrett am Einlass.

Auf der Suche nach einem Schwachpunkt stöckelte ich um das Zelt herum, wobei meine Füße wütend gegen die Zehn-Zentimeter-Absätze protestierten. Vor einer Tür zum Backstagebereich stand ein Mann mit pinkfarbenem Haar und einem grellgrünen Pullover mit der Aufschrift KISS THE BOYS AND MAKE THEM CRY. Er posierte gerade für ein Selfie. Einer Intuition folgend, öffnete ich Twitter auf meinem Handy und gab »#jemimasnow« ein. Und natürlich stieß ich auf sein grinsendes Antlitz. Ich klickte auf sein Profil. *Matt Brent: Junior Assistant bei Jemima Snow. Hör nicht auf die Hater. Der Schein trügt.*

Ich straffte die Schultern und ging entschlossen auf ihn zu. »Matt Brent?«, schnappte ich mit meiner besten Leg-dich-bloß-nicht-mit-mir-an-Stimme.

Er wirkte überrascht. »Ja?«

»Die brauchen dich am Haupteingang. Anna Wintour ist gerade angekommen, und die Meute spielt völlig verrückt.«

Er schaute mich unsicher an. »Aber ich soll meinen Posten doch nicht verlassen.«

»An deiner Stelle würde ich mich beeilen. Die Alte im Leoprint ist auf dem Kriegspfad.«

Er erbleichte und stolperte davon.

Ich schlich mich in den Backstagebereich und wurde von einer Welle hektischer Betriebsamkeit überrollt, wie Sie jeder Modenschau vorausgeht. Auf einer Fläche in der Größe von zwei Tennisplätzen standen reihenweise hell erleuchtete Spiegel auf behelfsmäßigen Tischen. Vor jedem Spiegel wirbelten mehrere Visagisten und Friseure um ein Model herum und schrien über das Kreischen der Föhne und die ohrenbetäubende Musik hinweg. Wartende Models lasen oder scrollten sich durch ihre Handys. Andere standen kurz vor der Fertigstellung: das Haar in strenge Dutts gekämmt, die Lippen signalrot, die Haut wie aus Porzellan. Ein Fernsehreporter interviewte ein brasilianisches Model, Fotografen flitzten hin und her. Ich reckte den Hals auf der Suche nach Nathan, doch eine Ladung Haarspray vernebelte mir die Sicht.

Ich entdeckte Lydia Lawson, die gerade ein Duckface-Selfie von sich machte.

Einige Models sahen ungeschminkt ziemlich seltsam aus. Das Mädchen neben Lydia war mit seinem schmalen Gesicht und den großen Segelohren nicht gerade attraktiv im traditionellen Sinne. Sogar Natalia mit ihren Zahnlücken und den auseinanderstehenden Augen hatte außerhalb des Modezirkus ein bisschen außerirdisch gewirkt. Lydias Gesicht dagegen hätte einem Animationsstudio entstammen können. Nur ein hauchfeiner Überbiss trennte es von cartoonesker Vollkommenheit.

Ich räusperte mich. »Lydia?«

»Ja?«

»Darf ich Sie kurz stören? Es geht um Natalia Kotow.«

Lydia warf mir einen vernichtenden Blick zu. »Und Sie sind …?«

Ich stellte mich vor und erntete wie immer einen angewiderten Gesichtsausdruck. »Hören Sie«, fuhr ich hastig fort. »Natalia und ich haben zusammen an einer Story gearbeitet. Wir haben uns noch kurz vor ihrem Tod getroffen.«

Die Friseurin schob mich unsanft beiseite. »Verschwinden Sie, bevor ich den Sicherheitsdienst rufe.«

Ich blieb standhaft. »Bitte, Lydia, nur fünf Minuten nach der Show.«

»Haben Sie irgendeine Vorstellung davon, wie hektisch mein Tag ist?«

Ich erinnerte mich an den Zeitplan in Cats Büro. »Ich weiß, dass Sie nach der Show hier eine Weile frei haben. Ich würde Sie auch gar nicht belästigen, wenn es nicht wichtig wäre.« In der Ferne erspähte ich die Tussi vom Einlass, die mit gebleckten Zähnen den Backstagebereich absuchte.

Lydia schnaubte. »Ich kannte Natalia kaum.«

»Das stimmt nicht. Sie hat oft von Ihnen gesprochen.« Lydias Gesichtsausdruck wurde weicher, und ich ging zum Angriff über. »Als ich Natalia das letzte Mal gesehen habe, war sie völlig verängstigt. Ich komme einfach nicht über den Gedanken hinweg, dass sie vielleicht noch leben würde, wenn ich mich besser um sie gekümmert hätte. Ich glaube nicht, dass ich die Einzige bin, der es so geht.«

Ich sah die Einlasstussi auf mich zustürzen. Unwillkürlich verlagerte ich das Gewicht auf die Fußballen und bereute die Wahl meiner Schuhe. Ein schneller Abgang würde auf diesen Absätzen schwierig werden.

Lydia scheuchte die Friseurin mit einer Handbewegung davon. »Noch mehr Drama kann ich wirklich nicht gebrauchen. Warten Sie in *Dannys Café* an der Ecke Albermarle und Stafford. Ich komme, sobald ich kann.«

Danny, der mit seinem dunklen Schnurrbart an ein Walross erinnerte, schob mir einen trüben Tee über die Theke. Ich setzte mich neben ein paar Bauarbeiter und dachte über Lydias letzte Bemerkung nach. Seit sie vor drei Jahren in einem *Topshop* entdeckt worden war, folgte ein Skandal dem anderen. Anfangs verzieh man ihr die Eskapaden noch. Große Werbekampagnen und Zeitschriftencover flogen ihr nur so zu, ihre wahre Markenkraft entfaltete sie allerdings online. Dank ihrer Albernheit war Lydia zum Liebling der sozialen Netzwerke avanciert. Acht Millionen Follower bei Twitter und Instagram lechzten nach Fotos. Doch ihre Fans, die selbst ernannten Lawsonistas, wandten sich nach und nach von ihrem Idol ab. Sie hatten die Schnauze voll von ihren Allüren und der On-und-Off-Beziehung mit Liam Crawford. Es hatte mich weder überrascht, dass Liam sich ein Supermodel schnappte, noch, dass seine Karriere rasch an Fahrt aufnahm. Doch der Erfolg stieg ihm zu Kopf. Schon immer eher sprunghaft, entwickelte er sich zu einer tickenden Zeitbombe. Kurz nachdem sie zum ersten Mal miteinander gesichtet worden waren, tauchte ein Foto von Lydia mit einem blauen Auge auf. Sie behauptete, sie sei gestürzt, aber niemand kaufte es ihr ab. Kurz danach wurde Liam verhaftet, weil er einen Journalisten, der doppelt so groß war wie er, vor einer Bar in Hackney angegriffen hatte. Der Journalist lag zwei Wochen mit einer Schädelfraktur im Krankenhaus.

Ihre Trennung letzten September verarbeitete Lydia mit einer ausgedehnten Sauftour, die in einer Streiterei in der Ersten Klasse eines Flugzeugs endete. Die Fotos, wie sie am Flughafen in Handschellen abgeführt wurde, verbreiteten sich rasend schnell. Irgendein Klatschkolumnist taufte sie

Lala-Lawson, und die Boulevardblätter ereiferten sich über ihre Verwandlung vom Branchenliebling zum Fashion-kryptonit. Ein paar Getreue standen noch hinter ihr, aber der Mehrheit galt sie als Ausschussware.

Ich trank einen Schluck Tee, zog den braunen Umschlag hervor, den Dmitri mir überlassen hatte, und suchte im Register nach der Person, die ursprünglich in Zimmer 538 eingecheckt hatte. Stirnrunzelnd stellte ich fest, dass ich den Namen kannte.

Ein kalter Luftzug streifte meinen Nacken, Danny stand stramm. »Willkommen zurück, Miss Lydia. Ich bring Ihnen gleich den grünen Tee.«

Die Bauarbeiter verstummten, als Lydia in roten Jeans und Pelzmantel durch das Café stöckelte und neben mir Platz nahm.

Ich zog die Augenbrauen hoch. »Grüner Tee?«

»Danny hält ihn für mich parat. Ich komme schon seit Jahren hierher.« Lydias Akzent klang piekfein, die kurzen Vokale erzählten von Lacrosse-Spielen und Treuhandfonds. Sie legte den Schal ab, und ihr Hals ragte wie eine schlanke Kerze aus dem Mantelkragen. »Hier kennt mich niemand. Dannys Kundschaft liest die *Vogue* nicht. Allerdings lesen sie die Klatschblätter, also muss ich mir wohl bald ein neues Versteck suchen.«

Das Neonlicht im Café betonte die feinen Pickel an Lydias Kinn und die dunklen Ringe unter den nachtblauen Augen. Trotz alldem strahlte sie.

Ich lächelte. »Danke, dass Sie sich mit mir treffen.«

Lydia warf ihr langes, dunkles Haar zurück und schaute mich hochmütig an. »Ich habe nicht viel Zeit.«

Ich ließ mich von ihrer abweisenden Art nicht einschüchtern und schlug meinen Notizblock auf. »Haben Sie Natalia in letzter Zeit oft gesehen?«

Danny stellte eine Tasse vor Lydia ab und entfernte sich grinsend wie ein Honigkuchenpferd.

Lydia tippte mit einem ihrer langen Fingernägel gegen das Porzellan. »Wie gesagt, mein Terminplan platzt aus allen Nähten.« Sie sah herausfordernd an mir vorbei zu den Bauarbeitern. »Hab ich was im Gesicht?« Das peinlich berührte Gelächter der Männer flatterte kurz durch den Raum und erstarb dann. »Natalia war beim Mittagessen des Fashion Council im Somerset House.«

»Wie lange ist das her?«

»Ungefähr zehn Tage. Wir haben an unterschiedlichen Tischen gesessen. Ich saß neben dem Vorsitzenden von NovTel, dem Sponsor. Was für ein Idiot.«

»Und danach sind Sie und Natalia sich nur noch auf Leo Brands Party begegnet?« Lydia nickte. »Wie hat sie auf Sie gewirkt?«

»Als ginge es um alles. Haben Sie ihr Kleid gesehen? Cat hat sich damit selbst übertroffen.«

»Wie meinen Sie das?«

»Sie glauben doch nicht etwa, dass Natalia das Kleid ausgesucht hat?« Lydias hübscher Mund verzog sich zu einem spöttischen Lächeln. »Auf solchen Partys geht es nur darum, einen bleibenden Eindruck zu hinterlassen. Die Agenturen spucken jedes Jahr mindestens fünfundzwanzig neue Gesichter auf den Markt, da bleibt nicht genug Platz für alle. Models haben eine, maximal zwei Saisons, um Aufsehen zu erregen, sonst …« Lydia fuhr sich mit einem Finger über die Kehle.

»Hat Natalia Aufsehen erregt?«

Lydia gähnte lautstark und hielt sich nicht einmal die Hand vor den Mund. »Wer weiß? Manchmal sind alle ganz begeistert von einem Mädchen, und aus irgendeinem Grund schafft sie es trotzdem nicht. Erinnern Sie sich noch an Ella King? Sie ist letzte Saison für Prada, McQueen *und* Marc Jacobs gelaufen. Und in dieser Saison läuft sie für niemanden. In der einen Minute ist man der heiße Newcomer, in der nächsten sitzt man zu Hause vorm Spiegel und fragt sich, was zum Teufel passiert ist.« Ihr spitzer Ton schoss durch die Luft wie ein Pfeil, und ich rutschte unbehaglich auf meinem Stuhl herum. »Was können Sie mir über den Abend erzählen, an dem Natalia gestorben ist?«

»Ich habe sie kaum gesehen. Ich musste mich um meinen eigenen Scheiß kümmern.«

Ich erinnerte mich an Nathans Worte. »Sie meinen den Streit mit Liam?«

Lydia reagierte gereizt. »Woher wissen Sie davon?«

»Weswegen haben Sie sich gestritten?«

»Das geht Sie einen Dreck an.«

»Okay.« Ich hob entschuldigend die Hände. »Haben Sie an dem Abend mit Natalia gesprochen?«

»Nur kurz, nachdem ich mit Leo angekommen war. Der Gute, hat sich den Hetzkampagnen gegen mich nicht angeschlossen.«

Ich gab mir Mühe, meinen Frust im Zaum zu halten. Lydia schaffte es, alle Fragen auf sich zu beziehen. Ich kam wieder auf unser eigentliches Thema zurück. »Worüber haben Sie mit Natalia gesprochen?«

Lydia zupfte sich einen unsichtbaren Fussel von der Schulter. »Nichts Besonderes. Es ging hauptsächlich um unsere Terminpläne. Das heißt, um meinen. Ihrer war nicht gerade voll.« Ich biss mir auf die Zunge. Wenn Lydia so weitermachte, würde ihrer auch nicht lange voll bleiben. »Sie stand alleine an der Bar, da bin ich zu ihr, um Hallo zu sagen. Ich bin gar nicht so zickig, wie alle behaupten. Manchmal nehme ich neue Mädchen unter meine Fittiche.«

»Neue Mädchen wie Natalia?«

Lydia lächelte sanftmütig, aber ihr Blick war kalt. »Klar, wieso nicht? Sie hat mich an meine eigenen Anfänge erinnert. Und sie war noch jung.«

»Achtzehn.«

Lydia schnaubte in ihre Tasse, und feiner Dampf stieg auf. »Achtzehn, na sicher doch.«

Ich blätterte durch meinen Notizblock und zog Natalias Sedcard hervor, auf der die wichtigsten Informationen über sie zusammengefasst waren. »Hier steht achtzehn.«

Lydia musterte mich verächtlich. »Schätzchen, nur weil es irgendjemand druckt, muss es noch lange nicht stimmen. Als Journalistin sollten Sie das wissen.«

Ich ignorierte den spitzen Unterton und schaute mir die Karte genauer an. Natalia starrte hungrig in die Kamera. »Wie alt war sie wirklich?«

Lydia warf einen flüchtigen Blick auf das Foto. »Wer weiß? Vierzehn, fünfzehn vielleicht? Die Designer und Castingdirektoren wollen frische Gesichter. Und mit ›frisch‹ meine ich ›jung‹. Allerdings sind die Regeln in der Branche verschärft worden, und jetzt dürfen sie die richtig jungen Mädchen nicht mehr buchen.« Lydia lächelte süßlich und umklammerte ihre Tasse so fest, dass die Knöchel weiß hervortraten. »Die Agenturen umgehen das, indem sie über das Alter ihrer Models lügen. Und das ist nur ein Beispiel dafür, wie sie uns manipulieren.«

Meine Gedanken rasten. Natalia war minderjährig gewesen? Hatte ihr Vergewaltiger das gewusst? Hätte er sich daran gestört?

»Aber ich sollte mich nicht beschweren, immerhin hat es auch seine Vorteile. Wer über sein Alter lügt, darf länger mitspielen. Ich kenne ein Mädchen, das seit fünf Saisons neunzehn ist.« Ich verzog ungläubig das Gesicht, und Lydia verschränkte die Arme vor der Brust. »Schauen Sie mich nicht so an. In unserer Branche ist mit fünfundzwanzig Schluss. Überlegen Sie mal, wenn Sie im Supermarkt vorm Milchregal stehen, welche Tüte kaufen Sie? Die, die morgen abläuft, oder die, die noch eine Woche haltbar ist?«

Ich schob Natalias Sedcard zurück in meinen Notizblock, damit ich ihr nicht länger ins Gesicht schauen musste. »Sind Sie Natalia auf der Party noch öfter über den Weg gelaufen?«

»Sie war kaum zu übersehen, total betrunken.«

»War das typisch für Natalia?«

»Woher soll ich das wissen? Vielleicht wollte sie sich nur ein bisschen Mut antrinken. Diese Modeevents schüchtern einen anfangs ganz schön ein. Die Leute da haben dein Schicksal in der Hand. Jedenfalls hat sie sich damit keinen Gefallen getan. Es wirkte unprofessionell.«

Mir kam ein Gedanke. »Wenn Natalia so ein frisches Gesicht war, wieso hat die Agentur dann ein Hotelzimmer für sie springen lassen, obwohl sie doch in London wohnte?«

»Als ob die Neuen jemals Geld sehen würden.« Lydia leerte ihre Tasse. »Eine Handtasche hier, eine Übernachtung in einem Luxushotel da. Aber nichts, wovon man seine Miete bezahlen könnte, zumindest nicht, bis man der Agentur Geld einbringt.« Sie warf einen Blick auf ihre übergroße Rolex und seufzte. »Wir müssen hier langsam Schluss machen, sonst komme ich zu spät zu meinem nächsten Termin. Lala-Lawson kann die Welt da draußen doch nicht warten lassen.« Lydia trug ihre Verbitterung zur Schau wie einen teuren Mantel.

»Eine Frage hätte ich noch.«

»Das wird dann wohl warten müssen.«

Ich beugte mich vor. »Wussten Sie, dass Natalia letzten Sommer vergewaltigt wurde? Ich glaube, der Täter kommt aus der Modebranche.«

Der Schock war Lydia deutlich anzusehen. Sie stand auf. »Ich muss …«

Ich legte ihr die Hand auf den Arm, um sie aufzuhalten. »Ich bitte Sie. Wissen Sie, wer Natalia vergewaltigt hat?«

Lydia starrte mich wütend an, fiel dann zurück auf den Stuhl und vergrub das Gesicht in den Händen. Sie rührte sich so lange nicht, dass ich schon befürchtete, das Gespräch vor die Wand gefahren zu haben.

»Es ist doch immer dasselbe«, flüsterte sie schließlich. So leise, dass ich es kaum hörte.

»Was?«

»Naive junge Mädchen, die für den Erfolg alles tun würden. Perverse Männer, die ihre Machtposition ausnutzen. Was glauben Sie, was hinter den Kulissen passiert? Natalia war nicht die Einzige …«

»Meinen Sie damit, Ihnen ist …«

Sie fiel mir harsch ins Wort. »Ich weiß nicht, wer Natalia vergewaltigt hat. Wir waren nicht so eng befreundet. Außerdem hätte sie das wohl kaum herausposaunt, besonders, wenn der Täter jemand Wichtiges war.«

»Aber Sie müssen doch einen Verdacht haben.«

Falls Lydia mir die Verzweiflung angehört haben sollte,

ging sie darüber hinweg. »Schätzchen, wenn Sie wirklich glauben, ich würde Ihnen Namen nennen und meine Karriere noch tiefer in den Dreck fahren, sind Sie dümmer, als Sie aussehen.«

Ich versuchte, ruhig zu bleiben. »Männer, die ihre Machtposition ausnutzen? Wen meinen Sie damit? Designer, Castingdirektoren?« Ich beobachtete sie genau. »Oder Fotografen. Wie zum Beispiel, keine Ahnung, Liam Crawford?«

»Liam?« Lydia lachte freudlos auf, doch in ihrem Gesicht flackerte ein Hauch von Angst auf. »Er ist vielleicht ein Riesenarschloch, aber er würde nie jemandem was zuleide tun.«

»Da habe ich anderes gehört.«

»Wie bitte?«

»Liam hat ein ganz schön hitziges Gemüt. Und jeder weiß, dass er mit den Models ins Bett steigt, die er vor der Kamera hatte. Mal angenommen, Natalia hätte sich gegen seine Avancen gewehrt, würden Sie die Hand dafür ins Feuer legen, dass Liam sie nicht weiter bedrängt hätte?«

»Woher soll ich das wissen? Ich bin mit seinen Bettgeschichten schon während unserer Beziehung nicht hinterhergekommen.« Lydia fummelte an ihrem Stiefel herum und hielt den Kopf gesenkt.

»Lydia, hat Liam etwas verbrochen? Haben Sie sich deswegen auf der Party gestritten?«

»Wissen Sie was? Sie können mich mal.« Sie raffte ihre Sachen zusammen. »Ich hätte gar nicht erst herkommen sollen. Ihr Journalisten seid doch alle gleich. Wisst alles besser.«

Ich richtete mich auf meinem Stuhl auf. »Ich weiß drei Dinge, Lydia. Erstens: Die Vergewaltigung ist ein klares Motiv für den Mord, und die Polizei vermutet, dass Natalias

Vergewaltiger aus der Modebranche stammt. Zweitens: Ihr Ex Liam Crawford, aka die tickende Zeitbombe, der nebenbei auch noch zu häuslicher Gewalt neigt, war in der Mordnacht im *Rose Hotel*.« Natalias verängstigter Gesichtsausdruck von dem Überwachungsvideo tauchte vor mir auf. »Selbst wenn Liam unschuldig ist, was glauben Sie, was die Presse daraus macht? Nach allem, was er letztes Jahr abgezogen hat, findet er bei der Presse keine Freunde mehr. Jede seiner Bewegungen würde überwacht, und damit automatisch auch Sie. Wenn Sie glauben, dass Ihre Karriere sich jetzt auf dem absteigenden Ast befindet, dann warten Sie mal ab, bis Ihr Gelegenheitslover der Hauptverdächtige in einem Mordfall wird.«

Lydia war während meines Ausbruchs erstarrt. »Und drittens?«

Ich schaute ihr fest in die Augen. »Drittens: Sie sind hier. Trotz Ihres wahnsinnig vollen Terminplans und Ihrer Behauptung, Sie hätten Natalia nicht gut gekannt. Sie sitzen während der Fashion Week in einem schmierigen Café, obwohl Sie sich genauso gut an tausend anderen Orten aufhalten könnten. Das hier lässt Sie nicht kalt. Um Himmels willen, Lydia, helfen Sie mir.«

Meine Worte hingen in der Luft. Aus dem Augenwinkel bemerkte ich, wie die Bauarbeiter uns beobachteten.

Plötzlich bröckelte Lydias Fassade. »Ich weiß wirklich nicht, wer Natalia vergewaltigt hat.«

»Fällt Ihnen jemand ein, der ihr etwas hätte antun wollen?«

Lydia seufzte. »Sie hat mal einen Exfreund erwähnt. Einen Typ in Russland. Viel hat sie nicht von ihm erzählt, aber es hörte sich an, als wäre sie gerade noch rechtzeitig davongekommen. Hatte es faustdick hinter den Ohren, wenn Sie verstehen.«

Davon hörte ich zum ersten Mal. »Hat sie Ihnen mehr von ihm erzählt? Seinen Namen oder wo er wohnte?«

»Nein. Nur, dass sie Angst hatte, nach Hause zu fahren. Ich glaube, für ihren Durchbruch hätte sie alles getan. Zum Beispiel ihren Vergewaltiger ungeschoren davonkommen lassen, wenn ihr das weitergeholfen hätte.«

Wir schwiegen einen Moment lang, dann klappte ich meinen Notizblock zu. »Wissen Sie, ob Natalia ADS hatte?«

Lydia runzelte die Stirn. »Das hat sie nicht erwähnt. Wieso?«

»In ihrem Blut wurde ein entsprechendes Medikament entdeckt.«

Es entstand eine seltsame Pause, die Lydia sichtlich unangenehm war. »Ich muss los.«

Als sie aufstand, bemühte sich Danny hinter der Theke hervor. »Geht aufs Haus, Miss Lydia! Hoffentlich sehen wir Sie hier bald wieder.«

Lydias Lächeln war hell wie ein Sonnenstrahl an einem verregneten Tag – umso schöner, je weniger man damit rechnete. Dann verdunkelte sich ihr Gesicht, und sie stakste steifbeinig aus dem Café, gefolgt von den ungläubigen Blicken der Bauarbeiter.

12

Im Laufe der letzten zehn Jahre hatten die steigenden Immobilienpreise in Shoreditch einen neuen Typus junger Berufstätiger angelockt: ständig auf schlechtem Koks, randvoll mit überzuckerten Cocktails. Die ehemaligen Crackhöhlen und Kneipen hatten sich zwar mittlerweile in Galerien und Kaffeeröstereien verwandelt, doch der Stadtteil war der Gentrifizierung noch nicht restlos anheimgefallen. Das Reihenendhaus, vor dem ich stand, wirkte im matten Winterlicht, als wäre es einem Dickens-Roman entsprungen. Jahrzehntelange Luftverschmutzung hatte das viktorianische Mauerwerk verschandelt, das Haus erinnerte an eine abgehalfterte Schönheit. Ich umrundete einen Müllcontainer und drückte die schäbige schwarze Tür auf.

Ein ausladender Schreibtisch stand auf einem schwarzweißen Teppich mit Fischgrätmuster. Der Duft von einem Dutzend weißer Rosen in einer rechteckigen Vase mischte sich mit dem des Holzfeuers im Kamin. Eine Frau, deren braunes Haar ihr bis an die Hüfte reichte, stellte gerade ein Buch in ein Regal zurück.

»Kann ich Ihnen helfen?« Winzige Augen, wie zwei Brandlöcher in einer Decke, lugten unter einem fransigen Pony hervor.

Ich räusperte mich. »Ich arbeite für den *London Herald* und würde Liam Crawford gerne ein paar Fragen stellen.«

Ihr Lächeln erstarb. »Haben Sie einen Termin?«

»Nein, aber er wird sicher hören wollen, was ich zu sagen habe.«

»Warten Sie hier.«

Hinter dem Schreibtisch hing ein großformatiges Foto. Eine nackte Frau in der Brandung, den glänzenden Körper zur Sonne hin durchgebogen. Plötzlich machte es mich nervös, Liam nach all den Jahren wiederzusehen.

»Sie haben fünf Minuten.« Die Stimme riss mich aus meinen Gedanken. »Die Treppe hoch und dann rechts.«

Durch eine offene Tür am Treppenabsatz wehte Musik. *Wise men say, only fools rush in.*

Hoffentlich war das kein Omen.

Gigantische Säulen in der Mitte des Raumes bildeten ein zehn Meter hohes Gewölbe. Liam saß am anderen Ende des Raumes über einen Laptop gebeugt. Ich blieb mit dem Fuß an einem Leuchtkasten hängen und stürzte zu Boden.

»Scheiße.«

Vor mir tauchte eine Hand auf, ich beachtete sie jedoch nicht und rappelte mich hoch.

»Fallen Sie immer mit der Tür ins Haus?«

Ich sah auf und erkannte das leicht spöttische Lächeln, an das ich mich so gut erinnerte. Liam hatte sich kaum verändert. Mit seinem schmalen Körperbau und den femininen Gesichtszügen hätte er zu Shakespeares Zeiten den idealen Protagonisten abgegeben. Hohe Wangenknochen, zart geschwungene Lippen, schmales Kinn – ein männliches Frauengesicht. Der Effekt war seltsam berauschend.

Liam runzelte die Stirn. »Hey, wir kennen uns doch.«

Ich richtete mich auf und brachte ein knappes Lächeln

zustande. »Sophie Kent. Wir waren zusammen in Oxford. Nur kurz«, fügte ich hinzu.

»Sophie Kent.« Liam grinste lässig. »Beim Keble Ball, oder?« Er sprach langsam, und seine tiefe, melodiöse Stimme mit einem Hauch von Cockney versetzte mich schlagartig zurück nach Oxford.

»Ich wusste nicht, ob du dich noch erinnerst.«

»So eine Nacht vergisst man nicht.« Er musterte mich von oben bis unten und räusperte sich dann. »Der *London Herald* also. Hast es weit gebracht.«

Ich ließ meinen Blick demonstrativ durch das Studio schweifen. »Du aber auch.«

Liam zog sich einen dunkelblauen Pullover über. »Alice meinte, du hättest ein paar Fragen?« Er deutete auf einen Stuhl neben sich am Schreibtisch, doch ich setzte mich ihm gegenüber.

»Du warst an dem Abend auf Leo Brands Party, als Natalia Kotow ermordet wurde.« Ich hatte das zwar nicht als Frage formuliert, aber Liam antwortete trotzdem.

»Ein neuer Abend, eine neue ›Feier‹ britischen Talents.« Er malte Anführungszeichen in die Luft.

»Du hattest also keine Lust?«

»Ich steh nicht so auf schicke Veranstaltungen. Ich fühl mich bei den Ratten wohler, nicht, dass du das verstehen könntest, Herzogin.« Ich hörte seinen neckischen Unterton und rutschte auf dem Stuhl zurück, wie um mich von ihm zu distanzieren. »Wieso warst du trotzdem dort?«

»Ist doch egal. Ich mache, was von mir verlangt wird. Alles Teil meiner Resozialisierung, nach dem Intermezzo mit einem deiner Freunde letztes Jahr.«

»Hast du Natalia auf der Party gesehen?«

»Ich war um neun wieder weg. Hab nur schnell den wichtigen Leuten die Hand geschüttelt.«

»Das ist keine Antwort auf meine Frage.«

Liam spannte sich bei meinem kühlen Tonfall merklich an. »Kann sein, dass ich sie in der Menge gesehen habe. Aber wie gesagt, ich bin früh weg. Ich hatte tagsüber ein langes Shooting für Burberry. Und bevor du fragst, nein, das kann niemand bezeugen.«

An der Art, wie er an seinem Ärmel herumspielte, erkannte ich, dass er log. Bevor ich allerdings die Karten auf den Tisch legte, musste ich den Grund dafür herausfinden. Ich blätterte eine Seite in meinem Notizblock um und tat so, als läse ich darin. »Ein Zeuge hat mir erzählt, du hättest dich mit Lydia gestritten.«

»Was spielt das für eine Rolle?« Er klang nervös.

»Ich will mich nur absichern.«

Liam trommelte mit den Fingern auf den Schreibtisch, wobei mir das Tattoo an seinem Handgelenk auffiel: *Be the Change*. Ein Bild blitzte vor mir auf. Meine Finger, wie sie über die blauen Buchstaben unter seiner heißen Haut fuhren. Ich schüttelte die Erinnerung ab. »Worüber habt ihr euch gestritten?«

»Weiß nicht.«

»Liam, das ist erst zwei Tage her.«

»Ich kann's mir selbst nicht erklären.« Er rieb sich die Stirn. Sein spöttischer Unterton missfiel mir.

»Wie gut kanntest du sie?«

»Lydia?«

»Natalia.«

»Ich hab sie zweimal fotografiert.«

»Und was hast du von ihr gehalten?«

»Wenn du die Wahrheit hören willst …« Liam fuhr sich durchs Haar. »Sie hat 'ne Menge Anweisungen gebraucht. Ich glaub, sie war noch nicht so weit.«

»Kannst du mir was über dieses Shooting erzählen?« Ich schob das Bild aus der *W* über den Schreibtisch.

Liam runzelte die Stirn. »Das war vielleicht 'ne schwere Geburt. Natalia brauchte viel länger als die anderen. Ich mein damit nicht, dass sie nicht das gewisse Etwas hatte. Augen wie Samt, und schau mal, wie das Licht auf ihren Kiefer fällt.« Er streckte die Hand aus, um mir die Stelle zu zeigen, und ich nahm einen moschusartigen, angenehmen Duft wahr.

»Aber die ersten zehn Minuten lag sie einfach nur da wie ein Sack Mehl. Irgendwann wurde sie dann warm. Ist immer das Gleiche.« Seine Mundwinkel zuckten.

»Verdammt, Liam, das hier ist kein Scherz. Hat Natalia unglücklich auf dich gewirkt?«

»Ich werde nicht als Therapeut bezahlt. Das Shooting war eine Riesensache für mich. Zehn Seiten in der *W* verändern alles.«

»War es deine Idee, sie praktisch nackt zu fotografieren?«

Liam neigte den Kopf zur Seite. »Ich erwarte nicht, dass du das verstehst, Herzogin. Nimm's mir nicht übel, aber du warst nie der Typ für High Fashion. Wir haben kurz über die Idee gesprochen, und das ist dabei rausgekommen. Ich finde, sie sieht wunderschön aus.«

»Und jung.«

»Wie herrlich ist die Jugend, o wie schlägt ihr Herz von Träumen, Hoffnungen erregt.« Er grinste. »Longfellow.«

Eine Unterhaltung mit Liam glich einer Bootspartie auf

einem ruhigen, sonnigen Fluss, wo hinter jeder Kurve die Niagarafälle lauern könnten.

»Und wann hast du sie das zweite Mal fotografiert?«

Liam griff nach seinem Laptop. »Für *Dazed and Confused*. Das war vor drei Wochen, aber ich bezweifle stark, dass die Bilder veröffentlicht werden.«

»Wieso?«

»Sieh selbst.« Er drehte den Laptop um. Mein Mund war schlagartig wie ausgetrocknet.

Natalia lag auf dem Teppichboden eines opulenten Schlafzimmers. Ihr Gesicht war kreidebleich, die Augen glasig, ihr Hals violett verfärbt. Transparente Unterwäsche offenbarte ihre kleinen Brustwarzen und das dunkle Haar zwischen ihren Beinen. Neben ihr lag ein Gegenstand. Erfolglos verdrängte hässliche Erinnerungen stürzten auf mich ein, und ich musste mich am Schreibtisch abstützen. »Ist das dein Ernst?«

Er schlug einen irritierend sanften Ton an. »Was für ein Zufall, hm?«

»Ein Strick? Wer hat sich diesen Scheiß ausgedacht?«

»Es ist nicht so heftig, wie es aussieht. Wir wollten den Promikult sezieren. Nacktheit schockiert schon lange keinen mehr. Aber was ist, wenn die Frau auf dem Bild tot ist? Würde man sich das Bild immer noch ansehen, ohne es überhaupt wahrzunehmen?« Er sprang auf und ging ein paar Schritte, drehte sich dann um. »Ist auch egal, *Dazed* veröffentlicht das jetzt bestimmt nicht. Obwohl, wer weiß. Vielleicht treibt das ja die Verkaufszahlen in die Höhe. So viel zum Thema perverser Promikult.« Er knallte den Laptop zu.

»Was hielt Natalia von der Idee?«

»Genug, um mitzumachen.«

»Weißt du, wie alt sie war?«

Er reagierte gereizt. »Ich fotografiere, wen man mir vorsetzt.«

»Und wenn ich dir sage, dass sie minderjährig war?« Liam hob die Schultern, ließ sie aber nicht wieder fallen. »Hast du mit ihr geschlafen?«

»Was soll die Frage?«

»Antworte mir.«

»Wieso? Bist du eifersüchtig?«

Am liebsten hätte ich ihm eine Ohrfeige verpasst. »Wusstest du, dass dieser ›Sack Mehl‹ letzten Sommer von jemandem in der Modebranche sexuell genötigt wurde? Jemandem, der wichtig genug war, um ihrer Karriere zu schaden, wenn sie ihn angezeigt hätte. Du bist dieser Tage ganz schön wichtig, Liam.«

Ihm wich die Farbe aus dem Gesicht. »Was zur Hölle? Denkst du wirklich, ich wäre fähig, so was zu tun?«

»Auf jeden Fall bist du fähig, nackte, verletzliche Minderjährige in kompromittierenden Posen abzulichten. Dein Sinn für Moral ist für'n Arsch, Liam. War er schon immer.«

Der berüchtigte Crawford-Charme war wie weggeblasen. Seine Pupillen schrumpften auf die Größe von Stecknadelköpfen. Er baute sich vor mir auf, aber ich rührte mich nicht von der Stelle.

»Der Zeuge hat nicht nur deinen Streit mit Lydia gesehen, sondern auch, wie du auf Natalia losgegangen bist. Was hatten sie gegen dich in der Hand, Liam? Hat Natalia Lydia erzählt, dass du sie vergewaltigt hast? Hast du sie deswegen umgebracht?«

Liam schwieg. Er rang offensichtlich um Fassung. Dann

beugte er sich nah zu mir herunter und sagte mit samtweicher Stimme: »Verpiss dich, Sophie.«

Ich erhob mich, trat einen Schritt auf ihn zu, hinein in die erhitzte Atmosphäre zwischen uns, und erwischte ihn damit auf dem falschen Fuß. »Wenn du glaubst, das hier ist schlimm, dann warte nur ab, bis die Presse davon Wind bekommt. Meinst du, die interessiert es, ob du unschuldig bist? Für die bist du nur ein Frauenschläger, der es nicht besser verdient hat. Du hast nicht mal ein Alibi. Wach auf, Liam. Die werfen dich den Wölfen zum Fraß vor.«

Ein Telefon klingelte. Liam bewegte sich nicht. Er biss die Zähne so fest zusammen, dass ihm alles Blut aus den Wangen wich. »Ich habe sie nicht umgebracht.«

»Dann beweis es. Hilf mir, den Täter zu finden.«

Liam blitzte mich wütend an, dann erstarb das Feuer in seinen Augen, und er wandte sich wieder dem Laptop zu. »Ich bin schon groß, Herzogin. Das Risiko nehm ich auf mich.«

Ich zählte bis zehn, doch er drehte sich nicht wieder um.

Ich war schon einige Meter vom Haus entfernt, als ich hinter mir Schritte hörte.

»Warten Sie!« Die Brünette aus Liams Studio. »Liam würde mich umbringen, wenn er wüsste, dass ich Ihnen das erzähle, aber ich war bei dem Shooting für *Dazed* dabei.«

»Sie sind Alice, oder? Sie haben uns belauscht?« Alice schaute zu Boden und spielte an ihrem silbernen Ring. Ich drehte mich aus dem Wind und blickte sie erwartungsvoll an. »Dann legen Sie mal los.«

»Natalia war an dem Tag ziemlich seltsam. Nervös, und zwar so richtig.«

»Sie war eben schüchtern.«

Alice schlang die Arme, auf denen ich Gänsehaut sehen konnte, fester um sich. »Das meine ich nicht. Liam schafft es, dass jede Frau sich öffnet und abliefert.« Eine Spur von Bitterkeit lag in ihrer Stimme. »Aber nicht Natalia. Sie erstarrte regelrecht, wenn Liam ihr zu nahe kam.«

»Wissen Sie, warum?«

Alice wickelte sich eine lange Strähne um den Finger, ein merkwürdiger Ausdruck lag auf ihrem Gesicht. »Nicht wirklich.«

Der Wind schmerzte mir in den Ohren. »Alice, ich habe keine Zeit für Spielchen. Wenn Sie etwas zu sagen haben, dann spucken Sie's aus.«

Sie seufzte. »Fallen Sie nicht auf seinen Charme rein. Liam ist nicht das, wonach er aussieht.« Sie fröstelte. »Ich muss wieder rein, sonst merkt er, dass ich weg bin.«

»Warum erzählen Sie mir das alles?«

»Natalia war lieb. Sie hat das nicht verdient.«

Alice schnappte sich die Visitenkarte, die ich ihr hinhielt, und sprintete zurück zum Studio. Was sollte ich von ihr halten? Je bereitwilliger ein Informant redete, desto weniger konnte man ihm in der Regel trauen. Vielleicht hatte Alice eine unbefriedigende Gehaltserhöhung bekommen, vielleicht hatte Liam sie auch von der Bettkante gestoßen. Jeder verfolgt seine eigenen Ziele. In einer Sache hatte sie jedoch recht.

Liam verbarg etwas.

Die Straßen Londons glänzten nass in der Dunkelheit. Ich schleppte mich die King's Road entlang, vorbei am samstäglichen Partylärm, der aus den beschlagenen Fenstern der Bars drang. Früher, nach besonders beschissenen Arbeitstagen, hatte ich mich immer über den Regen gefreut. Er spülte den Schmutz weg, bereitete die Stadt auf einen neuen Tag vor. Doch seit Tommys Tod hätte sich der Himmel leer weinen können – London würde nie wieder sauber werden.

Ich hatte mich gerade auf das Sofa fallen gelassen, als mein Handy piepste und den Eingang einer Pressemeldung der Metropolitan Police anzeigte. *Betreff: Aufruf nach Mord im* Rose Hotel, *Bild verfügbar.* Ich loggte mich über meinen Laptop ein und öffnete das Bild eines Mannes in einer dunklen Jacke, der das Hotel durch den Hintereingang verließ. Er hatte sich die Kappe tief ins Gesicht gezogen. War das derselbe Mann, den ich auf dem Überwachungsvideo gesehen hatte? Schwer zu sagen.

Die Standuhr schlug neun, und ich schaltete die Nachrichten ein. In Malaysia war ein Flugzeug abgestürzt, sämtliche dreihundertachtundneunzig Passagiere waren tot. Ich schüttelte mich. Ich hatte über so viele Flugzeugabstürze berichtet, dass ich mittlerweile vor jedem Flug ein nervöses Wrack war. Die dritte Meldung widmete sich dem Mord an Natalia. Ich drehte die Lautstärke auf.

»Die im Londoner *Rose Hotel* tot aufgefundene Frau wurde heute als das Model Natalia Kotow identifiziert.« Ein Foto erschien auf dem Bildschirm. »Die Polizei bittet um Hinweise aus der Bevölkerung zu diesem Mann, der das Hotel um zweiundzwanzig Uhr zwanzig durch den Hintereingang verlassen hat.« Der Nachrichtensprecher erwähnte den Gedenkgottesdienst, der morgen früh in der Kirche St Mary's in Holborn stattfinden würde.

Ich schaltete den Fernseher aus und tappte in die Küche. Im Kühlschrank standen die Reste eines Fischpies. Ein Zettel mit der Aufschrift ISS MICH! klebte darauf. Ich schaltete den Ofen an, von Zuneigung für Poppy nahezu überwältigt. Da meldete mein Handy den Eingang einer weiteren E-Mail. Eine Nachricht, bei der mir das Herz in die Hose rutschte.

Sie stammte von meinem Vater.

Wann können wir uns treffen? Ich muss mit dir sprechen. AK

Kühl und unverblümt, ganz mein Vater. Ich ging in der Küche auf und ab, während ich über meine Antwort nachgrübelte. Am Ende brachte ich nur ein Wort zustande.

Montag.

Seine Antwort kam kurz darauf.

20 Uhr. L'Ondine. AK

Übermorgen.

Der Wind pfiff durch die Ritzen am Fenster wie in einem schlechten Horrorstreifen.

13

Als ich am nächsten Morgen aufwachte, erwarteten mich Neuigkeiten.

Lea Foster, eine vierundzwanzigjährige Vertriebsleiterin, hatte in einem Interview mit dem *Star* den Mann auf dem Fahndungsfoto identifiziert. Sie war mit einem Kunden essen gewesen und hatte eine Abkürzung durch die Gasse hinter dem *Rose Hotel* genommen, als ein Mann mit ihr zusammengestoßen und ihr die Handtasche von der Schulter gerutscht war. Er hatte sich nicht entschuldigt, nicht einmal seine Schritte verlangsamt, doch in der fahlen Außenbeleuchtung des Hotels hatte sie ihn erkannt.

Liam Crawford.

Ich sprang aus dem Bett und sprintete ins Bad. Wie sollte ich Rowley erklären, dass mir diese Story entgangen war? Die Sorge hätte ich mir allerdings sparen können, denn weniger als eine Minute später ging eine E-Mail in meinem Postfach ein.

Warum erscheint die Story nicht bei uns? Jetzt komm in die Puschen, oder ich finde jemanden, der dem Job gewachsen ist.

Ich hämmerte eine Entschuldigung in die Tasten, schlüpfte hektisch in meinen schwarzen Hosenanzug und verließ überstürzt die Wohnung.

Die Kirche St Mary's war klein, heruntergekommen und stand, eingequetscht zwischen zwei Bürogebäuden, auf der Boswell Street. Die Polizei hatte auf dem Gehweg Absperrungen aufgestellt, um Journalisten und Neugierige fernzuhalten, und tatsächlich hatte sich eine gaffende Meute versammelt. Ich wählte Durands Nummer.

Nach dem zweiten Klingeln nahm er ab. »Guten Morgen.« Er klang ungewöhnlich förmlich; wahrscheinlich war er nicht allein.

»Passt es gerade nicht?«

»Bleib kurz dran.« Durand legte die Hand über den Hörer, gedämpfte Stimmen drangen zu mir. Dann meldete er sich wieder. »Was kann ich für dich tun?« Die Wintersonne war so schwach, als stünde lediglich ihr Hologramm am bleiernen Himmel. Ich suchte an einer Mauer Schutz vor dem unerbittlichen Wind und wünschte, ich hätte mir einen Mantel übergezogen.

»Wird Crawford verhört?«

»Soweit ich weiß, ist er hier.«

»Hat er gestanden?«

»Dazu kann ich nichts sagen.« Er schwieg. »Der *Star* hat die Story also als Erster gebracht.«

»Reib's mir nicht auch noch unter die Nase. Crawford hat mir gestern dreist ins Gesicht gelogen.«

»Männer wie Crawford haben ein Talent dafür, andere hinters Licht zu führen.«

»Glaubst du, er war's?« Durand gab mir darauf keine Antwort. Ich seufzte. »Ich stecke bei der Arbeit bis zum Hals in der Scheiße. Kannst du mir nicht irgendwas geben? Wenn's sein muss, bettle ich auch.«

Durands Lachen löste wie immer ein warmes Gefühl in

mir aus. »Eine Kleinigkeit, um dich aufzumuntern«, sagte er leise. »Die Spurensicherung hat am Türgriff Fingerabdrücke gefunden. Wir konnten sämtliche Personen ausschließen, die unserer Kenntnis nach im Zimmer waren. In unserer Datenbank gab es auch keinen Treffer. Das Zimmermädchen hat Natalias Zimmer um vierzehn Uhr dreißig gereinigt und weiß noch, dass es den Türgriff abgewischt hat. Das heißt, zu wem auch immer diese Fingerabdrücke gehören, er muss danach das Zimmer betreten haben.«

»Aber es sind nicht Crawfords Abdrücke, oder?«

Durand seufzte. »Das wäre zu schön. Aber es schließt ihn auch nicht aus.« Ich erinnerte mich an die Worte des Gerichtsmediziners – über den Latexabdruck an Natalias Hals. Der Mörder hatte Handschuhe getragen. »Hotelzimmer sind immer schwierig. Zu viel Betrieb. Dauert eine Weile, bis alle Spuren und Abdrücke zugeordnet sind.«

Meine Zehen wurden allmählich taub. »Wie viel davon darf ich bringen?«

»Noch gar nichts. Wenn die Fingerabdrücke tatsächlich die des Mörders sind, wollen wir ihn nicht auf seinen Fehler aufmerksam machen.« Durand schlug wieder einen förmlichen Ton an. »Ich muss auflegen. Wir hören voneinander.«

Die Menge vor der Kirche war weiter angewachsen. Während ich mir einen Weg nach vorne bahnte, entdeckte ich einen mir wohlbekannten, hochgewachsenen Blondschopf. Ich rempelte ihn freundschaftlich an.

Aiden Isaacs Miene hellte sich auf. »Soph! Wie geht's dir?«

Wir hatten gemeinsam als Juniorjournalisten beim *London Herald* gearbeitet, bis Aiden beschlossen hatte, seine Haut sei zu dünn und sein Magen zu schwach, um auf den

Straßen der Stadt nach Ärger zu suchen. Also wechselte er in die exklusiveren Gewässer eines wöchentlich erscheinenden Klatschblatts. Inzwischen machte er sich die Finger nur noch schmutzig, indem er die außerehelichen Affären von Realitystars aufdeckte.

Aiden erschauderte theatralisch. »Abscheulich das alles, nicht wahr, Liebes? Wir kreisen hier draußen wie die Aasgeier. Dumbo hat beschlossen, dass wir für unseren Artikel über tote Models unbedingt was aus erster Hand brauchen.«

Dumbo war Aidens komplizierte Chefredakteurin Liz Ward. Sie war wahnsinnig unbeliebt, dank ihrer legendären Unfähigkeit, unter Druck Entscheidungen zu fällen. Ihre Leidenschaft für schweren Ohrschmuck hatten ihre Ohrläppchen bis zur Unkenntlichkeit gedehnt – daher der Spitzname.

»Die Schlagzeile steht schon: ›Kaputte Models – jung, schön, tot‹. Ist echt nicht meins, aber dieser Tage muss man sich unabdingbar machen.« Er strahlte. »Ich bin so froh, dass du hier bist. Anscheinend ist Lydia Lawson unterwegs. Kreisch.«

Die arme Natalia wurde noch auf ihrer eigenen Trauerfeier in den Schatten gestellt.

»Wer ist schon drin?«

»Kaum jemand. Echt tragisch. Vor ein paar Minuten ist so eine Verwahrloste in ’nem kurzen roten Kilt rein. Zu einer Trauerfeier!«

Ich schaute an Aiden vorbei. »Ich muss da rein.«

Eine Mischung aus Schock und Bewunderung breitete sich auf seinem Gesicht aus. »Nicht dein Ernst. Du bist ja völlig schamlos. Wie willst du an den Absperrungen vorbeikommen?«

In diesem Augenblick fuhr ein SUV vor. Der Fahrer öffnete die Tür, und Cat Ramsey stieg aus, die Lippen fest aufeinandergepresst. Hinter ihr erschien Lydia Lawson in einem figurbetonten schwarzen Kleid und mit schimmerndem Schmollmund. Das dunkle Haar fiel ihr in dichten Wellen über die Schultern, und sie hatte das Gesicht hinter einer XXL-Sonnenbrille versteckt.

Die Menge machte einen Satz nach vorne, und ich verlor das Gleichgewicht. Aiden fing mich auf.

»Soll ich dich auf die Schultern nehmen, Schlafmützchen?«

»Sehr witzig.«

Cat schob Lydia auf die Kirche zu. Ich quetschte mich durch eine Lücke zwischen zwei Absperrungen, als sie gerade an mir vorbeikamen.

»Lydia, Sophie Kent. Sie erinnern sich?« Lydia drehte sich um. »Bitte. Ich will Abschied von Natalia nehmen, aber die lassen keine Journalisten durch. Können Sie mir helfen?«

Cat zog an ihrem Arm. »Lydia, ich glaube nicht …«

Lydia unterbrach sie. »Natalia hätte Sophie hier gewollt.«

Auf der Türschwelle hielt ich kurz inne. Inmitten der neidischen Journalisten stand Aiden und reckte breit grinsend beide Daumen nach oben.

»Gott, das war ja furchtbar.« Lydia blieb am Taufbecken stehen. Hinter der Sonnenbrille kamen geschwollene Augen zum Vorschein. An ihrem Kinn prangte ein breiter Streifen unachtsam aufgetragener Foundation. »Diese verdammten Blutsauger. Liam hat nichts damit zu tun. Er ist zurück ins Hotel, weil …«

»Das reicht, Lydia. Sie ist von der Presse.« Cat warf mir

einen unterkühlten Blick zu und führte Lydia Richtung Altar.

Trotz des Andrangs vor der Kirche war es drinnen fast leer. Londons Modeszene hatte mit der Fashion Week genug zu tun, und offensichtlich hatte Natalia noch nicht viele Freunde gefunden gehabt. Ich rutschte in eine der hinteren Bänke und erkannte einige Mitarbeiter von *Models International*, die sich fröhlich unterhielten. Hatte Cat sie hierhergeschleift, um die Reihen zu füllen?

Etwas weiter hinten saß eine einsame Gestalt in einem roten Mantel. Ihr langes, honigblondes Haar hing über die Rückenlehne, und als sie den Kopf zum Buntglasfenster drehte, sah ich sie im Profil. War das Natalias Mitbewohnerin Eva Kaminski?

Der Organist stimmte das *Ave Maria* an, und ein Pfarrer trat durch eine Tür neben dem Altar. Er wollte erst auf die Kanzel steigen, überlegte es sich angesichts der überschaubaren Trauergemeinde aber anders. Er schlurfte vor den Altar und räusperte sich.

»Liebe Freunde, wir haben uns heute hier versammelt, um einem von Gottes schönsten Engeln zu gedenken: Natalia Kotow. So schwierig es auch sein mag, zu verstehen, unser allmächtiger Vater hatte seine Gründe, Natalia zu sich zu rufen.«

Ich schnaubte. Wie konnte er Natalias Schicksal etwas Positives abgewinnen? Sie war schließlich nicht auf einer flauschigen weißen Wolke gen Himmel gefahren. Ihr Tod war barbarisch gewesen, wieso sich etwas anderes vorgaukeln? Ich hatte zu viele Gräueltaten gesehen, um noch an einen Gott zu glauben. Erst vor drei Wochen hatte ich über den brutalen Mord an einem sanftmütigen Inder berichtet, der täglich achtzehn Stunden in seinem Eckladen gearbeitet hatte. Er wurde von ein paar besoffenen Teenagern mit acht Messerstichen in die Brust getötet, die sich darüber derart amüsierten, dass sie das Geld in der Kasse vergaßen. Ich werde oft gefragt, ob mein Job mich abstumpft, ob ich für solche Nachrichten unempfänglich werde. Das Gegenteil ist der Fall. Mit jedem Tag zermürben sie mich mehr.

Mein Handy vibrierte leise in meiner Tasche, und ich holte es verstohlen heraus, wünschte mir dann jedoch sofort, ich hätte es nicht getan.

Ich übernachte heute in London. Komm vorbei.

Die letzten Takte von *He Who Would Valiant Be* schwebten durch die Kirche, und die Gruppe von *Models International* begab sich zum Ausgang. Lydia frischte ihren Lipgloss auf und wuschelte sich das Haar für die Kameras zurecht. Cat stand ein paar Schritte hinter ihr und schaute auf ihr Handy. Ich schob mich neben sie.

»Danke, dass ich mich verabschieden durfte.«

»Wie Lydia schon sagte, Natalia hätte es so gewollt.«

»Ich wollte Ihnen noch eine Frage zu dem Abend stellen, an dem sie gestorben ist.« Ich spielte am Saum meines Blazers herum. Irgendwie kam es mir falsch vor, jemanden auf einer Trauerfeier zu befragen. Die Art, wie Cat den Mund verzog, verriet mir, dass sie ähnlicher Ansicht war. »Warum haben Sie im *Rose Hotel* das Zimmer mit Natalia getauscht?«

Cat ließ das Handy in ihre Clutch gleiten und seufzte. »Weil sie mich darum gebeten hat. Sie rief mich weinend an und sagte, sie könne nicht in ihrem Zimmer bleiben. Wieso, wollte sie mir nicht verraten. Ich hatte keine Energie für so was, und das Hotel war so voll, dass es das Einfachste war, die Zimmer zu tauschen.«

»Und Sie haben keine Ahnung, wovor sie sich fürchtete?«

Cat schüttelte den Kopf. »Leider nicht.«

»Hat jemand mitbekommen, dass sie umgezogen ist?«

Cat ließ sich kurz von Lydias Flüchen ablenken, sie steckte mit ihrem Absatz zwischen zwei Steinplatten fest. »Ich weiß es nicht. Wieso?«

»Weil der Mörder offenbar wusste, in welchem Zimmer sie untergebracht war.«

Sie begriff sofort die Tragweite meiner Aussage. »Sie haben recht, daran hatte ich gar nicht gedacht.«

»Cat, stehen wir hier noch den ganzen Tag rum, oder können wir jetzt einen Abgang machen?« Lydia lehnte schmollend am Taufbecken. Cat strich rasch ihr Kleid glatt. Dann setzte Lydia sich die Sonnenbrille auf, warf die Schultern zurück und stolzierte hinaus ins Scheinwerferlicht.

Ich drehte mich um. Das blonde Mädchen hängte sich gerade die Handtasche über die Schulter. Ihr kurzer Rock war für eine Trauerfeier völlig unangemessen, aber irgendetwas an ihrer linkischen Teenagerart verriet mir, dass sie lieber nicht auffallen wollte. Ich verharrte und tat so, als suchte ich meine Sachen zusammen.

Als sie an mir vorbeikam, streckte ich ihr die Hand entgegen. »Eva?« Sie schaute mich mit großen Augen an, die an einen tiefblauen Augusthimmel erinnerten. »Ich bin Sophie Kent.«

Mein Name schien ihr etwas zu sagen, und sie ergriff meine Hand. Ihre Haut fühlte sich trocken und brüchig an. »Sie sind die Reporterin, die Natalia geholfen hat.«

»Anscheinend nicht mit der nötigen Entschlossenheit.« Es fiel mir schwer, die Bitterkeit aus meiner Stimme zu verbannen.

Eva schloss den Reißverschluss ihres roten Mantels. »Immerhin haben Sie es versucht.«

»Eva, hätten Sie Zeit für einen Kaffee?«

Sie schaute auf die Uhr. »Ich hab um zwölf ein Casting und muss mich noch umziehen. Sie könnten mich begleiten. Ich wohne in New Cross.«

Milton Way Nummer 32. Wie könnte ich das jemals vergessen?

14

Eva streifte sich die Schuhe ab. »Wollen Sie Kaffee?«

Ich nickte. Die Wohnung hatte sich nicht verändert, abgesehen von einem dünnen roten Überwurf auf dem Sofa und ein paar Fotos an der Kühlschranktür. Die Fenster waren von Frost überzogen, und ein feuchter, torfiger Geruch hing in der Luft. Ich legte die Hand an den Heizkörper. »Ist die Heizung kaputt?«

»Ja, aber was soll's. Ab und zu läuft sie. Es war schon jemand hier deswegen.«

»Sie sprechen sehr gut Englisch.«

Eva bewegte sich leichtfüßig durch die Küche. Als sie sich streckte, um zwei Tassen aus einem Schrank zu holen, rutschte ihr Pullover hoch, und zwei spitze Hüftknochen blitzten hervor. »Mein Papa ist Brite, ich bin damit aufgewachsen. Im Juni bin ich hierhergezogen und habe mit Anya zusammengewohnt, bis sie nach Tokio gezogen ist.«

»Anya modelt auch?«

»Sie hat gemodelt.« Mit unsteter Hand füllte Eva Kaffeepulver in die Tassen. »Sie hat zugenommen. Mit Absicht, glaube ich. Anya hat es in Tokio nicht mehr ausgehalten, konnte sich den Rückflug in den Kosovo aber nicht leisten. Da gab es so eine Klausel im Vertrag der japanischen Agentur, wonach er ungültig wird, wenn sie mehr als einen Zentimeter um die Taille zulegt. Also hat sie gefressen wie ein

Schwein und zack, zurück ging's nach Hause.« Sie lachte heiser.

»So streng läuft das?«

»Kommt drauf an, wer einen unter Vertrag nimmt. Die Agenturen hier verschleiern es besser. Mir wurde gesagt, ich solle mich in Form bringen und fitter werden. So oder so, wir wissen alle, was gemeint ist.« Sie reichte mir eine Tasse, und ich zuckte zusammen, als die Hitze auf meine eiskalte Haut traf. »*Models International* hat auf meiner Sedcard einen Zentimeter von Taille und Hüfte abgezogen. Wenn ein Kunde mit bestimmten Maßen rechnet, darf man nicht mit mehr ankommen. Lieber zu dünn als gefeuert.« Eva sprach schnell, ihre Worte überschlugen sich fast.

Ich setzte mich auf die Couch und verdaute die Informationen. Keine Ahnung, was schlimmer war: diese passiv-aggressiven Kontrollmechanismen der Branche oder die unbekümmerte Art, mit der Eva davon berichtete.

Sie bemerkte meinen entsetzten Gesichtsausdruck und lachte. »Niemand hat je behauptet, es wäre einfach. Man tut, was man tun muss. Vor meiner Reise nach Tokio letzten Monat hab ich mich zwei Wochen lang von Sellerie und grünem Saft ernährt und ein paar Shootings für Zeitschriften gelandet«, erzählte sie stolz. »Tokio ist echt beschissen, aber da verdient man sein Geld. Besonders, wenn man jung und blond ist. Ist zwar nicht die *Vogue*, aber irgendwie muss ich meine Schulden ja zurückzahlen.«

»Ihre Schulden?« Ich erinnerte mich an Lydias Worte, dass Agenturen nicht mit Geld bezahlten.

Eva kauerte sich auf das Sofa und blies in ihre Tasse. »Die Agentur hat für mein Visum und meinen Flug bezahlt. Außerdem für ein Probeshooting und die Sedcard.

Und natürlich haben sie die Miete übernommen. Eine Menge Geld. Die meisten Models schulden ihrer Agentur ein paar Tausend Pfund, bevor sie ihren ersten Job landen.«

Ich stellte die Tasse ab und holte meinen Notizblock hervor. »War Natalia verschuldet?«

Eva sprang auf. »Sorry, ich hab Sie gar nicht gefragt, ob Sie Zucker wollen.«

»Nein danke.« Ich beobachtete stirnrunzelnd, wie sie in die Küche ging und drei Stück Zucker in ihren Kaffee plumpsen ließ. Sie rührte um und lehnte sich an den Kühlschrank, die Tasse zwischen den porzellanweißen Händen. »Wieso waren Sie nicht auf Leo Brands Party?«

Sie trank einen Schluck. »Die Agentur sucht aus, welche Models eingeladen werden. Natalia hatte ein paar Shootings hinter sich und drei Schauen in Aussicht, deswegen hatte die Agentur sie auf dem Schirm.« Etwas an ihrem Tonfall ließ mich aufhorchen. War sie etwa neidisch?

Ich zog die Beine unter mich, um mich warm zu halten. »Wie gut kannten Sie Natalia?«

Eva schaute aus dem Fenster. Sie antwortete nur zögerlich, als traute sie ihren Worten nicht. »Wir haben über vier Monate zusammengewohnt.«

Ich wartete darauf, dass sie fortfuhr, doch sie trank nur einen Schluck Kaffee. »Hat sie sich Ihnen je anvertraut?«

Eva zog sich in ihr Schneckenhaus zurück. Ihre warme und offene Art war wie weggeblasen.

Ich ging zum Fenster. Die gestrigen Regenfälle waren vergessen, die Sonne stand tief an einem grausam blauen Himmel. Ich legte eine Hand an die Scheibe und dachte an den Tag, als ich von hier aus Jason Danbys Leiche gesehen hatte. Ich hatte mich zu Recht um Natalia gesorgt. Hätte ich nur gewusst, in welcher Gefahr sie schwebte.

»Natalia erzählte ständig von ihrer Familie. Ich hatte das Gefühl, ich würde ihre Brüder persönlich kennen. Piotr, Viktor, Nikolai und … Wie hieß noch gleich der älteste?«

»Roman.« Eva seufzte. »Natalia hat ihrer Mutter jeden Monat Geld geschickt. Zum ersten Mal hat Piotr etwas Neues zum Anziehen bekommen. Alles andere erbte er ja nach und nach von seinen Brüdern. Ihre Mutter hat ihr ein Foto geschickt. Natalias Gesicht hätten Sie sehen sollen. Sie hat sich so sehr gefreut.«

»Wenn sie ihrer Mutter Geld schicken konnte, muss sie ganz gut im Geschäft gewesen sein.«

Eva zuckte mit den Schultern und leerte den Rest Kaffee in die Spüle. »Ich muss mich für mein Casting fertig machen.«

Ich streckte die Hand aus, um sie aufzuhalten, obwohl sie sich am anderen Ende des Zimmers befand. »Eva, bitte.«

Sie rührte sich nicht. Als sie schließlich antwortete, war ihre Stimme kaum mehr als ein Flüstern. »Natalia war … kompliziert. Sie hatte eine Menge um die Ohren.«

»Eine Menge was?« Hatte Natalia ihrer Mitbewohnerin von der Vergewaltigung erzählt?

»London war ein Neuanfang für Natalia. Aber ihr sind hier Sachen passiert, die …« Sie brach ab und starrte auf den Boden.

Ich trat einen Schritt auf sie zu. »Ich weiß von der Vergewaltigung.« Eva zog die Strickjacke enger um sich. »Wissen Sie irgendwas darüber?«

»Nein.«

»Sie hat es nie erwähnt?« Eva schüttelte den Kopf, und

ich unterdrückte meinen Frust. »Kann es sein, dass ich hier irgendwas nicht verstehe? Was verschweigen Sie mir?«

Eva stierte in den Raum zwischen uns; es war, als befänden wir uns auf unterschiedlichen Seiten einer Glasscheibe. »Ich hab sie immer durch die Wand schreien hören. Sie hatte furchtbare Albträume. Irgendwann hörten die Schreie dann auf. Einmal hab ich in ihrer Handtasche nach einem Lippenstift gesucht, den sie sich geliehen hatte, und hab ein paar Tabletten gefunden. Sie meinte, die helfen ihr beim Schlafen. Aber sie hat so viele davon genommen, dass sie gar nicht mehr richtig wach wurde, und dann hat sie dafür wieder was anderes eingeschmissen.«

»Kokain?«

»Koks, Speed, alles Mögliche. In unserer Branche muss man nicht lange suchen. Ich hab sie darauf angesprochen, aber sie wurde bloß sauer. Dann hat sie verschlafen und ein wichtiges Casting verpasst. Ihre Agentin war außer sich. Ich hab sie durchs Telefon schreien hören. Natalia war völlig verängstigt. Sie dachte, sie schicken sie wieder nach Hause.«

»Was ist dann passiert?«

Eva flocht sich die Haare. »Cat hat ihr Sitzungen in einer Selbsthilfegruppe verordnet und gedroht, sie zu feuern, wenn sie nicht clean wird. Natalia ist jeden Montagmorgen zu einem Treffen in der Shelby Street gegangen. Am Anfang hat es auch geholfen.«

»Sie meinen, sie hatte einen Rückfall?«

»Wie gesagt, Natalia war … kompliziert.«

Mir kam ein Gedanke. »Wissen Sie, ob Natalia Medikamente gegen ADS genommen hat?«

Eva schüttelte verständnislos den Kopf. »Ritalin ist ein Appetitzügler. Alter Branchentrick.«

Deswegen hatten Lydia und Cat so ausweichend reagiert, als ich sie danach gefragt hatte. Ich drehte mich wieder zum Fenster und lehnte die Stirn an die Scheibe. Im Wohnblock gegenüber rauchte eine alte Frau, in einen Bademantel gehüllt, eine Zigarette auf dem Balkon. Ein rosa Fleck auf einer Leinwand aus Beton. Ich wandte mich Eva zu. »Hat Natalia mal einen Exfreund erwähnt? Jemanden aus Russland?«

Die Anspannung wich aus Evas Gesicht. »Ja, ein paar Mal. Einen Dealer aus ihrer Heimatstadt. Hatte es anscheinend auf junge Mädchen abgesehen, wobei ich nicht glaube, dass er wusste, wie jung Natalia eigentlich war. Hat ihr die Narbe auf der Augenbraue verpasst. Er hat sie die Treppe runtergestoßen, als sie mit ein paar Freunden ausgehen wollte.«

»Hat sie mal seinen Namen erwähnt?«

Eva verzog angestrengt das Gesicht. »Ich weiß nicht. Wir haben nie länger über ihn gesprochen. Sie stand irgendwie immer noch unter seinem Einfluss.«

»Wie kommen Sie darauf?«

»Mehr so ein Eindruck. Wenn sie ihn erwähnt hat, wurde sie immer leiser, als ob er sie hören könnte. Ich hab nachgefragt, aber sie war nicht besonders mitteilsam. Manchmal behält man seine Gefühle besser für sich, wenn man überleben will.«

Wahrscheinlich meinte sie damit nicht nur ihre Mitbewohnerin.

Sie schaute auf die Uhr. »Scheiße, jetzt komm ich zu spät. Ich muss mich umziehen. Seit meine Agentin mich einmal in einem kurzen Einteiler und Cowboystiefeln bei einem Termin erwischt hat, muss ich vorm Casting zum Outfitcheck in die Agentur.« Sie knotete ihren Zopf zu einem Dutt und lachte trocken. »Hatte auch seine Vorteile. Sie ist mit mir zu *Topshop* und hat mir tonnenweise neue Klamotten gekauft. Wurde allerdings von meiner Gage abgezogen«, fügte sie hinzu.

»Haben Sie was dagegen, wenn ich mich kurz in Natalias Zimmer umsehe?«

Sie deutete auf die Tür rechts von der Küchenzeile. »Tun Sie sich keinen Zwang an.«

Natalias Zimmer war klein und feucht. Von der Decke hing eine nackte Glühbirne, die nikotingelben Wände wirkten beklemmend. Das Bett war bereits abgezogen – anscheinend hatte die Polizei das Zimmer schon durchsucht und dabei mit Sicherheit alles von Interesse mitgenommen.

Ein Zeitschriftenstapel lehnte an einer Wand. Ich neigte den Kopf zur Seite und studierte die Rücken: *Vogue*, *Elle*, *Glamour*. Zwei Paar Ohrringe lagen in einer kleinen blauen Schale. Ich öffnete die Schranktür und nahm einen schwachen Duft von Zitrus und Mottenkugeln wahr. Dann ging ich Natalias Klamotten durch. Dunkle Jeans, schlabberige T-Shirts, XXL-Pullover. Ich strich über den weichen Stoff des geblümten Rocks, den sie bei unserem ersten Treffen getragen hatte.

Von der Erinnerung wurde mir schwindlig, und ich sank auf das Bett. Inmitten von Natalias Sachen, den Überresten ihres Lebens, überkam mich eine bleischwere Traurigkeit. Ich betrachtete die abgenutzte Kiste, die als Nachttisch diente. Eine halb leere Tube Handcreme und ein Russisch-Wörterbuch lagen darauf; daneben stand ein Bilderrahmen. Ich nahm ihn in die Hand.

Das Bild zeigte Natalia und ihre Brüder in dicken Mänteln auf einer verschneiten Straße. Natalias Gesicht war zart und käsig, auf ihrer Hüfte saß der kleine Piotr. Fünf identische braune Augenpaare schauten in die Kamera. Die beiläufige Vertrautheit, die Liebe und die Wärme blieben mir wie Angelhaken in der Kehle stecken.

»Sie sieht so glücklich aus.« Ich fuhr erschrocken zusammen, als Eva hinter mir auftauchte.

Ich räusperte mich. »Wo ist das?«

»Iwanowo. Sie war ungefähr elf. Schauen Sie sich mal Piotrs Grübchen an. Ist er nicht zum Anbeißen?«

»Kennen Sie Iwanowo?«

Eva schüttelte den Kopf. »Nicht besonders gut. Aber ich weiß, dass die Uhren dort langsamer ticken. Kein Wunder, dass sie der Stadt der Bräute entkommen wollte.«

Ich starrte Eva entgeistert an. »Was haben Sie gerade gesagt?«

»Sie meinen ›Stadt der Bräute‹? Als die Textilfabriken dichtgemacht haben, blieben die Arbeiterinnen zurück. Jetzt gibt es dort immer noch doppelt so viele Frauen wie Männer.« Mein Gesichtsausdruck war ihr nicht entgangen. »Stimmt etwas nicht?«

Natalias Twitteraccount. Die fast täglichen Tweets von *@Cityofbrides.*

Das konnte doch kein Zufall sein, oder?

Jasdeep Chopra war ein stiller, gepflegter Mann, der jeden Tag im selben Polyesteranzug und mit einem Lunchpaket unter dem Arm zur Arbeit in der IT-Abteilung des *London Herald* erschien. Während seine Kollegen die Karriereleiter hinaufkletterten, saß Jasdeep zufrieden in seinem kleinen, fensterlosen Büro im siebten Stock. Er wollte weder mehr Geld noch mehr Verantwortung. Bei einer Beförderung müsste er sich nur weiter von seiner Höhlenarbeit entfernen. Jasdeep lebte für Technik. Einmal hatte er mir erzählt, eine elegante Kodierung verpasste ihm eine Gänsehaut.

In seinem Büro brannte kein Licht. Ich fluchte, als mir einfiel, dass Sonntag war, und wollte gerade wieder gehen, da hörte ich von drinnen ein Geräusch. Jasdeep hing über seinem Computer.

»Sophie!« Er knipste die Schreibtischlampe an und deutete auf den Stuhl ihm gegenüber. »Schieb die Unterlagen einfach beiseite. Was treibt dich in meine Höhle?«

Ich quetschte mich auf den Stuhl, die Knie gegen den Schreibtisch gepresst, und nahm meinen Schal ab. Ich war von der U-Bahn hergesprintet, Schweißtropfen rannen mir den Rücken hinab.

»Es geht um einen Twitteraccount. Ich kann den Inhaber nicht identifizieren. Vielleicht ist es nichts …«

»Aber vielleicht doch.« Er grinste. Seine Zähne wirkten im bläulichen Licht des Monitors übermäßig weiß. Ich erklärte ihm die ganze Geschichte, woraufhin er nickte. »Okay, dann wollen wir mal sehen, womit wir es hier zu tun haben.«

Er tippte auf seiner Tastatur herum. Hinter ihm hing ein Poster mit der verschnörkelten Aufschrift WIR DREHEN JEDEN STEIN ZWEIMAL UM. Ich lächelte. Jasdeep hatte mir mit seiner Hartnäckigkeit schon öfter aus der Klemme geholfen.

Vor zwei Jahren hatte ich Aimee Clark interviewt, eine achtundzwanzigjährige Lobbyistin, die sich für eine bessere Behandlung von Missbrauchsopfern einsetzte. Nicht jeder teilte ihre Meinung. Ein Internettroll schickte ihr unter dem Namen *@ll32* eine Drohung nach der anderen, und Aimee, schlau, wie sie war, zeigte ihn bei der Polizei an. In meinem

Artikel titulierte ich ihn als »einen giftspritzenden Schlappschwanz«, und damit konzentrierte *@ll32* sich auf ein neues Ziel: mich.

Drei Tage lang gingen ununterbrochen Schmähnachrichten auf meinem Handy ein, die die Polizei nicht zurückverfolgen konnte. Dann beging *@ll32* einen Anfängerfehler. Er installierte ein Upgrade auf seinem Handy und vergaß, seine IP-Adresse zu verbergen. Jasdeep entdeckte die Lücke sofort. Als die Polizei vierundzwanzig Stunden später bei Eric Simpson anklopfte, seines Zeichens arbeitsloser Computerspezialist, rauchte er gerade gemütlich einen Joint auf seinem Bett. Seine Mutter war entsetzt, dass ihr studierter Sohn sich heimlich als frauenfeindlicher Twittertroll betätigte. »Und ich dachte, er sitzt die ganze Zeit vor seinem Computer, um einen Job zu finden«, vertraute sie mir fassungslos an. Als Jasdeep meinen Dank abwehrte, wurde mir klar, dass er es nicht um meinetwillen getan hatte, sondern schlicht das Problem hatte lösen wollen.

Jasdeep lehnte sich zurück und rieb sich den Nacken. »Du hast recht, das ist ein Fake-Account. Und nicht mal schlecht gemacht. Über die öffentlichen Tweets kann ich den Inhaber nicht zurückverfolgen, aber vielleicht hat er Natalia eine private Mitteilung geschickt. Je mehr Nachrichten ich sehen kann, desto wahrscheinlicher ist es, dass ich ihm auf die Schliche komme.«

Mir war klar, worauf er hinauswollte.

Jasdeep senkte die Stimme. »Wie dringend ist das, Sophie?«

Der Heizlüfter unter seinem Schreibtisch blies mir warme, abgestandene Luft auf die klammen Zehen. Seit dem Abhörskandal bewegten wir uns auf dünnem Eis und gelangten nicht mehr so leicht an Orte, an denen wir nichts zu suchen hatten. An sich eine gute Sache. Abgesehen von Momenten wie diesem. Und mit Mack und Rowley im Nacken konnte ich mir keine weiteren Fehltritte erlauben.

»Dringender, als du dir vorstellen kannst, aber wenn ich im Knast sitze, hilft mir das auch nichts.« Ich lächelte schwach. »Vergiss es. Ich überleg mir was anderes. Bestell Sameera schöne Grüße.«

Er antwortete nicht. Ich war schon fast an der Tür, als es hinter mir losklackerte. Jasdeep kroch nahezu in den Bildschirm hinein, seine Finger flogen über die Tastatur.

Ich kann sie an mir riechen.

Auf meiner Haut, an meinen Händen, in den Nähten meiner Kleidung.

Die kalte Nachtluft rauscht durch die Bäume. Ich greife nach dem Klebeband, zögere jedoch. Sie wird bestimmt keinen Laut von sich geben. Nicht heute.

Meine Schritte gleiten über das durchweichte Laub. Ich knie mich neben das Mädchen, meine Beine versinken im Schlamm. Sie liegt auf dem Bauch, reglos wie ein betäubtes Reh. Ihre Haut leuchtet im Mondlicht, milchweiß und rein. Bis auf die Male. Wie Kerben in einem Bettpfosten – jede Wunde steht für eine Erinnerung, jede Narbe für einen Moment der Verzückung. Ich streife ihr die rosa Turnschuhe ab. Ihre schlanken Füße fühlen sich eiskalt an. Ich fahre über den weichen Flaum an ihren Beinen, spüre die Straffheit ihres jugendlichen Körpers durch meine Handschuhe. Dann ziehe ich ihr das gepunktete Nachthemd hoch bis zum Hals. Ich will jeden Zentimeter von ihr sehen.

Hinter mir raschelt es im Gebüsch. Aus dem Augenwinkel kann ich ihn sehen, den Kopf gesenkt, den Rücken zu mir gekehrt.

Ich räuspere mich. »Komm her, sonst verpasst du noch das Beste.« Er macht ein paar zögerliche Schritte, saugt scharf die Luft ein. Sieht mich aus stahlblauen Augen an.

»So ist es besser.«

Ein Jammern erregt meine Aufmerksamkeit. Das Geräusch bringt mein Blut in Wallung. Ich drehe das Mädchen auf den Rücken. Sie atmet flach, versucht zu sprechen.

Ich beuge mich über sie, ihre Stimme kitzelt mich am Ohr. »Ich ... verzeihe dir.«

Sie schaut aus geschwollenen Augen zu mir auf. Trotzig. Überlegen. Für wen hält sie sich? Ich brauche ihre Vergebung nicht. Das hier ist ihre Schuld, nicht meine.

Die widerliche, whiskygetränkte Stimme meines Vaters.

Du hast es nicht anders verdient. Du hast es nicht anders verdient. Du hast es nicht anders verdient.

Ich schließe die Augen. Spüre sein Keuchen hinter mir. Meine kleinen, sechsjährigen Hände hinterlassen feuchte Abdrücke am Kopfende des Bettes.

Schwärze senkt sich herab. Ich atme. Genieße den Moment. Ich drücke ihr die weiße Kehle zu. Erst sanft, dann immer fester. Ihr Puls hämmert gegen meine Finger.

Viel zu schnell ist es vorbei. Ich halte mir die Hände ans Gesicht und atme tief ein. Ich kann sie immer noch an mir riechen. Jetzt ist ihr Geruch allerdings mit etwas Süßem vermischt.

Erst nach ein paar Sekunden wird mir klar, dass das der Geruch des Todes ist.

15

Am nächsten Morgen, vor der Stuckfassade auf der Shelby Street, atmete ich tief durch und schob die Erinnerungen an mein letztes Treffen mit einer Selbsthilfegruppe für Drogensüchtige beiseite. Ich konnte mir keinen Zusammenbruch leisten, gerade jetzt nicht, da ich Rowley schon das zweite Mal innerhalb von fünf Tagen enttäuscht hatte. Ich straffte die Schultern, ging den Flur entlang und durch die Tür zu Raum 4 C.

Die Morgensonne schien zwar, doch die schmutzige Fensterscheibe entzog dem kobaltblauen Himmel jegliche Farbe und tauchte das Zimmer in schummriges Licht. Schiefergraue Wände mit bunten Postern und fröhlichen Slogans: DU BIST NICHT ALLEIN! VERTRAUE AUF WUNDER! Obwohl in der Mitte Stuhlreihen aufgebaut waren, drückten sich die meisten Leute in Grüppchen an den Seiten herum. Sie gingen gebeugt, so als lastete ihnen die Atmosphäre aus gebrochenen Versprechen bleischwer auf den Schultern. Selbst jetzt, nach allem, was mit Tommy passiert war, wollte ich noch daran glauben, dass sie sich selbst aus dem Dreck ziehen konnten.

Doch Hoffnung war eine Schwäche. Diese Lehre hatte ich aus Tommys Tod gezogen.

»Dann wollen wir mal loslegen.« Eine dröhnende Stimme riss mich aus meinen Gedanken. Ich glitt auf einen Stuhl in der letzten Reihe, während ein großer, bärtiger Mann in einem grauen Polohemd auf das Pult zustampfte. »Für alle, die mich noch nicht kennen, ich heiße Sean und bin der Organisator. Herzlich willkommen. Ist irgendwer heute zum ersten Mal hier?« Ich machte mich klein. »Gut, wer will anfangen?«

Ein Mann in der zweiten Reihe hob die Hand und schlurfte nach vorne, den schmalen Körper in schlabberigen Jeans und einem übergroßen Adidas-Pullover versteckt. Seine eingefallene Erscheinung und das entschuldigende Auftreten erinnerten mich an Tommy.

Rückblickend hatte ich mir an jenem glutheißen Augusttag zum letzten Mal die Hoffnung erlaubt, Tommy werde es irgendwann besser gehen. Er hatte wie so oft unangekündigt vor meiner Tür gestanden. Am nächsten Morgen am Frühstückstisch bat er mich mit gesenktem Kopf um Hilfe. Während er unter der Dusche stand, suchte ich im Internet die nächstgelegene Selbsthilfegruppe heraus, druckte die Informationen aus und legte sie auf den Küchentisch.

Tommy studierte beunruhigt den Ausdruck. »Kannst du mitkommen, Sops?«

Zwei Tage später schlich ich mich nachmittags aus dem Büro und nahm Tommy beim Arm, als wir die Stufen zur Kirche St Luke's in Chelsea hinaufstiegen. Tommy fummelte am ausgefransten Saum seines Parkas herum und scharrte nervös mit den Füßen, die in abgewetzten Stiefeln steckten. Zweimal wollte er gehen, aber ich legte ihm die Hand entschlossen auf den Oberschenkel. Als nach fünf Minuten eine bleiche Frau namens Sally in Tränen ausbrach, flüchtete Tommy. Auf dem Weg zur U-Bahn schwieg er sich aus, und ich kehrte besorgter denn je zur Arbeit zurück. Als ich abends nach Hause kam, war Tommy verschwunden, hatte aber vorher noch die Kiste mit Bargeld unter meinem Bett geplündert. Zum ersten Mal hatte er mich bestohlen, und es brach mir das Herz.

Auf einmal flimmerte die Luft um mich herum, wie von Tommys Anwesenheit. Ich hörte wieder seine leise, eindringliche Stimme. »Komm, Sops, wir gehen.« Mein Herz raste, und winzige bunte Punkte blitzen vor meinen Augen auf. Ich klammerte mich mit feuchten Händen an der Sitzfläche fest. Ein weißhaariger Mann ein paar Plätze weiter schaute zu mir herüber und formte mit den Lippen die Worte: »Alles okay?«

Ich rang mir ein Nicken ab. Mein Kopf war schwer, aber meine Arme federleicht. Ich sah an mir hinunter, ob sie noch vorhanden waren. Meine Gedanken drehten sich im Kreis. Das Herz hämmerte mir in der Brust, und Natalias verängstigtes Gesicht flammte in der Dunkelheit vor mir auf, verwandelte sich in Tommys Gesicht, erst lächelnd, dann ernst, dann weinend, dann schluchzend, der Mund verzerrt und traurig, wie an jenem Tag, als meine Eltern ihn aufs Internat geschickt hatten.

Ich unterdrückte ein Schluchzen. Mehrere Leute drehten sich um, und ich täuschte einen Hustenanfall vor. Dann atmete ich tief durch und konzentrierte mich auf das von Schuppen übersäte braune Tweedjacket meines Vordermannes. Ich spürte, wie ich langsam die Kontrolle über meinen Körper zurückgewann.

Der Junge im Adidas-Pullover schloss seinen Beitrag murmelnd ab, und Sean drehte sich auf seinem Stuhl um. »Wer will als Nächstes?«

Niemand rührte sich. Schließlich ging eine ganz in

Schwarz gekleidete Frau nach vorne, die Schultern hochgezogen, als stemmte sie sich gegen eine Orkanböe. Sie hatte kurze dunkle Haare und war stark geschminkt. Mit den ausladenden Kajalstrichen sah sie ironischerweise jünger aus.

»Ich heiße Violet, und ich bin süchtig.« Die Reibeisenstimme einer Kettenraucherin.

»Hallo, Violet«, erklang die tonlose, einstimmige Antwort.

»Die meisten Wochen ohne sind dunkel, aber diese Woche war der neunte Kreis der Hölle. Eine Freundin von mir wurde ermordet. Vielleicht habt ihr's in den Nachrichten gehört. Vielleicht kannte irgendwer sie auch, sie war ein paarmal hier.« Aus meinen Gedanken an Tommy gerissen, richtete ich mich auf. »Macht einen nachdenklich, oder? Sie hat mit ihren Dämonen gekämpft. Wollte clean werden. Und dann bringt irgendein Arschloch sie um. Die ganze Mühe. Die ganzen Anstrengungen. Und dann endet sie tot in einem Hotelzimmer.« Sie fuhr sich mit der Hand durchs Haar, das in wütenden schwarzen Stacheln von ihrem Kopf abstand. »Das ist doch alles Mist. Von wegen, wir haben eine strahlende Zukunft vor uns. Wenn wir nur stark bleiben, wird uns Gutes widerfahren. Ich seh das anders. Wir haben keine Ahnung, was für eine Scheiße auf uns wartet. Wozu also das Ganze?« Violet spuckte die letzten Worte förmlich aus, sie lächelte spöttisch.

Alle im Raum schwiegen, warteten in Habachtstellung darauf, dass sie fortfuhr. Violet atmete angestrengt durch. »Das hab ich mir jedenfalls eingeredet. Als ich am Samstagabend eine Line gelegt hab. Zerkleinern, teilen, zerkleinern, teilen. Mir wurde schon beim Anblick schwindlig. Meine weiße Erlösung. Ich konnte sie schon am Gaumen schmecken. Aber als ich mir den Zehner in die Nase gesteckt hab, wurde mir plötzlich was klar.« Ihr hohles Lachen klang wie Kieselsteine, die in einen Eimer fallen. »Meine Freundin ist tot, und es dreht sich alles um mich. Ich hab ihren Tod als Vorwand für mein High benutzt. Und das ist einfach nicht fair.« Eine Träne rann ihr über das Gesicht und hinterließ eine schwarze Spur auf ihrer Wange. »In einem zusammengerollten Zehner findet man keine Antworten. Man findet nirgends Antworten, fertig. Für sie ist es zu spät, aber für mich vielleicht noch nicht. Ich lebe. Wie unwahrscheinlich das auch ist. Und ich schulde es ihr, verdammt noch mal, nicht zu … nicht zu …« Violet wischte sich mit dem Handrücken den Schnodder ab. Ihre Stimme brach, aber sie reckte trotzig das Kinn. »Ich schulde es ihr, nicht zu scheitern.«

Violet hielt kurz inne und stapfte dann zurück zu ihrem Platz. Die Gruppe applaudierte verhalten, und Sean ging auf Violet zu, die jedoch vor ihm zurückzuckte.

Während Sean eine Abschlussrede voller lebensbejahender Floskeln hielt, rutschte ich ungeduldig auf meinem Stuhl herum. Ob cleane Drogensüchtige wohl auch mal nach was anderem als nach Selbsthilfebroschüre klangen? Das Treffen war vorbei, und ich sah mich nach Violet um. Sie holte sich gerade einen Kaffee. Koffein war so ziemlich das Letzte, was mein Körper nach einer Panikattacke brauchte, aber ich schlenderte trotzdem hinüber und schenkte mir einen Becher ein. Ich fluchte leise, als ich mir etwas von dem kochend heißen Kaffee über das Handgelenk schüttete.

»Ich hab mir beim ersten Mal fast den ganzen Pott übergeschüttet.« Violet pustete in ihren Becher und sog den Duft ein. »Ah, Koffein. Der einzige Schuss, den ich mir noch gebe.« Sie lehnte sich lässig an den Tisch. »Zum ersten Mal da?«

»Zum zweiten.«

»Sieht man.«

Ich hatte den Kaffee aufgewischt und streckte ihr die Hand hin. »Ich heiße Sophie.«

»Freut mich.« Violets Hand war eiskalt.

Ich nahm einen Schluck wässrigen Kaffee und schüttelte mich.

Violet grinste. »Der Kaffee ist echt mies. Ist absichtlich schwach, damit wir nicht zu sehr aufdrehen. Schwacher Wille, schwacher Kaffee. Den Spruch könnten sie hier an die Tür nageln.«

»Wie lange bist du schon dabei?«

Sie kaute auf einem Fingernagel herum. »Hier? Seit ein paar Monaten. Ich war erst in der Dellis Street, aber da wurde es mir zu voll. Je mehr Leute, desto mehr Durchgeknallte.« Sie lächelte. Ihre Zähne waren klein und spitz. »Ich kann's ihnen nicht vorwerfen, aber da wimmelte es nur so von solchen. Als so ein Typ mir erzählt hat, dass er davon träumt, seine Eltern umzubringen, hat's mir dann gereicht. Er hatte es komplett durchgeplant. Er wollte warten, bis sie eingeschlafen waren, und ihnen dann die Kehle durchschneiden. War anscheinend die sinnvollste Methode, damit sie sich nicht gegenseitig warnen konnten.« Violet trank einen Schluck. »Er war erst sechzehn.«

Ich trat verlegen auf der Stelle. Wieso hatte ich ihr nicht gleich die Wahrheit gesagt? Süchtige anzulügen war keine gute Idee; auf dem Gebiet waren sie Spezialisten. Ich räusperte mich. »Ich bin Journalistin.«

»Und sonst geht's noch, ja?«

»Ich heiße Sophie Kent und schreibe über den Mord an Natalia Kotow. Ich will rausfinden, wer sie umgebracht hat.«

Violets Mundwinkel zuckten. Sollte ich in die Offensive gehen? Allerdings wollte ich die Tür auch nicht komplett zustoßen, für den unwahrscheinlichen Fall, dass sie mich damit davonkommen ließ. Erstaunlich, wie oft die Leute reden, wenn sie sich erst mal beruhigt haben. »Du hast recht. Tut mir leid. Ich wollte hier Antworten finden. Ich war mit Natalia befreundet. Ich weiß, wie du dich fühlst …«

»Du weißt, wie ich mich fühle?«, fuhr Violet mich an. Angesichts des Feuers, das in ihren Augen brannte, trat ich einen Schritt zurück. »Du? Mit deiner piekfeinen Ausdrucksweise und deinem schicken Anzug? Ich wette, du warst noch nie in so einem Raum. Unter Leuten, die nicht auf irgendwelchen Eliteschulen waren und in komfortablen Jobs gelandet sind.«

»Moment mal …«

»Du kommst aus deinem privilegierten Leben hier rein und beutest einen Haufen Versager aus, um mehr Zeitungen zu verkaufen. Tu doch gar nicht erst so. Das ist ein verdammter Schlag ins Gesicht. In meins, in Natalias, in das von allen hier.«

Violets Worte drangen in mich wie Messerstiche, und meine Stimme bebte. »Du kennst mich überhaupt nicht, Violet. Es war unangebracht herzukommen. Aber ich hab's riskiert, weil ich helfen wollte. Du kannst meinetwegen meine Methoden hinterfragen, aber nicht mein Motiv. Das hier bedeutet mir mehr, als du dir vorstellen kannst.«

Violet lachte verächtlich, und in mir kochte alles hoch, was ich so lange unter Verschluss gehalten hatte.

»In deiner Rede hast du gefragt, wozu das Ganze. Das kann ich dir sagen: um uns gegenseitig zu retten. Wenn jemand von der Dunkelheit verschluckt wird, zerren wir ihn zurück ans Licht. Und wenn wir zu spät kommen, retten wir den nächsten und dann wieder den nächsten. Wir hören nie auf.« Ich zerknüllte den Becher und warf ihn auf den Boden. »Und das weißt du, Violet. Tief drinnen weißt du es. Du hattest den Schein in der Hand, das Koks vor dir, aber du hast dich umgedreht und bist gegangen.« Ich blickte zur Decke hoch, um die Tränen in Schach zu halten.

»Wen?«, fragte sie tonlos. »Ich hab dich vorhin beobachtet, wie du dich durch die Tür gekämpft hast. Ich dachte, du bist zum ersten Mal hier und musst dich erst hochputschen, aber wenn du selbst nicht süchtig bist, bleibt nur noch eins. Du hast einen Süchtigen verloren. Das ganze Zeug von wegen Leute retten, das galt nicht nur Natalia, oder? Also, wer ist gestorben?«

Ich fürchtete mich davor, den Mund zu öffnen, fürchtete mich davor, was aus mir herauskommen würde. Violet verschwamm vor meinen Augen, und ich konnte ihren Gesichtsausdruck nicht deuten. »Mein Bruder, Tommy … er war nicht so stark wie du, und die Dunkelheit hat ihn mir weggenommen. Ich glaube, sie hat mich auch im Griff.« Ich schluchzte auf und stützte mich schwer atmend auf dem Tisch ab.

Kurz herrschte Stille zwischen uns. »Ich sag doch, ein Raum voller Versager.« Violet hängte sich die Tasche über die Schulter und nahm mich beim Arm. »Komm, wir verschwinden von hier.«

Schweigend gingen wir an einer Reihe heruntergekommener Läden vorbei. Der Geruch von Essig aus einem Fish-and-Chips-Imbiss mischte sich mit dem von ranzigem Fett aus dem Hähnchenladen nebenan. Wir setzten uns auf eine Bank an einer kleinen Grünfläche.

»Ich wohne gleich hier um die Ecke. Gegenüber vom *Co-op*, über dem *Sun-Do*. Ist ein Chinarestaurant«, fügte Violet hinzu, als sie meine verständnislose Miene bemerkte. »Ziemlich praktisch, ich kann nämlich nicht kochen. Wahrscheinlich kacke ich bald Frühlingsrollen.«

Ich lächelte. Die frische Luft tat gut, auch wenn sie mir in Finger und Zehen biss. »Tut mir leid, dass ich dir nicht gleich gesagt habe, wer ich bin. Wenn ich an einer Story dran bin, hab ich einen Tunnelblick drauf und vergesse, wie man sich anständig benimmt.«

Violet trat mit dem Stiefel gegen ein Grasbüschel. »Was ist mit deinem Bruder passiert?«

Ich lehnte mich zurück und schüttelte den Kopf. Der Tag, an dem ich Tommy verloren hatte, war in allen Einzelheiten in mein Gedächtnis eingebrannt. Aber ich erzählte nie jemandem davon. Würde ich die Worte laut aussprechen, wäre die Erinnerung konserviert, in Samt eingeschlagen und in einer Tasche meiner Seele vergraben.

Violet nahm mein Schweigen achselzuckend hin. »Egal. Hätte nicht fragen sollen.«

Die Wintersonne, die sich bisher hinter einer Wolke versteckt hatte, kam zum Vorschein, und endlich krochen die Worte meine Kehle hinauf. »Es war im Oktober. An einem Mittwoch.« Ich schaute auf meine Hände und holte tief Luft.

Ich war damals nach Earl's Court gehetzt, nachdem eine tote Frau in einer Kellerwohnung am Nevern Square entdeckt worden war. Anscheinend ein Selbstmord, aber man weiß ja nie. Als ich das schicke rote Backsteinhaus erreichte, fragte ich den zuständigen Beamten zuerst, ob es sich um eine versehentliche Selbsttötung handeln könnte.

»Nur, wenn sie sich versehentlich ausgezogen hat, in eine

Tonne gestiegen ist und sich dann versehentlich noch den Bauch aufgeschlitzt hat.«

Jennifer Lyle hatte einen Ordnungsfimmel. Selbst im Tod konnte sie den Gedanken nicht ertragen, dass jemand hinter ihr aufräumen müsste. Am neunten Oktober verließ sie das Luxusreisebüro, in dem sie arbeitete, setzte sich in ihre Zweizimmerwohnung und schrieb drei Briefe. Einen an ihre Freunde, einen an ihre Chefin und einen an die Polizei. Darin stand, dass sie seit dem Tod ihrer Eltern bei einem Flugzeugabsturz vor einem Jahr in einer Welt ohne Licht lebe. Lyle klebte die Umschläge zu, zog sich aus, stieg in eine große schwarze Mülltonne und stach sich mit einem Messer in den Bauch.

Die Geschichte war derart bizarr, dass ich Tommy wegdrückte, als er mich auf dem Handy anrief. Wir hatten nicht mehr miteinander gesprochen, seit er mich bestohlen hatte, und ich wollte mir seine fadenscheinigen Entschuldigungen nicht länger anhören. Ich wusste genau, was er sagen würde. Wie leid es ihm tue, dass er clean werden wolle. Ich würde ihm mein Herz einen Spaltbreit öffnen, einen Hauch Hoffnung zulassen und mir einreden, dass es dieses Mal wirklich funktionieren werde. Dann würde er beschließen, dass das wahre Leben zu hart sei, in der nächsten Crackhöhle versinken und mein Herz in Scherben zurücklassen. Als er zehn Minuten später wieder anrief, stellte ich den Ton ab. Doch Tommy rief nicht an, um sich zu entschuldigen.

Er rief an, um sich zu verabschieden.

Als ich gegen Mitternacht nach Hause kam, zeigte mein Handy sechs entgangene Anrufe an. Ich war zu erschöpft, um ihn zurückzurufen. Am nächsten Morgen wachte ich bei Sonnenaufgang auf und ging am Fluss spazieren. Jennifer

Lyles tragische Geschichte ließ mich einfach nicht los. Der glänzende Messingtürklopfer an ihrer Eingangstür, die hübschen Blumen im Fenster. Wie konnte eine Frau, die derart auf ihr Zuhause achtete, so verzweifelt sein, dass ihr nur ein Ausweg blieb, nämlich, in einer Mülltonne zu verbluten? Ich schaute erst wieder auf mein Handy, als ich das seltsame Gefühl abgeduscht hatte, und las die SMS meines Vaters:

Ruf mich an.

Nach dem dritten Läuten hob er ab, und da wusste ich schon, was er sagen würde.

Tommy ist tot. Drei Worte, so sachlich ausgesprochen, als redete er über das Wetter. Ich wartete auf ein Zeichen, eine Spur von Gefühl, aber da kam nichts. Wir schwiegen einander an. Mir blieb die Luft weg. Dann ging irgendetwas in mir kaputt, es war, als sähe ich von oben auf mich herunter, wie ich, nur mit einem Handtuch bekleidet, zitternd in meinem Schlafzimmer stand.

»Er wurde heute Morgen unter der Albert Bridge gefunden.« Mein Vater räusperte sich. »Überdosis.«

Ich wollte antworten, dass Tommy gar nicht tot sein konnte, weil er mich angerufen hatte und ich ihn gleich zurückrufen wollte, und dass es irgendein anderer Junkie sein musste, dessen Leiche ans Themseufer gespült worden war. Ich wollte etwas sagen, aber ich bekam keinen Ton heraus.

»Es ist wohl kaum eine Überraschung. Tommy hat es nicht mal vom Startblock geschafft.« Seine Stimme wurde ein wenig sanfter. »Er ruht jetzt in Frieden, Sophie. Mehr können wir uns nicht wünschen. In den nächsten Tagen werde ich in Tokio sein, aber meine Sekretärin kümmert sich um die Beerdigung.«

Mein Vater legte auf, und ich stieg immer höher, bis die Frau unter mir nur noch ein winziger blauer Punkt war. Ich sah zu, wie sie auf den Boden sank.

Violet legte mir eine Hand auf den Arm. »Tut mir leid, Sophie.«

Ich berührte meine feuchte Wange und lächelte traurig. »Das hab ich noch nie jemandem erzählt. Dass ich seine Anrufe ignoriert habe.« Ich drehte einen Knopf an meinem Mantel hin und her. »In *Frühstück bei Tiffany* nennt Holly Golightly dieses Gefühl ›das rote Grausen‹. Man hat Angst, aber man weiß nicht, wovor. Als ich Tommy beschützt habe, hat mich das erfüllt wie Helium einen Ballon. Hat mich über Wasser gehalten. Aber ich hab mich von ihm abgewendet, als er mich am meisten gebraucht hat. Die Schuldgefühle. Die sind das schlimmste Grausen von allem.«

Wir saßen schweigend nebeneinander und beobachteten ein paar Tauben, die im Gras pickten.

Schließlich seufzte ich. »Hast du was dagegen, wenn ich dir ein paar Fragen zu Natalia stelle?«

»Was willst du wissen?«

»Hat sie dir gegenüber jemals was erwähnt, das uns zu ihrem Mörder führen könnte? Irgendwelche Bekannte? Hatte sie einen Freund?«

Violet lehnte sich zurück und stellte einen Fuß auf der Bank ab. »Einen Freund hatte sie bestimmt nicht. Sie hat sich immer beschwert, dass es in London keine anständigen Männer gibt. Die waren ihr alle zu protzig. Ich meinte dann: ›Vielleicht auf deinen Modepartys, Süße, aber in meiner Gegend ganz sicher nicht.‹«

Ich dachte an ihren Vergewaltiger. »Hatte sie vor irgendwem Angst?«

Violet zögerte. »Wenn ich dir das sage, bleibt mein Name aber unter uns.« Ich nickte, und mein Herz schlug schneller. »Natalia wurde gestalkt. Ein Russe, der hinter ihr her war.«

»Ihr Exfreund war in London?«

Violet nickte. »Keine Ahnung, ob es ihr Exfreund war, sie kannte ihn auf jeden Fall von zu Hause. Er hat sich immer wieder irgendwo gezeigt. Hat ihr so blaue Blumen dagelassen, damit sie wusste, dass er sie beobachtet. Auf der Fußmatte, in ihrer Sporttasche und einmal sogar in ihrem Zimmer. Sie war komplett fertig.«

Meine Gedanken rasten. »Blaue Blumen?«

»Das sollte wohl irgendwas bedeuten. Hatte was mit der Gegend zu tun, aus der sie beide kamen. Der ganze Stress hat sie ziemlich angegriffen, und deswegen hat sie sich selbst Medikamente verordnet. Ich hab gesagt, sie soll ihn anzeigen, aber sie hatte Angst.« Violet schaute auf ihre Hände. »Ist nicht die Erste, die sich in einen brutalen Typen verliebt.«

Ich klammerte mich haltsuchend an der Bank fest. »Weißt du, wann Natalia ihn das letzte Mal gesehen hat?«

»Ist noch nicht lange her. Hmm …« Violet verzog angestrengt das Gesicht, dann richtete sie sich plötzlich auf. »Es war derselbe Tag, an dem der Junge mit der Axt ermordet wurde. Das hat sie ziemlich mitgenommen.«

Ich starrte Violet ungläubig an, während mein Gehirn die Puzzleteile zusammensetzte. Natalias Stalker war an dem Tag bei ihr gewesen, als Jason Danby ermordet worden war? Um wie viele Minuten hatte ich ihn verpasst? Kein Wunder, dass Natalia so aufgelöst gewesen war.

Die Sonne verschwand wieder hinter einer Wolke, und ich zog meinen Mantel enger um mich. »Hast du der Polizei davon erzählt?«

Violet spannte sich sichtlich an. »Ich hab die Nummer angerufen, die sie in den Nachrichten durchgesagt haben.«

Ich schüttelte den Kopf. Auf diesen Hotlines riefen Tausende Menschen an. Die Polizei würde ewig brauchen, um sämtlichen Hinweisen nachzugehen.

Violet schien meine Gedanken zu lesen. »Ich sprech nicht mit denen. Ich hab nicht grad die beste Beziehung zu den Bullen.«

Ich bemerkte den scharfen Unterton und steckte ihr eine meiner Visitenkarten zu. »Wenn du es dir anders überlegst oder dir noch was einfällt, ruf mich an.«

Violet stand auf. »War nett, dich kennenzulernen, Sophie Kent. Halt die Ohren steif.« Sie machte ein Peacezeichen mit den Fingern. »Und hey, tut mir echt leid. Das mit deinem Bruder.«

Violet drehte sich um und ging mit schweren Schritten über den Rasen; die Tauben stoben vor ihr davon.

Mein Handy klingelte, und ich zog es mit steifen Händen hervor, während Violets Worte in mir nachhallten.

»Dieser schleimige Liam Crawford ist wieder auf freiem Fuß.« Rowleys eisiger Ton ging mir durch Mark und Bein. »Ich will für die Abendausgabe einen O-Ton. Ist mir egal, wie du da rankommst, hol ihn dir einfach.«

Als er aufgelegt hatte, tippte ich umgehend eine Nummer ins Handy.

»Liam Crawfords Studio.«

»Alice, hier spricht Sophie Kent vom *London Herald*. Wir haben uns am Samstag kennengelernt. Ist Liam da?«

»Er ist noch nicht wieder aufgetaucht«, plapperte sie drauflos. »Nicht, seit er festgenommen wurde. Das war vielleicht ein Schreck. Wissen Sie, warum er an dem Abend noch mal ins Hotel ist? Auf *stitched.com* steht, dass es irgendwas mit Lydia zu tun hat. Stimmt das? Glauben Sie, die beiden sind wieder zusammen? Ich meine …«

»Alice.« Ich hatte keine Zeit für so was. »Wissen Sie, wo ich Liam finden kann?«

»Vermutlich am Boden einer Whiskyflasche. Versuchen Sie's mal in seiner Wohnung.«

»Und die ist wo?«

»Sandalwood Close in Islington. Block B, Nummer 47. Aber sagen Sie ihm nicht, dass Sie das von mir haben. Und falls Sie ihn sehen, finden Sie raus, ob er wieder mit Lydia zusammen ist.«

Ich kramte in meiner Handtasche nach meinem U-Bahn-Ticket. »Wieso interessiert Sie das so sehr?«

Sie schwieg kurz. »Nur so.«

Ich war schon fast an der U-Bahn-Station, als mir klar wurde, warum ich mich so an den blauen Blumen stieß, die Violet erwähnt hatte. Ich hatte erst kürzlich blaue Blumen gesehen. Auf der Vitrine, neben den Kerzen.

In Zimmer 538.

16

Eine Armee Sozialbauten reckte sich dem schweren, wolkenverhangenen Himmel entgegen. Ein durchdringender Abwassergestank hing in der Luft. Abgesehen von einer Plastiktüte, die im Wind tanzte, lag die Siedlung still und verlassen da. Ich suchte die Gebäude ab und schüttelte mich, als mein Fuß in einer braunen Pfütze versank. Ich fand die Eingangstür zu Block B und wollte gerade bei Liam klingeln, da überlegte ich es mir anders. Je überraschender mein Besuch wäre, desto besser. Ich setzte mich auf eine Ziegelsteinmauer und zog mein Handy hervor, wobei ich mich bemühte, die eiskalte Brühe in meinem Schuh zu ignorieren. Mack hatte mir noch eine SMS geschickt. Er wollte nach Feierabend ›etwas trinken‹ gehen. Ich musste die Sache dringend beenden, aber nicht per SMS. Mack konnte warten. Ich wählte Evas Nummer. Sie ging nicht an ihr Handy, daher sprach ich ihr rasch eine Nachricht auf die Mailbox, in der ich sie vor Natalias Exfreund warnte.

In dem Moment schoss ein Kind in ausgeleierten Klamotten aus dem Haus. Ich erwischte gerade noch die Tür, lief hinauf in den vierten Stock und klingelte bei Liam.

Schritte näherten sich, und ein Schatten legte sich über den Spion. Ich hielt die Luft an.

»Hab ich dir nicht gesagt, du sollst dich verpissen?«

»Ich will doch nur mit dir reden. Darf ich reinkommen?« Abwartend trat ich einen Schritt zurück.

Es dauerte ein bisschen, doch dann öffnete sich die Tür. »Wie hast du mich hier gefunden?« Die harte Flurbeleuchtung fiel auf Liams hohe Wangenknochen und zeichnete tiefe Schatten auf sein Gesicht.

»Ich bin Journalistin. Damit verdiene ich mein Geld.«

»Womit? Indem du in das Zuhause anderer Leute eindringst?« Er lehnte sich an den Türrahmen und lächelte schwach. »Sieh nur, wohin dich all dein Geld und deine Kinderstube gebracht haben. Bis ganz runter zu uns in die Gosse.«

»Ich hab nichts gegen die Gosse. Da ist mehr los.« Ich ignorierte den Knoten in meinem Magen und schlug meinen Notizblock auf. »Was ist heute auf der Polizeiwache passiert?«

Liam musterte mich kühl. »Was glaubst du, was passiert ist?«

»Wieso hast du der Polizei nicht erzählt, dass du noch einmal zurück ins *Rose Hotel* gegangen bist?« Er spannte den Kiefer an, und ich bereitete mich darauf vor, dass er mir die Tür vor der Nase zuschlagen würde. »Wenn du erklären kannst, wieso du über dein Alibi gelogen hast, wäre jetzt ein guter Zeitpunkt dafür.«

»Ach ja? So wie ich das sehe, wurde noch keine Anklage gegen mich erhoben.«

»Muss ich dir wirklich erklären, wie eine Verurteilung durch die Presse funktioniert?«

Liams Blick wanderte an mir herunter. »Seit du bei mir im Studio aufgetaucht bist, muss ich immer wieder an unsere gemeinsame Nacht denken.«

»Ach komm, das ist zehn Jahre her.«

»Du bist verschwunden, als ich noch geschlafen habe.«

»Ich war verabredet.«

»Um vier Uhr morgens?«

»Du weißt, wie spät es war?«

»Ich habe nicht geschlafen.«

Ein kalter Windhauch in meinem Nacken ließ mich schaudern. Ich würde mich nicht darauf einlassen. »Was mich noch mehr interessiert: Jemand hat gesehen, wie du dich nach dem Essen mit Lydia und Natalia gestritten hast. Erst habe ich die Puzzleteile nicht zusammengesetzt, aber du hast behauptet, du wärst um neun gegangen. Dabei hat das Essen erst um neun angefangen. Das heißt, du hast dich mit Lydia gestritten, nachdem du zurückgekommen bist.« Ein Luftzug blies mir eine Strähne ins Gesicht, und ich schob sie mir hinters Ohr. »Wieso bist du zurückgekommen, um mit ihr zu reden?«

»Kein Kommentar, Herzogin.«

»Du warst schon fast zu Hause und bist dann den ganzen Weg zurückgefahren. Es muss also wichtig gewesen sein. Du wolltest es nicht am Telefon besprechen.«

»Ich hab gesagt, kein Kommentar.«

»Und was ist mit Natalia? Wollte sie euren Streit schlichten?«

Als ihr Name wieder fiel, wich jegliche Farbe aus seinem Gesicht. »Kein Kommentar, verdammt noch mal.«

Ich hätte besser aufhören, mich sammeln und eine neue Strategie entwerfen sollen, aber die Worte sprudelten regelrecht aus mir hervor. »Wusste Lydia, dass du Natalia vergewaltigt hast? Wollte sie dich anzeigen? Warum hättest du sonst noch mal zurückkommen sollen?« Liam blitzte mich wütend an. »Verstehst du, worauf ich hinauswill? Selbst wenn du unschuldig bist, ergibt das alles keinen Sinn. Und wenn du nichts dazu sagst, wirkst du nur noch mehr wie der Schuldige.« Wir starrten einander an. Schließlich seufzte ich. »Ich habe Lydia gestern auf der Trauerfeier getroffen. Sie meint, die Polizei verdächtigt dich zu Unrecht.«

Liam atmete langsam aus. »Sie ist ein helles Köpfchen.«

»Tatsächlich? Wäre nicht das erste Mal, dass sie dich deckt.« Ein Bild von Lydias berühmtem Veilchen blitzte vor mir auf. »Du hast sie auf Leo Brands Party bedroht und über dein Alibi gelogen, und du warst ganz sicher kein Vorzeigefreund. Trotzdem lässt sie nichts auf dich kommen. Ist sie wirklich so helle?« Ich hielt inne und schaute ihn prüfend an. »Oder hat sie Angst?«

»Verfluchte Scheiße.« Liam rammte eine Faust gegen die Wand, und ich zuckte zusammen. »Glaubst du wirklich, dass Lydia Angst vor mir hat?«

»Könntest du es ihr verübeln? Du hast ihr in aller Öffentlichkeit das Herz gebrochen. Und jetzt ist sie zu verängstigt, um was gegen dich zu sagen.«

Liam fuhr sich durchs Haar. »Du glaubst, ich hätte ihr das Herz gebrochen? Eins kann ich dir sagen: Lydia ist in diesem Spiel nicht das unschuldige Opfer.«

»Was meinst du damit?«

Er sah durch mich hindurch, als wäre ich unsichtbar. »Sie ist eine wunderschöne, unbezwingbare Festung. Sie macht es einem nicht leicht, sie zu lieben.«

Was für ein Blödsinn! Ich konnte es nicht ausstehen, wenn Männer Frauen als ›schwierig‹ bezeichneten und damit die Verantwortung von sich wiesen.

»Und wer ist schuld daran, dass Lydia sich schützen will?

Seit sie mit dir zusammen war, zerreißt die Presse sie in der Luft. Dein giftiges Scheinwerferlicht hat sie hart gemacht.«

Liam lachte tonlos. »Es gibt ein Scheinwerferlicht, das dem Teint eines Mädchens schlecht bekommt.«

»Wenn Lydia tatsächlich nicht ganz so unschuldig an alldem ist, wieso behältst du es dann für dich? Alle wollen glauben, dass du es warst. Wenn du mir erklärst, warum du ein falsches Alibi angegeben hast, könnte dir das womöglich helfen.«

Liam kam ein Stück auf mich zu. Sein Blick streifte mich wie eine nackte Hand. »Weißt du was, Lois Lane? Vielleicht geht das nicht in deinen Kopf, aber Lydia bedeutet mir etwas. Ich wasche unsere schmutzige Wäsche nicht in der Öffentlichkeit. Und wenn mir das das Genick bricht, dann ist es halt so.«

Ich trat einen Schritt zurück, um der entstandenen Nähe zu entkommen. »Bist du dir sicher, dass Lydia für dich das Gleiche tun würde?«

»Darum geht es nicht. Die Leute glauben sowieso, was sie glauben wollen. Wozu also die Mühe?«

Ich spürte, wie mir die Wahrheit durch die Finger rann wie Quecksilber. »Das hier führt zu nichts, oder?«

»Sag du's mir.«

»Liam ...«

»Ich weiß, tut mir leid. Ich verstehe bloß nicht ...« Er hob die Hände. »Wieso brennst du so auf eine Erklärung von mir?«

Rowley fiel mir wieder ein. *Ist mir egal, wie du da rankommst, hol ihn dir einfach.* »Weil ich nicht will, dass ein Unschuldiger der Presse zum Fraß vorgeworfen wird.«

»Woher willst du wissen, dass ich unschuldig bin?«

»Hab ich gesagt, dass ich es weiß?«

Ich sprach ruhig weiter. »Liam, ich habe dich schon mal gefragt, und ich frage dich erneut. Hast du Natalia Kotow umgebracht?«

Liam beugte sich vor, sein süßer Atem traf heiß auf mein Ohr. »Wenn du mich das wirklich fragen musst, hast du recht. Das hier führt zu nichts.« Er gab mir einen Kuss auf die Wange. »Wir sehen uns, Herzogin.«

Die Tür fiel ins Schloss. Ich starrte auf die abblätternde blaue Farbe. Dann drehte ich mich auf dem Absatz um und ging. Scheiß auf Liam. Er spielte mir etwas vor und pfuschte absichtlich an meinem Radar herum. Aber wieso? Zum Spaß? Weil er etwas zu verbergen hatte? Ich lief auf quietschenden Sohlen die Treppe hinunter.

Es war, als würde Liams Kuss mir ein Loch in die Wange brennen.

Ich eilte die Kensington High Street entlang zum *London Herald*, wobei ich im Kopf schon die Neuigkeit über Liam verfasste. Das Bürogebäude wirkte vor dem schwarzen Himmel wie eine brennende Fackel, und ich betrat hastig das beheizte Foyer. Ich nahm den Aufzug und dehnte die Finger, um meine Durchblutung anzuregen. Gerade als die Türen zuglitten, schob sich eine knochige Hand dazwischen.

»Kent, was für eine nette Überraschung.« Mack verströmte eine saure Alkoholfahne.

Ich lächelte knapp.

»Du reagierst also nicht mehr auf meine Nachrichten. Warum?«

Ich knöpfte mir seufzend den Mantel auf. »Mack, ich habe keine Zeit für so was.«

Seine dunklen Augen verengten sich. »Das dachte ich mir.« Er griff blitzschnell über mich hinweg und schlug auf den roten Halteknopf. Der Aufzug kam scheppernd zum Stehen.

»Was soll das?«

»Wir zwei werden uns jetzt unterhalten, Kent.« Mack stützte den Arm neben meinem Kopf an die Wand und hielt mich so in Schach. »Darüber, wie du mit anderen Leuten umgehst.«

Ich presste den Rücken an die Wand und rutschte zur Seite. »Führ dich doch bitte nicht so auf. Du kannst mich nicht im Aufzug festhalten. Hör zu.« Ich registrierte die schiefe Krawatte und den zerknitterten Anzug. »Es tut mir leid. Du hast recht, wir müssen darüber reden. Aber nicht jetzt. Lass uns …«

»Wir gehen nirgendwo hin.«

Ich hielt mir schützend die Tasche vor. »Du willst reden? Dann lass uns reden. Das mit uns muss aufhören. Du bist verheiratet, verdammt noch mal. Und ich bin ein emotionales Wrack …«

»Ich weiß. Meinst du, ich bemerke nicht, dass du die Nächte durcharbeitest? Die fünf Tassen Kaffee, die du brauchst, bevor du überhaupt deinen Computer hochfahren kannst? Du isst nichts. Du lachst nie. Wenn ich bei dir vorbeischaue, sitzt du meistens einfach nur da und starrst Löcher in die Luft. Deine Texte sind schlampig, dir entgehen Dinge, die selbst einem zurückgebliebenen Praktikanten auffallen würden, und du läufst rum wie ein Penner.« Als er meinen Gesichtsausdruck sah, hielt er kurz inne. Seine Stimme wurde weicher. »Ich sehe dich, Sophie.«

Ich konnte Mack nicht in die Augen schauen und konzentrierte mich stattdessen auf die vom Haargel glänzende Strähne an seiner Stirn. »Ist ja nett, dass du dir Sorgen machst, wirklich. Aber das hier ist mir einfach zu viel. Bei mir brennt es an allen Fronten.« Ich konnte Mack nicht die Wahrheit sagen. Dass ich nichts für ihn empfand, für niemanden. Ich bekämpfte keine Brände. Stattdessen bewaffnete ich einen Brandstifter mit Kerosin.

Schmeiß noch ein Ölfass drauf. Sieh zu, wie dein Leben in Flammen aufgeht.

Aber Sex mit dem verheirateten Boss war auch keine Lösung. Und ihm gegenüber war es auch nicht fair. »Ich kann nicht jeden Tag mit der Angst leben, dass uns jemand auf die Schliche kommt.«

»Ich brauche dich, Kent.«

Ich sah die Verzweiflung in Macks Augen. Keine Liebe, kein Verlangen. Verzweiflung. Etwas regte sich in mir. Ich legte ihm die Hand auf den Arm.

»Überleg doch mal, Mack. Wenn die Zeitung vor die Hunde geht, brauchst du etwas, worauf du dich verlassen kannst. Du hast eine Familie. Glücklich bis ans Ende deiner Tage, du weißt schon. Aber wenn du mit mir ins Bett gehst, setzt du das alles aufs Spiel. Geh einfach nach Hause. Sei glücklich.«

Lächerlich. Als wäre ich in irgendeiner Position, Tipps zum Glücklichsein zu geben. Erschöpft wollte ich den Halteknopf drücken, doch Mack näherte sich mir und lockerte seine Krawatte. Als er sprach, war seine Stimme noch sanfter. »Was ist, wenn ich mich für dich entscheide?«

Scham glühte in mir. »Das wirst du nicht. Dazu bist du viel zu schlau. Hörst du dir eigentlich manchmal selbst zu, Mack? Du glaubst, ich bin die Lösung, aber das ist völliger

Quatsch. Wir machen einander nicht glücklich. Unsere Beziehung basiert auf … Abhängigkeit. Auf billigen Hotelzimmern. Auf Mitleidssex.« Er sah verletzt aus, und ich bereute den Ausdruck sofort. »Tut mir leid, so meinte ich das …«

»Du kannst mich mal, Kent«, sagte er leise. »Wenn dir das hier nichts bedeutet, dann kannst du mich mal.« Er straffte sich und fuhr sich mit zitternder Hand über das Gesicht. »Die Heilige Sophie, Wächterin der Wahrheit, schreibt tapfer gegen das Böse an. Du solltest aufpassen, bei wem du verbrannte Erde hinterlässt.« Er machte Anstalten, sich abzuwenden, doch dann überlegte er es sich anders.

Bevor ich mich bewegen konnte, lag Mack schon auf mir wie ein umgestürzter Baum. Seine Hände brannten sich durch meine Bluse. Seine Lippen auf meinen, rau und schmerzhaft; sein Whiskyatem in meinem Mund. Ohne darüber nachzudenken, rammte ich ihm das Knie zwischen die Beine. Mack krümmte sich vor Schmerzen.

»Scheiße, Mack, entschuldige. Ist alles in …«

Er schlug auf den Halteknopf, und der Aufzug setzte sich wieder in Bewegung.

»Das war deutlich, Sophie.«

Die Türen glitten auf, und ich drehte mich dem kühlen Luftzug entgegen. »Geh nach Hause zu deiner Frau. Wenigstens einer von uns sollte heute Abend eine Dosis Glück abbekommen.«

Auf zittrigen Beinen durchquerte ich die Redaktion.

Kates Finger flogen über die Tastatur, sie sah nicht einmal auf, als ich mich auf meinem Schreibtisch abstützte. »Hab gehört, der Heuler hat dich wegen der Liam-Geschichte ganz schön durch den Fleischwolf gedreht.«

»Hmmmmm …« Ich setzte mich. Ich konnte Macks verletzten Gesichtsausdruck nicht abschütteln. Ich wusste, er würde es mir heimzahlen. *Schmeiß noch ein Ölfass drauf. Sieh zu, wie dein Leben in Flammen aufgeht.*

Ich checkte meinen Posteingang. Michail Chernow hatte Natalias Mutter aufgespürt, aber sie weigerte sich, mit ihm zu sprechen. Ich warf einen Blick auf die Uhr. Drei Stunden bis zum Abendessen mit meinem Vater. Die Furcht vor dem Treffen rauschte unkontrolliert durch meine Adern. Erst Liam, dann Mack und jetzt auch noch mein Vater? Ich warf den Notizblock auf den Schreibtisch und massierte mir die Schläfen, um den stechenden Kopfschmerz zu beruhigen.

Wir hatten von Anfang an ein verkorkstes Verhältnis zueinander. In Antony Kents Leben war Zuneigung schon immer Mangelware gewesen. Sein eigener Vater war hart wie Stahl gewesen, und so wuchs er in dem Glauben auf, Gefühle bedeuteten nichts anderes als Schwäche. Mein Vater erfüllte seine Pflichten im Ehebett, und damit sah er auch seine elterlichen Pflichten für erledigt an. Keine Sportfeste, keine Schulaufführungen. Keine beruhigende Hand, kein Wort des Lobes. Er ging auf den langen Fluren von Redcroft an Tommy und mir vorbei, ohne uns auch nur anzusehen, geschweige denn, mit uns zu sprechen. Als ich die Ergebnisse meiner Abiturprüfung erhielt, war mein Vater in Tokio. Er las in dem wöchentlichen Newsletter von meinen Bestnoten, den seine Sekretärin für ihn zusammenstellte, damit er in Familienangelegenheiten auf dem Laufenden blieb. Anstatt eines Anrufs bekam ich eine SMS, die ich treudoof auf meinem Handy speicherte, als stammte sie von Gott persönlich.

Ironischerweise neideten mir meine Mitschüler dieses

Leben. Sie waren von Redcrofts herrschaftlicher Würde fasziniert, wo hauchzarte georgianische Fenster die Sonnenstrahlen in Regenbogen verwandelten, Bedienstete auf der Terrasse Cocktails servierten und wir am Pool faul in der Sonne brieten. Jemand Schwächeres hätte möglicherweise all diesen Luxus gegen einen liebevollen Vater eingetauscht.

Während meine Schulkameraden noch im elterlichen Applaus badeten, kümmerte ich mich jedoch um mich selbst. Ich war klug und lernte eifrig; meine Noten führten mich hinauf zu den schimmernden Turmspitzen von Oxford und weiter zu einem erstklassigen Abschluss. Mein Abschluss, mein Job, mein Geld, mein Leben. Ich tat all das nur für mich.

Und für Tommy.

Tommy trug damals schwerer an der emotionalen Distanz unserer Mutter als an der unseres Vaters. Zwanzig Jahre lang Antony Kents Erwartungen nicht entsprechen zu können hatte sie gebrochen. Sie schwebte durch Redcroft, den obligatorischen Longdrink in der Hand. Als ich klein war, versteckte ich mich oft hinter dem Poolhaus und beobachtete, wie ihre Perlenkette beim Schwimmen im Sonnenlicht glitzerte und funkelte. Sie war so zierlich, dass ihre Schwimmzüge das Wasser kaum kräuselten. Ich kam mit ihrer Gleichgültigkeit zurecht, Tommy nicht. Sie benahm sich, als existierte er nicht. Ich wurde für ihn Mutter und Vater in einem. Ich kümmerte mich um den kleinen sommersprossigen Jungen genauso wie um den verletzten, wütenden Mann, zu dem er heranwuchs. Bis ich mich zuletzt nicht mehr um ihn kümmern konnte.

Das Klingeln meines Handys riss mich aus den Gedanken.

»Hallo?«

»Spreche ich mit Sophie Kent?«

»Eva? Hallo. Haben Sie meine Nachricht wegen Natalias Ex bekommen?«

»Ja.«

Ich runzelte die Stirn. »Sie klingen … Stimmt irgendwas nicht?«

Sie zögerte. »Ich hab ihn eben gesehen.«

Ich richtete mich auf. »Wo?«

»Ich bin vor fünf Minuten von einem Casting zurückgekommen, da stand er auf der anderen Straßenseite.«

Ich biss auf meinem Stift herum. »Ist er noch da?«

»Kann ich nicht sehen.«

»Eva, rufen Sie die Polizei, nur für …«

»Keine Polizei!« Ihr scharfer Ton überraschte mich. »Wahrscheinlich ist es nichts. Ich dachte nur, Sie wollen das wissen.«

Damit legte sie auf.

Warum stellte Natalias Exfreund Eva nach? Wieso war er nach wie vor in London? Hatte er noch eine Rechnung offen? Erfüllt von diesen finsteren Gedanken, starrte ich auf meine Tastatur und bemerkte erst jetzt den braunen Umschlag, der darunter hervorragte. Er war beschriftet: *Sophie Kent, PERSÖNLICH.*

Gespannt öffnete ich ihn und leerte den Inhalt auf meinen Schreibtisch. Auf dem ersten Blatt klebte ein Post-it mit einer handschriftlichen Notiz.

Schau nicht rein, wenn Du nicht willst. Habe jeden Stein zweimal umgedreht.

Ich legte den Stapel mit der Schrift nach unten auf den Schreibtisch. Was hatte Jasdeep unternommen? Ich sah mich verstohlen um. Kate telefonierte, keine Spur von Mack. Ich zögerte, es kribbelte mir in den Fingerspitzen. Dann schob ich alles wieder in den Umschlag und legte ihn in eine Schublade.

»Sophie!« Spencer Storey, der Lokalredakteur. »Wann bekomme ich deinen Crawford-Text? Wir schieben ihn auf Seite drei.«

Ich hob den Kopf. »Zehn Minuten, höchstens fünfzehn.«

Spencer grunzte, und ich wandte mich wieder dem Bildschirm zu. Meine Finger schwebten über der Tastatur, doch mein Blick schnellte unwillkürlich zur Schublade. Wem machte ich hier etwas vor? Ich riss sie auf und schnappte mir den Umschlag, bevor ich es mir anders überlegen konnte.

Auf der ersten Seite fanden sich sämtliche privaten Mitteilungen von *@Cityofbrides* an Natalia. Für sich genommen, klangen sie alle harmlos, die schiere Menge allerdings war überwältigend. Die letzte Nachricht war sechs Tage alt und stammte vom elften Februar:

@Cityofbrides @N_Kotowofficial **Hör auf die Liebe, oder du wirst es bereuen. Für immer.**

Langsam blätterte ich um. Auf der nächsten Seite stand eine Adresse. *Cautley Avenue 84, Clapham.*

Darunter hatte Jasdeep ergänzt:

IP-Adresse stammt von dort. Absender: Alexei Bortnik.

17

Ich blieb vorm *L'Ondine* stehen und atmete die spröde Abendluft ein. Der Artikel über Liam hatte mich mehr Zeit gekostet als erwartet, anschließend hatte ich eine Dreiviertelstunde mit einer erfolglosen Recherche über Alexei Bortnik verschwendet. Als ich Michail Chernow per E-Mail um Hilfe gebeten hatte, war es schon fast acht Uhr gewesen, und ich war in blinder Panik nach Mayfair gehastet.

Ich betrat das Restaurant, tauchte ein in Kerzenschein, den warmen Duft eines Holzfeuers und frisch gebackenen Brotes.

»Herzlich willkommen, Miss Kent, Ihr Vater erwartet Sie schon.« Der windhundartige Oberkellner wollte mir den Mantel abnehmen, doch ich wehrte ab. Ich würde nicht lange bleiben. Er führte mich durch das holzvertäfelte Restaurant, vorbei an gedämpften Gesprächen, und blieb an einem Ecktisch stehen. Mein Vater saß da wie eine frisch geschnitzte Eisskulptur, die Gesichtszüge wie gemeißelt, das weißblonde Haar streng gescheitelt.

Er warf mir einen schneidenden Blick zu. »Du bist zu spät.«

Ich setzte mich auf den Samtstuhl und zuckte zusammen, als mein Knie seines streifte. »Ich bin auf der Arbeit hängen geblieben.«

»Du siehst müde aus.«

»War ein langer Tag.«

Mein Vater hob die Hand fast unmerklich vom Tisch, und ein dunkelhaariger Kellner glitt heran. »Albert, zweimal Rinderfilet, englisch, und zwei Gläser von dem argentinischen Malbec. Und nicht den Siebenundachtziger von letzter Woche, der war viel zu lieblich. Bring uns den Fünfundsechziger.« Mein Vater ließ die rahmenlose Brille in sein Jackett gleiten. »Die Steaks werden fünfzehn Monate abgehangen. Das Blut fließt heraus, und die Muskeln entspannen sich, sodass das Fleisch viel zarter wird. Man muss es unbedingt englisch essen. Alles andere wäre ein Sakrileg.«

Ich nickte. Wie sollte ich ein ganzes Filet herunterbekommen, wenn mein Mund völlig ausgetrocknet war? »Willst du mir nicht sagen, wieso ich hier bin?«

Mein Vater griff nach seiner Serviette und legte sie sich auf den Schoß. »Wie läuft es bei der Zeitung?«

»Gut.«

»Ach, tatsächlich? Die Auflagenzahlen sind erbärmlich. Sicher entmutigend, so viel Arbeit und so wenig Ertrag.«

Albert schenkte meinem Vater Rotwein ein. Er verkostete ihn, ohne den Blick von mir abzuwenden, und nickte knapp. Der Kellner füllte mein Glas, und ich griff dankbar danach.

»Stürz ihn doch nicht so herunter, Sophie. Wo bleiben deine Manieren?«

Widerwillig stellte ich das Glas ab. Mein Vater fuhr mit der Hand über die weiße Tischdecke. Als Kind hatte ich mir immer vorgestellt, seine Haut sei kalt und hart, so wie die Motorhaube seines stahlgrauen Jaguars.

»Jeder, der auch nur einen Funken Verstand hat, würde an deiner Stelle an einer Ausstiegsstrategie arbeiten.« Sein

BlackBerry vibrierte auf dem Tischtuch, und er drehte es um. »Die Spielregeln haben sich geändert. Alles dreht sich um das Dreihundertsechzig-Grad-Erlebnis. Print, online, mobil, Fernsehen, soziale Netzwerke.« Er winkte ab. »Aber das muss ich dir ja nicht erklären.«

Ich setzte das Glas an die Lippen und ließ mich von der Wärme durchfluten. »Worauf willst du hinaus?«

»Wo siehst du dich in zwei Jahren? In fünf? In zehn?«

»Wieso interessierst du dich auf einmal für mein Leben?«

Mein Vater beugte sich vor und legte die Fingerspitzen aneinander. »Komm schon, Sophie. Was hast du dir zum Ziel gesetzt?«

»Zum Ziel?« Ich spürte einen dumpfen Schmerz hinter den Augen und hatte das Gefühl, mir liege ein Tonklumpen im Magen. »Ich will darüber berichten, was passiert. Egal wie. Das Medium interessiert mich nicht. Mich interessiert die Geschichte, die Wahrheit. Und mich interessieren die Konsequenzen. Dass Menschen für ihre Taten zur Rechenschaft gezogen werden.« Beim letzten Satz sah ich ihn fest an.

»Jeder Trottel mit einem Smartphone kann darüber berichten, was passiert. Was bedeutet das konkret für dich?« Mein Vater drehte sein Messer, und die Kerze spiegelte sich in der Schneide. »Wie viele Leser hat der *London Herald*?«

Ein Kellner stellte einen Teller vor mir ab. Der nasse Fleischgeruch stieg mir in die Nase. »Ich bin mir sicher, du hast dich vor unserem Treffen umfassend informiert.«

»Eins Komma sieben Millionen.« Lächelnd schnitt er ein Stück von seinem Filet ab. »Und mit jedem neuen Jahr werden es etwa zehn Prozent weniger, die Werbeeinnahmen verringern sich um fünfzehn Prozent. Wie lange, glaubst du, kann *Premier News* noch so weitermachen? Das Geschäftsmodell ist überholt.« Er tupfte sich die Mundwinkel mit der Serviette ab. »Weißt du, wie viel *Premier News* jährlich mit Onlinewerbung einnimmt?«

Ich zuckte mit den Schultern. Der Klumpen in meinem Magen wurde schwerer.

»Ich will es mal so sagen: Deine Zeit ist abgelaufen. Ich frage dich noch mal. Was hast du dir zum Ziel gesetzt?«

Ich stocherte in meinem Essen herum. »Was geht dich das an?«

»Sei nicht so bockig, Sophie. Das zeugt von Schwäche und steht dir nicht gut zu Gesicht.«

Ich trank zur Stärkung einen Schluck Wein und rutschte auf meinem Stuhl nach vorne. »Du siehst das Gesamtbild nicht. Hier geht es nicht um Zahlen. Die Arbeitsweise verändert sich, von mir aus, aber die Geschichten bleiben dieselben. Mord, Krieg, Unterdrückung, Revolution. Die Leute werden es nie leid, von diesem menschlichen Kampf zu lesen. Die Welt wird kleiner, und der Spruch ›Wissen ist Macht‹ mag vielleicht abgegriffen klingen, aber genau darum geht es. Es ist völlig egal, über welche Kanäle wir von Waffengewalt in Südlondon erfahren, von Protesten im Nahen Osten oder vom Frauenhandel in Namibia, Hauptsache, wir wissen es. Nur wenn wir es wissen, können wir etwas dagegen unternehmen.«

Ich schaute kurz nach unten. Meine Fingernägel hatten winzige Halbmonde auf der Tischdecke hinterlassen.

»Du meinst, jeder Trottel mit einem Smartphone kann darüber berichten, was passiert. Das ist erstens engstirnig und zweitens herablassend. Dank der modernen Technik hat jeder eine Stimme. Und ob man sie nun zum Guten oder

Schlechten einsetzt, man ist Teil eines Ganzen – eines höheren Zwecks, der Menschheit, was auch immer. Die Technik ist für mich kein Gegner. Sie ist mein Freund. Wenn ich mehr Leute erreichen kann, mehr Leute zum Nachdenken bringen kann, was soll daran schlecht sein? Die Nachrichten entwickeln sich so schnell, es ist, als wollte man einen Blitz an die Wand nageln. Aber wenn ich meinen Teil dazu beitragen kann, die übersättigte, überreizte Bevölkerung zu informieren, dann reicht mir das als Ziel.« Ich schnappte mir mein Weinglas und lehnte mich zurück.

Ein dünnes Lächeln umspielte seinen Mund. »Du hast das kent'sche Temperament offensichtlich nicht verloren. Ich kann dir allerdings nicht in allen Punkten zustimmen. Für jemanden in deiner Position gibt es nur noch wenige Optionen. Irgendwann wird die Blase platzen.«

Ich stach mit der Gabel in ein Stück Filet. »Du hast mich also hierherbestellt, um dich mit mir über die Zukunft des Journalismus zu unterhalten?«

Mein Vater räusperte sich. »Nein, ich wollte dir einen Job anbieten.« Ich stockte, die Gabel in der Hand. »Ich habe deine Karriere verfolgt. Du hast Talent, Sophie. Du bist hartnäckig, furchtlos und einfallsreich. Alles gute Eigenschaften für eine Journalistin, aber noch besser für die Leiterin der Abteilung Digitale Medien.«

Meine Gabel fiel klirrend auf den Teller. Mein Vater hatte meine Karriere verfolgt? Er hielt mich für talentiert? Die Komplimente schlugen in mir ein wie winzige Granaten. »Du besitzt doch überhaupt keinen Medienkonzern.«

Mein Vater legte sein Besteck beiseite. »Ich bin gerade dabei, einen zu erwerben. Ich brauche jemanden an der Spitze der Digitalabteilung. Jemanden, dem ich vertraue. Jemanden, der die Nachrichtenbranche kennt und keine Angst davor hat, Neuland zu betreten.«

Ich musterte ihn misstrauisch. Ich hatte keinerlei strategische Erfahrung mit digitalen Medien, und mein Vater wusste das. »Wieso glaubst du, ich würde für dich arbeiten?«

»Weil du dich an ein sinkendes Schiff gekettet hast und ich dir einen Rettungsring zuwerfe. Und ein sechsstelliges Gehalt mit Bonus. Du redest ständig davon, dass du die Welt verändern willst, aber willst du auch etwas dafür tun?«

Mein Vater mochte kalt und rücksichtslos sein, aber auf den Kopf gefallen war er nicht. Wenn ich mich auf das Angebot einließe, hätte ich mehr Macht und Einfluss, als ich mir je hätte träumen lassen. Ich könnte den Blitz an die Wand nageln.

Am Nebentisch lehnte sich eine ältere Dame im sanften Licht der Kerzen vor und nahm die Hand ihres Begleiters. Ein zweireihiger Anzug hing an seinem zerbrechlichen Körper herunter, unzählige Falten hatten sich in sein Gesicht gegraben. Der zärtliche Moment traf mich unvorbereitet.

»Wusstest du, dass es diese Woche genau vier Monate her ist, dass Tommy gestorben ist?« Mein Vater hielt meinem Blick nur kurz stand, dann starrte er auf den Tisch und schwieg. »Was denn? Können wir nicht mal über ihn sprechen?«

»Über ihn zu sprechen wird ihn nicht zurückbringen.«

»Diese Einstellung hast du zu allem. Gott bewahre, dass wir in dieser Familie jemals über irgendetwas sprechen. Wir vergraben es tief. Hoffen, dass es irgendwann von alleine verschwindet. Und genau das hast du mit Tommy gemacht, Dad. Es hat funktioniert. Dein Wunsch hat sich erfüllt. Er ist nicht mehr da.«

Mein Vater zuckte zusammen.

»Mag sein, dass du der König der Prozente und großen Gewinnspannen bist, aber im wahren Leben macht dein fehlendes Mitgefühl dich einfach nur zu einem armen Mann und nebenbei noch zu einem beschissenen Vater. Tommy hatte seine Fehler, aber er war dein Sohn …«

»Das reicht.« Seine Stimme war rau und schneidend. »Du bist nicht die Einzige, die Tommy verloren hat. Ich bin nicht hier, um mich vor dir zu rechtfertigen. Ich habe dir einen Job angeboten, was sich als Fehler erwiesen hat. Ich habe dich für klug und ehrgeizig gehalten. Aber wenn du nicht über die Sache mit Tommy hinwegkommen kannst …«

»Die Sache mit Tommy?«, würgte ich hervor. »Du redest über ihn wie über ein Problem, das gelöst werden muss. Dein Kind, dein eigen Fleisch und Blut, hat sich das Leben genommen.« Tränen traten mir in die Augen. »Der arme, liebe Tommy, der immer nur Gutes in sich hatte, bis du es ihm ausgetrieben hast. Er hat sein Leben deinetwegen beendet. Du hast ihn im Stich gelassen. Du hast uns alle im Stich gelassen.« Meine Worte waren ungerecht, aber es war zu spät sie zurückzunehmen. Wütend krampften sich meine Finger um die Serviette, Tränen fielen mir in den Schoß. »Wo warst du in den letzten Monaten seit seinem Tod? Ich habe dich gebraucht, Dad, ich brauche dich immer noch.«

Mein Vater machte ein Geräusch, das verdächtig nach einem Schluchzen klang. Verblüfft starrte ich ihn an. Sah, wie er seine Lippen zusammenpresste und gegen seine Gefühle ankämpfte. Beinahe hätte ich nach seiner Hand gegriffen. Doch dann schloss sich die Lücke in seiner Fassade wieder. Er faltete seine Serviette zusammen und legte sie ruhig auf den Tisch. »Ich bin nicht hergekommen, um mich mit dir zu streiten, Sophie. Nur zu, mach, was du willst. Sei durchschnittlich, sei gewöhnlich, sei normal. Aber jammere mir bloß nichts vor, wenn deine Welt in sich zusammenfällt.«

»Meine Welt ist schon längst in sich zusammengefallen!« Meine Worte brachen in einer Mischung aus Schrei und Schluchzen aus mir heraus. Mir war schwindlig vor Hass, Trauer, Wut und Bedauern. Ich bekam keine Luft. Ich stolperte hinaus in die kalte, unerbittliche Nacht und brach an einer Hauswand zusammen.

Dann schlug ich auf die Wand ein, bis mir das Blut aus den Knöcheln trat.

In meinem Job fällt es nicht schwer zu verschwinden. Die Arbeit nimmt so viel Zeit in Anspruch, dass sie einen vor sich selbst schützt. Unter den Trümmern anderer Leute Sorgen baut man sich ein gemütliches Nest, klettert hinein und versteckt sich darin, bis man in der Dunkelheit zur Ruhe kommt. Und dann ist man verschwunden, einfach so.

Als ich am Sloane Square aus der U-Bahn emporstieg und von blinkenden Polizeilichtern begrüßt wurde, tat mein Herz einen Satz. Was auch immer sich hier abspielte, würde mir helfen, meinen Vater, Tommy und Mack aus meinen Gedanken zu verbannen. Als ich das Straßenschild entdeckte, verwandelte sich die Freude schlagartig in etwas anderes.

Sloane Gardens. *Lydias Adresse.*

In der Dunkelheit machte ich zwei Polizisten aus, die einer Person den Weg versperrten. Ich eilte auf sie zu.

»Und was wollt ihr Vögel jetzt machen, mir mal wieder Handschellen anlegen?«

Als ich ihn erkannte, stockte ich. »Liam?«

Einer der Polizisten drehte sich zu mir um. »Kennen Sie diesen Mann, Miss?«

Ich beachtete ihn nicht. »Liam, was ist hier los?«

Liam taumelte mit einem spöttischen Lächeln im Gesicht auf mich zu. Er war furchtbar betrunken. »Wieso fragst du sie nicht selbst?« Er nickte in Richtung einer Haustür, die einen Spaltbreit offen stand.

Der andere Polizist packte ihn am Arm. »Kommen Sie, Crawford. Zeit zu gehen.«

»Scheiße, Mann, sind Sie schwerhörig? Sie will mich nicht anzeigen.«

»Wollen Sie Ihren Rausch auf dem Revier ausschlafen?«

»Verpiss dich, Mann. Da geh ich nicht noch mal hin.«

»Wenn Sie hier nicht bald verschwinden, nehmen wir Sie wegen Ruhestörung fest.«

Liam hob die Arme. »Na gut, ich geh ja schon.«

Der Polizist musterte ihn ungerührt. »Da drüben ist ein Taxistand. Fragen Sie den Fahrer höflich, ob er Sie nach Hause bringt.«

Liam stolperte über ein paar Stufen. »Scheiße.«

Ich lief zu ihm. »Liam, ist alles …«

»Was willst du von mir?« Liam fuhr herum. »Immer, wenn ich mich umdrehe, sehe ich dich. Wieso, Herzogin? Hast du niemand anders, den du belästigen kannst?« Er torkelte auf das Taxi zu wie ein Kind, das ein paar Runden zu viel auf dem Karussell gedreht hatte.

Ich wandte mich zu den Polizisten um. »Was ist passiert?«

»Der Typ ist ein wandelndes Risiko, aber solange sie ihn nicht anzeigt, können wir nichts tun, so ist das eben.«

Liam verschwand im Wagen und schlug die Tür zu.

Ich sah den Rücklichtern hinterher und lief dann die Stufen zu Lydias Haus hinauf. »Lydia, ist alles in Ordnung?«

»Lassen Sie mich bitte einfach in Ruhe.« Sie hörte sich kläglich an.

»Soll ich irgendwen anrufen? Sind Sie verletzt?«

Die Tür öffnete sich noch ein Stück. Lydia hatte die Haare auf dem Kopf zusammengebunden, ihre mandelförmigen Augen waren rosa und geschwollen, doch selbst in grauer Jogginghose und einem alten T-Shirt war sie unsagbar schön.

»Liam hat mich nicht geschlagen. Er hat nichts getan.«

Im hellen Licht auf der Veranda wirkte sie angestrengt. »Nur weil man nichts sehen kann, bedeutet das noch lange nicht, dass er nichts getan hat. Was ist passiert?«

Lydia starrte auf ihre nackten Füße. »Wir haben uns gestritten. Nichts Wildes.«

»Das glaube ich kaum. Die Polizei …«

»Ich hab sie nicht gerufen. War wahrscheinlich meine Nachbarin. Überall muss die Schlampe ihre Nase reinstecken. Wir waren nicht mal besonders laut.«

Während sie noch redete, bewegte sich der Vorhang an der Haustür nebenan.

»Und es ist wirklich alles in Ordnung?«

Lydia wich meinem Blick aus und nickte. »Ich muss jetzt. Ich hab morgen mit den Shows viel zu tun.«

Sie schloss die Tür, und ihre Schritte entfernten sich im Innern des Hauses. Ich verharrte kurz, lief dann nach nebenan und klingelte.

»Ja?« Die Frauenstimme aus der Sprechanlage klang kurz angebunden.

»Tut mir leid, dass ich Sie störe. Ich arbeite für den *London Herald*.«

»Ich habe nichts dazu zu sagen.«

»Ich verstehe natürlich, dass Sie sich nicht einmischen wollen. Aber nebenan muss schon etwas Ernstes vorgefallen sein, wenn jemand die Polizei gerufen hat. Falls Sie es waren, haben Sie sehr vernünftig gehandelt.« Sie schwieg. »Ihre Nachbarin wirkt ziemlich mitgenommen, aber sie will keine Anzeige erstatten. Was halten Sie davon?«

Stille. Ich rührte mich nicht vom Fleck, bis die Tür geöffnet wurde. Eine schlanke Frau Mitte sechzig mit Frettchengesicht und stechendem, umherschnellendem Blick stand nur auf Strümpfen vor mir. »Ich spreche für gewöhnlich nicht mit Reportern.«

»Das verstehe ich. Und ich weiß es zu schätzen, dass Sie sich die Zeit nehmen.« Ich zückte meinen Notizblock. »Haben Sie die Polizei gerufen?«

Sie rümpfte die Nase. »Aus gutem Grund.«

»Wissen Sie, worüber die beiden sich gestritten haben?«

Sie presste die Lippen aufeinander. »Wollen Sie damit andeuten, dass ich meine Nachbarn belausche?«

»Ich frage nur für den Fall, dass geschrien wurde und Sie etwas mitbekommen haben.«

Sie verschränkte die Arme vor der Brust. »Ich habe kein Wort verstanden. Aber der Lärm war ohrenbetäubend. Irgendwas ist gegen die Wand geknallt, und, na ja, man liest ja die Zeitung. Ich weiß, was für ein Mensch er ist.« Sie nickte hinüber zu Lydias Haustür und schlug einen vertraulichen Ton an. »Ich dachte, er würde ihr etwas antun.«

»Sie haben alles richtig gemacht, Mrs …?«

»Smythe.« Sie runzelte die Stirn. »Ich will auf keinen Fall, dass mein Name in der Zeitung erscheint. Um Gottes willen. Dann verklage ich Sie.«

Ich unterdrückte ein Lächeln. »Ich halte Ihren Namen heraus. Erinnern Sie sich sonst noch an etwas? Wann tauchte Liam hier auf?«

Sie überlegte kurz. »Vor etwa einer Stunde. Ich wollte gerade die Nachrichten gucken, da hörte ich jemanden auf der Straße schreien. Ich habe aus dem Fenster geschaut, und da stand er.«

»Erinnern Sie sich, um was es dabei ging?«

»Weiß ich nicht, er war betrunken. Dann hat er das Gesicht gegen ihre Tür gepresst und immer wieder irgendwas gemurmelt. Er hat sich entschuldigt.« Sie spielte mit ihrem Armband. »Und irgendetwas von einer Hausdame gefaselt.«

»Von einer Hausdame?« Angst flackerte in mir auf. »Mrs Smythe, kann es sein, dass er *Ausnahme* gesagt hat?«

Sie wiegte den Kopf hin und her. »Mag sein. Wie gesagt, er war ziemlich betrunken. Ich war überrascht, dass Lydia ihn überhaupt hereingelassen hat. Eine Viertelstunde später fing das Gebrüll an, jemand hat geschrien, und irgendwas ging zu Bruch, da habe ich die Polizei gerufen.«

Ich klappte den Notizblock zu und gab ihr meine Karte. »Zum Glück. Vielleicht haben Sie Lydia das Leben gerettet.« Das war zugegebenermaßen ziemlich dick aufgetragen, aber Mrs Smythe wirkte direkt ein paar Zentimeter größer. »Falls Sie sich an noch etwas erinnern oder Ihnen etwas auffällt, meine Nummer haben Sie ja jetzt.«

Erst als ich eine Stunde später in mein Bett fiel, bemerkte ich das getrocknete Blut an meinen Knöcheln. Das Herz pochte mir in den Ohren, ich wartete auf den Schlaf.

Doch er kam nicht.

18

Als am Dienstagmorgen eine blassgelbe Sonne über den Dächern der Stadt aufstieg, war ich steif vor Erschöpfung. Ich zwang mich zu einer kochend heißen Dusche und danach zur Tür hinaus, wo mir kalte Morgenluft entgegenschlug. Ich schlurfte die King's Road hinauf, die Welt um mich herum wirkte wie in weiter Ferne, so, als schaute ich am falschen Ende durch ein Fernglas.

Auf dem Weg zur U-Bahn kam ich auch an der Ecke Sloane Gardens vorbei und warf einen Blick die Straße hinunter. Eine Schar Paparazzi harrte auf Lydias Stufen aus, kollektiv stießen sie weiße Atemwölkchen in die Luft. Am Geländer lehnte ein hochgewachsener Mann und rauchte eine selbst gedrehte Zigarette. Jurassic Jones, der sich seinen Spitznamen durch seine unerbittliche, raubtierhafte Vorgehensweise bei der Jagd auf Promis verdient hatte. Ich hatte JJ schon seit Jahren in der Kurzwahl. Paparazzi gaben hervorragende Informanten ab; sie verfügten über den richtigen Riecher und kannten keine Skrupel – der Traummann einer jeden Kriminaljournalistin.

JJ schaute von seiner Kamera auf, als ich mich dem Haus näherte. »Na, wer lässt sich denn da mal wieder bei den Gassenjungs blicken?«

Lachend stellte ich meinen Mantelkragen auf. »Hab ich was verpasst?«

JJ streifte sich den Kameragurt über und seufzte. »Nicht so richtig. Vor zwanzig Minuten ist irgendeine hochnäsige Blondine rein.« Er hielt mir die Kamera hin. Cat Ramsey mit dunkler Sonnenbrille und grimmigem Gesichtsausdruck. »Die haben sich da drinnen verbarrikadiert, aber Lydia läuft um elf für Burberry im Somerset House. Sie muss also spätestens in einer Stunde los. Der Verkehr steht still. Indiana sind wegen der Brit Awards in der Stadt, und die Straßen sind voll von läufigen Mädchen.«

Ich runzelte die Stirn. »Indiana?«

Er schnippte die Kippe auf den Boden. »Boyband. Hören sich an wie eine Horde plärrender Babys, sind aber beliebter als One Direction. Da klingelt bei jedem Schuss die Kasse.«

Mein Handy piepste. Ich ging ein paar Schritte beiseite und hielt eine Hand über das Display, in dem sich die Sonne spiegelte. Eine SMS von Eva.

Er ist wieder da.

Ich hatte ein ungutes Gefühl im Bauch. Zweimal in zwei Tagen. Was wollte Alexei Bortnik von Eva?

Plötzlich kam Bewegung in die Menge. Die Tür zu Lydias Haus öffnete sich, und die Paparazzi stürzten auf die blonde Gestalt zu. Für ihre Statur drängte sie sich überraschend elegant durch das Blitzlichtgewitter. Zuerst folgten ihr die Paparazzi, gaben jedoch auf, als sie merkten, dass bei Cat nichts zu holen war.

Als sie mich erkannte, fiel ein Schatten über ihr Gesicht. »Sie hier. Das hätte ich mir ja denken können.«

»Ich bin zufällig vorbeigekommen und habe die Paparazzi gesehen.«

»Ich hoffe, die frieren sich sonst was ab.«

Ich schob das Handy in die Tasche. »Wie geht es Lydia?«

»Kein Kommentar.«

»Ich bitte Sie, Cat. Ich habe sie gestern Abend noch gesehen. Sie war völlig fertig nach dem Streit mit Liam.«

»Ich kann diesen Namen nicht mehr hören. Wenn Sie wüssten, wie schwer es war, Lydia wieder ins Geschäft zu bekommen. Und jetzt will sie nicht aufstehen. Christopher bei Burberry dreht durch, wenn sie nicht auftaucht. Damit ruiniert sie endgültig ihre Karriere. Ich gebe auf.«

Ich sah ihr nach, wie sie zum Taxistand hastete. Dann wählte ich Durands Nummer.

Er meldete sich nach dem dritten Klingeln, schien abgelenkt. »Ja?«

»Dir auch einen schönen guten Morgen.«

»Sophie, ich ersticke in Arbeit. Was willst du?«

Sein Tonfall erstaunte mich. Allerdings war Natalia seit fünf Tagen tot, und er hatte immer noch keinen Verdächtigen. »Ich wollte mich nur nach den Fingerabdrücken erkundigen.« Ich dachte an Evas SMS. »Und dir sagen, dass …«

»Ich kann jetzt nicht mit dir reden.«

Ich hielt mir das Ohr zu, als ein Krankenwagen mit Blaulicht vorbeijaulte. »Soll ich es später noch mal versuchen?«

Er schwieg einen Moment lang. »Hör zu, beim *London Herald* ist irgendwas los. Ich habe heute Morgen gehört, dass gegen dich ermittelt wird.«

Ich blieb wie angewurzelt stehen. »Wie bitte?«

»Wenn jemand rausfindet, dass ich mit dir rede …«

»Wie hast du davon erfahren?«

»Kann ich nicht sagen.«

»Sam, das ist alles Schwachsinn. Mir geht's gut.«

»Wirklich?« Er klang aufrichtig besorgt. »Die Sache ist

ernst. Sieh zu, dass du deine Schäfchen ins Trockene bekommst.«

Er legte auf, und ich widerstand dem Impuls, das Handy gegen die Mauer zu schleudern. Ich hatte ihm nicht einmal von Alexei Bortnik erzählen können.

Mein Handy zeigte den Eingang einer E-Mail von Michail Chernow an.

Hallo, Sophie, ich habe etwas über Alexei Bortnik herausgefunden. Er wurde vor drei Jahren wegen eines bewaffneten Überfalls festgenommen. Nicht angeklagt. Die Leute hier sagen, dass er weit oben Freunde hat. Im Anhang finden Sie einen Artikel mit einer Fotografie von ihm. Michail

Ich verzog mich um die nächste Ecke und öffnete die angehängte Datei. Den russischen Text übersprang ich und landete bei der verwackelten Schwarz-Weiß-Aufnahme eines dunkelhaarigen Mannes. Bartstoppeln bedeckten sein Kinn, in beiden Ohren trug er Ohrstecker. Er schaute in die Kamera, als wäre er daran gewöhnt, immer irgendwie durchzukommen. Mit steifen Fingern wählte ich Evas Nummer.

»Hallo?« Sie klang, als wäre sie außer Atem.

»Hier ist Sophie. Sie müssen mir einen Gefallen tun.«

Eva nannte mir ihre E-Mail-Adresse, und ich leitete ihr den Artikel weiter.

»Ist er immer noch da?«

»Ja, ich war gerade Milch kaufen, und als ich zurückgekommen bin, hat er schon auf mich gewartet. Ist mir entgegengelaufen, aber ich hab's noch rechtzeitig in den Aufzug geschafft.«

»Haben Sie sein Gesicht gesehen?« Ein Bus donnerte

durch eine Pfütze und an mir vorbei, das Wasser spritzte auf den Gehweg. »Eva, können Sie mich hören?«

»Nicht so richtig. Er hatte eine Kappe auf.«

»Eine Kappe?«

»Schwarz mit einem roten Fußball drauf.« Ich ging vor der U-Bahn-Station auf und ab. Sasha vom *Rose Hotel* hatte gesagt, der Mann im Treppenaufgang habe eine rotschwarze Kappe getragen. War Alexei an diesem Abend im Hotel gewesen? »Er wollte irgendwas sagen, aber ich habe ihn angeschrien, dass ich die Polizei rufe.«

Das Herz rutschte mir in die Hose, als ich an Evas dünne Pressspantür dachte. »Und? Haben Sie sie gerufen?«

»Ich hab doch gesagt, keine Polizei. Das war nur, damit er verschwindet. Warten Sie kurz, ich hab Ihre E-Mail bekommen.« Sie klang beunruhigt. »Ja, das ist er. O Gott. Was will der von mir?«

Ich versuchte, mir meine Panik nicht anmerken zu lassen. »Eva, Alexei Bortnik ist gefährlich. Legen Sie auf und rufen Sie die Polizei.«

»Ich kann die Polizei nicht rufen.«

»Wieso nicht?«

»Ich kann nicht … Warten Sie, er geht. Er läuft die Highland Road runter.«

Wo wollte er hin? Reichte Evas Drohung aus, damit er wieder untertauchte?

»Wenn Sie die Polizei nicht rufen, ruf ich sie.«

Ich legte auf. Meine Finger waren ganz steif vor Kälte, und ich mühte mich mit Durands Nummer ab. In der Regel nahm ich der Polizei keine Arbeit ab, schließlich war ich Journalistin. Aber die Regel trat außer Kraft, wenn jemand in Lebensgefahr schwebte.

Die Mailbox sprang an.

»Ich weiß, dass du nichts von mir hören willst, aber das hier ist wichtig. Natalias Exfreund aus Russland ist ein Krimineller und hat sie hier in London monatelang gestalkt. Laut meiner Informantin war er in der Mordnacht im Hotel. Jetzt ist er hinter ihrer Mitbewohnerin Eva her. Er heißt Alexei Bortnik und wohnt in der Cautley Avenue 84 in Clapham. Ich fahre jetzt dort hin.«

Ich legte auf und rannte los.

An ein Geländer gelehnt, betrachtete ich das imposante Haus aus der Zeit um die Jahrhundertwende. Eine Buchsbaumhecke begrenzte Alexeis Vorgarten, in dem ich einen erfrorenen Lavendelbusch und einen vertrockneten Rosmarinstrauch ausmachte. Der metallische Lärm von Presslufthämmern und Gerüstbau drang durch die Luft.

War ich vor Alexei eingetroffen? Schuldig oder nicht, ich wollte mir seine Version der Geschichte anhören. Nach seiner Verhaftung wäre das unmöglich. Der Kies in der Auffahrt knirschte unter meinen Schritten, und das Herz schlug mir bis zum Hals. Ich klingelte, doch nichts geschah. Also zählte ich bis zehn und klingelte erneut. Immer noch nichts. Ich drückte das Ohr an die Tür. Alles ruhig.

Ich sah mich resigniert um. Im Flur des Nachbarhauses brannte Licht, und ich sprintete hinüber und klingelte. Kurz darauf öffnete mir eine Blondine mit einem weinenden Baby auf der Hüfte die Tür.

»Ja?«

Ich hielt ihr Alexeis Foto entgegen. »Tut mir leid, dass ich Sie störe. Ich bin auf der Suche nach diesem Mann. Kennen Sie ihn zufällig?«

Das Baby steckte sich eine winzige Faust in den Mund, und das Geheul verstummte.

»Das ist Levs Cousin. Er wohnt seit einer Weile nebenan. Wir haben uns schon öfter über den Lärm beschwert. Keine Kinder«, seufzte sie entnervt, »und bis spät in die Nacht wird gefeiert.«

»Haben Sie sich je mit ihm unterhalten?«

Das Baby wurde erneut unruhig und wand sich schreiend in den Armen seiner Mutter. »Darf ich fragen, worum es eigentlich geht?«

Ich lächelte. »Natürlich, entschuldigen Sie bitte. Ich heiße Sophie Kent und arbeite beim *London Herald*. Ich recherchiere für eine Story, in die dieser Mann verwickelt sein könnte.«

Sie machte große Augen. »Was für eine Story?«

Warum sollte ich sie ängstigen? »Das kann ich Ihnen noch nicht sagen. Ich würde mich gerne mit Ihrem Nachbarn unterhalten. Wissen Sie, wann er nach Hause kommt?«

»Ich weiß nicht. Lev ist auf einer Konferenz, aber er meinte, sein Cousin reist bald wieder ab. In letzter Zeit war es ziemlich still. Ich hatte gehofft, er wäre schon verschwunden.« Sie lächelte angespannt. »Nicht, dass ich ein Problem mit Russen hätte. Aber Rafferty schläft nicht sehr tief, und da ist Technomusik nicht besonders hilfreich.«

Ich gab ihr meine Karte und spürte die ersten Regentropfen. »Wenn Sie ihn sehen, könnten Sie mich anrufen? Sie würden mir damit einen großen Gefallen tun.«

Der Regen wurde stärker, und ich verabschiedete mich eilig. Als ich die Auffahrt hinunterrannte, entdeckte ich ein Café an der Ecke. Der Regen peitschte jetzt regelrecht auf die Gehwege hinab. Fußgänger drängten sich in den Hauseingängen zusammen und bestaunten das Spektakel. Ein

Mann in einem dunklen Anzug verließ den Unterstand und lief im Zickzack die Straße hinunter; das dünne Zeitungspapier über seinem Kopf bot ihm kaum Schutz.

Jemand rempelte mich an. Ich drehte mich um und erhaschte einen Blick auf einen Ohrstecker und einen Bartschatten. Ich starrte dem Mann nach. Das musste Alexei sein. Was tun? In einem Zimmer im oberen Stockwerk ging kurz darauf das Licht an.

Ich brauchte etwas Zeit, um mich zu sammeln. Dann rannte ich auf das Café zu und stürzte zeitgleich mit einem ohrenbetäubenden Donner, der die Fenster klirren ließ, zur Tür hinein. Hektisch zog ich mein Handy hervor und wählte Durands Nummer. Er ging nicht ran.

Eine zierliche Kellnerin in einer rosa gestreiften Schürze kam auf mich zu. »Kann ich Ihnen weiterhelfen?«

Ich setzte gerade zu einer Antwort an, doch als ich einen Blick auf die andere Straßenseite warf, blieben mir die Worte im Hals stecken. Die Haustür öffnete sich, und Alexei kam mit einer großen Reisetasche über der Schulter heraus.

Ohne auch nur eine Sekunde darüber nachzudenken, rannte ich aus dem Café. Silberne Regennadeln stachen mir ins Gesicht, blendeten mich. Durch den Regen kam Alexei auf der anderen Straßenseite in meine Richtung. Wenn ich mich beeilte, würde ich ihn vielleicht noch erwischen. Ich trat auf die Straße. Ein Auto brauste hupend vorbei und badete meine Füße in eiskaltem Wasser. Ich konnte gerade noch zur Seite springen, rutschte dabei jedoch auf einem nassen Blatt aus. Ein stechender Schmerz fuhr mir durch den Knöchel. Alexei hatte die Straße überquert, war jetzt nur noch ein paar Meter von mir entfernt und kam rasch näher. Ich musste ihn aufhalten.

»Alexei!« Er hob ruckartig den Kopf, ging allerdings unbeirrt weiter. »Ich muss mit Ihnen reden. Ich heiße …«

»Aus dem Weg.« Er stieß mich grob beiseite, Schmerz zuckte durch mein Bein.

»Halt!« Ich überholte ihn und schnitt ihm den Weg ab. Im Prasseln des Regens gingen meine Worte fast unter. »Es geht um Natalia Kotow.«

Alexei blieb wie angewurzelt stehen. »Was haben Sie gesagt?« Seine Stimme klang rau, hatte etwas Vernichtendes, wie zwei Felsblöcke, die aufeinanderprallen.

Der Wind trieb den Regen vor sich her, und ich hielt mir schützend den Arm vor das Gesicht. »Ich weiß, dass Sie mit ihr zusammen waren. Ihr Twittername ist *@Cityofbrides*. Am Abend ihres Todes waren Sie im *Rose Hotel* …«

Ein tiefes Knurren stieg aus seiner Kehle. Regentropfen rannen an seinem Gesicht, seiner spitzen Nase hinab. Seine schwarzen Augen bohrten sich in meine wie Stacheln.

Das Blut rauschte mir in den Ohren. »Ich weiß, dass Sie ihr nachgestellt haben. Bitte, ich habe nur eine Frage …«

Alexei trat einen Schritt auf mich zu. »Sie wissen ganz schön viel, Sophie Kent.«

»Woher wissen Sie, wer ich bin?«

»Ich weiß auch ganz schön viel.«

»Hören Sie, ich bin nicht bei der Polizei. Ich kann Ihnen nichts anhaben. Ich will Ihnen nur ein paar Fragen stellen. Wenn Sie unschuldig sind, was gibt es dann zu verbergen?«

Alexei stand jetzt ganz dicht vor mir. Sein Mund verzerrte sich zu einem hässlichen Lächeln. »Ich habe Sie beobachtet. In diesem Pub. Ich habe sie beobachtet, als Sie zum ersten Mal an ihre Tür geklopft haben. Sie hätte einfach ihre verdammte Fresse halten sollen.«

»Warum sind Sie ihr aus Russland gefolgt?«

»Weil sie vor mir weggelaufen ist. Ich habe sie so sehr geliebt, ich hätte ihr den Schädel mit bloßen Händen zertrümmern können. Ich wollte ihr sagen, dass ich sie liebe, aber sie hat einfach nicht zugehört.«

»Sie haben ihr Angst eingejagt, Alexei. Ich weiß von den blauen Blumen. Ich habe sie im Hotel gesehen. Sie haben sie gestalkt …«

»Ich habe sie beschützt, du dumme Schlampe.«

Rechts und links von mir ragten Backsteinmauern auf. Alexei hatte mich in eine Gasse gedrängt. Panik stieg in mir auf. »Sind Sie deshalb an dem Abend ins *Rose Hotel*? Um sie zu beschützen?«

Etwas flackerte über sein Gesicht. »Wieso sollte ich dir das erzählen, Sophie Kent?« Er spuckte meinen Namen aus, als wäre er Gift.

Ich musste dafür sorgen, dass er weitersprach. »Weil Sie Natalia geliebt haben. Ich glaube nicht, dass Sie ein schlechter Mensch sind.«

»Und schon wieder liegst du falsch. Ich bin der schlechteste von allen.« Alexei drängte mich tiefer in die Gasse hinein. Ich stolperte über etwas und fiel zu Boden. »Steh auf, du Schlampe.« Ich konnte den schalen Zigarettenrauch in seinen ungewaschenen Klamotten riechen, so nah war er an mir dran. Ich rappelte mich auf und hielt mir schützend die Hände über den Kopf. Der Regen rann an meinem Gesicht herab und durchweichte meine Kleider. Ich war nass bis auf die Haut.

Dann wurde es plötzlich stiller. Ich registrierte, dass wir unter einer eisernen Feuerleiter standen. Alexei packte mich bei den Schultern und drückte mich gegen die Wand. Ich schaute die Gasse hinauf zur Straße, doch die Müllcontainer versperrten mir die Sicht. »Erwartest du noch jemanden?«, fragte er spöttisch.

Ich zitterte vor Angst und zwang mich, ihm in die Augen zu schauen. »Wieso stellen Sie Eva nach?«

Alexeis Blick wurde leer. »Von der Schlampe will ich nichts hören. Sie war doch an allem schuld …« Er grub mir die Finger tiefer in die Schultern, und ich schrie auf. »Du hättest sie besser in Ruhe gelassen. Wenn sich nicht dauernd jemand zwischen uns gestellt hätte, wäre Natalia jetzt noch am Leben. Ich hab sie gewarnt.«

Ich wollte antworten, doch Alexei presste mir eine große, nasse Hand auf den Mund. Ich versuchte sie wegzuschieben, bekam keine Luft. »Die Polizei … ist … unterwegs.«

Alexei umfasste meinen Hals und funkelte mich bedrohlich an. Seine Hand war rau wie ein Klettverschluss, mein Puls hämmerte wie wild gegen sie an. Ich hielt seinem Blick stand. Eine Klinge kratzte an meinem Hals.

Alexei beugte sich vor und flüsterte mir ins Ohr. »Selbst schuld. Hättest du mich nicht verfolgt, hätte ich dich in Ruhe gelassen.« Ich versuchte, mich wegzudrehen.

»Bortnik, lassen Sie das Messer fallen!«, schallte es laut durch die Gasse.

Ich riss die Augen auf. Auf halbem Weg zwischen uns und der Straße stand Durand. Sein Gesicht war ganz ruhig, aber ich bemerkte den drohenden Unterton in seiner Stimme.

Alexei knurrte böse und presste mir das Messer gegen die Kehle. Ich spürte einen brennenden Schmerz.

»Bortnik, ich warne Sie. Ich bin nicht allein hier. Wollen Sie diesen Mord wirklich in Ihrem Strafregister haben? Lassen Sie das Messer fallen.«

Alles verschwamm, ich bekam noch immer keine Luft. Schatten krochen auf uns zu. Ich wehrte mich nicht länger und erschlaffte. Durand würde seinen Job schon machen.

Alexei drückte mich fester gegen die Wand.

Dann ließ er los, und ich sackte auf den Boden. Wie durch einen Nebel sah ich, wie Alexei neben mir gegen eine Wand geschleudert und festgenommen wurde.

Durand ging neben mir in die Hocke und hielt mich an der Schulter, während ich gierig die eiskalte Luft einsog.

»Du hast dir ganz schön Zeit gelassen.«

»Waters, rufen Sie einen Krankenwagen!«, brüllte er.

Ich stützte mich ab. »Ich brauche keinen Krankenwagen.«

Durand musterte mich streng. Dann half er mir auf die Füße. »Zeig mal her.« Er presste wütend die Zähne aufeinander, als er meinen Hals untersuchte. »Was hast du dir dabei gedacht?«

Ich zuckte mit den Schultern. »Ich brauche eine Exklusivmeldung. Und du hast mich links liegen lassen.«

»Und dafür riskierst du dein Leben?«

Bei seinem versteinerten Gesichtsausdruck wäre ich am liebsten in Tränen ausgebrochen. »Nicht jetzt, Sam.«

Kurz wirkte es, als wollte er noch etwas sagen, aber dann streckte er mir seine große, warme Hand entgegen. »Dann wollen wir dich mal aus dem Regen schaffen.«

Er führte mich in Richtung der Blaulichter. Gerade wurde Alexei in ein Polizeiauto verfrachtet. »Darf ich mitkommen?«

»Auf gar keinen Fall.«

»Aber …« Ich ballte die Fäuste. »Ohne mich hättest du Alexei Bortnik doch nie gefunden. Jetzt nimmst du ihn fest, und ich bin wieder außen vor?«

Durand gab über meinen Kopf hinweg einer Polizistin ein Zeichen. »Danke für deine Hilfe. Ich weiß das wirklich zu schätzen. Aber das ändert nichts an unserer Situation. Ich ruf dich an, sobald es was Neues gibt, versprochen.« Er legte mir eine Hand auf die Schulter und schob mich aus der Gasse. »Officer Waters bringt dich nach Hause. Oder ins Krankenhaus. Du solltest dich untersuchen lassen.«

Er hielt mir die Wagentür auf. Ich warf ihm einen vernichtenden Blick zu und stieg ein.

Officer Waters, eine hübsche Frau mit einem kastanienbraunen Zopf, drehte sich zu mir um. »Wohin soll's gehen, Miss Kent?«

Ich wollte auf die Uhr schauen, hatte aber nicht genügend Kraft, um die Hand zu heben. »Wie spät ist es?«

»Kurz vor halb drei.«

Ich schaute an mir herunter, auf meine durchweichte Kleidung, meine zitternden Hände und meinen geschwollenen Knöchel. Dann traf ich eine Entscheidung. »Bringen Sie mich zum *London Herald*.«

19

Kate legte auf. »Scheiße, was ist denn mit dir passiert?«

Ich humpelte auf meinen Schreibtisch zu. »Natalias Exfreund ist anscheinend nicht gerade mein größter Fan.«

»Du bist ja klatschnass. Hast du was zum Umziehen da?«

Ich schüttelte matt den Kopf. Kate verschwand für einen Moment wieder hinter der Trennwand. »Hier, die sind dir wahrscheinlich viel zu groß, aber wenigstens sind sie trocken.« Sie hielt eine dunkelblaue Hose und eine verknitterte weiße Bluse hoch. »Zieh dich um. Ich koche dir in der Zwischenzeit einen Tee. Obwohl du aussiehst, als könntest du was Stärkeres gebrauchen. Was machst du überhaupt hier?«

»Wo soll ich denn bitte sonst hin?«

Kate nickte. Sie verstand.

Ich hinkte zu den Toiletten, wo ich mich im Spiegel betrachtete. Die Haare klebten mir am Kopf wie eine Badekappe, Mascarastreifen liefen mir über die Wangen. Ich schob meinen Kragen hinunter und erschrak beim Anblick der Male an meinem Hals. Ich schälte mich aus den nassen Klamotten und stellte mich unter den Lufttrockner, bis meine runzelige Haut sich rötete. Ich ertrank zwar fast in Kates Klamotten und musste die Ärmel und Hosenbeine hochrollen, war aber dankbar, dass sie nach ihrem Parfüm rochen und nicht nach Alexei.

Als ich zurück an meinen Schreibtisch kam, war Kate

spurlos verschwunden. Sie hatte mir eine Tasse Tee hingestellt, die ich zwischen die zitternden Hände nahm, um mich daran zu wärmen. Ich musste mich beschäftigen. Zuerst hinterließ ich Eva eine Nachricht auf der Mailbox, dass sich Alexei in Polizeigewahrsam befand, und bat sie um ein offizielles Interview. Ich hatte schon auf dem Rücksitz des Streifenwagens über die Festnahme getwittert. Meine Rolle als Bortniks nächstes Opfer hatte ich dabei ausgespart. Rowley würde diese Information für die Printausgabe zurückhalten wollen. Ich öffnete Twitter, um mir die Reaktionen durchzulesen, da fiel mir etwas ins Auge. *#modelkollaps* war in den Trends ganz oben. Genau wie *#lalalydia*. Ich klickte auf Lydias Profil. Vor einer Stunde hatte sie ein Video gepostet, das sich rasend schnell verbreitete. Darin lag sie nackt im Bett und filmte sich. Sie war entweder betrunken oder high oder beides. Sie schaute apathisch in die Handykamera, und ihre Lippen bewegten sich träge. Auf ihrem Nachttisch lagen mehrere Tablettendosen. Ich bemerkte nicht sofort, dass sie leise vor sich hin sang.

»She'll cut you with her smile, then laugh as you bleed.« Ich konnte nur Bruchstücke des Textes ausmachen, bevor Lydia bewusstlos wurde.

Fünfundvierzig quälende Sekunden. Ich sah es mir noch dreimal an, und jedes Mal wirkte Lydia verstörter auf mich. Falls sie tatsächlich am Rande des beruflichen Selbstmords stand, war das hier der Todesstoß. Über eine halbe Million Retweets. Was hatte sie sich dabei nur gedacht? Ich rief Amos Adlers Webseite auf. Sofort sprang mir die Schlagzeile auf *stitched.com* entgegen: *EXKLUSIV! Hat Lala-Lawson endgültig den Verstand verloren?*

Ich stellte mir vor, wie Cat mit dem Handy am Ohr in

ihrem Büro auf und ab lief und versuchte, die Geschichte zu verharmlosen. *Nein, Liebes, es geht ihr gut. Nur etwas erschöpft. Unter uns gesagt, Lydia arbeitet zu viel. Deswegen haben wir sie aus ein paar Shows rausgenommen.*

Mein Handy klingelte. »Ja?«

»Hast du eine halbe Stunde?« Durands tiefe Stimme beruhigte meinen aufgewühlten Geist.

»Kommt drauf an.«

»Komm her. Ich muss dir was zeigen.«

Ich richtete mich auf. »Bin ich jetzt doch zur Party eingeladen?«

Ich hörte das Lächeln aus seiner Antwort heraus. »Spar dir den beleidigten Ton. Ich musste sämtliche Beziehungen spielen lassen, um dich hier reinzubekommen.«

Da war etwas. Er klang anders als sonst.

»Hat Alexei Bortnik gestanden?« Ich griff nach meinem Mantel, doch er war derart durchweicht, dass ich ihn lieber auf der Lehne hängen ließ.

»Das erzähl ich dir, wenn du hier bist. Ach ja, eine Sache noch.«

»Ja?«

»Nimm den Hintereingang.«

Ich saß zitternd auf der Rückbank eines Taxis und sah die Minuten auf meinem Handy heruntierticken, als könnten die kleinen Ziffern das weiße Rauschen der Stadt für mich ausblenden. Alexei saß im Gefängnis. Eva war vorerst in Sicherheit. Aber Lydia verhielt sich wie eine wandelnde Katastrophe. Ich rief Cat an.

»Falls Sie anrufen, um einen Kommentar zu dem Video abzugreifen, können Sie mich mal.«

Ich lächelte unwillkürlich. »Ich wollte nur wissen, ob mit Lydia alles in Ordnung ist.«

»Sieht es so aus, als wäre alles in Ordnung?«

»Ist es sehr schlimm?«

»Das ist ein verdammtes PR-Desaster. Erst haben drei Designer ihre Verträge gekündigt, jetzt rinnt uns auch noch die *Maybelline*-Kampagne durch die Finger. In einer Stunde haben wir eine Skypekonferenz, aber mir ist jetzt schon klar, dass sie die Notbremse ziehen.« Ich hörte Straßenlärm im Hintergrund; Cat war offenbar draußen unterwegs und nicht im Büro. »Sie muss sich einfach eine Weile unauffällig verhalten und sich endlich zusammenreißen, dann kann sie vielleicht schon in der nächsten Saison ihr Comeback feiern. Hat bei Kate Moss auch funktioniert.«

Ich lehnte den Kopf an die Fensterscheibe. »Ich meinte eigentlich, wie schlimm es um Lydia steht.«

Cat schwieg. Dann taute sie etwas auf. »Ich habe sie vorher noch nie so gesehen. Ich weiß nicht, was ich tun soll. Wie auch immer, ich muss auflegen. Die Migräne macht mich fertig. Ich bin jetzt auf dem Nachhauseweg und mache die Konferenz von dort aus. Wenn es mir danach noch gut genug geht, sehe ich vielleicht nach Lydia. Als ob die Fashion Week noch nicht verrückt genug wäre.«

Zehn Minuten später hielt das Taxi vor dem Hintereingang von Scotland Yard. Durand erwartete mich an der Tür. Er warf einen Blick auf meine Garderobe. »Bist du im Regen eingelaufen?« Der Wind wirbelte mir die Haare durcheinander, und ich legte mir eine Hand auf den Kopf. Er bemerkte, dass ich hinkte. »Ich schätze mal, du warst nicht beim Arzt?«

»Was glaubst du?«

Er schüttelte den Kopf. »Du bist die sturste Frau, die ich kenne.«

Ich zog meine überdimensionale Hose hoch und folgte Durand durch das Flurlabyrinth, bis er vor einer weißen Tür stehen blieb. Darauf stand BESCHLAGNAHMTE GÜTER.

»Im Ernst?«

»Als kleines Dankeschön.« Er stieß die Tür auf.

Der Raum war groß und stickig und roch nach alten Akten. Ich blieb nahe der Tür stehen und blickte die schier endlosen Regalreihen voll nummerierter Plastikkisten hinab. Ich wollte Durand nach unserem Gespräch von heute Morgen fragen. Wer verbreitete ein derartiges Gerücht über mich? Er ging jedoch zu einem quadratischen Tisch in der Mitte, auf dem Kiste Nummer 419 wartete, und ich konzentrierte mich schlagartig wieder auf meine Aufgabe. Durand reichte mir ein Paar Gummihandschuhe. Ich öffnete die Kiste und holte ein ramponiertes braunes Notizbuch hervor.

»Das haben wir in Alexeis Tasche gefunden.«

Die Ecken des Notizbuchs waren nach oben gebogen, der Einband wölbte sich über lose eingefügten Blättern. Gespannt entfernte ich das elastische Band.

Seite um Seite reihten sich Fotos von Natalia aneinander. Bilder von Instagram und vom Laufsteg, alte Fotos aus Russland. Er hatte das Coverfoto der *W* mit vulgären Kritzeleien entstellt: ein Penis zwischen ihren Beinen, ein Messer, das ihr aus der Brust ragte. Am gruseligsten waren die Fotos, die Alexei heimlich gemacht hatte. Natalia telefonierend an der U-Bahn-Station Green Park, Natalia an einem Kiosk mit einer Coladose in der Hand. Eines stammte vom oberen Deck eines Busses und zeigte ihren Hinterkopf drei Reihen vor Alexei.

Ich pfiff durch die Zähne. »Was für ein Irrer.« Kyrillische Schrift füllte jeden freien Zentimeter der Seite. »Wissen wir schon, was dort steht?«

Durand lehnte sich gegen den Tisch und verschränkte die Arme. »Er will es uns nicht sagen. Ein Übersetzer arbeitet gerade dran.«

»Hat er gestanden?«

Ein Schatten huschte über Durands Gesicht. »Erst hat er behauptet, er wollte im Hotel mit Natalia reden, hätte es sich dann anders überlegt und wäre wieder gegangen. Als wir ihn damit konfrontiert haben, dass seine Fingerabdrücke am Türgriff waren, hat er seine Aussage geändert. Jetzt behauptet er, er hätte die Tür geöffnet und hineingeschaut, und da wäre Natalia schon tot gewesen.« Durand räusperte sich. »Und noch eins.« Sein Tonfall ließ mich aufhorchen. »Wir haben seine Fingerabdrücke noch woanders gefunden.«

Er durchquerte den Raum mit drei langen Schritten und kam mit einer großen Plastiktüte zurück. »Kennst du das hier noch?«

Die Luft wich mir aus den Lungen. »Ist das ... aber ...« Ich linste in die Tüte. Jason Danbys Blut klebte immer noch an der Axt. Meine Gedanken rasten, ich versuchte, die Puzzleteile zusammenzusetzen. »Das verstehe ich nicht.«

»Alexei ist an dem Tag zur Milton-Siedlung gefahren, um sich mit Natalia zu treffen. Anscheinend war er mit dem Ausgang des Gesprächs nicht ganz zufrieden, da hat er seine Wut an Jason Danby ausgelassen.«

Ich starrte ihn verständnislos an. »Das ist alles? Deswegen ist Danby jetzt tot?«

Durand bemerkte meinen hysterischen Unterton und

kam auf mich zu. »Alexei ist ein abscheulicher Mensch. Als ich ihm gesagt habe, dass Danby erst vierzehn war, hat er bloß gelacht.«

Ich stützte mich auf dem Tisch ab. »Scheiße, das ist alles so … sinnlos.« Ich zupfte an meinem Gummihandschuh. »Ihr wusstet also über Alexei Bescheid?«

»Wir wussten, dass irgendwer Natalia Drohungen schickte, aber die IT hatte den Absender noch nicht ausfindig gemacht. Ein paar Freundinnen erwähnten während ihrer Aussagen einen Exfreund, Interpol hat uns dann seinen Namen gegeben. Wir hatten ihn fast, aber dank deiner unerwünschten Einmischung ging alles etwas schneller. Du musst besser aufpassen, Sophie. Mit Männern wie Alexei Bortnik ist nicht zu spaßen.«

»Mit mir auch nicht«, erwiderte ich gereizt.

»Ich weiß.« Durand legte den Kopf zur Seite. »Aber du bist ungefähr zehn Zentimeter groß.«

Ich musste lachen. »Zwölf Zentimeter, du Idiot.« Ich schaute auf das Notizbuch hinab, und mir kam ein Gedanke. »Habt ihr noch ein anderes Notizbuch gefunden?«

»Wieso?«

»Wenn Alexei Eva gestalkt hat, sollten dann nicht auch irgendwo Fotos von ihr sein?«

Durand ging zum Fenster, sodass ich sein Gesicht nicht mehr sehen konnte. »Bisher haben wir noch keins gefunden.«

»Wenn er Natalia wirklich umgebracht hat, wieso sollte er dann in London bleiben und seine Festnahme riskieren?«

Durand drehte sich um und setzte zu einer Antwort an, da klingelte sein Handy.

Er schaute kurz auf das Display. »Da muss ich rangehen.«

Ich wandte mich dem Notizbuch zu, eine Seite voller Fotos von Natalia. Unwillkürlich legte ich mir die Hand an die Kehle.

»Danke für die Info. Ich bin gleich da.« Durand legte auf und lächelte breit.

»Was ist los?«

»Bortniks Fingerabdrücke stimmen tatsächlich mit denen von Natalias Hotelzimmertür überein. Und das Profil seiner Schuhe passt zu dem Abdruck, den wir auf dem Teppich gefunden haben.« Durand straffte die Schultern. »Jetzt haben wir ihn.«

Ich kramte in meiner Schreibtischschublade nach einem Erste-Hilfe-Kit. Mein Knöchel war zwar nicht gebrochen, aber ich verband ihn trotzdem und legte ihn hoch, nur für den Fall. Seit dem Treffen mit Durand hatten sich die bohrenden Zweifel in mir weiter verstärkt. Wieso hatte Alexei die Handschuhe nicht angezogen, bevor er die Tür öffnete, wo er doch sonst so darauf bedacht gewesen war, keine Spuren an ihrem Körper zu hinterlassen? Und weshalb hätte er sie ausgerechnet im *Rose Hotel* ermorden sollen? Er wusste, wo sie wohnte, war schon in ihrer Wohnung gewesen. Warum hätte er einen so öffentlichen Ort wählen sollen?

Eine fieberhafte Erschöpfung breitete sich in mir aus. Einzig die Tatsache, dass Alexei in Haft saß, gab mir Kraft. So widerfuhr zumindest Jason Danby Gerechtigkeit, und Eva war in Sicherheit. Und vielleicht hatte Durand ja recht, und Alexei würde den Mord an Natalia gestehen. Meine Gedanken schlugen Funken, sprangen auf meine Nervenenden über, und es kribbelte mir in den Fingern. Ich zog die Tastatur heran.

»Guten Tag, Sophie.« Eine forsche Stimme unterbrach meinen Tatendrang. »Mr Rowley möchte Sie in seinem Büro sprechen.«

Cheryl, Rowleys ältliche Sekretärin, stand mit gefalteten Pergamenthänden an meinem Schreibtisch.

»Sophie, haben Sie gehört?« Sie blickte mich prüfend durch ihre Brille an, hinter der ihre Augen doppelt so groß wirkten. Sie hatte einen winzigen braunen Fleck auf ihrer lavendelfarbenen Strickjacke. »Geht es Ihnen gut?«

»Ich komme sofort.«

Cheryl rührte sich nicht von der Stelle. »Ich warte.«

Ich stemmte mich aus dem Stuhl und humpelte in Cheryls Windschatten aus Körperpuder und Seife durch das Büro. Sie roch genauso wie meine Großmutter; allerdings war meine Großmutter klein, rundlich und lachte gern. In meinen acht Jahren hier hatte ich Cheryl noch kein einziges Mal lachen gehört.

Sie klopfte schroff an Rowleys Tür, trat dann einen Schritt beiseite und ließ mich passieren.

Rowley saß zwischen Mack und einer Frau, die ich nicht kannte. »Sophie, setz dich. Was ist mit deinem Fuß passiert?«

Ich sank auf den Stuhl vor seinem Schreibtisch. »Lange Geschichte.«

»Das hier ist Helena Schriver aus der Personalabteilung.« Ich nickte ihr zu und schaute zu Mack, der meinem Blick auswich.

Rowley stützte die Ellbogen auf den Schreibtisch. Er näselte mehr als sonst. »Vor ein paar Tagen hast du noch auf diesem Stuhl gesessen und mir versprochen, dass du dich zusammenreißt. Und heute Morgen muss ich mir äußerst bedauerliche Neuigkeiten über dein Verhalten anhören.« Ich sah ihn unverwandt an, während die Angst sich in meinem Magen zusammenballte. »Kannst du mir erklären, wie du an die Adresse eines Mannes namens ...«, er schaute auf einen Zettel, »... Alexei Bortnik gekommen bist?«

Ich runzelte die Stirn. »Woher hast du ...«

»Beantworte einfach die Frage!«, fuhr Rowley mich an.

Ich nestelte an einem Knopf meiner Bluse herum. Meine Zunge war bleischwer. »Kann ich dir nicht sagen.«

Rowleys Wangen sackten enttäuscht hinab. »Ich dachte mir schon, dass du so was antworten würdest.«

Er sah zu Helena hinüber, die sich räusperte. »Sophie, haben Sie jemanden in der IT-Abteilung bedrängt, das Handy einer Toten zu hacken?«

Ich schaute sie ungläubig an. »Haben Sie mitbekommen, dass Alexei Bortnik verhaftet wurde? Er hat den Mord an Jason Danby gestanden. Außerdem war er am Abend von Natalias Tod im Hotel. Er war ihr Exfreund und hat sie bis zuletzt gestalkt.« Ich klammerte mich an den Armlehnen fest und bemühte mich, langsamer zu sprechen. »Heute Morgen habe ich Alexei in Clapham zur Rede gestellt, und er hat mich angegriffen.« Ich riss meinen Kragen herunter und entblößte die Wunden an meinem Hals. Rowleys Gesichtszüge entgleisten. »Jason Danbys Mörder sitzt im Gefängnis, weil ich eins und eins zusammengezählt habe. Natalias Mitbewohnerin ist in Sicherheit. Und da hinterfragt ihr meine Methoden?«

»Deine Methoden sind illegal.« Es war das erste Mal, das Mack etwas sagte, und ich erkannte seine Stimme kaum wieder. Sie war leise und dünn.

»Willst du mich verarschen?«

Helena hüstelte. »Wer hat sich in Natalias Handy gehackt? Geben Sie uns einen Namen, dann fällt in der Untersuchung nicht alles auf Sie zurück.«

»In welcher Untersuchung?«

Rowley räusperte sich. »Wie du weißt, herrscht beim *London Herald* eine Null-Toleranz-Politik gegenüber Telefon-Hacking.« Er beugte sich vor, und ich entdeckte einen Anflug von Mitgefühl auf seinem Gesicht. »Ich bitte dich, Sophie. Wer hat dir dabei geholfen?«

Ich reckte den Hals, um die Papiere auf Rowleys Schreibtisch besser zu sehen. Vor ihm lagen die Blätter, die Jasdeep mir geschickt und das ich in meinem Schreibtisch versteckt hatte, nur das entlastende Post-it fehlte. »Woher hast du das?«

Rowley seufzte entnervt. Mack schlenderte zum Fenster hinüber. Ich musste sein Gesicht nicht sehen, um zu begreifen, was hier los war. Er wusste genau, dass ich niemals einen Informanten ans Messer liefern würde. Seufzend schaute ich auf den Hyde Park hinaus. Eine gewaltige Eiche schwankte unter heftigen Böen hin und her. Der Wind hatte ihr zwar die Blätter von den Ästen gerissen, der Stamm jedoch blieb fest und unnachgiebig. Ein paar Stürme würden sie nicht so einfach umstürzen.

»Ich übernehme die volle Verantwortung. Ich bin ein kalkuliertes Risiko eingegangen. Alexei Bortnik wäre sonst noch immer auf freiem Fuß. Ich hatte ein Ziel vor Augen. Das ist etwas völlig anderes, als irgendwelche Promis abzuhören, um deren Bettgeschichten ans Licht der Öffentlichkeit zu zerren. Wenn du den Unterschied nicht erkennst, kann ich dir auch nicht helfen.«

Mack setzte zu einer Antwort an, aber Rowley ließ ihn

nicht zu Wort kommen. »Der Zweck heiligt schon lange nicht mehr die Mittel, Sophie. Wenn du nicht weißt, wo die Grenze verläuft, hast du beim *London Herald* nichts verloren. Du hast gegen das Gesetz verstoßen. Ich kann und werde dir nicht erlauben, die Zeitung zu gefährden.« Er hielt inne, und ich spürte, dass ich erbleichte. »Du lässt mir keine andere Wahl. Du bist gefeuert. Such bitte unverzüglich deine Sachen zusammen.«

Ich unterdrückte die Tränen, ich würde nicht weinen. Mit aller mir verbliebenen Würde hinkte ich davon.

Zurück am Schreibtisch brach ich auf meinem Stuhl zusammen, völlig taub vor Schock. Was hatte ich getan? Rowley hatte recht: Ich hatte gegen das Gesetz verstoßen. Ich hatte Jasdeep zwar nicht gebeten, Natalias Handy zu hacken, doch es war meine Entscheidung gewesen, die Ergebnisse zu lesen. Aber es machte doch wohl einen Unterschied, ob man mit guten oder mit schlechten Absichten hackte, oder etwa nicht? Hier ging es nicht um ein paar Schlagzeilen für die Klatschspalten. Es lag im Interesse der Öffentlichkeit, dass Alexei Bortnik nicht mehr auf freiem Fuß war. Ich stand auf der richtigen Seite, oder? Ich starrte auf meinen Schreibtisch. Ich wusste es selbst nicht mehr. Ich bekam keine Luft, musste aus dem Büro verschwinden. Ich schnappte mir meinen nassen Mantel und humpelte zum Aufzug.

Mack tauchte neben mir auf, er sah blass aus. »Ich wollte nicht …«

»Was dachtest du denn, was passieren würde? Dass mir Rowley die Hand schütteln und mir dazu gratulieren würde, das Gesetz gebrochen zu haben? Ich hab's verbockt. Und als mein Chef hattest du jedes Recht, mir deswegen auf die Finger zu klopfen. Aber wir beide wissen, warum du das getan hast.« Wut stieg in mir hoch, sodass ich kaum noch sprechen konnte. »Ich wusste, dass ich dafür bezahlen würde, mit dir ins Bett zu steigen. Aber ich hätte nie gedacht, dass der Preis dafür so hoch sein würde.«

Mack machte einen Schritt auf mich zu. »Ich habe dich davor gewarnt, verbrannte Erde zu hinterlassen.«

»Du glaubst, ich habe verbrannte Erde hinterlassen? Dann pass mal auf.« Ich versetzte ihm eine schallende Ohrfeige. »Rowley kannst du vielleicht weismachen, dass du ein kompetenter Nachrichtenredakteur bist, aber alle anderen hier wissen es besser. Du könntest nicht mal als Erster mit einer Nachricht rauskommen, wenn sie auf deinem Schwanz landen würde. Kein Wunder, dass deine Frau nicht mehr mit dir ins Bett geht. Offensichtlich kannst du es ihr nicht besorgen, und mir hast du es mit Sicherheit auch nicht besorgt. Wenn du solche Methoden anwenden musst, um dich in deiner Männlichkeit zu bestätigen, nur zu.«

Als die Aufzugtüren zuglitten, warf ich einen letzten Blick auf Macks entsetzten Gesichtsausdruck und den grellroten Abdruck auf seiner Wange.

Der Wind schlug mir entgegen und riss mir die heißen Tränen von den Wangen. Ich stemmte dem Unwetter mein ganzes Gewicht entgegen und überquerte die Straße zum Hyde Park. Ziellos stolperte ich über das nasse Gras. Schließlich blieb ich vor einer großen Rosskastanie stehen. Und dann umarmte ich ihren Stamm, klammerte mich an sie, während der Wind mich umtoste. Doch da war noch ein anderes Geräusch. Erst schwach, dann immer lauter. Ein Wimmern, das der Wind von mir wegtrug und dann wieder zu mir zurück.

Erschrocken wurde mir klar, dass das Geräusch von mir kam.

Ich sank zu Boden und lehnte den Kopf an die raue Rinde. Ich hatte es so satt. Satt, so zu tun, als wäre ich stark. Satt, gegen alles und jeden anzukämpfen. In den Tagen nach Tommys Tod, als ich mich vor lauter Trauer nicht bewegen konnte, war der *London Herald* mein Leuchtturm in der Dunkelheit gewesen. Wie naiv. Ein Job konnte mich nicht retten. Nichts konnte mich retten.

Plötzlich spürte ich ein Vibrieren in meiner Tasche. Erst ignorierte ich es, aber als es nicht aufhörte, nahm ich ab.

»Ja?«, fragte ich mit dünner Stimme.

»Spreche ich mit Sophie Kent?«

»Wer ist da?«

»Mrs Smythe. Wir haben uns gestern Abend kennengelernt. Ich bin Lydia Lawsons Nachbarin.«

Sie sagte noch etwas, der Wind übertönte sie jedoch. Ich hielt mir das andere Ohr zu. »Was haben Sie gesagt?«

»Wo sind Sie? Es hört sich an, als ob Sie in einem Windkanal stehen.« Ich setzte mich auf. Schmerzen durchbohrten meine steifen Beine. »Sie haben gesagt, ich soll mich bei Ihnen melden. Ich weiß nicht, was ich tun soll. Lydia war mir sehr böse, dass ich gestern die Polizei gerufen habe. Ich … und es klang … einmal nachsehen.«

»Ich verstehe Sie nicht. Können Sie etwas lauter sprechen?«

»Nebenan hat es gekracht. Gerade eben. Ich habe gesehen, wie Liam davongelaufen ist. Ich will Sie ja nicht stören, vielleicht ist gar nichts passiert, aber irgendjemand sollte vielleicht nach ihr sehen.«

Ein heftiger Windstoß zerrte an mir, und ich drehte mich weg.

»Sophie? Sind Sie noch da?«

»Geben Sie mir eine Viertelstunde.«

Ich stapfte zurück durch den Park zum Taxistand auf der Kensington Road. Der Fahrer musterte mich misstrauisch im Rückspiegel, und ich blitzte ihn wütend an. Scheiß auf ihn. Scheiß auf alle. Ich würde bei Lydia vorbeischauen, mir die Tür vor der Nase zuschlagen lassen und dann ins Bett gehen und für immer schlafen.

Zehn Minuten später kam das Taxi vor der Nummer 42 in Sloane Gardens zum Stehen. Ich warf dem Fahrer einen Zehner zu und fluchte, als mein Knöchel auf dem Gehweg nachgab und ich gegen ein silbernes Auto taumelte. Der Wind trieb eine leere Mülltonne auf mich zu, der Inhalt flog über den Gehweg.

Lydias Haustür stand einen Spaltbreit offen. Ich tastete mich durch den Flur, bis ich einen Lichtschalter fand. »Lydia? Ist alles in Ordnung?«

Ich schob mich an einem Glastisch vorbei, auf dem welke Blumen einen intensiven Duft verströmten, und ging durch die Tür zu meiner Linken. Dort schaltete ich das Licht an und fand mich in einem großen Wohnzimmer mit taubengrauen Wänden und Stuckdecke wieder. Über dem Kamin hing ein riesiges Foto von Lydia. Ich steckte den Kopf in eine kleine marmorne Küche und näherte mich dann der Treppe nach oben. Auf dem Mosaikboden lag ein umgestürzter Hutständer aus Messing. Ich stieg über einige Schirme und Taschen hinweg.

»Lydia, ich bin's, Sophie. Tut mir leid, dass ich einfach so reinplatze, aber die Tür stand offen.«

Die Stille lastete schwer auf meinem Trommelfell. Ächzend stützte ich mich auf das Geländer und zog mich die Treppe hinauf, während der Schmerz mir den Knöchel zu spalten schien. Auf dem Treppenabsatz war es dunkel. Ich streckte eine Hand aus, um mich abzustützen, und schwankte auf einen Lichtstrahl zu, der aus einer Tür am anderen Ende des Flurs drang.

Hier oben war der Blumenduft noch stärker. Erst nach vier weiteren Schritten bemerkte ich, dass es nicht der Geruch von welken Blumen war. Es war etwas anderes. Etwas, das ich schon einmal gerochen hatte. Ich stieß die Tür auf.

Der Geruch nach Blut traf mich völlig unvermittelt.

20

Die Szene stach im flackernden Kerzenlicht wie Splitter auf mich ein. Gespreizte Beine. Das blutbefleckte Mieder. Abgeschnittenes Haar. Der rostige Geschmack einer Münze lag mir im Mund.

Mir wurde schlecht. Ich konzentrierte mich entschlossen auf die Reflektion der winzigen Kerzenflammen, die auf den Bettpfosten aus Messing flackerten und tanzten.

Fahrig kramte ich in meiner Tasche nach Gummihandschuhen und Schuhüberziehern und streifte sie mir rasch über. Mein Atem ging stoßweise. Ich wollte das Licht anmachen, aber die Birne war durchgebrannt, also tastete ich nach meiner Taschenlampe und hinkte durch das Zimmer. Ich wollte gerade Lydias Puls an der Halsschlagader fühlen, als der Schein der Taschenlampe auf ihr Gesicht fiel. Gerötete, hervorquellende Augen starrten durch mich hindurch. Ihre Haut erinnerte mich an einen eingeritzten Schweinebraten.

Ich schluckte und griff zitternd nach ihrem Handgelenk. Meine Finger schlossen sich um schlaffes Fleisch. Kein Puls, aber ihre Haut war noch nicht völlig erkaltet. Sie konnte noch nicht lange tot sein. War der Mörder etwa noch hier?

Ich schüttelte den Gedanken ab und ließ die Taschenlampe über Lydias Körper gleiten, hinab zu ihrem blutverklebten Schritt, begutachtete die Kerzen. Rosenblüte, dieselbe Marke. Dann schickte ich dem Fotografen Ned Mason eine knappe SMS. Draußen hupte jemand, doch das Geräusch wurde von den schweren goldfarbenen Vorhängen vor den Erkerfenstern gedämpft. Mein Finger schwebte über Durands Nummer, dann scrollte ich weiter und drückte auf »Anrufen«.

»Was willst du?«

Rowleys Stimme war so kalt, dass ich zusammenzuckte. »Ich habe eine Exklusivstory für dich.«

Ich hörte einen Schlag im Hintergrund, dann Jubel. Rowley schaute in seinem Büro Kricket. »Sophie, allein die Tatsache, dass du mich anrufst, nachdem ich dich gerade erst gefeuert habe, bestätigt mir …«

»Lydia Lawson ist tot.«

»Wie bitte?«

»Lydia Lawson ist …«

»Woher weißt du das?«

»Ich stehe neben ihrer Leiche.«

Rowley schaltete den Fernseher aus. »Fang von vorne an.«

Ich erklärte ihm rasch, was passiert war, und leuchtete gleichzeitig Lydias Schlafzimmer mit der Taschenlampe ab. Der Teppichboden war übersät mit schmutzigem Geschirr, dazwischen überquellende Aschenbecher und KitKat-Verpackungen. Klamotten hingen aus offenen Schubladen, als hätten sie einen halbherzigen Fluchtversuch unternommen. Ich ging neben Lydias Bett in die Hocke, sah mehrere Brandlöcher im Teppich und leuchtete unter das Bett. Zwei Flaschen Smirnoff-Wodka, beide leer.

»Du hast gesagt, ihr Mörder wäre gefasst.« Rowleys näselnde Stimme klang höher als sonst.

»Entweder kann Alexei Bortnik durch Wände gehen, oder sie haben den Falschen.«

Rowley schwieg. Ich sah ihn vor mir, wie er sich zurücklehnte und seine Optionen abwog. Ich durfte ihn nicht bedrängen.

Schließlich antwortete er. »Was schlägst du vor?«

Ich umklammerte das Handy fester. »Entweder ich lege auf und rufe Ted beim *Mirror* an, oder du stellst mich wieder ein, und ich schreibe dir den Artikel des Jahrzehnts.« Das war etwas dick aufgetragen. Sofort bereute ich die bedeutungsschwangere Formulierung, aber Rowley ging nicht weiter darauf ein. »Sophie, du hast gegen das Gesetz verstoßen. Das wird Konsequenzen haben.«

»Dann gib mir halt eine offizielle Verwarnung. Tu, was du tun musst, aber«, meine Stimme schwankte, »bitte stell mich wieder ein. Philip, du weißt genau, wie leid mir das alles tut. Du hattest recht. Was mein Urteilsvermögen angeht und auch sonst.« Ich holte tief Luft, damit er mir die angestaute Verzweiflung nicht anhörte. »Die letzten paar Monate waren … Ich habe dich hängen lassen. Ich habe Natalia hängen lassen. Ich hätte merken müssen, in welcher Gefahr sie schwebte. Ich hätte diesen Kerl aufhalten müssen, bevor er Lydia etwas antun konnte.«

Ich erblickte mein Spiegelbild in Lydias Ganzkörperspiegel. Das Haar hing mir in nassen Streifen über das bleiche Gesicht, doch ich war voll da. »Du hast gesagt, ich muss die Wahrheit finden, die Essenz der Story. Das hier ist meine Chance, aber ich brauche deine Hilfe. Ich will die Story für niemand anderen schreiben. Der *London Herald* ist …« Ich brach ab, als ich im Spiegel jemanden hinter mir bemerkte. »Scheiße.«

»Sophie?« Rowley klang alarmiert. »Was ist los?«

Ich wirbelte herum und schrie erleichtert auf, als ich das schwarze Kleid an der Schranktür erkannte. »Falscher Alarm.« Ich wartete mit angehaltenem Atem ab.

»Hör zu, das Ganze wird folgendermaßen laufen. Du schreibst den Artikel für den *London Herald* als freie Mitarbeiterin.«

»Aber …«

»Nein, Sophie.« Rowley blieb hart. »Du kannst hier nicht einfach so wieder reintanzen. Nicht nach all dem, was du dir geleistet hast. Mit mir am Tisch sitzt nur, wer es sich verdient hat.« Ich wollte etwas erwidern, überlegte es mir dann jedoch anders. »Ich öffne dir hier eine Hintertür. Stell dich klug an. Und jetzt zur Logistik. Du brauchst so schnell wie möglich einen Fotografen.«

»Mason ist schon unterwegs.«

»Ich sag jetzt mal nichts dazu, dass du ohne mein Einverständnis einen *London-Herald*-Fotografen angefordert hast. Ruf sofort die Polizei. Ich habe kein Interesse an einer Beschwerde wegen Rechtsbehinderung. Unter diesen Umständen kannst du natürlich nicht die erste Meldung schreiben.« Rowley hatte recht. Ich war jetzt Teil der Geschichte. »Lass alles über Kate laufen. Sie, Moment, wo ist sie?« Rowley brüllte durch die Redaktion. »Wo zum Teufel ist Kate Fingersmith?« Irgendwer musste ihm geantwortet haben. »Sie ist auf einer Pressekonferenz. Die Polizei hat anscheinend Alexei Bortniks Geständnis angekündigt. Sie ruft dich so bald wie möglich zurück.«

»Was ist mit Mack?«

»Kümmere dich nicht um Mack. Du regelst das zusammen mit Kate. Wenn du so weit bist, reich zweihundertfünfzig Wörter ein und einen Teaser, dass wir morgen mehr veröffentlichen. Und du twitterst gefälligst, als gäbe es kein Morgen.« Der Adrenalinstoß war ihm förmlich anzuhören. »Die Story muss in unserer Hand bleiben. Also sollten wir dem Mörder einen Namen geben. Irgendwas, das hängen bleibt.«

Ich sah hinab auf Lydias entstellte Leiche und verspürte einen Anflug von Selbsthass. Ein Spitzname würde den Mörder verklären. Aber meine Karriere hing am seidenen Faden. Das hier war nicht der rechte Zeitpunkt für Diskussionen. Ich verdrängte die Tatsache, dass Lydias Leiche noch warm war, und warf ein paar Ideen in den Raum. »Ähm, der Modelmeuchler, der Würger von London, der Fashionschlitzer, der …«

»Der Letzte ist gut, einprägsam. In Ordnung, ich sag dem Team Bescheid. Molly und ihre Leute sollen sich ein paar warme Worte zu Lydias Karriere einfallen lassen. Verdammt, wir haben nicht viel Zeit. Leg auf und ruf die Polizei. Und sag ihnen bloß nicht, dass du erst bei mir angerufen hast. Und lass dich nicht einschüchtern.«

»Philip, ich weiß, was ich hier tue.«

Rowley atmete geräuschvoll aus. »Such nach der Wahrheit.«

Er legte auf, und meine Schultern sackten herab. Ich konnte kaum glauben, dass ich es wirklich geschafft hatte.

Die Pailletten des schwarzen Kleides an der Schranktür schimmerten im Kerzenlicht. Wo hatte ich es schon mal gesehen? Nach ein paar Sekunden fiel es mir wieder ein: Lydia hatte es auf Leo Brands Party getragen. In der Mordnacht. Hing es nur zufällig dort? Oder war es eine Nachricht? Der süßliche Geruch stach mir in der Nase. Ich humpelte zu einem gerahmten Bild hinüber, einer Seite aus der Septemberausgabe der *Vogue* 2010 mit der Überschrift: *Wieso uns LyLaw den Kopf verdreht*. Darüber hing ein Schnappschuss von Lydia auf der Fashion Week in Mailand. Sie schritt den Gehweg entlang, sah über die Schulter zurück, streckte den Fotografen die Zunge heraus und strahlte nur so vor Energie. Was vier Jahre doch ausmachten. Vom fröhlichen Branchenliebling zur egozentrischen Persona non grata, und jetzt? Ich seufzte.

Zeit für den nächsten Anruf.

»Bist du schon weg?« Durand klang beschäftigt.

»Wie bitte?«

»Die Pressekonferenz. Ich hab dich gar nicht … Moment.« Mehrere Stimmen hoben im Hintergrund an. »Keine Fragen mehr. Wir halten Sie auf dem Laufenden.« Er seufzte entnervt. »Wieso bist du nicht hier?« Er schäkerte fast. »Hast du was Besseres zu tun?«

Ich räusperte mich. »Ich bin gefeuert worden.«

Stille. »Geht's dir gut?«

Kurz verschaffte es mir ein wohliges Gefühl, dass Durands erste Sorge meinem Befinden galt. Doch da stieg mir wieder dieser kupferne Geruch in die Nase. »Lydia Lawson ist tot.«

»Wie bitte? Woher weißt du …«

»Ich bin in ihrem Haus. Sloane Gardens 42. Scheiße, Sam. Hier ist …«

»Ich muss das melden«, sagte er tonlos. »Fass nichts an. Ich bin gleich da.«

Es klickte in der Leitung, und ich war allein. Ich schmeckte Metall und tupfte an meiner Unterlippe herum. Ich hatte sie mir aufgebissen.

Dann steckte ich die Taschenlampe ein, schnappte mir mein Handy und fotografierte, so viel ich nur konnte. Das einzige Geräusch kam von meinen Schuhüberziehern, die über den Teppichboden glitten. Ich fotografierte den abgeliebten Plüschelefanten neben einem goldfarbenen Kissen mit den aufgestickten Worten *All you need is love (und haufenweise Kröten)*. Details, die einen Artikel erst zum Leben erwecken.

Als ich genug Aufnahmen gemacht hatte, hinkte ich zur Tür. Im Vergleich zu Lydias Zimmer war die Luft auf dem Treppenabsatz bergfrisch. Ich nahm ein paar tiefe Atemzüge, um mich zu sammeln. Dann stieg ich die Treppe hinab, um noch mehr Fotos zu machen, und war froh, wieder im Hellen zu sein. Abgesehen von dem umgestürzten Hutständer, war es hier unten viel ordentlicher. Im Wohnzimmer standen ein paar gerahmte Aufnahmen in den Regalen. Lydia mit einem älteren Paar im Backstagebereich, wahrscheinlich ihre Eltern; mit Cat Ramsey in New York auf demselben Foto, das in Cats Büro stand; am Strand mit … Ich trat näher. Lydia war nackt bis auf eine winzige Badehose. Sie drückte sich an Liam, der sich über irgendetwas hinter dem Fotografen ärgerte.

Plötzlich blitzte kaltes blaues Licht durch den Raum, und ich hörte mehrere Autotüren zuknallen. Ohne weiter darüber nachzudenken, hinkte ich nach oben. Ich wollte dabei sein, wenn Durand Lydias Leiche untersuchte.

»Sophie?«

»Hier oben.« Schritte knarzten auf der Treppe, und Durands stattlicher Umriss tauchte im Türrahmen auf. Er hatte sich für die Pressekonferenz einen dunkelblauen Anzug angezogen, sein rotbraunes Haar war regennass. Er schaute an mir vorbei und presste die Zähne aufeinander.

»Wie lange bist du schon hier?«

Durand musste nicht wissen, dass ich erst meine Karriere gerettet und ein paar Tatortaufnahmen gemacht hatte. »Nicht lange.«

Durand musterte meine Handschuhe und Schuhüberzieher. »Die Spurensicherung müsste jeden Moment eintreffen.« Er zog seine Taschenlampe hervor und leuchtete das Zimmer ab, wobei er auf Lydias Gesicht und dem Blut zwischen ihren Beinen kurz verharrte. Ich beobachtete, wie er versuchte, seine Gesichtszüge unter Kontrolle zu behalten. »Wie bist du hier reingekommen?«

»Die Tür stand offen.« Ich erklärte ihm, was sich abgespielt hatte. Durands Miene verhärtete sich, als er hörte, dass Liam vom Tatort geflohen war. Er tastete suchend sein Jackett ab, holte dann sein Handy hervor und drehte sich weg.

Meine Hände schwitzten in den Handschuhen. Ich bemühte mich, flach zu atmen. Von dem Geruch wurde mir übel.

Wenn Durand während des Telefonats nicht zufällig mit der Taschenlampe auf den Boden geleuchtet hätte, wahrscheinlich hätte ich den silbernen Schein nie bemerkt. Ich zog meine eigene Taschenlampe hervor und ging vorsichtig zur Kommode hinüber. Die Schneide einer Schere ragte darunter hervor. Daneben lag etwas Rundes, Lilafarbenes und …

Ich ging in die Hocke. »Ach du Scheiße.«

Eine Hand auf meiner Schulter. Durands Stimme schwebte mir wie vom anderen Ende eines Tunnels entgegen. »Wir brauchen eine Aussage von dir. Officer Waters ist …« Er bemerkte meinen Gesichtsausdruck. »Stimmt was nicht?«

Ich deutete auf den Teppichboden unter der Kommode. Durand kniete sich neben mich und fluchte leise.

Schließlich zwang ich mich zu einer Antwort. »Ich dachte mir schon, dass es diesmal blutiger ist.«

Durand ging hinüber zu Lydia und richtete die Taschenlampe auf ihre Brust. Er hob ihr Hemd an.

»Er hat ihr die Brustwarze abgeschnitten?« Speichel schoss mir in den Mund, und ich schluckte. »Wieso hat er sie hiergelassen? Nimmt man eine Trophäe normalerweise nicht mit? Und ist es nicht seltsam, dass die Schere noch hier liegt?«

Durand mahlte mit dem Kiefer. »Wir wissen nicht, ob die Schere überhaupt dem Mörder gehört.«

Ich hob die Augenbrauen, ging aber nicht weiter darauf ein. »Irgendwas oder irgendwer muss ihn gestört haben. Er ist überstürzt verschwunden.«

Mrs Smythes Worte fielen mir wieder ein, und ich schüttelte mich, was Durand nicht entging.

»Ein Team ist hinter Crawford her. Allerdings sollten wir keine voreiligen Schlüsse ziehen, auch wenn ich den Kerl nicht leiden kann. Wir sollten außerdem nicht einfach davon ausgehen, dass es sich hierbei um die Tat eines Serienmörders handelt.«

Ich drehte mich ruckartig zu ihm. »Ist das dein Ernst? Du glaubst, das hier war ein anderer Täter?«

Durand seufzte. »Ich glaube überhaupt nichts, bevor ich nicht den Bericht von der Spurensicherung habe. Vielleicht haben wir es mit einem Nachahmungstäter zu tun. Die Presse hat in allen Einzelheiten von Natalias Ermordung berichtet.«

Ich räusperte mich. »Bis auf eine Sache.«

Durands Blick glitt zum blutdurchtränkten Federbett, und er verzog das Gesicht.

Ich runzelte die Stirn. »Seltsam.«

»Was?«

»In dem Video auf Twitter lag Lydia noch im Bett. Aber jetzt liegt sie auf der Decke, und irgendwer hat das Bett gemacht.«

Stimmen drangen die Treppe herauf. Durand straffte die Schultern und schob mich in Richtung Treppenaufgang. »Das war's für dich.«

In der Tür drehte ich mich noch einmal zu Lydias entstelltem Körper um. Bald würde das berühmteste Model des Landes ausgezogen, betastet, untersucht und schließlich zum letzten Mal fotografiert werden.

Unten im Flur wich ich einem Beamten der Spurensicherung aus, der Trittflächen auf dem Teppichboden auslegte. Auf dem Weg zur Tür hielt mich die hübsche Polizistin auf, die mich vor Kurzem zum *London Herald* gefahren hatte.

»Sophie.« Sie lächelte knapp. »Bevor Sie gehen dürfen, müssen wir uns kurz unterhalten.« Ich folgte ihr in Lydias Wohnzimmer. Nachdem ich meine Zeugenaussage gemacht hatte, reichte mir Officer Waters das Dokument und bat um eine Unterschrift. »Können Sie bitte auch Ihre Kontaktdaten notieren? DCI Durand wird mit Sicherheit auf Sie zurückkommen wollen.« Ich verschwieg, dass Durand meine Nummer in der Kurzwahl gespeichert hatte.

Ich hatte es so eilig, aus dem Haus zu kommen, dass ich über die Türschwelle stolperte. Die Luft draußen war kalt und fest wie eine Eisscholle.

»Sophie!« Ned Mason stand jenseits der Polizeiabsperrung, seine wuchtige Gestalt zeichnete sich vor dem Licht einer Straßenlaterne ab. »Die Northern Line war komplett überfüllt.«

Ich stapfte auf ihn zu. »Der Tatort ist jetzt sowieso abgesperrt.«

Ned musterte mich und runzelte die Stirn. »Geht's dir gut, Kleine?«

»Besser als je zuvor.«

Ned nahm den Objektivdeckel ab. »Den Anfang hab ich verpasst, aber Rowley will garantiert ein Foto davon, wie die Leiche aus dem Haus getragen wird.« Er sah mich erneut prüfend an. »Du gehörst nach Hause.«

Der eisige Wind zerrte an mir, und mein Knöchel brannte, doch ich humpelte an der U-Bahn-Station vorbei. Ich brauchte Luft, um den Gestank des Todes loszuwerden. An der Ecke Cadogan Gardens klingelte mein Handy. Ich zerrte mir den Handschuh von den Fingern.

»Du hast mehr Leben als eine verdammte Katze.« Kate lachte gackernd. »Der Heuler hat mir von Lydia Lawson erzählt. Was für eine Scheiße. Ich bin zu jeder Schandtat bereit, das Onlineteam wartet.«

Auf meinem Weg die King's Road entlang setzte ich Kate über die Vorgänge ins Bild. Als ich ihr von meinem Fund unter der Kommode berichtete, wurde sie still. »Bleib unspezifisch. Die Polizei will das als Täterwissen nutzen.«

»Die Fashionleute sitzen an einer Bilderstrecke mit Lydias Outfits. Du weißt schon: *So hot, so not.* Ich hab jemanden losgeschickt, der ihre Nachbarn interviewt, und wir sind am Fashion Council dran. Morgen ist der letzte Tag der Fashion Week, deswegen sind alle ziemlich nervös. Wenn ich mit dem Bericht durch bin, geh ich rüber zu Scotland Yard und schaue, ob's was Neues von Liam gibt.«

Beim Anblick der Stufen zu meinem Haus schlug mein Herz höher. »Ich schicke dir den Text innerhalb der nächsten Stunde. Sag mir Bescheid, wenn du was zu Crawford hast.«

Ich zog die Haustür hinter mir ins Schloss und ließ die Stadt draußen zurück.

21

Ich erwachte aus einem tiefen, traumlosen Schlaf und griff nach meinem Handy. Die Nachricht von Lydias Tod hatte sich rasend schnell verbreitet. Die sozialen Netzwerke waren voll von Reaktionen der schockierten Fashion-Gemeinde. *#RIPLyLaw* lag bei den Trends ganz vorne, dicht gefolgt von *#fashionschlitzer*. Designer und Moderedakteure, die sich noch vor nicht allzu langer Zeit von Lydia abgewandt hatten, posteten ihre berühmtesten Fotos untertitelt mit zuckersüßen Würdigungen ihres Lebens. *Stitched.com* war von einem schwarzen Rahmen umrandet und zeigte eine Galerie mit Lydias schönsten Bildern. *Tränenreicher Abschied von einer Ikone.* Und das aus der Feder des Mannes, der sich gestern noch seitenlang an Lydias Zusammenbruch ergötzt hatte. Ich schüttelte den Kopf.

Die Zuständigen in Paris und Mailand kündigten an, die Sicherheitsvorkehrungen bei den Modenschauen zu verstärken. Damian Anderson, Vorsitzender des Fashion Council, erklärte, die Fashion Week würde weitergehen. Vor jeder Schau würde eine Schweigeminute für die Opfer der Londoner Fashion Week abgehalten. Ich schob mir ein paar Kissen zurecht und schaltete das Frühstücksprogramm der *BBC* ein. Eine übertrieben gebräunte Reporterin stand vor dem Büro von *Models International.*

»Fotograf Liam Crawford, der gegen siebzehn Uhr

fluchtartig den Tatort verließ, wird nach wie vor von der Polizei verhört. Lydias Leiche wurde von Sophie Kent entdeckt, einer Reporterin des *London Herald*.«

Das Handy glitt mir aus der Hand, als ein Bild von mir erschien, das ich vor ein paar Jahren als Begleitfoto für die Zeitung gemacht hatte und auf dem ich aussah wie eine Achtjährige. Ich ging auf die Webseite des *London Herald*. Über sechshunderttausend Leute hatten meinen Artikel geteilt.

»Trotz verschärften Sicherheitsvorkehrungen des Fashion Council und erhöhter Polizeipräsenz haben mehrere Agenturen für den letzten Tag ihre Models von der Londoner Fashion Week abgezogen.«

Ich schaltete den Fernseher aus, konnte die Nachrichten aber dank meiner Nachbarin immer noch hören. Auf meiner Mailbox waren neun Nachrichten von Radio- und Fernsehsendern eingegangen, die mich in ihre Sendungen einluden. Dank meiner schauerlichen Entdeckung war ich zu einer Art Berühmtheit geworden. Ich löschte die Nachrichten. Meine Loyalität galt dem *London Herald*.

Obwohl mir der Zutritt zur Redaktion nach wie vor verwehrt blieb, duschte ich mich und zog einen anthrazitfarbenen Hosenanzug an. Kate hatte mir gestern Abend eine SMS geschickt, dass Liam und Alexei beide noch in U-Haft säßen, und David Sonoma, der Gerichtsmediziner, würde erst am Ende des Tages mit mir sprechen können. Ich kochte Tee und ging in mein Arbeitszimmer, wo ich ein Foto von Lydia neben das von Natalia pinnte. Zwei herzförmige Gesichter. Zwei große, blaue Augenpaare. Worin bestand die Verbindung zwischen ihnen, abgesehen davon, dass sie beide Models gewesen waren? Oder war das etwa die Verbindung?

Ich hängte weitere Namen an die Pinnwand. Liam Crawford, Alexei Bortnik, Dmitri, Cat Ramsey, Leo Brand, Nathan Scott, sogar Mrs Smythe. Dann verband ich sie mit farbigen Fäden – Rot für Tatverdächtige, Grün für Zeugen, Blau für Bekannte, Gelb für Alibi, Schwarz für Motiv. Das bunte Gewirr erinnerte an den Londoner U-Bahn-Plan.

Ich hatte nur zwei Verdächtige. Alexei besaß ein klares Motiv für den Mord an Natalia, doch für den an Lydia konnte er ein wasserdichtes Alibi vorweisen. Liam hatte mit beiden verkehrt, aber was wäre sein Motiv? Ich trommelte mit den Fingernägeln gegen die Tasse. Gab es einen dritten Verdächtigen?

Ein Knall ließ mich auffahren. Die Klappe meines Briefkastens war zugefallen. Ich ging in den Flur. Auf der Fußmatte lag ein wattierter Umschlag. In ihm befand sich ein USB-Stick – ohne Beschriftung und ohne eine Nachricht, die darüber hätte Aufschluss geben können, was ich auf dem Stick finden würde. Ich ging in mein Arbeitszimmer und steckte ihn in meinen Laptop.

Kurz darauf rannte ich ins Badezimmer und übergab mich.

»Ich sollte wahrscheinlich gar nicht mit Ihnen reden.« Isabel Baker, Cats Assistentin, fuhr sich mit der himbeerfarbenen Zunge über das Lippenpiercing. Der Monitor auf ihrem Schreibtisch zeigte Cats erschöpftes Gesicht, mit hängenden Lidern mitten im Blinzeln eingefroren, offenbar eine Videokonferenz.

»Ich muss wirklich dringend mit ihr sprechen. Wissen Sie, wann sie zurückkommt?«

»Normalerweise ist sie bei einer Migräneattacke vierundzwanzig Stunden außer Gefecht. Aber in Anbetracht der Umstände … Ich sag ihr Bescheid, dass Sie hier waren.« Sie wandte sich demonstrativ ihrem Computer zu und fuhr sich durch das grellorange Haar. »Ich will ja nicht unhöflich sein, aber wenn ich nicht bald die gestrige Skypekonferenz mit *Maybelline* transkribiere, bringt sie mich um.«

Isabel spielte das Video ab. Ich drehte mich nur leicht weg und tat so, als würde ich etwas auf meinem Handy lesen. Ich hörte einen amerikanischen Akzent. »Wir lieben Lydia. Aber im Moment macht sie es uns ziemlich schwer, hinter ihr zu stehen. Das Risiko ist Joseph und mir einfach zu groß.«

Cats botoxstarres Gesicht zeigte keine Regung. »Marc, du musst an sie glauben. Lydia ist das Aushängeschild einer ganzen Generation. Eurer Kundinnen. Und die werden bald das ultimative Comeback erleben.«

In diesem Moment musste die Sonne hervorgekommen sein. Licht durchflutete Cats Wohnzimmer und blitzte in einem Glas auf dem Regal im Hintergrund auf. Das Foto von Cat und Lydia in New York. Eine Ecke des Bilderrahmens war abgebrochen.

Der Mann räusperte sich. »Ich kann deine Position verstehen, aber leider …«

Eine E-Mail erschien auf Isabels Bildschirm, und sie hielt das Video an. »Mist, sie ist hier.«

Ich sah mich um. »Wo?«

Isabel nickte mit dem Kopf in Richtung Bildschirm. »Alessandra von der Rezeption warnt mich immer vor.«

Cat fegte in einem schwarzen Pelzmantel und mit Sonnenbrille durch den Raum, die Lippen fest aufeinandergepresst.

Isabel sprang auf. »Guten Morgen. Ich war mir nicht sicher, ob Sie, ähm, kann ich was für Sie tun?« Sie klang fröhlich und falsch.

»Hol mir Ibuprofen. Und Kaffee.« Cat wandte sich mir zu, und ich räusperte mich.

»Tut mir leid, dass ich hier so reinplatze. Schon wieder. Aber es ist dringend.«

Cat starrte mich einen Augenblick lang an, dann nickte sie langsam. »Fünf Minuten.«

In ihrem Büro bedeutete sie mir mit einer großen, manikürten Hand, ich solle mich setzen. Dann ließ sie ihre Handtasche auf den Schreibtisch fallen und nahm ebenfalls Platz, ohne ihre Sonnenbrille abzusetzen.

»Ich muss Ihnen etwas zeigen.« Ich kramte in meiner Tasche und zog den USB-Stick hervor. »Das hier erklärt, warum Lydia sich in den letzten Monaten wie eine Wahnsinnige aufgeführt hat. Jemand hat ihn heute Morgen in meinen Briefkasten geworfen.«

Cat nahm ihre Sonnenbrille ab und musterte mich. Dann streckte sie ihre Hand nach dem USB-Stick aus. Ein Player öffnete sich auf ihrem Bildschirm. Ich beugte mich vor und klickte auf Abspielen. Lydia kniete auf allen Vieren in einem schwarzen Spitzen-BH auf einem Bett, das dunkle Haar hing ihr über eine Schulter. Ein übergewichtiger Mann mit verpixeltem Gesicht drang von hinten in sie ein, wobei sein Bauch bei jedem Stoß wackelte wie Pudding. In der nächsten Szene war Lydia nackt und an Händen und Füßen gefesselt, während sie zum Oralverkehr mit einem anderen verpixelten Mann gezwungen wurde. Die nächste Szene war ein Gewirr aus Armen und Beinen. Lydia lag mit von sich gestreckten Gliedmaßen und trübem Blick in der Mitte, drei Paar Hände machten sich an ihr zu schaffen. Zwei der Männer gaben sich über ihrem schlaffen Körper ein High five. Und obwohl ich das Video schon zweimal gesehen hatte, wurde mir übel. Ich spulte vor. Ein Mann warf ein Bündel Scheine neben Lydias zusammengesackten Körper.

Ich hielt das Video an. »Das sollte reichen.«

Wir saßen schweigend da.

Schließlich räusperte ich mich. »Ich weiß nicht, wie lange das schon so geht.«

Cat holte unsicher Luft. »Nach ihrer Frisur zu urteilen, dürfte das mindestens ein Jahr her sein.«

Ich zückte meinen Notizblock. »Auf dem Weg hierher habe ich über verschiedene Möglichkeiten nachgedacht. Es kann sich nur um einen Prostituiertenring handeln. Lydia wusste bestimmt nicht, dass sie gefilmt wurde. Ich vermute, sie wurde erpresst.«

Es klopfte an der Tür, und Isabel kam mit einem Starbucksbecher und einer Packung Schmerztabletten herein. Cat riss den Bildschirm ruckartig herum und entließ sie mit einem kalten Blick.

Ich wartete, bis die Tür wieder zu war. »Und wenn dieser … dieser Prostitutionsring nicht nur Lydia in der Hand hatte? Wenn Natalia auch erpresst wurde?« Cat drückte zwei Tabletten aus der Packung und spülte sie mit einem Schluck Kaffee herunter. »Wenn Natalia darin verwickelt war, ist das die Verbindung, nach der wir gesucht haben. Das Motiv.« Ein Gedanke nach dem anderen schoss mir durch den Kopf. »Scheiße, das muss es sein. Ich habe mich in der letzten Woche sowohl mit Natalia als auch mit Lydia getroffen. Wir haben uns zwar nicht über einen möglichen Prostitutionsring unterhalten, aber woher sollte der oder die Drahtzieher das wissen? Vielleicht war es ihm zu riskant, und er hat sie zum Schweigen gebracht, bevor sie ihn verraten konnten.«

Cat hielt den Becher zwischen beiden Händen. »Bei Natalia hat die Polizei jedenfalls kein Erpresservideo gefunden.« Eine gewisse Feindseligkeit war ihr anzuhören. Falls zwei ermordete Klientinnen Cats in einen schmutzigen Sexskandal verstrickt wären, würde sie das garantiert als persönliches Versagen verbuchen.

Ich kritzelte auf meinem Notizblock herum, als mir ein Gedanke kam. »Mich hat schon die ganze Zeit über etwas an Natalias Hotelzimmer gestört. Das Chaos. Im ganzen Zimmer waren Klamotten verteilt, Kosmetikartikel lagen kreuz und quer auf dem Waschtisch. Die meisten würden sich daran wahrscheinlich nicht stören, aber Natalia hatte einen Ordnungsfimmel.« Ich drückte den Stift auf meinen Block. »Sie war betrunken und auf Drogen, vielleicht war es ihr also egal. Aber«, ich blickte auf, »was, wenn der Täter etwas gesucht hat?«

Cat richtete sich auf. »Einen USB-Stick?«

Ich zuckte mit den Achseln. »Wenn ich jemanden erpressen würde, würde ich erst die Beweise vernichten, bevor ich ihn umbringe.« Cat ignorierte ihr klingelndes Telefon. »Wir müssen uns umhören. Der Prostitutionsring muss aufgedeckt werden, selbst wenn das alles nur Zufall ist.«

»Halten Sie es denn für Zufall?«

Ich schüttelte den Kopf. »Der zeitliche Ablauf ist viel zu verdächtig. Dürfte schwer werden, jemanden zum Reden zu bringen. Wer auch immer dahintersteckt, er hat den ultimativen Warnschuss abgegeben. Könnten Sie die Fühler ausstrecken?«

»Was ist mit der Polizei?«

»Wie meinen Sie das?«

»Melden wir es?«

»Vielleicht wissen sie ja schon davon? Wer auch immer mir den USB-Stick zugespielt hat, könnte auch der Polizei eine Kopie zugesandt haben.« Ich seufzte. »Es ist nicht meine Aufgabe, ihren Job zu machen, andererseits könnten andere Frauen, die an diesen Prostituiertenring geraten sind, in ernsthafter Gefahr schweben. Zwei von ihnen wurden schon ermordet.« Cat stellte den Kaffeebecher auf die Tischplatte. »Ich weiß, es ist nicht gut fürs Geschäft, aber wir können nicht so tun, als wäre nichts geschehen. Ein paar verschreckte Kunden ist ein kleiner Preis für die Möglichkeit, das Monster, das hinter alldem steckt, zu entlarven.«

Cat nickte knapp, ihre Stimme klang wie aus weiter Ferne. »Ich frage mich, ob sonst noch jemand dieses Video gesehen hat.«

Ich dachte einen Moment nach. »Liam vielleicht? Das könnte erklären, warum sie kürzlich Streit hatten.«

Es gibt ein Scheinwerferlicht, das dem Teint eines Mädchens schlecht bekommt. Das hatte Liam am Montag zu mir gesagt, und ich hatte mir nichts dabei gedacht. Erst jetzt fiel mir auf, dass es ein Zitat aus *Frühstück bei Tiffany* war. Aus dem Mund von Holly Golightly, dem Edelcallgirl. *Er weiß Bescheid.*

»Glauben Sie, dass Liam etwas damit zu tun hat?«, fragte ich.

Cat stützte das Kinn in die Hand. »Wer weiß, wozu er im Stande ist.« Sie schüttelte den Kopf. »Ich fass es nicht, dass das schon wieder passiert.«

Das Gleiche hatte Cat gesagt, als ich zum ersten Mal bei

ihr im Büro gesessen hatte. Ich studierte ihr Gesicht. Concealer hatte sich in den feinen Linien um ihren Mund abgesetzt. Ihr Haaransatz war weiß bestäubt, wo sie das Trockenshampoo nicht richtig ausgebürstet hatte.

Ich beugte mich vor. »Wer hatte sonst noch engeren Kontakt zu Natalia und Lydia?«

»Sie meinen, außer mir?« Sie lachte leise auf. »Die Liste ist endlos. Fotografen, Visagisten, Castingdirektoren, Assistenten. Von den schrulligen Fans ganz zu schweigen.«

»Aber der Täter wusste genau, wo er sie finden konnte.«

»Mich interessiert viel mehr, wer diese Männer sind.« Cat warf einen raschen Blick auf den Bildschirm.

Ich nickte. »Sie müssen stinkreich sein, wenn sie es sich leisten können, so mit einem Supermodel umzugehen. Wenn wir einen oder zwei von ihnen auftreiben ...« Ich machte mir eine Notiz. Wir hatten nicht die geringste Chance. Je reicher der Mann, desto unsichtbarer war er. »Wie konnte Lydia überhaupt da hineingeraten? Sie hatte doch Erfolg. Warum sollte sie das alles für ein bisschen Geld nebenher aufs Spiel setzen? Ich könnte fast verstehen, fast, wie eine Anfängerin wie Natalia da reingezogen werden konnte. Aber Lydia? Das ergibt keinen Sinn.«

Cat rang die Hände. »Es gibt vieles, das Sie nicht über Lydia wissen. Sie war kompliziert. Ihr ist von klein auf alles in den Schoß gefallen. Aussehen, Charme, familiäre Unterstützung. Ihre Eltern haben sie verhätschelt und ihr keine Grenzen gesetzt. Die Modebranche lag ihr zu Füßen. Wissen Sie, was mit solchen Mädchen passiert? Sie betrachten alles als selbstverständlich. Treiben es wilder und wilder, bis sie irgendwann endlich jemand aufhält. Lydia wurde letztes Jahr wegen Diebstahl festgenommen. Davon haben Sie natürlich nichts mitbekommen, ich verstehe immerhin mein Handwerk. Sie ist nach einem Shooting mit einer Diamanthalskette im Wert von vierzigtausend Pfund davonspaziert. Ich glaube, das war kurz nach der Trennung von Liam. Sie hätte sich locker eine Kette für das Dreifache kaufen können, aber stattdessen hat sie sie geklaut. Was verrät Ihnen das?«

»Der Sex … Sie glauben, dass sie es für den Kick getan hat?«

Cat nickte. »Mädchen wie Lydia sind immer auf der Suche nach dem nächsten Kick. Sie kennen keine Grenzen. Und sie sind es gewöhnt, dass andere hinter ihnen aufräumen.«

Ich rutschte auf meinem Stuhl hin und her. »Cat, wenn ich nicht mit der Geschichte an die Öffentlichkeit gehe, bringt sie jemand anderes. Sie müssen sich darauf vorbereiten. Denn dann wird die ganze Branche zerpflückt, inklusive Ihrer Agentur.«

Cat verschränkte die Arme vor der Brust, als wollte sie sich schützen. »Wenn die Leute erst mal sehen, was Lydia durchgemacht hat, werden sie verstehen, dass sie kein schlechter Mensch war. Vielleicht fällen sie dann in Zukunft nicht mehr ganz so schnell ein Urteil.«

Ich runzelte die Stirn. »Das ist aber nicht der einzige Grund, oder?«

»Sobald es an der Öffentlichkeit ist, verliert derjenige seine Macht. Vielleicht wird das dazu führen, dass es sich andere junge, wehrlose Models zweimal überlegen, bevor sie sich auf so etwas einlassen.«

Cat warf den USB-Stick aus und wollte ihn mir geben, hielt jedoch in der Bewegung inne. »Ich helfe Ihnen wirklich gerne, Sophie. Aber ich habe eine Bedingung. Ich will meinen Namen nicht in der Zeitung sehen.«

»Cat …«

»So oder gar nicht.«

Ich nahm den USB-Stick entgegen. »Sie haben mein Wort.«

Als ich die Tür öffnete, stoben mehrere neugierige Lauscher davon wie aufgestörte Kellerasseln. Ich hörte noch, wie Cat Isabel zurief, sie solle keine Anrufe durchstellen.

Er lächelt mich an, und auf einmal befinde ich mich wieder in jenen himmlischen, schmerzerfüllten Nächten.

Ich hätte nicht gedacht, dass ich ihn je wiedersehen würde. Aber irgendwie haben wir uns durch die Schwärze, den Schmutz, den Dreck wiedergefunden. Und jetzt bin ich wach, zum ersten Mal seit … ihr.

Da ist sie, taucht aus den dunklen Strudeln seiner Augen auf. So, wie sie am Anfang war. Rosa und rein, bevor wir sie aufschlitzten.

Meine Haut kribbelt bei dem Gedanken. Ich zittere. Er blinzelt, spürt es auch.

Ein Blitz zuckt vor dem Fenster. Das Mädchen liegt auf dem Bett, unruhig, schläfrig, betäubt. Ihre Haut ruft nach mir. Sie ist eine weiße Leinwand. Ich kann es kaum erwarten, sie zu bemalen.

Im flackernden Kerzenlicht schimmert der Flaum auf ihrem Körper. Er beugt sich über sie, die Luft wird dichter und langsamer. Winzige Härchen stellen sich auf ihrem blütenweißen Bauch auf. Es juckt mich in den Fingern, während ich ihm dabei zusehe, wie er sich an ihrem Körper weidet. Bald bin ich dran. Wir werden sie miteinander teilen, bis nichts mehr übrig ist. So wie früher.

Er steigt von ihr. Atmet durch. Sieht mir in die Augen. Die Jahre schmelzen davon, alle zwanzig. Ich zähle sie im Kopf ab. Verlangsame die Zeit.

Das Bett ist rot und nass. Das Messer fühlt sich leicht an. Ich fahre ihr damit über die Stirn, die Nase, die bebenden Lippen, lasse es dann auf das Kissen fallen. Noch nicht, meine Hübsche.

Ein ersticktes Stöhnen dringt zwischen ihren Lippen hervor. Mich überläuft ein köstlicher Schauder.

Er beugt sich vor, drängt mich. Der Raum ist wie elektrisiert. Ich hole tief und genüsslich Luft.

Dann umfasse ich ihre Kehle.

22

Dunkle, aufgeblähte Wolken hingen am Himmel. Bald würde es schneien. In den Medien war die Rede vom Superfrost 2.0, nachdem der Superfrost im letzten Jahr einen Zentimeter Neuschnee gebracht hatte, der am Nachmittag schon wieder verschwunden war. »Hauptsache, Panik verbreitet«, um es mit Rowleys Worten zu sagen.

Als ich nach Hause kam, rief ich Durand an. Tatsächlich hatte ich richtig geraten: Auch er hatte heute Morgen einen USB-Stick mit demselben Inhalt erhalten. Dann brachte ich Kate auf den neuesten Stand und hinterließ Eva eine Nachricht, in der ich dringend um Rückruf bat. Ich musste unbedingt herausfinden, ob auch sie in diese Sache verwickelt war. Ich setzte mir Tee auf und ließ mich dann, den Rücken an der Heizung, zu Boden gleiten.

Uns blieb nicht viel Zeit, wenn wir die Meldung als Erste bringen wollten. Jeder anständige Reporter hat einen Informanten bei der Polizei, irgendwie würde es also rauskommen. Aber Rowley würde keine halben Sachen machen, selbst unter diesen Umständen. Er druckte keine Story, bevor sie nicht von drei Quellen bestätigt worden war. Ich hatte das Sexvideo, ein Zitat von Durand wäre Nummer zwei. Ich brauchte eine dritte Quelle.

Ich trommelte mit den Fingern auf die Fliesen und dachte nach. Der Anblick, wie Lydias erschlaffter Körper von fleischigen Händen begrapscht wurde, hatte sich in meine Netzhaut eingebrannt. Die Bevölkerung war ohnehin schon hysterisch; diese Geschichte würde sie nur noch mehr anstacheln. Lydias Video würde zum Flurgespräch, würde zwischen O-Tönen, Screenshots, Tweets und Blogposts zermalmt werden. Ihr Ruf wäre auf ewig befleckt.

Davon durfte ich mir jedoch nicht die Sicht verstellen lassen. Meine Aufgabe bestand nicht darin, bei meinen Themen wählerisch zu sein, sondern darin, von den Tatsachen zu berichten.

Als mein Handy klingelte, fuhr ich zusammen.

»Ich komme gerade aus der Konferenz.« Kate kaute auf etwas. »Dem Heuler ist die Kinnlade runtergeklappt, als ich ihm von dem Sextape erzählt hab.«

Ich trank einen Schluck Tee und verbrannte mir dabei die Zunge. »Scheiße.«

»Du sagst es. Der Heuler will die Story, aber du brauchst noch mehr Aussagen, um sie zu stützen. Bisher haben wir nur das Video, und das ist kein Beweis für einen Prostitutionsring. Hast du irgendeine Ahnung, wer dir den Stick hat zukommen lassen?«

»Ich arbeite dran.« Ich setzte mich vor die Pinnwand in meinem Arbeitszimmer. »Was sagt Mack zu der ganzen Sache?«

Kate hustete. »Mack ist nicht da.«

»Wo ist er?«

Kate senkte die Stimme. »Er hat um eine kleine Auszeit gebeten. Irgendwas ist passiert. In der Redaktion kursieren jede Menge Gerüchte.« Macks verzweifelte, blutunterlaufene Augen tauchten vor mir auf, und ich verzog das Gesicht. »Wie auch immer, viele sind hier der Ansicht, wir sollten die Story mit dem bringen, was wir haben. Ausnahmsweise liegt der *London Herald* mal vorne, und wenn wir es nicht machen, macht es jemand anders.«

»Da ist was dran.«

»Also besorg uns noch zwei Quellen, und zwar dalli, dalli. Ich schick dir einen Kurier, der den USB-Stick abholt. Der Heuler will es persönlich sehen.«

»Wir müssen die Männer auf dem Video finden.«

»Rahid ist da dran.« Der Junge war noch recht frisch in der Redaktion.

»Ich stell dir so schnell wie möglich was zusammen.«

»In Ordnung. Und, Soph?«

»Ja?«

»Wahnsinnsmeldung, Süße.«

Ich klickte mich mühsam durch sämtliche Models auf der Webseite von *Models International*, machte sie in den sozialen Netzwerken ausfindig und schickte ihnen eine Anfrage für ein Interview. Dann bedrängte ich meine Kontakte im Hotel, mir das Gästeverzeichnis auszuhändigen. Ich suchte nach einem Muster. Falls dieser Prostitutionsring seinen Geschäften in Londoner Hotels nachging, musste irgendjemand etwas darüber wissen.

Als ich fertig war, hatte sich der Himmel weiter verdunkelt, und die Fenster waren mit Frost überzogen. Ich streckte die Arme über den Kopf, mein Magen knurrte. Seit heute Morgen hatte ich nichts mehr gegessen. Ich nahm mir ein paar Cracker aus meinem Vorrat in der untersten Schublade meines Schreibtischs und rief Durand an.

Ich redete nicht lange um den heißen Brei herum. »Ich sitze gerade an einer Geschichte über einen Prostitutionsring.«

»Ich dachte, du bist gefeuert worden.«

»Hast du das etwa noch nicht mitbekommen? Ich hab ein totes Supermodel gefunden. Meine Aktien stehen wieder hoch im Kurs. Kannst du mir ein Zitat geben?«

Durand seufzte. »Und das soll morgen gedruckt werden?«

»Ich bezweifle es. Ich brauche noch mehr Quellen. Wieso?«

»Ich würde der Sache gerne nachgehen, bevor die allgemeine Hysterie ausbricht.«

Ich reckte das Kinn vor. »Vielleicht melden sich noch mehr Frauen, wenn sie meinen Artikel lesen.« Darin mochte zwar ein Körnchen Wahrheit stecken, doch wir wussten beide, dass es im Grunde darum ging, die Meldung vor allen anderen zu bringen.

»In Ordnung. Wir nehmen dieses Video sehr ernst. Zwangsprostitution und Erpressung sind illegal, und wir werden die Verantwortlichen zur Rechenschaft ziehen.«

»Hast du schon eine Idee, wer dahinterstecken könnte?«

»Dazu kann ich nichts sagen.«

Durand klang angespannt. Zwei Morde, vielleicht ein Serienkiller und jetzt auch noch ein potenzieller Prostitutionsring, in den reiche Geschäftsleute verwickelt waren. Jede dieser Geschichten war für sich eine Sensationsmeldung, und Durand musste sich um alle drei gleichzeitig kümmern.

»Was ist mit dem Tatort?«

»Was soll damit sein?«

»Der Täter hat sich nicht gewaltsam Zutritt verschafft.« Ich formulierte es nicht als Frage, weil ich wusste, dass Durand darauf nicht antworten würde. »Entweder hatte er einen Schlüssel, oder Lydia kannte ihn und hat ihm die Tür geöffnet.«

»Das ist eine mögliche Erklärung.«

»Welche Erklärungen gibt es noch?« Ich stellte mich dumm, damit er weiterredete. Und Durand fiel darauf herein.

»Der Täter könnte jemand gewesen sein, den Lydia nicht kannte, aber trotzdem hereingelassen hat. Ein Elektriker, jemand, der das Gas ablesen wollte. Wir haben Teams draußen, die Lydias Schritte zurückverfolgen, die Verbindungsdaten kontrollieren und so weiter.«

»Habt ihr am Tatort irgendwas gefunden?«

Er schwieg kurz. »Das hier bleibt unter uns. Die Spurensicherung hat an der Schere einen unvollständigen Fingerabdruck entdeckt, wir überprüfen jetzt die Datenbank. Das kommt auf keinen Fall in die Zeitung. Der Mörder soll davon nichts wissen.«

Ich trank einen Schluck Wasser, bevor ich meine nächste Frage stellte. »Kannst du mir was zu Crawford sagen?«

Durand gab sich zugeknöpft. »Er wird noch verhört.«

»Ihr haltet ihn seit fast vierundzwanzig Stunden fest. Wenn ihr ihn nicht bald unter Anklage stellt, müsst ihr ihn laufen lassen.«

»Danke für den Hinweis, Columbo.«

Er legte auf, und ich drehte meinen Stuhl zum Fenster. Schneeflocken sanken vom Himmel herab, es herrschte eine unheimliche Stille.

Ich griff nach meinem ledernen Adressbuch. Amy Kaufman war Profilerin und eine der schlausten Frauen, die ich kannte. Ernüchtert von ihrer Arbeit als Strafverteidigerin, bei der sie für ihren Geschmack zu viele fragwürdige Gestalten vertreten musste, hatte sie zur Psychologin umgeschult. Vor drei Jahren hatten wir das erste Mal zusammengearbeitet, als ein Fußballer aus der zweiten Liga, Lawrence Pope, verschwunden war. *#FindPope* verbreitete sich viral auf Twitter, und die Polizei konzentrierte ihre Ermittlungen auf eine Bande von Kidnappern. Amy ging damals Popes Krankengeschichte durch, seine sozialen Netzwerke sowie die Aussagen seiner Freunde und gab der Polizei schließlich den Hinweis, sich auf einen User zu konzentrieren, der anonyme Bibelzitate in Popes Twitterfeed gepostet hatte. Die Polizei spürte den Urheber in einem heruntergekommenen Hotel in Ipswich auf. Als sie an die Tür klopften, dachte Pope, der Zimmerservice wolle seine Minibar auffüllen. Anscheinend war er mit dem Druck im Profifußball nicht zurechtgekommen und hatte sein Verschwinden vorgetäuscht. Er hatte nie damit gerechnet, dass die Sache solche Folgen nach sich ziehen würde. Sein neuer Plan bestand darin, einen Haufen Schmerztabletten zu schlucken und sich dann in die Wanne zu legen. Er wartete bloß noch auf den Alkohol. Auch ohne Amy Kaufman hätte die Polizei ihn aufgespürt. Aber vermutlich nicht rechtzeitig.

Amy hob sofort ab. »Ich hab mir schon gedacht, dass du anrufst.«

Ich lächelte. »Wie geht's dir?«

»Viel wichtiger: Wie geht es dir? Der gestrige Abend muss ja ganz schön abenteuerlich gewesen sein.«

Ich zog die Beine auf den Stuhl. »Ich muss mit irgendwem darüber sprechen, was ich … gesehen habe.«

»Das ist völlig normal«, antwortete Amy sanft. »Je grauenhafter der Tatort, desto stärker ist das Bedürfnis, sich das Ganze zu erklären.«

»Kann man es sich denn erklären?«

»Auch Mörder legen gewisse Verhaltensmuster an den

Tag. Man muss sich nur auf ihre Logik einlassen. Erzähl mir ein bisschen was, dann kann ich eine grobe Theorie entwerfen.«

Ich schilderte die beiden Tatorte so detailliert wie möglich.

Amy räusperte sich. »Meine Einschätzung kratzt jetzt natürlich nur an der Oberfläche, da ich keinen Einblick in die Ermittlungen oder die Zeugenaussagen habe.«

»Ist klar.«

»Hier sind jedenfalls zahlreiche spannende Faktoren im Spiel. Der erste Mord fand in einem Hotel statt, an einem öffentlichen Ort; der zweite im Haus des Opfers in einer belebten Gegend. Und dazwischen lagen nur wenige Tage. Das zeugt von großem Selbstvertrauen. Die Tatsache, dass der Mörder in der Wahl des Ortes flexibel ist, deutet auf hohe Intelligenz hin. Wie es sich für mich anhört, waren beide Morde sorgfältig geplant, und er hat keine nennenswerten Spuren hinterlassen.«

Ich schnippte mit dem Stift gegen meinen Notizblock. »Was sagst du zu den Wunden, die er ihnen zugefügt hat?«

»Das passt zu jemandem, der sich von Frauen abgelehnt, sich ihnen unterlegen fühlt. Er hat sich nicht zufällig Models ausgesucht, die in unserer Gesellschaft gängige Schönheitsideale verkörpern. Beide Male hat er das Gesicht der Frau entstellt. Die Verstümmelung an Lydias Brust verschaffte ihm entweder einen billigen Kick, oder er geht bei jeder neuen Tat brutaler vor.«

Ich holte tief Luft. »Was hat es mit dem Schwarzdornzweig auf sich?«

»Könnte auf Impotenz hindeuten. Er kann den Geschlechtsakt mit diesen Frauen nicht vollziehen, deswegen vergewaltigt er sie mit einem Objekt. In der Vergewaltigung liegt für ihn eine Form des Orgasmus.«

Die neuen Informationen wirbelten wild in meinem Kopf herum. »Wieso entlässt er seine Opfer in die Bewusstlosigkeit?«

Amy schwieg. »Ich schätze, seine Fantasie ist derart ausgeprägt, dass er sie dazu nicht braucht. Für ihn waren die Opfer nur Mittel zum Zweck. Die beiden sehen sich sehr ähnlich, also stimmen sie wahrscheinlich mit der Frau in seiner Fantasie überein. Und dazu kommt noch, dass er die Leichen nicht willkürlich am Tatort zurücklässt. Beide Male war das Bett gemacht, die Opfer angekleidet, und es brannten Kerzen. Nichts davon ist Zufall. Der visuelle Eindruck ist ihm wichtig. Wenn ein Mörder sein Opfer mit dem Gesicht nach oben zurücklässt, deutet das darauf hin, dass er sich nicht schämt.« Ich ging zum Fenster. Der Schnee legte sich auf die Dächer wie eine Gazeschicht. »Nach meiner Einschätzung suchen wir nach einem hochintelligenten, sozial angepassten sexuellen Sadisten. Möglicherweise nach jemandem, den die Opfer kannten. Eins steht jedenfalls fest: Es braucht gute Nerven und eine ruhige Hand, um das berühmteste Model des Landes zu töten. Das war nicht das erste Mal.«

Ich zog die Tastatur heran und googelte die Begriffe »Model« und »erwürgt«. Ich las von dem britischen Model Jessica Parker, das 2007 in Tokio ermordet worden war. Ich erinnerte mich vage daran. Ein japanischer Computerspezialist hatte Parker in sein Auto gelockt und sie mit seinem Gürtel erdrosselt. Er war später hingerichtet worden. Ich scrollte weiter. Das amerikanische Model Brittany Weiser wurde 2004 von ihrem Freund in Detroit erwürgt. Alessandra Garcia, ein Model aus Brasilien, fiel 2002 ihrem ehemaligen Verlobten zum Opfer. Das britische Model Amanda Barnes wurde 1994 von seinem Stiefvater erdrosselt. Mein Blick wurde schon langsam glasig, und ich wollte gerade eine Pause einlegen, als ich über ein Foto von Amanda Barnes stolperte. Ich nahm die Bilder von Lydia und Natalia von meiner Pinnwand und hielt sie daneben. Hohe Wangenknochen, dunkle, mandelförmige Augen, schulterlanges schwarzes Haar. Die drei ähnelten einander wie Schwestern.

Ich suchte nach »Amanda Barnes Mord«, doch die überregionale Presse hatte nicht darüber berichtet. Ein Artikel aus dem *Liverpool Echo* wurde mir jedoch angezeigt.

Die Leiche eines sechzehnjährigen Mädchens wurde gestern Morgen um 7:30 Uhr in einem Waldgebiet in der Nähe von Formby entdeckt. Erste Berichte deuten darauf hin, dass das Opfer erwürgt wurde. Es handelt sich dabei um das Model Amanda Barnes. Nach Aussage ihrer besten Freundin Melissa Wakefield verließ Amanda den Old Oak Pub am Vorabend gegen 21:30 Uhr. Die Polizei in Merseyside bittet um Mithilfe der Bevölkerung.

Der nächste Artikel stammte vom dreiundzwanzigsten März 1994.

Michael Farrow, 48, wurde unter Verdacht des Mordes an seiner Stieftochter Amanda Barnes festgenommen. Die Polizei fand Beweise im Gartenschuppen ihrer Familie, dass Amanda von Farrow sexuell missbraucht worden war. Detective Inspector Fred Weatherly sprach von einem Durchbruch.

Dann, am fünfundzwanzigsten März 1994:

Heute Vormittag um 9:38 Uhr wurde der Tatverdächtige Michael Farrow, 48, tot in seiner Zelle auf dem Revier St Anne Street aufgefunden. Er soll sich vor der geplanten Vernehmung mit seinem Gürtel erhängt haben. Die polizeilichen Ermittlungen zum Mord an Amanda Barnes gehen weiter, doch die Beweislage ist laut Polizei eindeutig, der Selbstmord ein deutliches Schuldeingeständnis.

Es dauerte einen Augenblick, bis ich die Informationen verarbeitet hatte. Amanda war im Februar 1994 ermordet worden. Vor genau zwanzig Jahren. Obwohl mich eine Welle von Adrenalin durchflutete, zwang ich mich, einen Schritt zurückzutreten. Ein Model, das Natalia und Lydia ähnelte, war vor zwei Jahrzehnten sexuell missbraucht und erwürgt worden. Amandas Mörder hatte sich umgebracht. Es war eine Sackgasse. Trotzdem regte sich etwas in mir, während ich auf dem Foto Amandas herzförmiges Gesicht betrachtete.

Ich suchte nach den Kontaktinfos des Gefängnisses und hinterließ dem Pressesprecher der Anstalt eine Nachricht. Dann rief ich Facebook auf und suchte nach »Melissa Wakefield Liverpool«. Drei Profile wurden mir angezeigt, doch nur eine der Frauen war vor 1995 geboren. Ich schickte ihr eine Nachricht, in der ich vorgab, eine Hommage an vergessene Mordopfer zu schreiben. Ich störte mich zwar an der bescheuerten Ausrede, doch auf so etwas erhielt man meistens eine Antwort.

Ich trommelte ungeduldig mit den Fingern auf den Schreibtisch. Dann ging ich auf die Webseite der Polizei in Merseyside und las die Liste aktive Beamter durch. Dort stieß ich zwar nicht auf Fred Weatherly, entdeckte stattdessen jedoch eine winzige Meldung, dass er in den Ruhestand gegangen sei und ehrenamtlich bei der Opferhilfe arbeite. Ich fand seine Durchwahl und rief dort an.

»Opferhilfe, Sie sprechen mit Fred.« Er klang freundlich, doch als ich mich vorstellte, entstand eine recht frostige Pause. »Das ist lange her.«

»Erinnern Sie sich noch an den Fall?«

»Ich erinnere mich an jeden meiner Fälle.«

»Ich arbeite an einem Doppelmord in London. Zwei Models …«

»Ich lese die Zeitung.«

»Das klingt jetzt wahrscheinlich weit hergeholt, aber mir sind ein paar Parallelen zwischen diesen Morden und dem an Amanda Barnes aufgefallen.«

»Parallelen?«

»Amanda musste im Februar '94 sterben. Natalia Kotow und Lydia Lawson wurden im selben Monat zwanzig Jahre später ermordet. Alle drei wurden missbraucht und erwürgt, und sie sahen sich ähnlich, richtig ähnlich.« Ich wartete darauf, dass er lachen oder einen sarkastischen Kommentar ablassen würde, aber er blieb überraschend freundlich.

»Ich muss Sie wahrscheinlich nicht darauf hinweisen, dass Ihre Theorie reichlich Schwachstellen hat.«

»Kommen Sie schon. Ich habe gerade erst mit den Recherchen begonnen. Und es wurde kaum darüber berichtet.«

»Sie sollten Ihre Hausaufgaben richtig machen. Zu der Zeit ist in Liverpool noch was ganz anderes passiert. Ist Ihnen James Bulger ein Begriff?«

Natürlich. Das Kleinkind, das von zwei Jungs gefoltert und dann auf den Bahnschienen abgelegt worden war. Kein

Wunder, dass Amandas Ermordung durch das Raster gefallen war.

»Können Sie mir mehr über den Missbrauch erzählen?«

»Das wollen Sie gar nicht hören, glauben Sie mir. Den Anblick vergesse ich so schnell nicht. Die Wunden an ihrem Körper ...« Weatherly hustete feucht ins Telefon. »Das hat sich über einen längeren Zeitraum abgespielt. Sie wurde nicht nur sexuell missbraucht. Überall Schnittwunden, blaue Flecken und Verbrennungen. Das arme Mädchen. Was wir alles in dem Schuppen gefunden haben ...«

»Zu schade, dass er nie vor Gericht gelandet ist.«

»Der Galgen wäre noch zu schade für ihn gewesen.« Weatherlys Ton wurde scharf. »Farrow war ein richtig übler Kerl. Leere Augen, glatt wie Murmeln. Ich habe ihn vor seinem Tod nur einmal vernommen, da hat er erzählt, sie hätte sich absichtlich an ihn herangemacht und ihn dann abblitzen lassen. Richtig jähzornig war der. Anscheinend war er als Kind in Pflege und wurde schwer missbraucht. Ein paarmal wurde er wegen sexueller Übergriffe angezeigt, aber nie verurteilt. Die Opfer waren zu verängstigt, um gegen ihn auszusagen, deswegen ist er damit durchgekommen.« Weatherly klang angewidert.

»Hatten Sie jemals andere Tatverdächtige im Visier?«

Kurz trat Stille ein. »Nein. Die Beweislast war überwältigend. Farrows Sperma klebte an Amandas Körper, und die Fußabdrücke, die wir bei der Leiche fanden, passten zum Profil seiner Stiefel, Größe zweiundvierzig.«

»Sie können sich noch an seine Schuhgröße erinnern?«

»Wie gesagt, ich erinnere mich an alle meine Fälle.«

»Wieso haben Sie dann gezögert, als ich eben nach anderen Tatverdächtigen gefragt habe?«

»Wir standen damals alle unter genauester Beobachtung. Der Fall Bulger hat uns komplett in Anspruch genommen. Und Farrow war schuldig, da bin ich mir sicher.« Er seufzte. »Wir haben damals noch was anderes gefunden. Spermaspuren auf der Matratze im Schuppen. Aber der Typ von der Spurensicherung war grün hinter den Ohren. Das Zeug war kontaminiert, bevor wir es analysieren konnten. Ich wollte die Ermittlungen ausweiten, aber dann hat Farrow sich umgebracht, und mein Vorgesetzter, na ja, Sie wissen schon ...«

»Er hat Sie woanders gebraucht, ist klar.« Ich drückte die Stirn gegen die Fensterscheibe, Enttäuschung machte sich in mir breit.

»Farrow konnte ich nicht mehr fragen, und Amandas Mutter war auch keine große Hilfe.« Weatherly zögerte. »Der Chef wollte nicht, dass das in der Zeitung steht, aber Amandas Mutter war dabei, als es passiert ist. Er hat sie zum Zuschauen gezwungen.«

»Sie hat gesehen, wie ihre eigene Tochter ermordet wurde?«

»Sie können sich ihren Zustand ja vorstellen. Sie hatte so viel Angst vor ihm, wir haben kaum ein Wort aus ihr herausbekommen. Sie war nur noch ein Schatten ihrer selbst. Die nächsten zehn Jahre dürfte sie in Therapie verbracht haben. Hoffe ich zumindest.«

»Sie haben nicht zufällig Ihre Notizen zu Amandas Fall aufgehoben?«

»Meine Frau hat sie zwar auf den Dachboden verbannt, aber sie sind noch da.«

Jetzt hieß es Daumen drücken. »Fred, könnte ich Sie irgendwie davon überzeugen, die Unterlagen herauszusuchen? Ich kann gerne vorbeikommen und sie mir bei Ihnen anschauen, wenn Sie Ihre Notizen nicht aus der Hand geben wollen.«

Ich hörte das Lächeln in seiner Stimme. »Sogar ich habe mitbekommen, dass es jetzt Scanner gibt. Ich sehe nach. Eine gute Ausrede, die Vergangenheit mal wieder aufleben zu lassen. Aber ich warne Sie, machen Sie sich keine Hoffnungen.«

23

Das Piepen meines Handys weckte mich. Ich fühlte mich, als tauchte ich aus einer zähen Sirupmasse auf. Müde schob ich einen Arm unter der Bettdecke hervor. Eine SMS von Eva.

Können wir uns treffen? Bei der Bank an der Böschung der Waterloo Bridge.

Mein Wecker war gerade auf sechs Uhr umgesprungen. Ich schlug die Decke zurück, zog mir rasch einen dicken Pulli über und schlüpfte in meine gefütterten Winterstiefel. Dann schnappte ich mir meinen Mantel und zog die Haustür vorsichtig hinter mir ins Schloss. Die eiskalte Luft blies mir heftig ins Gesicht, und ich drehte mich kurz aus dem Wind.

Keine zwanzig Minuten später stieg ich aus der abgestandenen U-Bahnwärme empor und eilte am Ufer der Themse entlang, die wie eine fette silberne Schlange neben mir dahinglitt. Der Wind schmeckte nach Salz. In der Ferne sah ich eine Gestalt mit einer lavendelblauen Mütze auf der Bank sitzen. Ihr Gesicht war zwar verborgen, doch ich erkannte die unbeholfene Haltung und das lange goldene Haar. Ich setzte mich neben Eva und wartete darauf, dass sie etwas sagte.

»Von hier aus sieht man alles: Das London Eye, Big Ben, Westminster Abbey. Ich muss mich immer noch kneifen, dass ich wirklich hier bin.« Sie lächelte schüchtern. »Früher wollte ich mich immer als Prinzessin verkleiden. Jetzt wohne ich ganz in der Nähe von Prinz Harry. Meinen Sie, ich hab eine Chance? Meine Eltern würden sich jedenfalls freuen. Wir könnten alle zusammen in einem Palast wohnen.«

Ein Jogger lief an uns vorbei, sein heißer, feuchter Atem dampfte in der Luft.

Als er weit genug entfernt war, räusperte sich Eva. »Alexei Bortnik hat Natalia also nicht umgebracht.«

Ich richtete den Blick zu Boden. »Alexei ist zwar ein Mörder, aber nicht der Mörder von Natalia.«

Eva zog einen Silberanhänger aus ihrem schwarzen Rollkragen und wickelte ihn sich um den behandschuhten Finger. »Ich kann sie immer noch hören. In unserer Wohnung. Jedes Mal, wenn eine Tür zuschlägt oder draußen jemand lacht. Gestern Nacht dachte ich wieder, ich höre sie schreien.«

Die Kälte der überfrorenen Bank kroch durch meinen Mantel. Ich konnte nicht länger warten. »Eva, wussten Sie, dass Lydia erpresst wurde?« Ein paar Krähen landeten in unserer Nähe, und ihr Gezeter übertönte meine Worte. Eva hob einen glatten runden Stein auf und warf ihn in ihre Richtung. Die Krähen flogen auf.

»Bald zieht eine neue Mitbewohnerin bei mir ein. Iman Dingsbums. Aus Nairobi.« Sie legte den Kopf in den Nacken und atmete tief durch. »Am Montag.«

Ich drückte ihre knochige Hand. Sie starrte auf meine Finger. »Eva, ich brauche Ihre Hilfe. Lydia war in etwas verwickelt.«

»Die *Julias*.«

Ich runzelte die Stirn. »Die was?«

»Die *Julias*. Der Prostitutionsring. Deshalb sind Sie doch hier, oder?«

Mein Gesicht war taub vor Kälte, jedes Wort fiel mir schwer. »Wer hat Ihnen davon erzählt?«

»Was glauben Sie wohl?«

Ich zog mein Diktiergerät hervor. Das war zwar riskant, aber Rowley würde mir an die Gurgel gehen, wenn ich unser Gespräch nicht aufzeichnete. »Haben Sie was dagegen? Ich werde Ihren Namen auch nicht nennen. Tun Sie einfach so, als wäre es nicht da.«

Evas Blick schnellte von dem Gerät zu mir. Dann zuckte sie mit den Schultern und wischte sich die Nase mit dem Handrücken ab. »Natalia kam total dicht nach Hause. Ich weiß es noch so genau, weil ich mir das Guy-Fawkes-Feuerwerk im Clapham Park angeschaut hab. Das war, kurz nachdem sie mit der Selbsthilfegruppe angefangen hatte. Ich hatte die Nase voll von ihren Stimmungsschwankungen, und außerdem«, sie lächelte verlegen, »hatte ich seit zwei Tagen nur noch Apfelspalten gegessen. Ich hab ihr gesagt, wenn ihr die Sache nicht ernst ist, soll sie doch jemand anderem die Chance geben.«

»Was hat sie davon gehalten?«

Der Wind ließ pinkfarbene Flecken auf Evas Wangen blühen, sie starrte ins Leere.

»Ich war so blöd.«

»Was meinen Sie damit?«

Ihre Freundlichkeit verflog von der einen Sekunde zur anderen, das Gleiche war vor ein paar Tagen in ihrer Wohnung passiert. Der plötzliche Umschwung beunruhigte mich.

Tausend Fragen schossen mir durch den Kopf. Eins nach dem anderen, ermahnte ich mich. »Wurde Natalia von dem Prosti… von den *Julias* erpresst?« Eva nickte kaum merklich, ohne den Blick vom Fluss abzuwenden. »Was genau hat sie Ihnen erzählt?«

»Dass es ein exklusiver Club ist. Nur die schönsten Models würden ausgewählt. Dass man so seine Schulden begleichen und gleichzeitig einflussreiche Männer kennenlernen könne. Das hat Natalia mir jedenfalls erzählt. Als sie mich angeworben hat.«

Ich starrte sie ungläubig an. »Natalia hat Sie angeworben?«

Eva zog die Beine zu sich heran und schüttelte das Haar. »Ich dachte, sie will mir einen Gefallen tun, mich in ein Geheimnis einweihen. Die Agentur hat für mich ein paar Tausend Pfund ausgelegt, und ich hab nicht genug verdient, um das zurückzuzahlen. Ich wollte nicht zurück nach Russland. Sie wissen schon, Prinz Harry und so.« Sie lächelte dünn. »Ich dachte, ich mach's halt ein paarmal und steig dann wieder aus. Aber als ich aufhören wollte …«

»Haben die Sie erpresst?« Die harte Bank drückte mir unangenehm ins Kreuz. »Woher der Name *Die Julias*?«

»Wer weiß? Ich nehme an, eine Anspielung auf Shakespeares Heldin. Wunderschön. Und minderjährig«, fügte sie mit einem schiefen Lächeln hinzu.

»Aber Natalia kann nicht gewusst haben, wie abartig es bei den *Julias* zugeht, wenn sie Sie angeworben hat.«

Eva lachte bitter auf. »Die kleine Schlampe wusste das ganz genau. Die Erpressungen, die Fetische, die Schläge.« Sie zerrte die Handschuhe von den Fingern und rieb sich den Handrücken. »Ich war ihr Ticket nach draußen.«

»Wie meinen Sie das?«

»Bei den *Julias* gibt es eine Regel. Niemand darf gehen, bevor er einen Ersatz gefunden hat.« Ein Schiff fuhr in die

Flussbiegung ein, grub sich durch das schmutzige Wasser wie ein träger Wurm. »Bei den *Julias* muss man Sachen machen, die ... Jedes Mal wird man zu was Schlimmerem gezwungen. Sodass man lieber sterben würde, bevor irgendwer es zu Gesicht bekommt. Dann schicken sie dir eine Aufnahme davon. Irgendwann fühlt man sich komplett wertlos, als hätte man das alles wirklich verdient. Ich wollte unbedingt jemandem davon erzählen, aber ich wollte das Video auch nicht im Internet sehen. Und dann wurde Natalia umgebracht ...«

»Deswegen wollten Sie die Polizei nicht einschalten, als Sie Alexei Bortnik bemerkt haben.«

Eva nickte und nestelte an einem Päckchen Zigaretten herum. »Er ist aufgetaucht, nachdem Sie bei mir waren. Ich dachte, die *Julias* hätten davon erfahren und jemanden geschickt, der mir Angst einjagen soll.«

Ein dumpfer Schmerz breitete sich in meinen eiskalten Fingerspitzen aus, und ich ballte die Hände zu Fäusten. »Wussten Sie, dass Lydia auch bei den *Julias* war?«

Eva sog gierig an ihrer Zigarette, die Spitze glühte korallfarben auf. Ein heftiger Windstoß wehte den Gestank von Abwasser zu uns herüber, und ich hielt mir die Hand vor die Nase.

»Als ich die Aufnahme bekommen hab, war ich so was von wütend. Ich hab Natalia zur Rede gestellt. Erst hat sie so getan, als wüsste sie von nichts, aber mir war klar, dass sie log. Irgendwann hat sie dann zugegeben, dass sie genau wusste, wie die Sache läuft.«

»Wann war das?«

»So gegen Ende November. Lydia hatte sie anscheinend im August angeworben, als sie aussteigen wollte. Das läuft wie so eine Art perverser Kettenbrief. Die *Julias* zerstören einen erst und halten einem dann den Köder hin, mit dem man wieder rauskommt.«

»Haben Sie es rausgeschafft?«

Eva beachtete mich nicht und stieß eine Rauchwolke aus. »Nach einer Weile wollen einen die *Julias* sowieso nicht mehr. Wenn man erst mal beschädigt und die Unschuld dahin ist, verliert man seinen Wert.«

»Wenn Natalia und Lydia beide jemanden angeworben haben, heißt das, sie haben nicht mehr für die *Julias* gearbeitet?«

Eine blonde Strähne flog Eva ins Gesicht, und sie strich sie beiseite. »Natalia hat mir erzählt, dass die *Julias* Lydia nicht gehen lassen wollten. Sie haben zu viel Geld mit ihr verdient.« Sie lächelte gequält. »Verrückte Sache. Widerliche Zuhälter, die ihr Wort nicht halten.«

»Aber wieso sollten die *Julias* Natalia und Lydia umbringen? Wieso haben sie nicht einfach die Videos veröffentlicht?«

Eva schnippte die Kippe auf den Boden und trat sie mit dem Absatz aus. »Keine Ahnung. Vielleicht sollte das eine Warnung an den Rest von uns sein. Vielleicht hatten sie auch Angst, dass ihnen die Polizei auf die Schliche kommen könnte.«

Auf einmal beugte sich Eva vor und brach in Tränen aus.

Ich legte ihr die Hand auf die bebenden Schultern. »Das tut mir so leid, Eva. Ich kann mir nicht vorstellen, was Sie durchgemacht haben.«

»Ich wollte nicht als Versagerin nach Russland zurückkehren.« Die Worte drangen zwischen ihren Schluchzern hervor. »Ich wollte nur ein bisschen Zeit gewinnen. Aber die

Kunden sind einfach abartig. Einer hat in meinen Mund uriniert. Ein anderer konnte nur dann kommen, wenn ich vor Schmerzen geschrien habe, also hat er mich währenddessen die ganze Zeit in den Brustkorb geboxt. Das war wie bei einem Wettkampf um den Preis für den größten Perversling.« Tuscheschwarze Tränen kullerten über Evas Wangen wie winzige Kohlestücke. »Als ich bei den *Julias* angefangen hab, durften die Kunden uns schon nicht mehr ins Gesicht schlagen, weil das zu sehr auffiel. Einer der Freier hatte einen Fetisch für den Geruch von verbrannter Haut. Er hat Zigaretten auf mir ausgedrückt.« Sie hielt mir die Hand vors Gesicht. Die zarte Haut zwischen ihren Fingern war rot und vernarbt.

Ich wandte den Blick ab. Lydias berühmtes blaues Auge tauchte vor mir auf. Vielleicht hatte Liam tatsächlich die Wahrheit gesagt. »Hat irgendwer die Verletzungen bemerkt?«

Eva wischte sich die Tränen aus dem Gesicht. »Man lernt schnell, sie zu verstecken. Trotzdem«, sie schüttelte eine weitere Zigarette aus dem Päckchen, steckte sie jedoch nicht an, »fast vermisse ich die Tage, als meine größte Angst noch ein geleaktes Sextape war.«

»Kann ich das hier offiziell verwenden? Falls ja, müssen Sie mir mehr Details verraten. Wie funktioniert der Prostitutionsring?«

Eva sog an der Zigarette, die sie immer noch nicht angezündet hatte, und sackte tiefer in sich zusammen. »Wenn man gebucht wird, kriegt man eine sogenannte Burn Notice geschickt, in der steht, wann man wo sein soll.« Burn Notice war eine App für Nachrichten, die sich nach dem Lesen selbst löschten. »Außerdem ist eine Nummer dabei, die man anrufen soll, falls man kurzfristig einen Job bekommt und den Termin nicht einhalten kann. Die Nummer ist jedes Mal eine andere.«

»Haben Sie von diesen Nummern welche aufgehoben?«

Eva schüttelte den Kopf. »Ich musste sie anschließend vernichten.«

»Wer sind die Kunden?«

»Männer aus dem Nahen Osten, Asiaten, Russen. Ich kenne keine Namen. Ich habe auch niemanden erkannt.«

»Wo fanden die Termine statt?«

»Meistens in Hotels. Der Schlüssel lag in einem Umschlag, der unter der Zimmertür durchgeschoben wurde. Als mir klar wurde, dass sie uns filmten, habe ich versucht, mein Gesicht zu verstecken, aber das ist nicht so einfach, wenn man nicht weiß, wo die Kamera ist.«

»Wie viel zahlen die Kunden?«

Eva biss auf ihrem Zeigefinger herum. »Kommt darauf an, wie lange man gebucht wird und was der Kunde mit einem vorhat. Das Minimum sind tausend Pfund. Einmal hab ich fünftausend bekommen, das war das meiste.« Sie grub die Zähne tiefer in ihren Finger. »Drei Typen mit einem Erstickungsfetisch.« Ich zwang mich, nicht bei dieser Vorstellung hängen zu bleiben. »Hinterher hab ich die Nummer gewählt.«

»Wer ist rangegangen?«

»Mailbox. Ich hab eine Nachricht hinterlassen, dass ich aussteigen will. Am nächsten Tag hatte ich ein Päckchen mit dem USB-Stick im Briefkasten.«

»Stand irgendwas dabei, eine Nachricht?«

Eva streckte die Arme über den Kopf und ließ sie dann mit einem Seufzen in den Schoß fallen. »Danach hab ich alles getan, was sie von mir verlangten.«

Die Warnleuchte für die Batterie an meinem Diktiergerät blinkte. Ich fluchte. »In welchen Hotels finden die Termine statt?«

Eva steckte sich die Zigarette an und nahm einen tiefen Zug. »Im Parker, im Chateau, im Palace …«

»Im *Rose Hotel*?«

»Kann sein. Ich hatte dort noch nie einen Termin, aber schon möglich.«

Ich erinnerte mich daran, wie seltsam Natalia sich an jenem Abend verhalten hatte. Sie trank, warf verängstigte Blicke über die Schulter, wechselte ihr Zimmer. »Kann es sein, dass Natalia am Abend ihrer Ermordung einen Termin hatte?«

Eva seufzte. »Ich weiß nicht, ob sie noch bei den *Julias* war, sie hatte mich ja angeworben. Andererseits haben wir auch nicht mehr wirklich miteinander gesprochen. Unser Verhältnis war schwierig, nachdem sie mich in die Sache reingezogen hatte.«

Ich biss auf meiner Unterlippe herum, da kam mir ein Gedanke. »Glauben Sie, die *Julias* haben was mit Natalias Vergewaltigung zu tun?«

Eva stierte auf den Boden. »Bevor man Kundentermine bekommt, wird man vom Boss überprüft. Um rauszufinden, ob man auch hörig ist. Mir wurden die Augen verbunden, und ich wurde irgendwo hingebracht, wo es kalt und feucht war. Ich habe sein Gesicht nicht gesehen. Er hat mich unter Drogen gesetzt und dann …« Eva holte tief Luft. »Er vergewaltigte mich mit Gegenständen, flüsterte mir ›Du bist nichts wert‹ ins Ohr, immer und immer wieder. Da war noch jemand im Raum, der ihm geholfen hat. Es ist alles ziemlich verschwommen.« Eva presste die Zigarette zwischen den

Fingern zusammen. »Wie ich schon sagte, ich war die meiste Zeit nicht wirklich bei Bewusstsein …«

Ich schluckte schwer. »Und Sie haben sein Gesicht wirklich nicht gesehen?« Evas Blick zuckte kurz zu mir herüber. »Kommen Sie schon, Eva. Wieso haben Sie sich einverstanden erklärt, mich zu treffen, wenn Sie mir seinen Namen nicht verraten wollen?« Sie schnippte die Kippe auf den Boden und schwieg. »Als ich Natalia das letzte Mal lebend gesehen habe, wollte sie mir gerade erzählen, wer sie vergewaltigt hat. Aber dann ging sie zum Rauchen vor die Tür.« Ich runzelte die Stirn. »Die *Julias* müssen gewusst haben, dass wir uns treffen. Woher …«

Eva schaute hinüber zum Fluss und wickelte sich eine Strähne um den Finger. Ihre Stimme war ein Flüstern. »Ich war so wütend auf sie. Ich dachte, wenn ich mich mit ihnen gut stelle …«

Mein Puls raste. »Sie haben ihnen erzählt, dass Natalia sich mit einer Journalistin trifft?«

»Ich … ich hätte nie gedacht, dass die sie umbringen würden. Ich …«

»Sind Sie deswegen hier? Weil Sie ein schlechtes Gewissen haben?« Eva riss sich ein Büschel Haare aus und öffnete dann die Hand. Die goldenen Fäden wehten zitternd im Wind und flogen davon. Da wurde mir plötzlich etwas klar. »Haben Sie mir Lydias Video zugespielt?«

»Es ist zu gefährlich. Natalia und Lydia haben beide mit Ihnen geredet, jetzt sind sie tot. Ich weiß genau, dass die *Julias* mich beobachten. Ich hab Sie auf die richtige Spur gebracht, weil ich das Natalia schuldig bin, aber ich kann nicht …« Sie stand auf und ging unsicher auf den Fluss zu.

»Eva, warten Sie!« Ich lief ihr hinterher. Sie blieb am Geländer stehen und beugte sich darüber. »Sie müssen die Polizei einschalten.«

Eva drehte sich zu mir, ein merkwürdiges Lächeln auf dem Gesicht. »Das haben wir doch schon hinter uns.«

»Die Polizei kann Ihnen helfen.«

Sie durchbohrte mich mit einem Blick aus ihren leuchtend blauen Augen. »Niemand kann mir helfen.«

Ein Déjà-vu schlug über mir zusammen wie eine eiskalte Welle. *Niemand kann mir helfen*. Das waren die letzten Worte gewesen, die Natalia an mich gerichtet hatte, und zwölf Stunden später war sie tot.

24

Im Laufe der Jahre war der kleine Zeitungsstand vor der U-Bahn-Station Sloane Square zu meinem Prüfstein geworden. Erst wenn man beobachtet, was die Konkurrenz zu bieten hat, weiß man, ob man als Journalistin etwas taugt. Und das lässt sich am besten am Zeitungsstand herausfinden, unserem Schlachtfeld, unserer Arena, unserem Lackmustest. Kein Ort für falsche Bescheidenheit. Zeig, was in dir steckt. Laut schreien, dick auftragen. Zwing die Leute, sich von ihrem Geld zu trennen.

Während ich an der Ecke innehielt, immer noch benommen von der Kälte und dem Gespräch mit Eva, fiel mir auf, dass die Trennlinie zwischen Nachrichten und Unterhaltung kaum noch existierte. Auf der Titelseite der *Sun* prangte ein Foto von Lydia bei Natalias Trauerfeier, mit der Schlagzeile: *Noch 2 Tage*. Der *Mirror* zeigte ein Raster mit Porträts von *Models International* und der Überschrift: *Wer ist als Nächstes dran?* Ein wöchentliches Hochglanzmodemagazin hatte seinen ganz eigenen Blickwinkel gefunden – *RIP LyLaw: die stylischste Beerdigung aller Zeiten?*

Das war keine Berichterstattung, das war Hysterie, von Redakteuren gestreut und von der Öffentlichkeit begierig aufgesogen. Lydias Verhalten im letzten Jahr zeugte davon, wie verstört sie gewesen war, aber wen hatte es gejuckt? Ihre medienwirksamen Zusammenbrüche steigerten die Auflage und erhöhten die Klickzahlen. Ihr Elend war gut fürs Geschäft. Ihr Tod sogar noch mehr.

Wieder zu Hause, in meinen gemütlichen vier Wänden, begegnete ich meiner vorübergehenden Existenzkrise so wie immer: indem ich mich in die Arbeit stürzte.

Ich fiel auf meinen Schreibtischstuhl und flog mit den Fingern nur so über die Tastatur. Zum Schluss las ich meinen Text noch einmal durch, feilte etwas daran herum und schickte ihn anschließend an Kate.

Zehn Minuten später rief sie an. »Leck mich am Arsch. Bist du dir sicher, dass das hieb- und stichfest ist?«

»Hundert Prozent. Aber der Name meiner Informantin bleibt geheim, also frag gar nicht erst.«

Kate seufzte. »Ich wünschte, wir hätten mehr Zeit, bevor die anderen auf den Zug aufspringen. Rahid kommt mit den Männern auf dem Video nicht weiter, und Rowley will das erst mit der Rechtsabteilung besprechen. Ich melde mich, wenn wir so weit sind.«

Ich brühte mir eine frische Tasse Tee auf. Zurück am Schreibtisch, erwartete mich eine Antwort von Melissa Wakefield, Amanda Barnes' bester Freundin.

Mache gleich Feierabend. Sie können anrufen.

Ich schaltete das Diktiergerät ein und wählte ihre Nummer.

»Sophie?« Die dünne, schrille Stimme erinnerte mich an einen Wellensittich. »Ich hab noch nie mit einer echten Reporterin gesprochen. Seit ich Ihre Nachricht bekommen hab, kann ich mich überhaupt nicht mehr konzentrieren. Ich weiß allerdings nicht, ob ich Ihnen weiterhelfen kann.«

»Das höre ich oft. Aber Sie wären überrascht, was einem alles wieder einfällt, wenn man erst mal loslegt. Wir fangen einfach ganz klein an. Wohnen Sie noch in Liverpool?«

»Nein, ich bin schon vor Jahren nach Huddersfield gezogen. Ich hab dort studiert und meinen zukünftigen Mann kennengelernt, und dann bin ich einfach dort geblieben. Hab in einem Reisebüro gearbeitet, das ist dann pleitegegangen, und ich bin bei einem Zahnarzt auf der High Street am Empfang gelandet. Da bin ich jetzt seit etwa sechseinhalb Jahren. Und …«

»Danke, Melissa, das reicht mir schon. Haben Sie was dagegen, wenn ich Ihnen ein paar Fragen zu dem Abend stelle, an dem Amanda Barnes gestorben ist?«

»Kommt das in die Zeitung?«

»Wenn Sie nichts dagegen haben.«

»Nein, aber könnten Sie vielleicht meinen neuen Namen benutzen? Melissa Wakefield-Channing. Doppelname.« Sie klang selbstzufrieden. »Damit die Leute wissen, dass ich verheiratet bin. Mein Mann heißt Jack Channing, er ist Elektriker. Ist jetzt die Nummer zwei in seiner Firma.« Sie hielt kurz inne. »Das können Sie nicht vielleicht mit aufnehmen?«

»Kommt darauf an, wie viel Platz sie mir einräumen.« Ich räusperte mich. »Ich möchte Amandas Persönlichkeit einfangen. Was für ein Mensch war sie?«

»Das hängt davon ab, von welchem Zeitraum wir sprechen. Bevor Mands' Stiefvater auftauchte, war sie umwerfend. Hübsch, lustig, schlau. Wenn sie nicht so nett gewesen wäre, man hätte sie gehasst. Ich war drei Jahre jünger, aber wir haben in derselben Straße gewohnt und standen beide auf New Kids On The Block und auf Jimmy Hunt. Jimmy Hunt war in der Stufe über Mands. Braune Locken und Augen, bei denen man verrückt wurde. Hinten in unseren Heften führten wir eine Liste, ›Die Jagd auf Hunt‹. Jedes Mal, wenn wir ihn gesehen haben, mussten wir aufschreiben, wann und wo. Ziemlich peinlich, im Nachhinein, aber wir waren noch jung. Na ja, egal, wie war noch mal die Frage? Ach so, Mands.«

Melissa holte rasch Luft, und ich machte es mir auf meinem Stuhl bequem. »Sie war echt der Hammer. Mit dreizehn war sie schon fast eins achtzig groß, das war ihr ein bisschen unangenehm. Aber sie hat sich daran gewöhnt. Schon in der fünften Klasse standen die Männer Schlange bei ihr. Alle standen auf sie. Einmal hat sie elf Valentinskarten im selben Jahr bekommen. Von Jungs, sie musste sich nicht mal selbst eine schicken.« Sie schwieg kurz. »Nicht, dass ich das gemacht hätte. Egal, jedenfalls war niemand überrascht, als sie einen Modelvertrag bekam.«

»War ihr die Aufmerksamkeit unangenehm?«

»Im Gegenteil. Sie war ganz begeistert davon. Besonders von der männlichen Aufmerksamkeit. Sie war keine Schlampe oder so, aber sie hat auch nicht gerade am Samstagabend zu Hause gesessen und in der Bibel geblättert.«

»Hatte sie einen Freund?«

Melissa schnaubte verächtlich. »Mands hat sich nicht gern festgelegt. Die meisten Typen haben sich in sie verliebt, aber Mands war es nie ernst mit irgendwem. Wir meinten schon, die armen Kerle sollten eine Selbsthilfegruppe gründen – die Anonymen Amandasüchtigen. Wenn es Facebook damals schon gegeben hätte, wär die Gruppe garantiert randvoll gewesen. Sie hat die Männer wahnsinnig gemacht.«

»Wie zum Beispiel Michael Farrow?« In der Leitung herrschte Stille.

»Ja.« Melissa ging nicht weiter darauf ein.

Ich wartete, und irgendwann seufzte sie.

»Als Mands' Stiefvater auftauchte, veränderte sie sich. Sie zog sich anders an, braver, und schminkte sich nicht mehr. Kurz bevor sie starb, wurde es noch schlimmer. Sie ließ sich die Haare ganz kurz schneiden. Sie hat behauptet, sie bräuchte für London einen neuen Look. Aber heute frage ich mich, ob sie es vielleicht gemacht hat, um weniger attraktiv zu wirken.«

Mein Nacken kribbelte vor Anspannung. »Amanda hatte kurze Haare, als sie umgebracht wurde?«

»Ironischerweise hat sie umso mehr Modelaufträge bekommen, je hässlicher sie versucht hat auszusehen. Sie hatte eine große Zukunft vor sich.«

»Hatten Sie jemals einen Verdacht, dass sie missbraucht wurde?«

Melissas Stimme wurde hart. »Ich habe viele Jahre nicht daran gedacht. Ihr Stiefvater war die Sorte Mensch, die man schnell vergessen möchte.«

»Können Sie ihn beschreiben?«

»Ruhig, aber er hatte irgendwie so eine Ausstrahlung. Er hat nie gebrüllt, aber wir haben trotzdem auf ihn gehört.«

»Aber sie hat Ihnen nicht erzählt, was er ihr antat?«

»Nein.« Melissas Stimme wurde noch kühler. Bald würde ich den Zugang zu ihr verlieren, also wechselte ich das Thema.

»Erzählen Sie mir von Amandas Mutter.«

Ein Bus donnerte vorbei, und Melissa hielt kurz inne. »Sie war etwas seltsam. Distanziert. Aber als die ganze Sache dann rauskam ... was er Mands angetan hatte ... Kein Wunder, dass sie sich komplett zurückgezogen hat. Sie tat mir leid. Sie hat damals alles verloren.«

Ich fragte mich, ob Melissa die ganze Geschichte kannte. »Was ist aus ihr geworden?«

»Sie ist kurz nach Mands' Tod weggezogen. Ist damit nicht klar gekommen. Wer könnte das schon? Die ganzen Schuldgefühle, mein Gott.«

»Haben Sie je daran gezweifelt, dass es Michael war, der Amanda umgebracht hat?«

»Nicht eine Sekunde.«

»Was glauben Sie, warum könnte sich Michael umgebracht haben?«

»Vielleicht hatte er Angst vor dem Gefängnis. Dort mag man Pädophile nicht besonders, oder? Wie auch immer, Michael war total psycho. Nachdem man ihn festgenommen hatte, hat die Polizei seine Sachen durchsucht und eine Mappe voller Modelfotos von Amanda gefunden, wussten Sie das? Auf jedem einzelnen war ihr Gesicht weggekratzt. Komplett weggekratzt, mit einer Schere. Wenn das mal nicht gruselig ist.«

Ich starrte an die Decke, während sich meine Gedanken überschlugen. Amandas Gesicht war mit einer Schere weggekratzt worden. Noch ein Zufall? Aber Michael Farrow war tot. Wer war also die Verbindung? Ich dachte daran, was DI Weatherly gesagt hatte.

»Melissa, wissen Sie, ob sonst noch jemand an Amandas Missbrauch beteiligt war? Oder ob es noch jemanden gab, der ihr hätte wehtun wollen, abgesehen von Michael Farrow?«

»Wie gesagt, sie hat ein paar zerbeulte Egos hinterlassen. Aber nicht so, dass irgendwer sie ermorden wollte. Manchmal war es allerdings schon ziemlich unheimlich … Eine Woche bevor sie starb, war ich zum Lernen bei ihr, als plötzlich ein Mann auftauchte. Amanda war völlig panisch, sie machte ein Gesicht, als hätte sie ein Gespenst gesehen. Sie sagte mir, ich solle sofort gehen. Ich wollte wissen, was los ist, aber sie antwortete mir nicht.«

»Haben Sie ihn gesehen?«

Melissa atmete geräuschvoll aus. »Nein, tut mir leid. Ich kann mich ohnehin nicht an viel erinnern, um ehrlich zu sein. Nur, dass ich ihrer Mutter davon erzählt habe.«

»Hat Amanda Ihnen jemals seinen Namen genannt?«

»John irgendwas.« Sie suchte nach Worten. »Erst tat sie so, als wäre nichts gewesen. Dann sagte sie mir, es sei ein Freund ihres Stiefvaters gewesen und ich dürfe niemals jemandem davon erzählen.« Melissa lachte plötzlich auf. »Wobei, wissen Sie was? Ich hatte damals ein Tagebuch. Ich war nicht so beliebt wie Amanda und hab die meiste Zeit irgendwas in mein Tagebuch gekritzelt, als wäre ich der nächste Adrian Mole. Irgendwo hab ich das bestimmt noch. Ich schau mal nach.«

»Danke, Melissa. Das wäre fantastisch.«

»Wissen Sie, manchmal frag ich mich, was wohl aus Amanda geworden wäre. Wahrscheinlich wär sie jetzt auf dem Cover der *Vogue* und zum vierten Mal verheiratet.«

Ich rollte zur Pinnwand, dankte dem Universum für die Quasselstrippe Melissa und pinnte Amandas Foto neben das von Lydia. Daneben hängte ich Michael Farrows Namen und einen Zettel mit einem Fragezeichen darauf, das für die bislang nicht existente Person stand, die die drei Morde miteinander verband. Ich massierte mir die Schläfen. Ich war noch weit davon entfernt, damit bei Rowley vorzusprechen. Bislang stand noch nicht einmal das Gerüst meiner Theorie.

Ich versuchte erneut, David Sonoma zu erreichen. Dieses Mal nahm er ab.

»Tut mir leid, dass ich mich gestern nicht mehr gemeldet habe.« Er seufzte. »Ich sitze immer noch am Bericht.«

»Was sind denn die wichtigsten Erkenntnisse?«

»Die Würgemale an ihrem Hals stimmen mit denen an Natalias überein. Ebenso die Wunden in ihrem Gesicht, die ihr post mortem zugefügt wurden. Alle zehn Finger waren gebrochen, die Haare abgeschnitten, und sie wurde mit dem gleichen Objekt vergewaltigt.«

»Und der Todeszeitpunkt?«

»Die Leichenstarre war noch nicht besonders weit fortgeschritten, also kurz, bevor du sie gefunden hast. Irgendwann zwischen vier und sechs. In ihrem Blut waren Spuren von Xanax, aber davon hatte sie welche im Haus. Und soweit ich das mitbekommen habe, stand sie kurz zuvor noch unter Drogen. Das hat mir jedenfalls meine Tochter erzählt. Soziale Netzwerke sind nicht so mein Ding. Außerdem wurde sie, genau wie Natalia, mit GHB ruhiggestellt, was bedeutet, dass sie währenddessen wahrscheinlich nicht bei Bewusstsein war.«

»Was ist mit dem Körperteil, das ich gefunden habe?«

David räusperte sich. »Der Täter hat um den Warzenvorhof der linken Brust herumgeschnitten und die Brustwarze entfernt. Die Schere, die am Tatort gefunden wurde, passt zu den Schnittwunden in ihrem Gesicht, aber …«

»Was?«

»Die Schnittwunden unterscheiden sich von denen des

ersten Opfers. Sie sind auf der rechten Seite tiefer, was auf einen Linkshänder hindeutet.«

»Vielleicht hat er die andere Hand benutzt?«

»Möglich, aber unwahrscheinlich. Und noch etwas. Die Blutspuren auf Lydias Brust und Bauch deuten darauf hin, dass sie zum Todeszeitpunkt nackt war. Der Mörder hat sie also hinterher angezogen. Weißt du, wie schwer es ist, eine Leiche anzuziehen?«

Meine Nackenhaare stellten sich auf. »Was meinst du damit, David?«

»Ich glaube nicht, dass er allein vorgeht.«

Ich starrte den Hörer an. Zwei Mörder. Eva hatte recht, als sie vermutete, dass eine zweite Person an ihrer Vergewaltigung beteiligt gewesen war. Ich wollte gerade Durand anrufen, als mein Handy wieder klingelte.

»Hallo? Sophie?« Eine heisere Stimme kratzte durch die Leitung wie eine stumpfe Rasierklinge. »Hier ist Violet. Wir haben uns am Montag beim Selbsthilfetreffen kennengelernt. Ich muss mit dir reden.«

»Leg los.« Ich machte mir Notizen und hörte nur mit halbem Ohr zu.

»Nicht am Telefon. Können wir uns treffen?«

»Geht es um Natalia? Ich muss heute dringend noch etwas fertig machen, aber wir könnten uns direkt morgen früh treffen.«

»Ich glaube, heute wäre mehr in deinem Sinn.« Sie zögerte. »Es geht nicht um Natalia.«

Bei ihrem Tonfall umschloss ich das Handy fester. »Worum sonst?«

»Es geht um Tommy.«

25

Ich trank noch einen Schluck Rotwein und behielt die Tür des *Enterprise* im Blick. Im dämmerig beleuchteten Pub war es zwar warm, aber ich fror dennoch. Ich hatte nur acht statt, wie sonst, fünfzehn Minuten hierher gebraucht; den ganzen Weg über war ich durch die dunklen Straßen meiner Gedanken gejagt.

Die Tür ging auf, und ich hielt die Luft an, doch es kamen nur ein paar rotgesichtige Männer in Steppwesten herein. Der Pub war voll. Raues Gelächter hallte von den Wänden wider. Die Geräusche fröhlicher Menschen, die nach einem langen, kalten Januar aus dem Winterschlaf erwacht waren. Ich schwenkte mein Glas und betrachtete den dunkelroten Strudel.

»Puh, ist echt scheißkalt da draußen.« Violet ließ sich auf einen Stuhl fallen, nahm mir das Glas aus der Hand und trank einen großzügigen Schluck.

Erst nach ein paar Sekunden wurde mir klar, was sie da getan hatte. »Moment mal, Violet, solltest du nicht …«

»Trocken bleiben?« Violet machte eine wegwerfende Handbewegung. »Ach, mit Alkohol hatte ich nie ein Problem.« Sie zog den Reißverschluss ihrer Daunenjacke auf und nahm die Wollmütze ab. Ihre kurzen schwarzen Haare klebten ihr ungewaschen am Kopf. »Nette Abwechslung zu meinem Stammladen. Letzte Woche hat da einer 'ne Flasche über den Kopf bekommen. Der Spielautomat ist immer noch voller Blut.« Ich schob ihr meinen Wein hin. »Willst du den nicht mehr?«

Ich schüttelte den Kopf. »Ich will hören, was du mir zu sagen hast.«

Violet nahm erneut einen Schluck, und ich bemerkte, dass ihre Hände zitterten. Sie warf mir einen kurzen Blick zu und sah sich dann im Pub um. »Mein Vater ist einmal mit mir nach Chelsea gegangen. Als ich acht war. Wegen der Weihnachtsbeleuchtung am Sloane Square. Die Bäume haben geglitzert wie Diamanten, ich kam mir vor wie in scheiß Narnia.« Violet kaute an einem ihrer Fingernägel herum. Sie hatte sich irgendetwas auf den Handrücken gekritzelt, ich konnte es jedoch nicht entziffern. »Hinterher sind wir in so ein schickes französisches Café, und er hat mir eine heiße Schokolade bestellt. Sogar die Schokolade hat teuer geschmeckt.« Sie lehnte sich vor und fixierte mich. »Sechs Monate später war er weg.«

»Wo ist er hin?«

»Ich bin aufgewacht, und er hatte sich verpisst. Mum meinte, er wär mit Lycra-Leslie durchgebrannt. So 'ne dralle Aerobictrainerin aus unserer Straße. Leslie war mit so 'nem Waschlappen namens Norm verheiratet, und Mum hat mir erzählt, sie und Dad wären in der Nacht verschwunden wie zwei liebeskranke Teenager. Wir sind dann umgezogen. Zu viele Erinnerungen.« Ein stupsnasiger Mann mit gerötetem Gesicht und ohne erkennbares Kinn stieß gegen Violets Stuhl. »Scheiße, pass doch auf, wo du hinläufst.« Er setzte zu einer Antwort an, überlegte es sich bei Violets grimmigem Gesichtsausdruck jedoch anders.

»Ich war damals acht, und die Sache hat mir das Herz gebrochen. Ich hab meinen Vater echt geliebt und mich ständig gefragt, ob es meine Schuld war. Hätte er mich auch verlassen, wenn ich eine bessere Tochter gewesen wäre? Wenn ich mich nicht mit meiner Mutter wegen den Hausaufgaben gestritten hätte oder nicht von Miss Capron ausgeschimpft worden wäre, hätte er es sich dann vielleicht anders überlegt?«

Ein lautes Klirren, gefolgt von höhnischem Gelächter zu meiner Linken. Ein gackernder Yuppie hatte sein Bier fallen gelassen, sehr zum Vergnügen seiner Freunde. Ich beugte mich vor. »Hast du ihn danach noch mal gesehen?«

Violet zupfte sich einen Faden von ihrem kastanienbraunen Pullover und seufzte. »Ein Jahr später hat mir ein älterer Mitschüler die Wahrheit gesteckt. Mein Vater hatte zwar was mit Lycra-Leslie, aber Norm hat sie erwischt. Hat sich ein Tranchiermesser geschnappt und auf die beiden eingestochen. Von wegen Waschlappen.«

Ich starrte Violet entsetzt an und rang nach Worten. Ein Grinsen breitete sich auf ihrem Gesicht aus. »Zu Hause hab ich meine Mutter danach gefragt. Sie hat es nicht mal abgestritten. Stand da, in der Küche, in ihrer versifften alten Schürze, und meinte, sie hätte gedacht, ich wär noch zu jung gewesen, um rauszufinden, dass mein Vater ein paar Meter von unserem Haus umgebracht wurde.« Violet verzog den Mund. »Soll ich dir was verraten? Ich war erleichtert. Er hatte mich überhaupt nicht verlassen. Ich hätte Hausaufgaben machen können, bis ich schwarz werde, und Norm hätte meinen Vater trotzdem umgebracht.«

Violet lehnte sich trotzig zurück. Alles an ihr wirkte aggressiv. Der Kurzhaarschnitt, der Gothiclook, der Leg-dich-bloß-nicht-mit-mir-an-Blick. Ich kaufte ihr das Gehabe nicht ab.

»Wieso erzählst du mir das?«

»Damit du weißt, dass schlechte Neuigkeiten auch was Gutes sein können.«

Mein Magen zog sich zusammen. »Was meinst du damit?«

Violet leerte das Glas und stand auf. »Ich hol mir noch einen.«

»Violet!« Ich packte sie am Arm und zog sie zurück auf den Stuhl. »Was ist los?«

Sie fuhr sich durch die Haare und atmete geräuschvoll aus. »Hör zu, die letzten Tage waren nicht leicht. Ich hab ziemlich mit mir gekämpft. Soll ich's dir erzählen oder nicht? Aber wieso sollte ich dich verrückt machen? Es ist nur, ich an deiner Stelle würde es wissen wollen.«

Ich schlug mit der flachen Hand auf den Tisch, und Violet schaute mir fest in die Augen.

»Tommy hat sich nicht umgebracht. Er wurde ermordet.«

Im Alter von acht Jahren hatte das mit den Schwindelanfällen angefangen. Ich nannte sie »das komische Gefühl«. Ich fuhr herunter, schaltete ab und bekam zwei, drei Minuten lang nichts mehr mit. Es fühlte sich an, als hätte mich jemand in eine Glaskiste geschlossen. Die Welt war ausgesperrt, oder ich war eingesperrt. Meine Sicht war getrübt, Geräusche gedämpft. Ich konnte mich nicht mehr bewegen. Ich saß stocksteif da, bis das komische Gefühl vorbei war und ich wieder zu mir kam.

Meine Mutter dachte natürlich, ich wolle bloß Aufmerksamkeit heischen, und beachtete mich nicht, bis es mir einmal beim Reiten passierte und ich mir fast das Kreuz brach. Es wurde eine milde Epilepsie diagnostiziert, und ich musste ein klebriges braunes Medikament nehmen, das nach Kohl schmeckte. Es half. Mit den Glaskisten war es vorbei.

Fast. Hin und wieder umhüllte mich noch eine seltsame Verträumtheit und flutete mein Gehirn mit Licht. Ich kämpfte immer gegen das Gefühl an, da ich nicht wusste, wohin es mich führen würde. Als ich jetzt Violet anstierte, zog das Gefühl an mir vorbei wie hauchzarter Chiffon, der über nackte Haut streift. Einen Moment lang überließ ich mich ihm. Ich schloss die Augen, lehnte mich an die Wand meiner Glaskiste, die Welt um mich herum verschwamm. Bis sich etwas um meine Hand schloss und mich nach oben zog, zurück in den Lärm, zurück ins Licht. Violets vollgekritzelte Hand hielt meine.

»Sophie? Hörst du mich?« Violet sah mich lange an und stand dann auf. »Das hier hat nüchtern keinen Sinn. Warte kurz.« Sie drängelte sich an die Bar und kam mit einem Tablett voll bernsteinfarbener Shots zurück. »Trink.«

Ich stürzte den ersten runter und schüttelte mich, als der Whisky meine Kehle hinunterrann. Dann nahm ich mir den nächsten vor und bedeutete Violet fortzufahren.

Sie kippte ebenfalls einen Shot. »Damo hat's mir erzählt. Der dünne Typ in dem Adidas-Pulli? Er hat deinen Namen gehört und dann mitbekommen, wie du über Tommy geredet hast. Anscheinend haben sie zusammen unter der Albert Bridge gepennt.«

Violet verlagerte das Gewicht und leerte den nächsten Shot. »In der Nacht ist Damo von irgendwas aufgewacht. Er weiß nicht, wann, aber es war so spät, dass auf der Brücke nicht mehr viel los war. Er hat sich aufgesetzt und gesehen, wie sich zwei Gestalten über Tommy gebeugt haben und …« Violet brach ab und schaute sehnsüchtig Richtung Tür.

»Komm schon, Violet.« Die Worte kamen abgehackt und rau hervor, so, als stammten sie aus einem fremden Mund.

Violet holte tief Luft und stützte die Ellbogen auf. »Er hat gehört, wie Tommy sich gewehrt hat. Anscheinend hatten sie ihm was in den Mund gestopft. Sie haben ihn zu zweit festgehalten, und es hat wohl nicht lang gedauert. Damo hat sich hinter einem Busch versteckt, bis sie wieder verschwunden sind, und ist dann zu Tommy. Da war er schon tot. Er hatte eine Spritze in der rechten Hand.«

»Damo hat die ganze Zeit nur dagelegen? Er hat ihm nicht geholfen?«

»Jetzt mach mal halblang.« Violets Nasenlöcher blähten sich. »Ein obdachloser Junkie gegen zwei Killer. Was hättest du getan?«

Ich sackte gegen die Rückenlehne. Natürlich hatte Violet recht, aber es war einfacher, sich auf Damo zu konzentrieren. »Warum hat er das keinem erzählt? Die Männer angezeigt? Scheiße, das ist drei Monate her.«

»Wem hätte er's erzählen sollen? Den Bullen? Stell dich doch nicht so blöd. Meinst du, die hören auf einen Penner? Und selbst wenn, meinst du nicht, die haben Besseres zu tun, als sich um einen toten Obdachlosen zu kümmern? Damo hatte keine Ahnung, dass Tommys Familie so reich ist. Er wollte einfach nur überleben. Hat es verdrängt und weitergemacht. Auf der Straße leben ist … Ich erzähl das nicht oft, aber ich hab's hinter mir. Man denkt ständig nur an zwei Sachen: überleben und den nächsten Schuss. Man wird zum Tier.«

Violet wischte sich mit dem Handrücken über die Nase, wobei sie die Schrift verschmierte. »Damo konnte nicht einfach weitermachen, nach allem, was er gesehen hat. Tommys letzte Minuten haben ihn nicht mehr losgelassen. Er hat einen Platz in einer Schlafstelle bekommen, dann ist er in ein Entzugsprogramm, und jetzt ist er seit sechs Wochen clean. Er wollte es jemandem erzählen, aber er wusste nicht, wo er anfangen soll. Als du Tommy erwähnt hast, ist er aus allen Wolken gefallen. Gestern Morgen beim Treffen hat er nach dir gefragt. Als ich ihm sagte, du seist Journalistin, ist ihm die Kinnlade runtergeklappt.« Violets heisere Stimme wurde sanfter. »Tommy hat ihm dauernd von dir erzählt. Er meinte, dass du sein Schutzengel bist.« Sie kramte in ihrer Tasche. »In der Nacht hat Damo was aus Tommys Jacke geholt. Als Souvenir.«

Noch bevor Violet die Faust öffnete, wusste ich, was es war. Ein Anstecker, ein orangefarbener Bär mit einem Herz auf dem weißen Bauch.

Tränen stiegen in mir auf, doch ich lächelte. »Schmusebärchi. Kennst du noch die Glücksbärchis? Tommy und ich haben das immer geguckt, als wir klein waren.« Zitternd nahm ich den Anstecker entgegen und spürte die abgenutzten Ränder in meiner Hand. Der Whisky stieg mir langsam zu Kopf, und meine Worte hörten sich schwer und gedehnt an. »Ich hab den Anstecker von meinem Taschengeld gekauft und ihn Tommy geschenkt. Ich hab ihm gesagt, egal, was passiert oder was meine Eltern behaupten, er hat das größte Herz von allen. Und das würde ihm über alles hinweghelfen.« Die Erinnerung an Tommys feierlichen Gesichtsausdruck, als er den Bären in die kleine Hand genommen hatte, traf mich wie ein Schlag in die Magengrube. »Verdammte Scheiße.«

Ich sprang auf. Ich schaffte es gerade noch bis vor die Tür, dort beugte ich mich vor und erbrach einen heißen braunen Strahl. Er klatschte auf den Gehweg und spritzte mir auf die Schuhe.

»Mist, Sophie, ist alles …«

Ich hielt zitternd eine Hand hoch. Tränen liefen mir über das Gesicht. »Ich bin so verdammt wütend.« Aber ich klang nicht wütend. Ich klang traurig.

Violet reichte mir Mantel und Tasche. »Du darfst Damo nicht böse sein. Er arbeitet gerade für zwei Wochen in einer Entzugsklinik in Düsseldorf, aber er meinte, er kann sich danach gerne mit dir unterhalten. Weißt du, was das bedeutet? Tommy hat gar keinen Ausweg gesucht. Sein Tod hat nichts mit dir zu tun.«

»Er wurde umgebracht, Violet«, sagte ich tonlos. »Ist das nicht viel schlimmer?«

»Kommt drauf an, was du unter schlimm verstehst. Ich hätte jedenfalls lieber Rachegelüste als Schuldgefühle. Du bist doch Reporterin, oder? Du kannst doch bestimmt rausfinden, wer dahintersteckt.«

Mein Handy klingelte. Ich zog es aus der Manteltasche. »Ja?«

»Wo bist du?« Kate klang abgehetzt.

»In Pimlico.«

»Ich bin auf der Polizeiwache. Liam wurde gerade wieder freigelassen. Durand ist außer sich. Eigentlich soll das keiner wissen, ich hab's nur zufällig mitbekommen.«

Ich lehnte mich an das Fenster und fuhr mir mit der verschwitzten Hand über die Stirn. »Ist er schon weg?«

»Er will durch die Hintertür verschwinden. Vorne wartet die Meute. So was hab ich noch nie …«

Langsam sprang mein Gehirn wieder an. »Ich bin näher an seiner Wohnung als du. Ich geh hin.«

Ich wandte mich Violet zu, öffnete den Mund, um ihr zu danken, fand aber nicht die richtigen Worte. Stattdessen umarmte ich sie fest.

In meinem Job fällt es nicht schwer zu verschwinden. Ich rannte die Treppen zur U-Bahn hinab und erwischte gerade noch die Bahn.

Und einfach so, war ich verschwunden.

26

Auf dem Weg nach oben zu Liams Wohnung nahm ich zwei Stufen auf einmal und lauschte dann an der Tür. Eine Marihuanawolke schwebte den offenen Betongang entlang, und mein Magen rebellierte. Ich beugte mich über das Geländer und sog die eiskalte Abendluft ein. *Wo zum Teufel ist er?* Bilder schossen mir durch den Kopf. Schatten, die auf Tommy zukrochen. Seine Schreie erstickten. Ihm eine giftige Nadel in den Arm drückten.

Mein Atem tauchte die schwarze Luft in rauchiges Weiß. Ich zog Tommys Schmusebärchi aus der Tasche, löste die Sicherheitsnadel und rammte sie mir in den Daumen, sodass Blut hervorquoll. Ich steckte mir den Daumen in den Mund und saugte daran. Der heiße, metallische Geschmack versetzte mich zurück in Lydias Schlafzimmer. Verdammt. *Das wird nicht gut enden.* Ich brauchte einen klaren Kopf, bevor ich Liam traf. Der Whisky hatte mich wütend gemacht, und ich vibrierte, als wäre ich zu lange an eine Steckdose angeschlossen gewesen. Meine Haut kribbelte. Ich wollte jemandem wehtun. Jemand anderem wehtun, damit der Schmerz in mir aufhörte. *Das wird nicht gut enden.*

Ich umklammerte das eiskalte Geländer und schwankte vor und zurück. Ich war kurz davor, wieder zu gehen, als ein Radfahrer um die Ecke bog. Er trug das Rad in den Aufzug und war verschwunden.

Ich stopfte den Anstecker just in dem Moment zurück in die Tasche, als sich die Aufzugtüren öffneten. Ein paar Sekunden lang hörte ich nur das Klicken der Nabe. Ich straffte die Schultern und reckte das Kinn vor, dann überlegte ich es mir anders. Offene Aggression würde mir keine Türen öffnen.

Also blickte ich von unten durch die Wimpern zu Liam auf. »Willkommen zu Hause.«

Liam blieb stehen, runzelte die Stirn. »Nicht dein Ernst, oder?« Seine Haut war bleich und von einem Bartschatten überzogen, der vor drei Tagen noch nicht da gewesen war. Verschleierter Blick, dunkle Augenringe. Eingefallene Wangen, durch die seine Wangenknochen hervorragten wie Ellbogen.

»Darf ich reinkommen?«

»Wieso?«

»Weil es scheißkalt ist.«

Liam musterte mich eingehend, klopfte seine Jacke nach dem Schlüsselbund ab und ging an mir vorbei. An der Tür zögerte er kurz und betrat dann die Wohnung. Er machte keine Anstalten, mich hereinzubitten. Gerade als die Tür sich schloss, tat ich einen Satz nach vorne. »Ich bitte dich.«

Meine Stimme brach. Liam bemerkte es und hielt die Tür auf. »Was ist los?«

»Ich wollte nur …« Meine Stimme klang schrill.

Liam trat einen Schritt auf mich zu. »Sophie?«

Ich biss mir fest auf die Wange, um nicht loszuheulen, taumelte zurück, weg von Liam, weg von der Story. Mein Daumen pochte. War Tommys Arm angeschwollen, als die Nadel seine milchweiße Haut durchbohrt hatte? Wie lange hatte er in dem Wissen dagelegen, dass er sterben würde?

Spucke schoss mir in den Mund. Mein Kiefer kribbelte. Ich wusste, was als Nächstes kommen würde. Ich schlug mir die Hand vor den Mund und drängte mich an Liam vorbei in seine Wohnung. Drinnen stieß ich die erstbeste Tür auf und spürte kaum, wie meine Knie auf den Fliesen aufschlugen. Ich krabbelte zur Toilette und übergab mich. Mein Magen war außer sich. Als ich die Augen öffnete, hielt Liam mir ein Glas Wasser hin. Ich nahm einen Schluck. Es schmeckte nach Bonbons.

Liam setzte sich auf den Wannenrand und spielte mit der Manschette seines rot karierten Hemdes. Er schob sich das dunkle Haar aus dem Gesicht, und es hing zur Seite wie eine Welle. »Gehört das noch zu deinem Auftritt?«

Ich lehnte den Kopf an das kalte Porzellan. »Na ja, bisher hast du mich jedenfalls noch nicht weggeschickt.«

»Dazu musst du mir erst mal die Gelegenheit geben.«

Ich zog mich hoch und schaute in den Spiegel. Ich sah beschissen aus. Ich fuhr mir mit der Zunge über die Zähne. »Hast du Zahnpasta da?«

Liam warf mir einen grauen Kulturbeutel zu und verließ das Bad. Ich putzte mir die Zähne und gab mir Mühe, mein verfilztes Haar zu glätten. Ich atmete tief durch und öffnete die Tür.

Die Dielen im Flur, die an glänzende schwarze Klaviertasten erinnerten, quietschen unter meinen Füßen. Ich folgte dem Klimpern von Eiswürfeln in einem Glas und fand mich in einem kleinen Wohnzimmer wieder, das nach Kaffee und Sandelholz roch. Eine Jalousie verdeckte das große Fenster. Eine Regalwand voll mit Büchern: großformatige Fotografiebibeln, dazwischen literarische Schwergewichte – Dickens, Joyce, Eliot. Ich hielt an einem ausladenden Eichentisch inne, der viel zu groß für den kleinen Raum war, und fuhr mit der Hand die Maserung nach. Durch einen Türspalt zu meiner Linken machte ich eine Edelstahlküche mit Steinplattenboden und demselben überteuerten XXL-Ofen aus, den ich auch zu Hause hatte. »Das hier hätte ich …«

»Nicht erwartet?« Liam stand nahe der Küchentür, den Daumen in eine Gürtelschlaufe gesteckt. »Das hör ich öfter. Bleibst du bei Wasser?« Er nickte zu der bernsteinfarbenen Flüssigkeit in seinem Glas.

»Ich nehm das Gleiche wie du.« Schlechte Idee, aber ich war in der Stimmung für schlechte Ideen.

Liam zuckte mit den Achseln und schenkte mir ein Glas ein. Dann bedeutete er mir, neben ihm auf dem Ledersofa Platz zu nehmen. Ich quetschte mich an das andere Ende und nahm einen großen Schluck. Der Whisky schwappte in meinem leeren Magen herum, doch er machte auch wach. Ich richtete mich auf und nickte in Richtung des Fahrrads, das an der Wand hinter dem Sofa lehnte. »Was hat es damit auf sich?«

Liam schwenkte seinen Whisky und hielt ihn gegen das Licht. »Hab seit fünfzehn Jahren nicht mehr hinterm Steuer gesessen. Seit ich mein Auto um einen Laternenpfahl gewickelt habe.«

»Nicht besonders schlau.«

Der Anflug eines Lächelns. »Lag drei Monate im Krankenhaus und kam raus wie Robocop.« Er klopfte sich auf das linke Bein.

Ich kippte noch einen Schluck herunter. Hinter Liams Kopf leuchtete blaue Neonschrift: IM STERBELICHT SEI DOPPELT ZORNENTFACHT. Ich leerte mein Glas und lächelte ihn verkrampft an. »Gibt's noch mehr davon?«

»Meinst du nicht, du hattest genug?«

Ich ignorierte ihn, ging zur Bar und schenkte mir großzügig nach. »Wohnst du schon lange hier?«

Liam beobachtete mich stirnrunzelnd. »Seit wir aus Manchester hergezogen sind, als ich noch klein war. Nach dem Tod meiner Eltern hatte ich genug Geld, um der Stadt die Wohnung abzukaufen. Hab sie ein bisschen aufgehübscht. Meine Schwestern halten mich für verrückt, aber mir gefällt's hier. Schöne Erinnerungen.«

Natürlich. Liams Eltern waren bei einem Flugzeugabsturz ums Leben gekommen, kurz bevor wir alle nach Oxford gegangen waren. Wann immer davon die Rede war, drehte die weibliche Studentenschaft durch. Die Vorstellung Liams leidender Wangenknochen war offenbar unerträglich. Ich zog beim Gedanken daran eine Grimasse, was Liam fälschlicherweise als eine Reaktion auf den Tod seiner Eltern interpretierte.

Sein Gesicht verdunkelte sich. »Willst du mir jetzt endlich verraten, was los ist?«

»Du zuerst.«

»Was willst du wissen?«

»Erzähl mir von Lydia.«

»Ich hab gehört, dass du ihre Leiche gefunden hast.«

»Hab dich anscheinend nur knapp verpasst«, murmelte ich in mein Glas. »Ich dachte, du wolltest dich unauffällig verhalten und an deinem Ruf arbeiten.« Ich stellte das Glas ab und schälte mich aus meinem Mantel. »Was hattest du bei Lydia zu suchen?«

»Ich habe der Polizei schon alles gesagt, was ich weiß.«

»Wie nobel von dir.«

Liam leerte sein Glas und schlenderte dann zu mir herüber an die Bar. Seit er mich geküsst hatte, waren wir einander nicht mehr so nahe gewesen. Ich wich nicht von der Stelle. Der Whisky ätzte mir die Schleimhäute weg, mein Inneres fühlte sich flüssig an. Mein ganzer Körper fühlte sich gefährlich losgelöst an.

Liam hielt inne und schaute in sein Glas. Kurz dachte ich, er wolle den letzten Abstand zwischen uns auslöschen, doch stattdessen ging er zum Fenster und zog die Jalousie hoch. Der Halbmond stand am Nachthimmel wie ein frisch gefeilter Fingernagel. Liam rollte den Kopf. Ich konnte die Anspannung in seinen Schultern von hier aus sehen.

»Wenn ich dir sage, was passiert ist, erzählst du mir dafür dann, warum du dich heute Abend wie eine Irre aufführst?« Ich traute mich nicht, etwas zu sagen, und nickte nur. »Ich war am Dienstag den ganzen Tag in meinem Atelier und hab Bilder für eine Zeitschrift überarbeitet. Dann kam Alice rein und wollte wissen, ob ich Lydias Zusammenbruch auf Twitter gesehen hätte.« Er atmete tief durch. »Ich hab sie sofort angerufen, aber sie ist nicht rangegangen. Das Video … Sie sah … Ich musste einfach raus an die frische Luft. Also hab ich mir den Mantel geschnappt und bin los.«

»Wohin?«

»Ich bin einfach durch die Gegend gelaufen.«

»Wie lange?«

»Eine Stunde oder so. Nach unserem Streit am Montag war ich nicht besonders gut auf Lydia zu sprechen. Aber das Video … Ich hatte beschlossen, sie in Ruhe lassen. Wenn ich mich auch noch an diesem Drama beteiligt hätte, wäre alles nur noch schlimmer geworden. Sie hat das so gewollt. Aber dann«, Liam drehte sich zu mir um, »hat sie mir eine SMS geschickt.« Er streckte mir sein Handy entgegen und ich machte einen Schritt auf ihn zu.

Die SMS war um sechzehn Uhr achtunddreißig abgeschickt worden.

Komm vorbei. Bin in Schwierigkeiten.

»Nach dem Video hab ich mir echt Sorgen um sie gemacht. Ich dachte, vielleicht stellt sie irgendeine Dummheit an. Also bin ich in die U-Bahn und war gegen fünf bei ihr. Die Haustür stand offen. Es war ziemlich stürmisch, ich dachte, vielleicht hat der Wind sie aufgestoßen. Ich hab nach ihr gerufen, aber nichts. Ich …« Liam lehnte den Kopf ans Fenster und schloss die Augen. »Ich bin hoch, und sie war …«

Ich schauderte, als das Bild von Lydias aufgeschlitztem, klebrigem Körper vor mir auftauchte. Wie in Trance wich ich einige Schritte zurück.

Liam kehrte wieder ins Hier und Jetzt zurück. »Ich hatte diese Woche zweimal Ärger mit der Polizei. Lydia war … Ich konnte ihr nicht mehr helfen. Ich hab die Nerven verloren. Bin die Treppe runtergestürzt und hab mir dabei fast das Genick gebrochen.«

Ich registrierte seinen gequälten Gesichtsausdruck. »Wer nichts zu verbergen hat, läuft nicht davon.«

Liam knallte sein Glas auf die Fensterbank. »Manchmal schon, Herzogin.«

Wir standen an entgegengesetzten Enden des Zimmers, wie zwei Magnete, die einander abstießen. Sagte Liam die Wahrheit? Ich musterte sein Gesicht. Seine Mundwinkel hingen herab, seine Augen waren blutunterlaufen, als löste er sich vor mir auf. Aber gehörte das vielleicht alles dazu? Die Morde waren inszeniert gewesen, brutal, barbarisch. Man brauchte einen stabilen Magen für so was. Davids

Worte schossen mir durch den Kopf. *Ich glaube nicht, dass er allein vorgeht.* Ich griff nach meinem Glas.

Liam musterte mich kühl. »Ich glaube wirklich, du hattest genug.«

»Das reizt dich anscheinend, wenn Frauen nicht auf dich hören.«

»Wovon redest du?«

Ich schwenkte das Glas, Whisky schwappte über den Rand. Ich leckte ihn mir von den Fingern. »Du bist es gewohnt, die Kontrolle zu haben. Du magst es nicht, wenn Frauen sich dir widersetzen.«

Liam fuhr sich mit der Hand durchs Haar, sein Gesichtsausdruck verhärtete sich. »Was zum Teufel ist los mit dir?«

Langsam stieg mir der Whisky zu Kopf. Ich versuchte, meine Gedanken zu sortieren. Natalia und Lydia hatten beide Angst vor Liam gehabt. Weshalb? Was hatte er gegen sie in der Hand gehabt? Hatte er etwas mit den *Julias* zu tun?

»Hat Lydia dich hintergangen? Oder hast du sie hintergangen?« Ich sah ihn direkt an. »Ich weiß über das Sextape Bescheid.«

Liam schloss die Hand wieder um sein Glas. »Woher zum Teufel …«

»Ich hab's gesehen. Damit hättest du ein astreines Motiv, hm? Du findest raus, dass deine Freundin dich mit anderen Männern betrügt. *Für Geld.* Du willst Rache. Es sei denn, du bist selbst der Erpresser.«

»Welcher Erpresser?«

»Der mit dem Video, du Idiot. Dem Erpresservideo.« Liam wirkte immer noch völlig ahnungslos. Ich schlug mir mit der Hand gegen die Stirn. »Muss ich dir das wirklich vorbuchstabieren?« Der Alkohol schränkte langsam mein

Sichtfeld ein. Die Worte klebten mir auf der Zunge. »Das Video war eine Absicherung. Damit Lydia den Mund hält. Damit sie weiterarbeitet.« Liam erbleichte und sackte gegen das Fenster.

»Anscheinend wusstest du das nicht. Was weißt du eigentlich?«

Er wankte zum Sofa. »Ich wusste, dass Lydia für Sex bezahlt wird. Das Gerücht hab ich schon vor Monaten gehört, aber erst wollte ich es nicht wahrhaben. Dann hat Lydia mich beim Flirten mit einer Assistentin erwischt, auf Leo Brands Party. Hat mich beiseitegenommen und mich beschimpft, meinte, sie hätte mich nie geliebt und, na ja, sie hätte während unserer Beziehung die ganze Zeit über nebenbei Geld verdient. Ich konnte es nicht fassen und bin abgehauen. Auf dem Weg nach Hause hab ich dann rot gesehen und bin zurück, um sie zur Rede zu stellen.«

Liam fuhr sich über das Gesicht. »Lydia meinte, das geht mich nichts an. Hat mich ausgelacht und einen Schwächling genannt, weil ich immer noch an ihr hing. Dann hab ich am Montag ein Päckchen bekommen. Mit einem USB-Stick. Davon zu hören war eine Sache, aber es dann mit ansehen zu müssen … Scheiße.« Liam stockte. Ich empfand eine Spur Mitleid mit ihm. »Ich hab mir eine Flasche Scotch reingekippt und bin dann zu ihr. Sie wollte mich aber nicht reinlassen. Ich hab durch die Tür gerufen, wie sehr ich es bereute, dass ich mich jemals in sie verliebt hatte. Als ich von den Aufnahmen angefangen hab, hat sie dann endlich aufgemacht.«

Ich erinnerte mich an etwas. Mrs Smythe' Worte: *Er hat sich entschuldigt. Und irgendetwas von einer Hausdame gefaselt.* Ich hatte angenommen, es sei dabei um die Vergewaltigung gegangen, die eine Ausnahme gewesen sein sollte.

»Ich wusste zwar, dass es mit Lydia abwärts ging, aber mir war nicht klar, wie sehr. Ich war so betrunken, ich dachte, vielleicht hat sie mir den USB-Stick selbst geschickt.« Er lachte kurz auf, als er meinen Gesichtsausdruck bemerkte. »Du kennst Lydia nicht. Solche kranken Spielchen waren genau ihr Ding. Aber sie hat geschworen, sie hätte ihn mir nicht geschickt. Ich hab sie gefragt, warum sie sich dabei hat filmen lassen, da hat sie mir ein Bild an den Kopf geworfen. Zum Glück hab ich mich noch rechtzeitig geduckt. Dann kam die Polizei, und Lydia bettelte mich an, denen nichts von dem Video oder dem Prostitutionsring zu erzählen. Hätte ihr gerade noch gefehlt, dass die Presse davon Wind bekommt. Und, na ja«, Liam leerte sein Gas, »ich war auch nicht gerade scharf auf die Meldung, dass Lydia mich die ganze Zeit über hintergangen hat. Deswegen war ich einverstanden.«

Ich beäugte ihn misstrauisch. »Wenn das alles stimmt, wieso hat sie dir dann nicht erzählt, dass sie erpresst wurde? Ich meine, du hast das Video doch gesehen. Wieso sollte sie es dann noch geheim halten?«

»Was weiß ich.« Liam vergrub das Gesicht in den Händen. Als er aufsah, standen ihm die Qualen der letzten Woche ins Gesicht geschrieben. »Lydia wollte wirklich aussteigen?«

Ich nickte. »Sie war nicht die Einzige. Natalia zum Beispiel. Und zahlreiche andere.« Liam schaute mich ungläubig an. »Der Prostitutionsring filmt die Models bei den Vergewaltigungen, und wenn sie aussteigen wollen, erpressen sie die Mädchen damit.«

»Ach du Scheiße.« Liam stemmte sich aus dem Sofa und wankte auf die Bar zu. Die Karaffe klirrte gegen sein Glas. Er stürzte einen Schluck herunter und wischte sich mit dem

Handrücken über den Mund. »Haben die sie auch umgebracht?«

Ich gab ihm keine Antwort darauf. Ein Gedanke bahnte sich den Weg durch meinen benebelten Kopf. »Die Polizei hat dich nicht nach dem Prostitutionsring gefragt, oder? Die wissen seit heute Morgen davon.«

Liam starrte mich an und zuckte dann mit den Achseln. »Vielleicht wissen sie schon, wer dahintersteckt.«

Oder vielleicht sammeln sie Beweismaterial gegen dich. Schaudernd sah ich hinüber zum Fenster.

»Sophie, stimmt was nicht? Du benimmst dich seltsam.«

Er strich mir über die Wange, und das Zimmer drehte sich.

Ich taumelte ruckartig ein paar Schritte zurück. »Gehört das alles zu deinem Auftritt, Liam?«

»Was zur Hölle ...«

»Ich hab dir bisher genau zugehört. Du kaust mir hier ein Ohr ab, aber es läuft alles auf dasselbe raus: Natalia und Lydia hatten Angst vor dir.« Ich schwankte von einem Fuß auf den anderen, während Adrenalin und Alkohol durch meine Adern rasten. »Beide wurden erpresst, damit sie den Mund hielten, beide wurden dabei beobachtet, wie sie mit der Presse redeten, und beide wurden umgebracht. Du musst das doch auch sehen.«

Liams Kiefer spannte sich an, aber sein Blick blieb fest. »Du hältst mich für schuldig?«

»Ich halte dich für ein Riesenarschloch.« Der Kommentar war lächerlich. Ich schnaubte einmal, zweimal. Plötzlich weinte ich. Und lachte dabei.

»Was zum Teufel ist los mit dir?«

»Jeder, mit dem ich spreche, stirbt.« Ich wischte mir die Tränen weg. Das Lachen blieb mir im Hals stecken. »Pass besser auf. Außer, du bist der Killer, dann hab ich Pech gehabt.«

Liam packte mich an den Schultern, sodass ich ihn anschauen musste. »Was ist los?«

»Tut ganz schön weh, hm? Wenn dir jemand weggenommen wird. Hast du Lydia geliebt? Ich meine, wirklich geliebt?«

»Sophie, ich …«

»Und du konntest sie nicht beschützen. Wie schrecklich. Gut, vielleicht hast du Lydia selbst umgebracht, und Natalia, und in dem Fall bist du ein verdammter Lügner und …«

Liam packte mich an den Haaren und zog mir den Kopf in den Nacken. »Sophie, wenn du mir nicht erzählst, was los ist …«

»Dann bringst du mich um? Hast du das auch zu den anderen gesagt?« Liam zuckte zusammen, und ich lachte ihm ins Gesicht. »Ich hab heute rausgefunden, dass mein Bruder umgebracht wurde. Er ist letztes Jahr an einer Überdosis gestorben. Nur war es keine Überdosis. Er ist ermordet worden.«

»Wie bitte?«

Ich schüttelte den Kopf und wollte mich aus Liams Griff befreien, doch er ließ mich nicht los. »Nimm deine dreckigen Hände von mir.« Ich stieß ihm gegen die Brust, womit er nicht gerechnet hatte. Er ließ die Hände sinken und trat einen Schritt zurück. Die Luft wurde dicker, pulsierte, und auch zwischen meinen Beinen pochte es.

Plötzlich überwältigte mich etwas mit der Wucht eines Axthiebes. Ich ging auf Liam los, stieß ihn auf die Couch. Setzte mich breitbeinig auf ihn. Fuhr ihm mit der Zunge über den Mund. Liam schaute aus zwei großen blauen Augen wie Tintenpfützen zu mir auf. »Sophie, warte.«

Doch ich konnte nicht warten. Bilder prasselten auf mich ein. Zerfetzte Haut. Fleckige Hälse. Glasige Augen. Spitze Gegenstände: Scheren, Dornen, Nadeln. Ich verschloss meinen Geist davor und presste meinen Mund auf seinen. Bartstoppeln zerkratzten mir das Kinn. Meine Lippen brannten, aber ich drückte mich noch fester an ihn. Meine Hände waren an Liams Hemd, seiner Brust, seinem Gürtel. Als er nicht reagierte, riss ich mir die Bluse auf, streifte den BH ab und drückte seine Hände an meine Brüste. Liam vergrub den Kopf an meinem Hals und stöhnte. Dann zerrte er an meinen Klamotten, drehte mich auf den Rücken. Er tastete nach meinem Slip, ich schlug seine Hand weg und zog den Stoff zur Seite.

Sein heißer Atem traf mich im Gesicht. »Bist du dir sicher?«

Ich legte ihm eine Hand an den Hinterkopf, griff zwischen uns und beendete sein Zögern.

Natalia, Lydia, Tommy. Die Bilderflut ließ nach, wurde langsamer, versiegte. Und dann war endlich Stille.

Ich küsste das Tattoo auf Liams Handgelenk und löste meinen verschwitzten Körper vom Ledersofa. Ich konnte seinen Blick spüren. Die Luft um uns roch dunkel, feucht, wie in einer Höhle. Ich griff über Liam hinweg nach seinem Glas und trank einen Schluck. Er zog mich an sich und leckte mir den Whisky von den Lippen. Ich nestelte an meinem BH-Träger herum und starrte dabei auf den Boden. Die Hemmungslosigkeit floss wieder aus mir heraus wie die klebrige Flüssigkeit zwischen meinen Beinen. Mein Blick blieb auf einem Foto von Liam und Lydia auf dem roten Teppich hängen. Lydias silbernes Kleid sammelte sich in schimmernden

Pfützen zu ihren Füßen. Hinter ihr stand Liam in einem dunkelblauen Anzug und blitzte zornig in die Kamera.

»Wann war das?«

»Letztes Jahr auf dem Met Ball.« Ich erschauerte, als Liams Lippen meinen Nacken streiften. »Deine Haut riecht nach Honig.« Er grub mir die Zähne in die Schulter, und meine Lider schlossen sich flatternd. »Dein Bruder. Das tut mir leid. Was ist passiert?«

Ich wollte aufstehen, aber Liam hielt mich zurück. »Sie flieht vor mir, die einstmals mich noch suchte, mit bloßem Fuß in meine Kammer schlich.«

»Was soll das bitte heißen?«

»Dass du mich nicht zum ersten Mal vögelst und dann abhaust.« Ich lachte kurz auf, und Liam lehnte sich zurück. »Solange du die Fragen stellst, ist also alles in Ordnung.«

Ich zog die Bluse enger um mich. »Das ist mein Job.«

»Gehört es auch zum Job, mit mir zu schlafen?«

Mir rutschte die Hand aus, schallend traf sie ihn im Gesicht. Liam stieß mich beiseite und stand auf. Schnallte den Gürtel zu. Ging barfuß in die Küche. Ich hörte die Kaffeemaschine blubbern und zischen.

Er kehrte mit zwei Tassen zurück und setzte sich neben mich. »Du bist so angespannt, Sophie. Schon immer gewesen.« Mit zitternder Hand führte ich die Tasse zum Mund. »Ich weiß, warum du an dem Abend in Oxford verschwunden bist«, flüsterte er. »Du hast nicht an mich geglaubt. Du glaubst immer noch nicht an mich.«

»Du bist sauer auf mich, weil ich keine Lust hatte, von dir fallen gelassen zu werden?«

»Ich bin sauer, weil du mir nie eine Chance gegeben hast.«

Der Kaffee verscheuchte den letzten Rest Leichtfertigkeit, und ich fühlte mich linkisch und gereizt. »Pass besser auf dich auf, Liam.«

»Ich würde aber lieber auf dich aufpassen.« Liam fuhr mir mit dem Finger über die Schulter, alles in mir kribbelte.

Ich schob seinen Arm beiseite. »Ich mein's ernst, du Idiot. Die bereiten eine Anklage gegen dich vor.«

Liam schlug die Beine unter und seufzte. »Weißt du, was die glauben? Dass Lydia mein eigentliches Opfer war und ich Natalia umgebracht habe, damit es nach einer Mordserie aussieht. Die glauben sogar, dass ich mir die SMS von Lydias Handy selbst geschickt habe. Da wäre selbst Fred West vor Neid erblasst.« Er lächelte ein falsches Lächeln.

Ich schauderte und rutschte von ihm weg. »Ich muss los.«

Ich schlüpfte gerade in meine Schuhe, als Liam hinter mir auftauchte. Er blieb ein paar Zentimeter entfernt von mir stehen, als befände sich ein unsichtbares Kraftfeld zwischen uns. »Der Prostitutionsring. Du willst doch nicht darüber berichten, oder?«

Ich seufzte, drehte mich aber nicht um. »Was glaubst du?«

Liam schmiegte sich an mich. »Dann ist ihr Ruf endgültig ruiniert.«

Ich wirbelte herum. »Wenn ich es für mich behalte, haben die Drahtzieher gewonnen. Dann hat der Mörder gewonnen. Nichts kann Lydia zurückbringen, aber wir können der Öffentlichkeit zeigen, womit sie konfrontiert war. Außerdem ermutigt es vielleicht andere Opfer, sich zu melden.«

Liam musterte mich kühl und griff dann nach seinem Handy, das auf dem Eichentisch lag. »Ich ruf dir ein Taxi.«

Fünf Minuten später begleitete er mich zur Haustür. Er gab mir einen Abschiedskuss, seine Wimpern fühlten sich auf meiner Wange an wie winzige Spinnenbeine.

27

Ein lautes Pochen riss mich hart aus dem umwölkten Zustand zwischen Schlaf und Erwachen. Erst nach ein paar Sekunden merkte ich, dass das Pochen von meinem Puls stammte. Ich wartete darauf, dass mein Herz sich beruhigte, doch nichts geschah. Ich schleppte mich unter die Dusche. Heißes Wasser umspülte den Schmerz zwischen meinen Beinen. Meine Wangen brannten bei dem Gedanken an die nächtlichen Vorfälle. Ich drehte die Temperatur ruckartig auf kalt, damit mich das eisige Wasser reinwusch.

Tommy wurde ermordet. Drei kleine Wörter lärmten durch meinen Kopf. Ich setzte mich auf den Wannenrand und ließ sie um mich herumschwirren, neugierig, wohin sie mich führen würden. Violet hatte recht. So abartig es auch klingen mochte, ich war tatsächlich auf gewisse Weise erleichtert, dass Tommy sich nicht selbst das Leben genommen hatte.

Ich zog mich an, schlang eine Schüssel Müsli herunter und schaltete die Nachrichten ein. Die knalligen Farben und schrillen Stimmen verschlimmerten meinen Kater, und ich schaltete wieder ab. Noch gab es keine Meldung über die *Julias*, was bedeutete, dass Rowley von der Echtheit der Sache noch nicht hundertprozentig überzeugt war. Ich griff nach meinem Handy, um Kate von der Zwei-Mörder-Neuigkeit zu berichten, als ich sah, dass Melissa mir eine SMS geschickt hatte.

Hallo Sophie! Hab das Tagebuch gefunden. Der Mann vor Mands' Haus hieß Bairstow. John Bairstow. Melissa (W-C)

Ich stellte die Schüssel in die Spüle und ging in mein Arbeitszimmer.

Ich suchte online nach John Bairstow, fand aber auf die Schnelle nichts, was mich weitergebracht hätte. Einer Ahnung folgend, rief ich Detective Inspector Rob Birch an. Rob war klein und drahtig, hatte schwarzes Haar und trug stets ein Grinsen zur Schau, das ein hübscheres Gesicht verdiente. Wir hatten uns bäuchlings auf einem Gehweg in Hackney kennengelernt, nachdem eine Explosion in einem Wohnblock uns drei Meter durch die Luft geschleudert hatte. Ich hatte mir dabei zwar das Handgelenk gebrochen, aber dafür einen anständigen Informanten gewonnen.

Rob fragte mich nicht, weshalb ich nach John Bairstow suchte, und ich erklärte es ihm auch nicht. Nach nicht einmal einer Minute hatte er einen Eintrag gefunden.

»Ja, es gibt einen John Bairstow, der im März 1994 wegen Vergewaltigung verurteilt worden ist und vier Jahre im Gefängnis Ihrer Majestät in Liverpool gesessen hat.« Adrenalin schoss mir durch die Adern. »Sein Opfer war eine siebzehnjährige Ariel Butters aus Kent. Und bevor du fragst: Nein, ich darf dir keine näheren Informationen zu ihr geben.«

Ich bedankte mich bei Rob und legte auf. Im Wählerverzeichnis fand ich sie unter einer Adresse in Edenbridge.

Eine Dreiviertelstunde später saß ich in einem Abteil, in dem es nach Hamburgern und Schweiß stank. Als der Zug Victoria Station verließ, meldete mein Handy den Eingang einer E-Mail von DI Weatherly. Ich klappte meinen Laptop auf und klickte auf den Anhang. Er hatte nicht nur seine

Notizen eingescannt, sondern auch Artikel aus der Lokalpresse, Zeugenaussagen, Obduktionsfotos sowie Bilder vom Tatort. Ich schlürfte einen Schluck von meinem Tee und öffnete die Tatortfotos.

Amanda Barnes lag auf dem Bauch, eine dichte Hecke verbarg Kopf und Schultern. Ihre Füße waren nackt, die pinkfarbenen Turnschuhe lagen neben ihr. Amandas gepunktetes Nachthemd war bis zu den Hüften hochgerutscht. Das nächste Foto zeigte eine Nahaufnahme ihrer Hände, die halb unter Laub steckten.

Ich biss auf dem Styroporbecher herum und klickte mich als Nächstes durch die Obduktionsfotos. Die Hecke hatte Amanda das Gesicht zerkratzt, ein Auge war halb geschlossen wie zu einem nachlässigen Zwinkern. Ihr Hals war von roten Malen übersät, die aussahen wie Kleckse von Erdbeermarmelade. Die Nahaufnahmen zeigten verblasste blaue Flecke an ihren Handgelenken und Brandwunden von Zigaretten an ihren Brüsten, Schultern und an ihrem Nacken. Als Todesursache stand im Bericht Erstickung. In ihrem Blut waren Spuren von Preludin gefunden worden, ihre Freundinnen sagten jedoch aus, sie habe es zum Abnehmen genommen.

Anschließend scrollte ich mich durch die Fallakten. Seitenweise Zeugenaussagen: Amandas aufgelöste Mutter Clare, Melissa Wakefield und drei andere Schulfreundinnen bezeugten, wie besessen Michael Farrow von seiner Stieftochter gewesen war und wie sehr sich Amandas Verhalten in letzter Zeit verändert gehabt hatte. In den Akten fand sich zudem eine Aussage des Lehrers, der Amanda zuletzt lebend gesehen hatte, sowie des Joggers, der auf ihre Leiche gestoßen war.

Außerdem enthielten sie Fotos des Beweismaterials. Michael Farrows schlammverklebte Stiefel. Ein kleiner brauner Umschlag mit Fotos von Amanda in verschiedenen Altersstufen, auf denen ihr Gesicht weggekratzt worden war. Darunter stand: *Beweisstück H, Fundort unter Fußleiste in Schlafzimmer des Verdächtigen.* Daneben hatte jemand mit einem roten Stift etwas notiert: *Kratzer in Amandas Gesicht – Verbindung zu zerkratzten Fotos?* Weatherly war anscheinend zeitweise der Theorie nachgegangen, dass die Wunden in Amandas Gesicht kein Zufall waren. John Bairstow wurde in keinem der Berichte erwähnt.

Als der Zug in Redhill einfuhr, klingelte mein Handy.

»Ja?«

»Was läuft mit Liam?« Macks Stimme dröhnte durchs Telefon.

Mein Gesicht entflammte. »Wie meinst du das?«

»Hast du etwas Zitierfähiges bekommen?«

»Ich … ich dachte …«

»Hast du was aus ihm rausgeholt oder nicht?«

Ich lehnte den Kopf an die Scheibe, und der Zug fuhr wieder an. Als ich Mack eine runtergehauen hatte, hatte ich nicht geahnt, dass wir weiterhin zusammenarbeiten würden.

»Er wollte sich nicht offiziell äußern.«

Der nächste Halt wurde angesagt.

»Wo zum Teufel bist du?«

Ich brachte Mack mit der Spritzigkeit einer abgestandenen Cola auf den neuesten Stand. Mir war klar, dass er mit der Reise nicht einverstanden sein würde.

»Was hat das bitte mit den *Julias* zu tun?«

Ich setzte zu einer erfundenen Quatschantwort an, um

mir Zeit zu verschaffen, doch was nützte es? »Möglicherweise gar nichts. Ich weiß es noch nicht.«

»Kent, wir haben mit dieser Story alle Hände voll zu tun. Rahid hat die verpixelten Perversen auf dem Video nicht identifizieren können, und von den Hotelangestellten will auch keiner reden. Wir brauchen mehr Beweise, sonst kommen wir damit bei der Rechtsabteilung nicht durch.«

Etwas Weißes huschte am Fenster vorbei; der Zug glitt durch frostüberzogene Felder. Zweifel wurden in mir laut. »Ich hab so ein Gefühl, Mack. Zu viele Zufälle auf einmal.«

»Amandas Mörder hat sich umgebracht. Das ist eine Sackgasse. Aber natürlich, das kann ich ja nicht bewerten, denn ich erkenne ja nicht mal eine gute Story, wenn sie mir in den Schoß fällt, stimmt's?«

»Mack ...«

»Nach allem, was du dir geleistet hast, solltest du besser das tun, was man dir sagt. Egal, was Rowley behauptet hat, ich bin hier immer noch der Chef ...«

Ich schaltete auf Durchzug und scrollte weiter durch die Bilder vom Tatort. Amandas schmale Füße, die Blätter an ihrem Nachthemd, die winzigen weißen Knospen an den Zweigen der Hecke. Ich zoomte näher heran. Weiße Blüten, schwarzes, stacheliges Geäst, lange dunkle Dornen. Mir stockte der Atem.

Amanda Barnes lag unter einem Schwarzdorn.

Das Taxi fuhr durch nahezu identische Straßen, die nach shakespeare'schen Figuren benannt waren: Ophelia Drive, Hamlet Close, Viola Crescent. Wahrscheinlich hatte man gehofft, es werde der Siedlung eine gewisse Grandezza verleihen, sie ähnelte jedoch mehr einer billigen Filmkulisse.

Haus Nummer 10 im Oberon Way stand am Ende einer verlassenen Sackgasse. Ein nichtssagendes Gebäude mit zwei Zimmern je Stockwerk, einem kümmerlichen Stück Rasen und einem Windspiel an der Haustür. Ich bat den Fahrer, auf mich zu warten, und klingelte – ein synthetisches Big-Ben-Läuten ertönte, während ich noch einmal meine Strategie durchging. Ein Vorhang bewegte sich, dann öffnete sich die Tür, und eine übergewichtige Frau in verwaschenen Jeans und einem unförmigen grauen T-Shirt stand vor mir. Sie hielt ein Handy an die Brust gepresst. Ein ehemals hübsches Gesicht, dessen beste Tage allerdings vorbei waren. Große braune Augen, umrandet von wenig schmeichelhaften Ringen, ein hängendes Doppelkinn und strähniges blondes Haar, die Frisur war schon längst herausgewachsen.

»Sind Sie Ariel Butters?«

Sie biss sich auf die Lippe und hinterließ dabei glänzenden, pinkfarbenen Lippenstift auf den Zähnen. »Wer will das wissen?«

»Ich bin Sophie Kent. Ich arbeite für den *London Herald*. Ich möchte Ihnen gerne ein paar Fragen zu John Bairstow stellen.«

Schweigen. Tiefe Falten erschienen auf Ariels Stirn. »Monica, ich ruf dich später zurück.«

Dann folgte ich ihr in die Küche. Mir fiel auf, wie sie sich heimlich mit der Hand den Lippenstift abwischte. Zitronenduft lag in der Luft. Stimmengewirr drang aus dem Retroradio in der Ecke. Ein Mopp lehnte am Kühlschrank.

»Kümmern Sie sich nicht um den Boden. Ich muss sowieso von vorne anfangen.« Sie deutete auf ein paar kleine schwarze Fußspuren. »Die blöde Katze.«

Ariels Schuhe klackerten über die Küchenfliesen. Zu meiner Überraschung trug sie hochhackige Plüschpantoletten. Schuhe, die an wasserstoffblonde Locken, billigen Glamour und das Hollywood von früher erinnerten. Sie bemerkte meinen Blick und streifte sie ab. Wie zwei rosa Wolken blieben sie auf dem feuchten Linoleum liegen.

Sie bot mir keinen Stuhl an, aber ich setzte mich trotzdem, sodass sie mich nicht mehr so einfach rausschmeißen konnte. »Danke, dass Sie sich die Zeit nehmen. Ich bin …«

»Ich hab Sie nur reingelassen, weil meine Nachbarin so eine neugierige Kuh ist und ich Ihnen das hier nicht da draußen sagen wollte. Ich kann Ihnen nichts über John Bairstow erzählen. Mit dem Kapitel in meinem Leben habe ich abgeschlossen.« Sie ließ sich auf den Stuhl gegenüber fallen und verschränkte die Arme.

»Das muss sehr schwierig für Sie sein.«

»Sie haben keine Ahnung.« Eine schlichte Feststellung, weder bösartig noch grob. »Tut mir leid, aber Sie müssen jetzt gehen. Meine Jungs kommen bald nach Hause.«

Ich entdeckte ein gerahmtes Foto von Ariel mit einem bärtigen Mann und zwei Teenagern, die den Überbiss ihrer Mutter geerbt hatten. »Hübsche Kinder. Brechen sie den Mädchen schon die Herzen?«

Der Anflug eines Lächelns. »Und wie. Ich komme mit ihrem Liebesleben kaum hinterher. Haben Sie Kinder?«

Ich schüttelte den Kopf. »Aber ich hatte mal einen Bruder in dem Alter.«

»Dann kennen Sie das ja. Jungs. Eine Spezies von einem anderen Planeten.«

Ich lächelte mechanisch. Tommy hatte nie jemandem das Herz gebrochen, von mir mal abgesehen.

»Das war letzten Monat auf unserer Kreuzfahrt. Die Kanaren.« Ariels sanfte, leise Stimme hatte einen näselnden Einschlag. »Hat die ganze Woche geregnet. Zweitausend deprimierte Touristen, die in einer Sardinenbüchse durch die Gegend schippern. Ich fand das von Anfang an nicht gerade verlockend, aber Miles meinte, das wär bestimmt gut für …« Sie seufzte schwer.

Ich behielt meine Tasche auf dem Schoß und die Hand in der Tasche, sodass ich jeden Moment mein Diktiergerät hervorholen konnte. Ich ließ es los. »Ariel, geben Sie mir nur zwei Minuten.«

Sie rieb sich die Unterlippe und entfernte weitere Lippenstiftspuren. Ansonsten war sie ungeschminkt, und ohne den Lippenstift wirkte ihr Gesicht nackt und harsch. »Hat keinen Sinn. Egal, was Sie sagen.«

Die hängenden Schultern und der ausweichende Blick erinnerten mich an Natalia. Der unbewusste Versuch, so wenig Raum wie möglich einzunehmen. Typisch für Vergewaltigungsopfer. Anscheinend selbst für die Opfer, deren Vergewaltigung zehn Jahre zurücklag.

»Für wen arbeiten Sie noch gleich?«

»Für den *London Herald*.«

Ich zog den Mantel fester um mich. Trotz ihrer nackten Füße schien Ariel den eisigen Luftzug nicht zu bemerken. »Wie haben Sie Ihren Mann kennengelernt?«

»In einer Bar. Nicht gerade romantisch, aber für mich war's trotzdem wie im Märchen. Mir ging's echt übel, aber er hat mich gerettet.« Ariel zündete sich ein Zigarette an und blies den Rauch durch die Hintertür, wo der Wind ihn direkt wieder ins Haus wehte. Sofern Miles nicht komplett bescheuert war, würde Ariel ihr Geheimnis nicht lange hüten können. »Hab mich so hässlich wie möglich gemacht, was gar nicht so einfach war.« Ein schüchternes Lächeln. »Sie hätten mich früher mal sehen sollen. Man soll sich ja nicht selbst beweihräuchern, aber … hier.« Ariel holte ein abgegriffenes rotes Fotoalbum aus einer Schublade.

Ich blätterte durch Ausschnitte aus Zeitschriften und Katalogen und erkannte kaum das Gesicht, das mich daraus anlächelte. Es war wie aus Sonnenlicht gewirkt; ein goldener Pony, Haut in der Farbe von Café au lait, goldgefleckte runde Katzenaugen. Ich brauchte einen Moment, bis ich verstand, was genau ich da vor mir hatte, und bemühte mich um einen neutralen Tonfall.

»Sie waren Model?«

»Die *Just Seventeen* hat mich die neue Brigitte Bardot genannt. Wären Sie bestimmt nie drauf gekommen, dass ich das bin.« Ich wollte ihr gerade widersprechen, aber Ariel winkte mit ihrer Zigarette ab und verteilte dabei noch mehr Rauch in der Küche. »Ich hab mich für einen anderen Weg entschieden. Mein Aussehen hat mir nur Ärger eingebracht. Miles war mein Ticket raus aus dieser Welt. Hab mich auf meine Familie konzentriert. Ganz ehrlich, es war so erleichternd. Nicht drüber nachzudenken, wie ich aussehe. Je mehr ich zugenommen habe, desto stärker wurde ich. Hab mich von dem schwachen Mädchen verabschiedet, das ich früher mal war, das sich hat …« Sie starrte auf den Boden und kaute an einem Fingernagel. Dann hob sie das Kinn. »Miles versteht mich. Er meint, ich bin trotzdem schön. Auch ohne das ganze Getue. Wer braucht das schon, oder?«

Mein Blick schnellte von ihren Plüschpantoffeln zu dem rosa Fleck an ihrer Oberlippe. Ariel machte sich immer noch etwas aus dem Getue, aber nur, wenn niemand sie sehen konnte. Bei dem Gedanken verknotete sich mein Magen vor Wut.

»Sie waren nie schwach.«

»Wie bitte?«

»Früher. Sie sind für sich selbst eingetreten. Wegen Ihnen sitzt ein Verbrecher im Gefängnis. Sie haben etwas aufs Spiel gesetzt und den Übergriff angezeigt, was, seien wir ehrlich, die meisten Frauen gar nicht erst schaffen. Dann sind Sie damit an die Öffentlichkeit, haben den Prozess durchlebt und gewonnen. Sie waren definitiv nie schwach. Sie waren sogar ziemlich tapfer.«

Ariel drückte die Kippe auf der Türschwelle aus und versteckte das Corpus Delicti draußen in der Mülltonne. Dann tappte sie zum Herd, setzte den Kessel auf und schaltete das Radio aus. Ohne das Hintergrundgeräusch fühlte sich die Luft wie geladen an, elektrisiert. So wie immer, wenn ein Informant kurz davor stand, sich zu öffnen.

Ariel hatte mir den Rücken zugewandt. »Was genau wollen Sie wissen?«

Mit pochendem Herzen zog ich das Diktiergerät hervor. »Ich suche nach einem bestimmten Typ von Sexualverbrecher. Je mehr Details ich habe, desto besser. Können Sie mir sagen, wo es passiert ist?«

Ich hörte, wie sie langsam ausatmete. »Bei einem Katalogshooting in Chislehurst.«

»War John bei dem Shooting dabei?«

»Er war der Fotograf. Groß, glatzköpfig. Runde Brille. Sie wissen schon, so eine, wie Harry Potter sie trägt.« Ariel steckte eine Hand in die Tasche. »Ich war erst seit ein paar Monaten dabei und ziemlich nervös. John war nett. Er meinte, er hätte mich persönlich ausgesucht, weil ich was Besonderes wäre. Als ich fertig war, hat er vorgeschlagen, dass ich bei ihm zu Hause auf meinen Zug warten könnte. Er wollte mir was über Lichtverhältnisse und Perspektive beibringen.«

Ariel holte zwei Tassen aus dem Schrank und ließ einen Löffel Zucker in ihre rieseln. »Erst haben wir nur geredet. Ich war geschmeichelt, dass er sich für mich interessiert. Dann hat er gesagt, das Tageslicht wäre oben besser.«

Ich ließ Ariel Zeit, damit sie fortfahren würde, doch eine angespannte Stille erfüllte den Raum. Der Kessel pfiff, aber sie rührte sich nicht.

Ich musste Ariel vom Abgrund zurückholen. »Ich suche nach einem Mann, der … die Indizien deuten darauf hin, dass der Täter den Geschlechtsakt nicht vollziehen kann. Er geht bei seinen Übergriffen anderweitig vor. Klingt das für Sie nach John Bairstow?«

Ein angedeutetes Nicken. Diesmal wartete ich.

»Zuerst hab ich mich noch gewehrt. Er war nicht besonders stark. Aber dann hat er mir ein Kissen aufs Gesicht gedrückt. Ich dachte, ich ersticke. Den Schmerz werde ich nie vergessen. Er hat eine Flasche benutzt, und danach hat er … hat er es sich selbst besorgt. Ich lag stocksteif da, als er sich den Gürtel wieder zugeschnallt hat. Bevor er gegangen ist, meinte er noch, er hätte alles gefilmt. Er würde es so bearbeiten, dass es aussieht, als hätte ich darum gebettelt. Und dann würde er das Video meinem Freund schicken.«

Ariel schaute an mir vorbei. »Ich war mir so sicher, dass meine Mutter etwas merken würde. Ich konnte zwei Tage lang nicht sitzen. Und erst nach drei Tagen fasste ich den Mut und erzählte ihr alles. Sie ist dann direkt mit mir zur Polizei. Ich hatte meine Klamotten ganz unten im Wäschekorb versteckt, es gab also reichlich Beweismaterial, und die Spuren da unten, Sie wissen schon, bewiesen, dass ich die Wahrheit sagte. Ich hab mich so abstoßend gefühlt. Er hat gesagt, ich wäre nichts wert. Immer wieder, die ganze Zeit über. Und wissen Sie was? Er hatte recht.«

Evas Angreifer hatte genau dasselbe gesagt. Ich rutschte auf meinem Stuhl nach vorne.

»Wissen Sie, was aus John geworden ist? Ich meine, nach seiner Freilassung?«

»Tut mir leid, ich hab mein Leben weitergelebt. Nie mehr zurückgeschaut.« Ihre Mundwinkel sackten herab. »Na ja, so gut wie nie.«

Sie begleitete mich zur Tür und streckte mir die Hand entgegen. »Er war selbstbewusst, hatte so eine bestimmte Art an sich. Deswegen hab ich's nicht kommen sehen. Ich hab nie bezweifelt, dass er andere Opfer hatte. Er war einfach zu clever.«

Ich nickte und drückte ihr meine Karte in die Hand. Dann stürmte ich zu dem wartenden Taxi. Hinter mir klimperte leise das Windspiel.

28

An der U-Bahn-Station Embankment stieg ich aus. Ich musste den Kopf freibekommen. John Bairstow hatte gefilmt, wie er ein Model sexuell missbrauchte, um es anschließend mit den Aufnahmen zu demütigen. Das klang eindeutig nach der Art Perversling, dessen nächstes Projekt die *Julias* gewesen sein könnten. Zudem war er eine Woche vor Amandas Tod bei ihr zu Hause aufgetaucht. Und Amandas Leiche lag damals unter einem Schwarzdorn versteckt. Mit jedem Schritt wurde ich mir meiner Sache sicherer. Ich zog mein Handy hervor und schrieb eine SMS an Rowley:

Wichtige Neuigkeiten, wir müssen reden.

Die Sonne am Stadthorizont verwandelte den Himmel in eine rosa Patchworkdecke. Einer dieser wunderbaren Sonnenuntergänge im Februar, die wie aus dem Nichts auftauchen und wintermüde Seelen beleben. Als ich die Lambeth Bridge erreichte, war das Feuer zu Kohlen heruntergebrannt und das Spektakel vorbei. Ich stapfte gedankenversunken die Vauxhall Bridge Road entlang, da klingelte mein Handy.

»Soph, wir sind hier an einer Theorie dran.« Kates Stimme klang gehetzt. »Wir haben uns die Fotos von Leo Brands Party im *Rose Hotel* angesehen und nachgeprüft, wann sich Lydia wo befunden hat. Aber es gibt eine Lücke. Nach dem Streit mit Liam ist sie verschwunden.«

Ich runzelte die Stirn. »Ja, sie ist mit Amos Adler ins *DreamBox* gegangen.«

»Nein, davor. Sie taucht später noch mal auf den Fotos auf. Sie hat sich mit Liam gestritten, als er zurück ins Hotel gekommen ist, und dann war sie für fast eine Stunde verschwunden.«

»Was glaubst du, was passiert ist?«

»Was, wenn sie an dem Abend gearbeitet hat? Wenn sie sich oben mit einem Kunden getroffen hat? Auf den Überwachungskameras des Hotels ist sie allerdings nicht zu sehen, soweit ich weiß ...«

»Wenn sie an dem Abend für die *Julias* gearbeitet hat, wäre das nicht verwunderlich. Die wissen sicher, wie man ungesehen die Treppe hochkommt.« Ich stand an einer Straßenecke, der Verkehr dröhnte an mir vorbei. Hatte Liam Lydia deswegen zur Rede gestellt? Er hatte nicht gewollt, dass sie sich mit dem Kunden traf. Und als sein Bitten auf taube Ohren gestoßen war, war er davongestürmt. Hinter mir hupte ein Lkw-Fahrer, und ich zuckte zusammen.

»Ich frage mich, ob sie gefilmt wurde. Jemand hätte die Kamera vorher im Zimmer aufstellen und sie dann wieder aus dem Hotel schleusen müssen.«

Plötzlich klingelten mir Sashas Worte in den Ohren. *Ich war abgelenkt. Dmitri ist hinter ihm mit einem Rucksack die Treppe runtergekommen.*

»Woran denkst du? Jemand von dort hat geholfen?«

»Ich ruf dich zurück.«

Ich stürzte in Richtung der nächsten U-Bahn-Station und stieß dabei fast eine Frau vor einen Bus. Ich rief ihr eine Entschuldigung zu und rannte die Treppe hinunter.

Ich fand ihn in der Gasse hinter dem Hotel, wo er gerade eine Zigarettenpause einlegte. »Ihre Kollegin hatte also recht.«

Dmitri runzelte die Stirn und stieß einen Rauchwirbel aus. »Sie schon wieder.«

Mit eiskalten Händen zog ich meinen Notizblock hervor. »Ich habe noch ein paar Fragen an Sie.«

»Ich hab der Polizei schon alles erzählt.«

»Nicht alles.«

Dmitris schmallippiges Lächeln sah aus wie der Schnitt auf einem rohen Teigling.

»Ich war bei Sadie Long, schon vergessen? Ich hätte Natalia gar nicht umbringen können.«

»Sie waren allerdings nicht die ganze Zeit über bei Sadie, oder?« Dmitri zog an seiner Zigarette und musterte mich abschätzig. »Kommt Ihnen der Name *Die Julias* bekannt vor?«

Dmitri reckte das Kinn und stopfte die Hände in die Taschen.

»Ein exklusiver Escortservice, dessen Kunden sich gerne in Nobelhotels aufhalten. Dazu kommt leider, dass die Frauen erpresst werden. Sie werden heimlich gefilmt und, wenn sie aussteigen wollen, damit bedroht, dass das Video an die Öffentlichkeit gelangt.« Dmitri schnippte seine Zigarette gegen die Wand. »Ich gehe davon aus, dass die *Julias* jemanden hier im Hotel kennen, einen Insider. Ich habe noch mal darüber nachgedacht, was Sie an dem Abend getrieben haben. Dass Sasha Sie auf der Hintertreppe gesehen hat. Sadie hat bestätigt, dass Sie bis etwa dreiundzwanzig Uhr bei ihr waren. Sie hatten also durchaus Zeit, einen kurzen Zwischenstopp einzulegen. Ich wette, die Überwachungsaufnahmen zeigen, wie Sie mit dem Rucksack in einem der Zimmer verschwinden.«

Dmitri verzog das Gesicht und stieß sich von der Wand ab. »Sie können nicht beweisen, was in der Tasche war.« Er wandte sich zum Gehen, und ich hielt ihn am Arm fest. »Das würde ich mir an Ihrer Stelle gut überlegen.«

»Ach ja?«

»Ihre Papiere sind gut gefälscht, das muss ich Ihnen lassen.« Dmitri blieb wie angewurzelt stehen. »Ein Anruf, und die Einwanderungsbehörde steht hier auf der Matte. Die würden Sie abschieben. Was Ihnen für die Beihilfe und Verschleierung eines Verbrechens wahrscheinlich eh droht.« Dmitri spannte die Schultern an, doch er drehte sich nicht um. »Der Mann, den ich suche, erpresst die Frauen nicht nur. Ich glaube, er ist ein Mörder.«

Dmitri erstarrte. Als er sich umdrehte, war alles Licht in seinen Augen erloschen. Er lehnte sich kraftlos an die Wand. »Von der Erpressung wusste ich nichts.«

»Was ist passiert?«

Dmitri steckte sich eine neue Zigarette an. »Er hat mich vor sechs Monaten angerufen. Meinte, er braucht Hilfe. Ich musste nur die Kamera aufbauen und sie am nächsten Morgen in einem Schließfach deponieren. Jedes Mal hab ich ein paar Hundert Pfund bekommen. Hat mein beschissenes Gehalt hier ziemlich aufgebessert.« Er zog an der Zigarette und trat auf der Stelle.

»Und das haben Sie auch am Abend von Natalias Ermordung getan?«

Dmitri nickte. »Er wollte Lydia Lawson filmen.«

»Ich brauche einen Namen.«

»Den hat er nie genannt.«

Ich zückte mein Handy. »Sie haben fünf Sekunden, bevor ich die Einwanderungsbehörde anrufe.«

»Es tut mir leid. Ich hatte keine Ahnung, dass es zu so etwas kommen würde. Als Natalia ermordet wurde, habe ich mich schon gefragt, ob er es war. Aber ich hatte zu große Angst, um der Polizei etwas zu sagen.« Dmitri schaute auf mein Handy und atmete tief durch. »Ich dachte, wenn die Presse Bescheid weiß, werden die schon anfangen zu graben.«

Ich starrte ihn an. »*Sie* haben mir die SMS an dem Morgen, nachdem Natalia gestorben war, geschickt?«

»Ich hätte nicht gedacht, dass Sie den Fall so hartnäckig bearbeiten würden. Aber da habe ich mir wohl die falsche Journalistin ausgesucht.« Er lachte leise. »Aber das ist die Wahrheit. Ich weiß nicht, wie er heißt. Aber ich hab ihn einmal gesehen, wie er die Kamera abgeholt hat. Er war an dem Abend auf dieser Party.«

Eine junge Frau steckte den blonden Schopf um die Ecke. »Dmitri? Wo bleibst du? An der Rezeption ist die Hölle los.«

Ich trat näher an ihn heran und legte ihm die Hand auf den Arm. »Wie sieht er aus?«

Dmitri schaute auf meinen Arm. »Da lass ich es doch lieber auf die Einwanderungsbehörde ankommen.« Er warf die Kippe auf den Boden und schlenderte davon.

Frustriert schlug ich mit der flachen Hand gegen die Wand, da piepste mein Handy. Eine SMS von Rowley.

Komm, so schnell du kannst, ins Büro.

Ich ging durch die Redaktion und ignorierte die Blicke.

Kate summte *I Will Survive*, als sie mich entdeckte.

»Hör bloß auf, du.« Grinsend streifte ich den Mantel ab.

»Im Ernst, wie stellst du das immer wieder an?«

»Ich geb einfach nicht nach.«

Kate tat so, als würde sie es sich auf einem Post-it notieren. »Nicht nachgeben.« Sie musterte mich. »Du siehst schon viel besser aus als bei unserem letzten Treffen.«

»Willst du damit sagen, der Kanalrattenlook stand mir nicht?«

Kate schnappte sich ihren Notizblock. »Der Heuler wartet schon.«

Wir blieben kurz vor Rowleys Tür stehen. Kate stopfte sich die Ecke ihrer verknitterten Bluse in den Rock. »Na gut, *let's get this party started.*«

Wir gingen nacheinander durch die Tür, und ich atmete tief durch. Plötzlich war ich mir meiner Sache nicht mehr so sicher. Cheryl fuhrwerkte an Rowleys Schreibtisch herum, stellte eine Kanne ab, ordnete einen Stapel Zeitungen und rückte sein Mousepad zurecht. Rowley entließ sie und nickte mir knapp zu.

»Philip.« Ich nickte ebenfalls und setzte mich neben Mack. An einem normalen Nachmittag, wenn es in der Nachrichtenredaktion schon etwas lockerer zuging und die meisten Jacketts über den Stuhllehnen hingen, war Mack der Einzige, dessen Anzug makellos war. Heute allerdings ragte sein Hemd aus dem Hosenbund, und er trug keine Krawatte.

Er lehnte sich mit finsterer Miene zurück.

Rowley goss Kaffee in seine *London-Herald*-Tasse. »Du hast gesagt, es gibt was Neues.«

Ich hatte nur eine einzige Chance, und ich würde sie nicht vermasseln. »Ich glaube nicht, dass diese Mordserie bei Natalia Kotow beginnt. Ich glaube, sie nimmt ihren Anfang vor zwanzig Jahren, mit dem Mord an einem sechzehnjährigen Model namens Amanda Barnes.« Die Theorie schien ihm neu zu sein. Mack hatte sich also nicht dazu herabgelassen, ihn darüber zu informieren. »Amanda wurde im Februar '94 etwa drei Kilometer von ihrem Haus entfernt in einem Waldstück erwürgt.« Ich reichte Rowley ein Foto von Amanda. »Erinnert sie dich an irgendwen?« Rowley setzte sich auf. »Amanda wurde von ihrem Stiefvater Michael Farrow ermordet, der sich in der Untersuchungshaft das Leben nahm. So weit also eine Sackgasse, stimmt's?« Ich warf Mack einen herausfordernden Blick zu, aber er wich mir aus. »Aber stellt euch vor: Eine Woche bevor Amanda starb, wurde John Bairstow, der kurz darauf wegen einer Vergewaltigung verurteilt wurde, in ihrem Haus gesehen. Heute Morgen habe ich mit einem seiner Opfer gesprochen, Ariel Butters. Sie hat mir erzählt, dass John den Übergriff gefilmt und später versucht hat, sie zu demütigen. Außerdem sagte sie mir, dass er sie damals die ganze Zeit über beschimpft hat. ›Du bist nichts wert‹, das waren seine Worte. Eine andere Informantin, die von den *Julias* erpresst wird, hat mir dasselbe über einen ihrer Vergewaltiger erzählt. Er hat denselben Satz verwendet.«

Mack hustete laut und hielt seine Hände in einer übertrieben entschuldigenden Geste in die Luft. Ich ignorierte ihn und konzentrierte mich auf Rowley. »Ein ehemaliger Polizist, der damals an Amanda Barnes' Fall arbeitete, hat mir erzählt, dass die DNA-Spuren eines zweiten Täters am Tatort gefunden wurden, aber nie zugeordnet werden konnten. Es gibt eine gewisse Chance, dass sie mit John Bairstows DNA übereinstimmen.«

Rowley klickerte mit seinem Stift auf dem Schreibtisch herum. »Wo ist John Bairstow jetzt?«

Ich lehnte mich auf meinem Stuhl zurück. »Das ist die

Frage. Die Polizei weiß nichts über seinen derzeitigen Aufenthaltsort, er steht nicht im Telefonbuch. Gleichzeitig deutet nichts darauf hin, dass er seinen Namen geändert hat.«

»Ein bisschen weit hergeholt, findest du nicht?« Mack hatte einen ruhigen Tonfall angeschlagen, aber die Anspannung stand ihm ins Gesicht geschrieben. Er hielt sich nur wegen Rowley zurück.

Ich warf ihm einen kalten Blick zu. »Du meinst, es lohnt sich nicht, dem nachzugehen? Zwei Models, die wie Amanda aussehen, werden sexuell missbraucht und erwürgt – exakt zwanzig Jahre nach ihrem Tod. Natalia und Lydia wurden die Haare so abgeschnitten wie Amanda sie damals trug, als sie ermordet wurde.« Ich klappte meinen Laptop auf und schob ihn über Rowleys Schreibtisch. »Das hier ist ein Obduktionsfoto von Amanda. Schau dir das Gesicht an. Ziemlich übel, oder? Die Gesichter von Natalia und Lydia wiesen die gleichen Schnitte auf. Ich glaube, der Täter durchlebt den Mord an Amanda noch einmal.« Ich machte eine Pause und beobachtete ihre Gesichter. Ich wollte nicht alle meine Trümpfe auf einmal auspielen.

»Aber hätte die Polizei nicht schon längst eine Verbindung zu Amanda Barnes aufgedeckt?« Kate klang entschuldigend. »Ich meine, wenn du Parallelen zwischen …«

»Ich hatte Glück. Ich bezweifle, dass die Parallelen im System auftauchen würden.« Ich öffnete einen weiteren Anhang und drehte meinen Laptop wieder um. Es war an der Zeit, mein Ass auszuspielen. »Natalia und Lydia wurden beide mit einem Schwarzdornast vergewaltigt. Das hier ist der Tatort von ’94. Seht ihr, wo Amanda liegt? Unter einem Schwarzdorn. Die Dornen haben ihr das Gesicht zerkratzt.« Rowley und Kate rutschten näher an den Laptop; sogar Mack wirkte interessiert. »Wir haben den Schwarzdorn nie erwähnt. Niemand wusste davon außer Michael Farrow und die Polizei. Es sei denn Michael hat jemandem davon erzählt oder wurde bei dem Mord beobachtet. Michael ist tot, und solange die Polizei nicht die Seiten gewechselt hat, kommen nur die letzten beiden Möglichkeiten infrage. Ich glaube, Michael und John waren Freunde und haben beide im Rahmen irgendeines widerlichen Sexspiels Amanda missbraucht. Wenn wir John Bairstow finden, haben wir auch den Mann hinter den *Julias* und unseren Serienmörder.«

Rowley nippte nachdenklich an seinem Kaffee. »Was ist sein Motiv?«

»Vielleicht hat er herausgefunden, dass zwei seiner Models mit der Presse reden und beschlossen, sie zum Schweigen zu bringen. Als er es tut, imitiert er den Mord an Amanda und lebt so seine langjährigen Fantasien aus.«

»Und zufällig sahen die beiden Models, die deine Informanten waren, Amanda ähnlich? Ich bitte dich.« Damit hatte Mack nicht ganz unrecht.

»Da gäbe es noch eine andere Möglichkeit.« Kate stützte ihre Arme auf Rowleys Schreibtisch. »Die Polizei hat den Falschen erwischt. Michael Farrow hat Amanda gar nicht umgebracht. Vielleicht war es dieser Bairstow.«

Ich schob mir die Haare hinters Ohr und nickte. »Die Idee hatte ich auch schon, aber die Beweise gegen Farrow waren erdrückend. Sein Sperma klebte an Amandas Körper, die Fußabdrücke am Tatort passten zu dem Profil seiner Schuhe. Außerdem liegen der Polizei zahlreiche Aussagen von Amandas Freundinnen vor, wie besessen er von seiner Stieftochter war. Er war krank. Wahrscheinlich hat er Amandas Mutter ebenfalls misshandelt.«

Kate pfiff durch die Zähne. »Wo ist die Mutter jetzt?«

»Ich arbeite dran.«

Rowley legte die Fingerspitzen aneinander. »Dann lasst uns über die Löcher in der Story sprechen.«

Ich seufzte. »Das Motiv natürlich, wie schon gesagt. Ich dachte die ganze Zeit, Natalia und Lydia wären umgebracht worden, weil sie mit der Presse gesprochen hatten. Aber mit Blick auf Amanda Barnes … Und dann ist da noch Bairnstow. Beide, der Beamte und meine Quelle von den *Julias*, glauben, dass ein zweiter Täter daran beteiligt war. Allerdings können wir nicht mit Sicherheit wissen, wer das war. Das Risiko ist jedes Mal gestiegen, genauso wie die Brutalität. Aber die größte Frage ergibt sich aus dem Abstand von zwanzig Jahren. Wenn die Morde mit Amanda zu tun haben, wieso dann diese Pause?«

Rowley schenkte sich Kaffee nach und hielt die Tasse zwischen den Händen. »Was hast du zu John Bairstow?«

Ich erzählte von meinem Gespräch mit Dmitri. Kate, die eben noch auf ihrem Block herumgekritzelt hatte, sah auf.

»Hat er dir einen Namen genannt?«

»Nein, aber es ergibt alles einen Sinn, wenn man deine Theorie über Lydia bedenkt. Ich glaube, Liam Crawford hat rausgefunden, was Lydia vorhatte, und ist deswegen zurück ins Hotel gegangen, um sie zur Rede zu stellen.«

Rowley räusperte sich. »Bin ich der Einzige, der den Wald vor lauter Bäumen sieht?« Wir schauten ihn verwirrt an. »Was, wenn Liam sie gar nicht aufhalten wollte? Was, wenn er sie dazu gezwungen hat?« Wir schwiegen. Rowley schob seine Tasse beiseite und beugte sich vor. »Liam wusste, dass Lydia sich prostituierte. Das hat er vor dir zugegeben, Sophie. Er hat dir erzählt, dass ihm jemand Lydias Sextape zugeschickt hat, aber war das gelogen? Als er gemerkt hat, dass du den *Julias* auf der Spur bist, musste er vielleicht seine Taktik ändern.«

Ich atmete langsam aus und antwortete kontrolliert. »Aber Liam war zwölf, als Amanda ermordet wurde. Er kann nichts damit zu tun haben.«

»Tatsächlich? Wo ist er aufgewachsen? Viele Kinder erleben traumatische Dinge, die sie ihr ganzes Leben lang nicht mehr loslassen. Aber selbst wenn er nichts mit Amanda zu tun hatte, kann es nicht sein, dass Liam die zweite Person ist? Du hast selbst gesagt, dass Natalia und Lydia Angst vor Liam hatten. Seine Alibis sind außerdem nicht wasserdicht. Hör zu, ich bin schon lange dabei, und die einfachste Erklärung ist meistens die richtige.«

Ich schaute aus dem Fenster über den Hyde Park. Die Eichen standen still und schweigend da wie massive Holztürme. »Wenn Liam damit zu tun hat, wieso ist er dann noch auf freiem Fuß?«

»Es gibt da so etwas, das nennt sich Beweise, Kent. Schon mal davon gehört? Vielleicht haben sie noch nicht genug gegen ihn in der Hand.«

Mir fiel mein Gespräch mit Durand wieder ein. Die Spurensicherung hatte einen Fingerabdruck an der Schere gefunden. Wenn er von Liam stammte, wäre er doch sicher in Haft.

»Wie hat Liam gestern Abend auf dich gewirkt?«, fragte Kate stirnrunzelnd.

Ich grub mir die Fingernägel in die Handflächen. »Ziemlich erschrocken, als er gehört hat, dass Lydia erpresst wurde.«

»Oder er wirkte erschrocken, weil du herausgefunden hast, dass Lydia erpresst wurde.«

Ich musterte die Abdrücke in meinen Handflächen.

Rowley räusperte sich erneut. »Okay, Folgendes. Die Verbindung zu Amanda Barnes ist tatsächlich faszinierend. Aber das muss eingehender recherchiert werden. Im Moment ist meine größte Sorge, dass uns jemand die *Julias* wegschnappt. Einem der Hotelangestellten ist rausgerutscht, dass eine andere Zeitung ihm dieselben Fragen gestellt hat wie wir. Haben wir genug, um die Story zu bringen?«

Kate blätterte in ihrem Block. »Wir haben Sophies Informantin mit den Hintergrundinfos zu den *Julias*. Außerdem bestätigt sie, dass Lydia und Natalia in den Prostitutionsring verwickelt waren. Wir haben es ja selbst gesehen. Rahid hat die Aussagen zweier Hotelangestellter, die vermuten, dass die Zimmer, für die sie zuständig waren, dafür benutzt wurden. Jasdeep recherchiert gerade, ob die Videos irgendwo online aufgetaucht sind.«

Rowley schlug mit der Hand auf den Tisch, voller Anspannung, Adrenalin und Koffein. »Um sieben will ich die Fakten hier vor mir auf dem Tisch liegen haben. Dann können die Anwälte noch mal drüberschauen, bevor wir es morgen bringen.«

»Morgen? Aber morgen ist Lydias Beerdigung.«

Mack streckte die Arme über den Kopf und gähnte. »Hast du nicht gehört, was unser geschätzter Chefredakteur gesagt hat? Wir verlieren die Exklusivmeldung, wenn wir noch länger warten.«

Ich sah Kate fragend an. »Wir bringen die Meldung, dass Lydia sich prostituiert hat, am Tag ihrer Beerdigung?«

Kate konzentrierte sich auf ihren Notizblock.

Rowley schaltete sich ein. »Sophie, du kümmerst dich um John Bairstow. Die *Julias* haben allerdings höchste Priorität.

Arbeite die Story zusammen mit Kate aus. In einer Stunde sehen wir, was wir haben.«

Als wir alle das Büro verließen, drängte sich Mack an mir vorbei.

Kate öffnete den Mund, um etwas zu sagen, aber ich ließ sie stehen und hastete Mack hinterher.

»Warum hast du Rowley nichts von Amanda Barnes erzählt?«

»Ich hatte keine Zeit und den Arsch voll Arbeit.«

»Wir haben alle den Arsch voll Arbeit. Uns fehlt ein Redakteur, schon vergessen?«

»Tja, und wessen Schuld ist das?« Macks Kiefer mahlten, und ich stellte mich auf einen verbalen Angriff ein. Doch er sackte nur gegen die Wand. »Sie hat mich verlassen, Kent. Scheiße, Rachel hat mich verlassen.«

»Wie bitte?«

»Sie hat meine SMS an dich gefunden. Letztens, im Aufzug, da hatte sie kurz vorher angerufen. Sie ist mit den Kindern zu ihren Eltern. Ich hab alles kaputt gemacht.« Macks Stimme versagte, und er wischte sich rasch über die Augen.

Ich wollte ihn am Arm berühren, ließ es aber bleiben. Wer wusste schon, wer uns beobachtete. »Ich weiß nicht, was ich sagen soll.«

»Es war nie meine Absicht, dass du gefeuert wirst. Ich dachte, du kriegst nur eine Verwarnung.«

»Weiß Rowley davon?«

»Er weiß, dass Rachel mich verlassen hat, aber nicht, wieso.« Mack sah mich aus traurigen, feuchten Augen an. »So viel zum Thema bis ans Ende unserer Tage.«

Als sich Rowley endlich mit Text und Bildern zufrieden zeigte, war es draußen stockdunkel und zu spät, um noch zu Abend zu essen. Nicht, dass ich etwas vertragen hätte. Macks Neuigkeit ging mir näher, als ich mir eingestehen wollte. Im Laufe der letzten vierundzwanzig Stunden hatte ich ihm alles Mögliche an den Hals gewünscht. Wieso fühlte ich mich dann so schlecht, jetzt, da wir endlich quitt waren? Seufzend wandte ich mich meiner nächsten schlechten Entscheidung zu: Liam Crawford.

Rowleys Theorie wollte mir nicht aus dem Kopf. Hatte Liam mich die ganze Zeit über angelogen? Es ließ mir keine Ruhe. Ich rief Durand an.

»Ja?«

»Sieh einer an, mein Lieblingsdetective.« Ich wartete auf eine Antwort, doch Durand schwieg. »Ich wollte nur ein bisschen quatschen, nach dem Stand der Dinge fragen, mit dir über die Theorie sprechen, dass der Mörder einen Komplizen hatte …«

»Das sind vertrauliche Informationen.«

Durands schneidender Tonfall verunsicherte mich. »Ich weiß, aber …«

»Vertraulich. Sonst noch was?«

Ich runzelte die Stirn. Befürchtete er, wegen mir Ärger zu bekommen? »Ich bin jetzt wieder als freie Mitarbeiterin beim *London Herald*.«

»Freut mich für dich.«

»Was ist los?«

»Ich hab zu viel zu tun, um mich mit der Presse abzugeben.«

»Ich frage dich nicht als Journalistin, sondern als Freundin.«

»Ach so, wir sind Freunde? Lustig, ich dachte, du rufst nur an, weil du was von mir brauchst.«

Ich wickelte mir das Telefonkabel um den Finger und beobachtete, wie sich das Blut in meiner Fingerspitze staute. »Bin ich dir irgendwie auf den Schlips getreten?«

»Wie läuft's mit deinem Artikel? Bist du auch objektiv?«

»Wie bitte?«

»Ich dachte bloß, das mit der Objektivität könnte schwierig werden, wenn man mit dem Hauptverdächtigen schläft.«

Ich spürte, wie mir das Blut aus dem Gesicht wich. Es fiel mir wie Schuppen von den Augen. Ich war so dumm gewesen. Als ob Durand Liam freilassen würde, ohne seine Wohnung zu überwachen. Wahrscheinlich war sie verwanzt.

Ich schluckte. »Sam …«

»Hör zu, es kümmert mich einen feuchten Dreck, mit wem du ins Bett gehst.« Durands Stimme klang kontrolliert, doch die stille Wut darin überraschte mich. »Aber es zeugt doch von einer gewissen Charakterschwäche.«

»Wer weiß sonst noch davon?«

»Eigentlich sollte ich mich bei dir bedanken. Liam hat im Verhör geleugnet, dass er das Video gesehen hat, das war nett.«

»Sam, ich bitte dich … Hast du gehört, was ich gerade rausgefunden hatte? Weswegen ich nicht … ich selbst war?«

»Ja, dein Bruder.« Für einen kurzen Moment herrschte Stille. »Um der alten Zeiten willen werde ich dir ein kleines Geheimnis verraten. Liam wusste, dass Lydia erpresst wurde.«

Mein Kopf schnellte nach oben. »Wie bitte?«

»Ihr scheint wirklich wie für einander geschaffen.«

»Sam, hör mir zu …« Ich brach ab. Ich hatte die Unterlagen willkürlich zusammengeschoben und in den Ordner gelegt, als mir ein kleines Schwarz-Weiß-Foto ins Auge fiel. Die Bildunterschrift lautete: *Clare Barnes – Sie musste mit ansehen, wie ihre eigene Tochter ermordet wurde*. Ich legte auf und zog den Ausschnitt heran. Das Blut rauschte mir in den Ohren.

Das konnte nicht wahr sein. Oder doch?

29

Ich stieg in Shepherd's Bush aus der U-Bahn-Station und lief über die Straße. Der Wind hatte an Stärke zugenommen, die schweren Wolkenkeile schluckten die Reste des Mondlichts. Die Tadmor Road war eine ruhige Anwohnerstraße hinter dem geschäftigen Treiben des Zentrums von Westfield. Ich eilte die Stufen zu Haus Nummer 14 hinauf – einem hübschen roten Backsteingebäude mit Blumenkästen am Balkon – und hob den schweren Türklopfer aus Messing. Kurz darauf öffnete sich die gelbe Haustür.

»Isabel hat mir Bescheid gegeben, dass Sie kommen. Gerade passt es mir allerdings nicht.« Trotz der offenbar zahlreichen Botoxbehandlungen zeichnete sich Erstaunen auf Cats Gesicht ab. In der einen Hand hielt sie ein ledernes Notizbuch, in der anderen ihr Handy. Ihre pfirsichfarbene Bluse bauschte sich im Wind.

»Ich muss mit Ihnen reden.«

Sie schüttelte den Kopf. »Ich stecke bis zum Hals in Arbeit. Mailand steht vor der Tür, und wegen der Beerdigung verliere ich morgen den ganzen Vormittag. Wenn es um Lydia geht ...«

»Es geht nicht um Lydia.«

Sie machte Anstalten, die Tür zu schließen. »Worum auch immer es sich handelt, es wird warten müssen.«

»Amanda Barnes.«

Cats Handy glitt zu Boden. Sie war zu keiner Regung fähig. Dann brach sie in sich zusammen wie ein Kartenhaus.

Ich schaute rasch über die Schulter. »Wollen Sie das wirklich zwischen Tür und Angel klären? Lassen Sie mich doch rein.«

Cat bückte sich nach ihrem Handy, wobei sie sich am Türrahmen abstützte. Dann winkte sie mich kraftlos herein, und ich half ihr durch den schmalen Flur in eine großzügige offene Küche. Die Hintertür stand offen; der kalte Wind trug den Geruch von feuchtem Zement herein. Neben einer Kanne Kaffee auf der Arbeitsfläche lag ein Reisepass. Cat bemerkte meinen Blick.

»Mailand …« Mehr brachte sie nicht hervor. Ihre Beine gaben nach, und sie sank auf einen Stuhl..

Ich setzte mich ihr gegenüber und wartete ab. Ich wollte es ihr nicht noch schwerer machen.

Cat hob den Kopf und sah mich aus leblosen Augen an. »Ich habe ihren Namen so lange nicht mehr gehört.« Sie atmete zittrig aus. »Wer weiß sonst noch davon?«

»Nur ich.«

Cat nickte. Ihre Augäpfel bewegten sich unter den Lidern. Ihre Stirn glänzte wie ein feuchtes Stück Seife. Es war seltsam, sich Cat als Mutter vorzustellen. Noch seltsamer war es, sie sich als Amandas Mutter vorzustellen. Ich suchte nach einer Übereinstimmung, aber die zahlreichen Schönheitsoperationen hatten jede Ähnlichkeit mit ihrer Tochter ausgelöscht.

Ich zog den Mantel aus. Das Radio in der Ecke leierte die Wettervorhersage herunter: Regen, Regen, noch mehr Regen.

Schließlich brach ich das Schweigen. »Erzählen Sie mir von ihr.«

Cat sah auf die Uhr und spielte mit der schweren Goldkette an ihrem Hals. Sie stand auf. »Möchten Sie einen Scotch?«

»Nein danke.«

Als sie sich streckte, um ein Glas aus dem Küchenschrank zu holen, blieb ihre Bluse an der Arbeitsplatte hängen. Sie zerrte am Stoff, woraufhin ein Knopf abplatzte und über den Holzboden klackerte. Sie bewegte sich merkwürdig übertrieben, so, als wäre sie in einem Theaterstück und müsste den verpatzten Einsatz wettmachen. Ich beobachtete, wie sie sich einen großzügigen Schluck einschenkte, das Glas leerte und sich einen weiteren Drink eingoss.

»Tut mir leid, dass ich so … Amandas Tod war …« Sie hielt inne, suchte nach den richtigen Worten. »Als sie starb, starb auch ein Teil von mir. Die Untersuchung, die Polizei, die Presse. Es war …« Ihr bombenfester Bob schwang steif mit, als sie resigniert den Kopf schüttelte. »Wissen Sie, was der leitende Detective nach dem Selbstmord meines Mannes zu mir gesagt hat? Er hoffe, ich könne jetzt damit abschließen.« Cat lachte leise auf. »Mit so etwas kann man unmöglich abschließen, glauben Sie mir. Und man hört auch nicht auf, Mutter zu sein, nur weil man sein Kind verloren hat.« Sie schaukelte sanft auf der Stuhlkante vor und zurück und stierte ins Leere. »Amanda war überall. Das Haus roch noch immer nach ihrem Vanilleparfüm. Ihre abgenutzten Doc Martens standen im Flur …« Cat leerte ihr Glas. Sie stand auf, schloss die Hintertür, setzte sich wieder. »Immer heißt es, mit dem ersten Kind lernt man, was wahre Liebe ist, aber bei mir war es anders. Amandas Vater hat mich im sechsten

Monat verlassen. Ich war sechzehn und alleinerziehende Mutter nicht gerade mein Traumberuf. Ich wog meine Optionen ab. Ich wusste, was ich wollte, aber ich konnte es nicht verwirklichen, nicht unter diesen Umständen.«

Sie lächelte reumütig und inspizierte ihre Fingernägel. »Erst als Amanda zwei war, verliebte ich mich in sie. Ihr Schicksal … unser Schicksal … ich dachte, ich werde dafür bestraft, dass ich sie nicht von Anfang an liebte.«

Ich betrachtete meine Hände. »Wussten Sie von dem Missbrauch?«

Cat nahm ein Taschentuch und begann, es in ihrem Schoß in kleine Stücke zu reißen. Sie sprach erst wieder, als es komplett zerfetzt war. »Michael war am Anfang so charmant. Aber ein paar Monate nachdem er eingezogen war, veränderte sich alles. Am Anfang nur ein paar Kleinigkeiten. Er kritisierte meine Klamotten, machte mich vor anderen Leuten klein … Dann wurde er immer schroffer, bis Worte irgendwann nicht mehr reichten. Nach einer Weile hörten die Misshandlungen plötzlich so gut wie auf. Ich dachte, es sei ihm langweilig geworden. Wie sich dann herausgestellt hat, habe nur ich ihn gelangweilt.« Cat drehte das Glas in ihren zitternden Händen. »Nächste Woche wäre Amanda siebenunddreißig geworden. Ich wäre jetzt schon Großmutter.« Sie nahm die Taschentuchfetzen und legte sie ordentlich auf den Beistelltisch. Stille legte sich wie eine Staubschicht über das Zimmer.

Ein lautes Rattern durchbrach die Luft, und wir zuckten beide erschrocken zusammen.

Cat seufzte. »Nebenan sind die Handwerker. Im Wohnzimmer ist es nicht so laut.«

Ich folgte ihr in ein großes Zimmer mit silbergrauen

Wänden und einem Erker. Cat ließ sich auf das cremefarbene Sofa fallen, zog den Reißverschluss ihrer Stiefel auf und streifte sie ab. Ich machte es mir auf dem Sessel im Erker bequem und wärmte meine Hände an der Heizung. Ich hielt kurz inne und überlegte, wie ich weiter vorgehen sollte, aber Cat brauchte keine Aufforderung, um weiterzusprechen.

»Nachdem Amanda gestorben war, wurde überall getuschelt. Sogar in meinen Träumen konnte ich sie hören. *Warum hat sie ihren Mann nicht verlassen?* Ein Jahr habe ich es ausgehalten, dann bin ich weggezogen. Anfangs fühlte es sich an, als würde ich Amanda hintergehen, als ich ihren Nachnamen ablegte. Ramsey war der Mädchenname meiner Mutter, Catherine Amandas zweiter Vorname, so war sie immer bei mir.«

»Und die Modelagentur?«

Cat spielte an der Manschette ihrer Bluse herum. »Amanda wurde ermordet, weil ich sie nicht beschützt habe. Ich hatte so viel gutzumachen. Als ich ein Mädchen war, half ich oft bei den Schönheitswettbewerben aus, die meine Tante veranstaltete. Damit habe ich meinen Lebenslauf ein bisschen aufgehübscht und den Job bei *Models International* bekommen. Damals hieß es noch *Models UK*. Am Anfang war es die Hölle. Jedes Mädchen erinnerte mich an meine Tochter.« Cat lächelte traurig und fuhr sich mit den Fingern durch die Haarspitzen. »Aber je mehr ich in die Mädchen investierte, desto stärker fühlte ich mich. Es war meine Rettung. Nach einer Weile taten die Erinnerungen an Amanda nicht mehr so weh. Lydia hat mich so sehr an sie erinnert. Wahrscheinlich mochte ich sie deswegen so gerne.«

Langsam ergab alles einen Sinn. Der undefinierbare Akzent, die wilde Art, mit der Cat ihre Mädchen beschützte. Ich sah mich im Zimmer um. Kaum Fotografien. Cat zwischen sechs Models auf einer Modenschau, Cat in einem Ruderboot, der Schnappschuss von ihr und Lydia in New York. Das war alles. Keine persönlichen Gegenstände. Typisch für jemanden, der eine Lüge lebte. Doch es war eine Lüge, für die sie sich entschieden hatte. Ich konnte es nachvollziehen. Wie oft hatte ich mir nach Tommys Tod gewünscht, ich könnte einfach verschwinden?

Ich räusperte mich. »Sagt Ihnen der Name John Bairstow etwas?«

Cats Blick war auf den Boden gerichtet, aber zwischen ihren Augenbrauen bildete sich eine steile Falte.

»Er ist ein verurteilter Vergewaltiger. Amandas Freundin, Melissa Wakefield-Channing, hat sich daran erinnert, dass er eine Woche vor Amandas Tod in Ihrem Haus war. Melissa hat zugegeben, dass sie niemandem davon erzählt hat. Aber sie hat es Ihnen erzählt ...« Ich zögerte und fuhr dann mit sanfter Stimme fort: »Warum haben Sie das nie gemeldet?«

»Ich ... ich erinnere mich nicht. Ich ... Da war ein Mann, aber ... Ich hatte gerade meine Tochter verloren. Und mein Ehemann war ...« Cat traten Tränen in die Augen.

Plötzlich verstand ich. »Ein anderer Verdächtiger hätte möglicherweise von Michael abgelenkt. Es war Ihre Chance, ihm zu entkommen.«

Cat schloss die Augen. »Sie wissen nicht, wie er war. Michael hatte etwas an sich ... Ich war völlig traumatisiert. Ich wusste ja, dass er Amanda umgebracht hatte. Ich habe es schließlich mit eigenen ...« Ihre Stimme brach, und sie vergrub das Gesicht in den Händen.

Ich holte tief Luft. »Ich habe da eine Theorie. Ich glaube, Bairstow hat mit dem Prostitutionsring und mit den Morden zu tun. Aber ich glaube nicht, dass er allein arbeitet. Fällt Ihnen noch jemand ein, der von Amanda wusste?« Ich dachte an die zweite DNA-Spur im Schuppen. »Hat Michael sich mit jemand anderem an ihr vergangen?«

Cat umschlang ihre Knie und starrte auf den Boden. Ich rutschte ein Stück vor und schlug einen sanfteren Ton an. »Wenn Sie irgendetwas wissen, müssen Sie es mir erzählen. Oder der Polizei.« Den Kommentar, Bairstow hätte nicht weiter morden können, wenn sie der Polizei vor zwanzig Jahren von ihm erzählt hätte, behielt ich für mich.

Cat sah mich aus verzweifelten Augen an. »Sophie, Sie werden das hier doch nicht drucken, oder? Bitte ziehen Sie Amanda nicht in die Sache hinein. Bitte zerstören Sie nicht das Leben, das ich mir hier aufgebaut habe.«

Ich seufzte. »Selbst wenn der *Herald* die Story nicht bringt, irgendwer wird in absehbarer Zeit eins und eins zusammenzählen.« Sirenen heulten am Fenster vorbei. Ich wartete, bis der Lärm abgeklungen war. »Machen Sie den ersten Schritt. Erzählen Sie allen, wer Sie sind. Wer Ihre Tochter war. Vielleicht treibt die Wahrheit Bairstow aus dem Unterholz.«

Cat wirkte völlig erschöpft. »Das kann ich nicht. Das Geflüster, die mitleidigen Blicke, das ertrage ich nicht noch einmal.«

Ich dachte an Rowleys Entscheidung, die Enthüllung über die *Julias* am Tag von Lydias Beerdigung zu bringen. Was würde er dann erst mit dieser Story anstellen? Eine tote Tochter. Ein Ehemann, der zum Mörder wurde. Der Nachbar, der zwanzig Jahre später nach seinem Vorbild tötete.

Damit würde er Cat nicht so einfach davonkommen lassen. Ich verstand zwar, weshalb Rowley bestimmte Entscheidungen traf, doch das hieß noch lange nicht, dass ich mit ihnen einverstanden war. Mitgefühl steigerte zwar die Auflage nicht, aber irgendwo musste man Grenzen ziehen.

»Was mein Chef nicht weiß, kann er auch nicht abdrucken. Ich kann das hier noch ein, zwei Tage für mich behalten, damit Sie in Ruhe darüber nachdenken können. Aber die Vergangenheit wird Sie einholen, ob Sie es wollen oder nicht. Und dabei würde ich Ihnen wirklich gerne helfen. Überlegen Sie es sich.«

Ich beugte mich vor und hätte ihr fast die Hand aufs Knie gelegt, überlegte es mir bei ihrem Gesichtsausdruck jedoch anders. Zusammengekniffene Augen, gerecktes Kinn, angespannter Kiefer. Ich fühlte mich an unser erstes Treffen erinnert, als ich in ihr Büro geplatzt war. Ich verstand jetzt, dass Cats eisiges Gebaren nur eine Rüstung war; eine Rüstung, die es ihr erlaubt hatte, ihre Trauer wegzupacken, in eine neue Stadt zu ziehen und von vorne zu beginnen.

Ich stand auf und sah mich nach meiner Handtasche um. »Es tut mir leid, Cat … das alles.«

Cat nickte knapp. Sie rang sichtlich um Fassung. »Ihre Tasche ist in der Küche. Ich hole sie schnell.«

Sie rauschte mit meiner Tasche in der Hand zurück ins Zimmer und begleitete mich dann zur Haustür. Ihre Fahne verriet mir, dass sie sich in der Küche noch einen Scotch genehmigt hatte.

Auf der Türschwelle blieb ich noch einmal stehen, und Cat rang sich ein Lächeln ab. »Ich danke Ihnen, dass Sie zuerst zu mir gekommen sind. Ich … Es ist einfach ein bisschen viel auf einmal.«

»Werden Sie klarkommen?«

»Irgendwie werde ich auch das überleben.«

Ich trat hinaus in die Dunkelheit und sah gerade noch, wie das Lächeln aus Cats Gesicht glitt.

30

Ich eilte die Sydney Street hinab Richtung St Luke's. Der kalte Wind zerrte an meinem Hut, einer übergroßen Filzkappe, die ich unter Tränen für Tommys Beerdigung gekauft hatte. Sie drückte an den Schläfen, aber mein weißblondes Haar blieb darunter verborgen, und heute war ich für jeden Schutz dankbar. Der Exklusivbericht über die *Julias* hatte Lydias Beerdigung in ein Spektakel verwandelt. Sämtliche Nachrichtenseiten hatten die Meldung aufgegriffen und der *London Herald* war wegen des pietätlosen Timings ins Kreuzfeuer geraten. Der Bericht war unter meinem Namen erschienen, und als ich morgens aufgewacht war, hatten mich bereits zahlreiche Anrufe von atemlosen Moderatoren erwartet, die mich um einen Kommentar baten. Ich vergrub das Kinn in meinem Schal. Mir war übel vor Aufregung.

Menschenmassen drängten sich vor der Kirche, dicht an dicht wie Bleistifte in einem Glas. Uniformierte Polizisten standen hinter den Metallabsperrungen und schoben übereifrige Schaulustige zurück, die sensationslüstern die Hälse reckten. Einige hielten Kerzen in die Höhe und Schilder mit der Aufschrift *RIP LyLaw*. Die meisten fuchtelten mit ihren Smartphones in der Luft herum. Ich eilte am Pressebereich vorbei, der von Blitzlichtern und Schweinwerfern der Fernsehcrews erhellt war, und hielt kurz inne, als die Menge hinter mir aufheulte. Ein blondes Hollywoodsternchen mit Schlauchbootlippen und 13-Zentimeter-Absätzen stöckelte die Treppe hinauf und tupfte sich mit einem Taschentuch an der winzigen Nase herum. In der Kirche schlüpfte ich in die letzte Reihe und spähte unauffällig unter meinem Hut hervor.

Die Gemeinde rutschte unruhig umher. Hin und wieder sprang jemand auf, um einem Neuankömmling einen Handkuss zuzuwerfen. Ich erkannte ein paar vereinzelte Filmstars und Supermodels, eine angesagte Boyband, einen hochrangigen Oppositionspolitiker. Heizkörper verströmten bullige Hitze, bombastische Arrangements karmesinroter Blumen füllten die Kirche mit ihrem schweren Duft. Auf goldenen Staffeleien standen riesige Fotos von Lydia, ein zwölfköpfiges Orchester spielte Elton Johns *Candle in the Wind*. Ich dachte gerade an Natalias armseligen Abschied, da ließ mich der Klang einer munteren Stimme aufhorchen.

»Furchtbar tragisch, meine Liebe. Ich hatte so sehr gehofft, dass Lydia sich erholt.«

Der Tratsch-Kolumnist Amos Adler rauschte an mir vorbei und verteilte ziellos Luftküsse. Er beugte sich vor, um einer stattlichen Frau mit Federkopfschmuck etwas ins Ohr zu flüstern. Neben ihr saß Cat Ramsey. Unsere Blicke trafen sich, und sie starrte mich kühl an. Beschämt senkte ich den Kopf. Ich hätte sie wegen des *Julias*-Artikels vorwarnen sollen.

Plötzlich zerriss draußen ein Schrei die Luft. Ich sah mich um und bereute es sofort. Staubiges, orangefarbenes Licht fiel durch die Buntglasfenster und warf Schatten auf Liams Gesicht. Sein Blick schweifte über die Gemeinde, dann steckte er mit finsterer Miene die Hände in die Taschen.

Nach dem ersten Stich flammte Wut in mir auf. Liam war ein Lügner, aber hatte er sich sonst noch etwas zuschulden kommen lassen? Ich machte mich klein und wartete darauf, dass er an mir vorbeiginge, doch als ich erneut über die Schulter spähte, war er verschwunden.

Das Orchester stimmte Elvis Costellos *She* an, und ein nervöses Schweigen breitete sich aus. Als die weißen Flügeltüren sich öffneten, erhoben wir uns, und ein von roten Rosen bedeckter Sarg erschien. Ich musste zweimal hinschauen, als ich den ersten Sargträger erblickte. *Liam.* Ein dringend benötigtes Zeichen der Unterstützung von Lydias Familie. Als der Sarg an mir vorbeiglitt, konzentrierte ich mich auf den steinernen Boden, um nicht an Lydias entstelltes, völlig zerschlitztes Gesicht zu denken.

Der Pfarrer, klapperdürr und mit gepflegtem weißen Bart, lud uns ein, gemeinsam *Bleib bei mir, Herr* zu singen. Während die Orgelpfeifen durch die Kirche hallten, entdeckte ich Durand, der hinten an der Wand lehnte, das rotbraune Haar zur Seite gekämmt. Unsere Blicke trafen sich, und ich errötete.

Ein älterer Mann mit Lydias herzförmigem Gesicht und ihren blauen Augen ging nach vorne. Er klammerte sich am Pult fest und schaute immer wieder nervös zum Sarg.

Als ich die Trauerrede für Tommy gehalten hatte, konnte ich den Blick nicht von seinem Sarg abwenden. Ich sah nicht den erwachsenen Tommy vor mir, sondern den vierjährigen mit den dünnen Beinchen und spitzen Ellbogen. Gerade als ich beginnen wollte, war eine Erinnerung vor mir aufgeflackert. Der kleine Tommy, wie er zu mir ins Bett kletterte und durch lange blonde Wimpern zu mir aufsah. *Sops, kuschelst du mit mir?* Wie ich ihn an mich zog und sein Lächeln spürte.

Die Bilder standen so unmittelbar vor mir, dass sie mich fast umgeworfen hätten. Meine Rede war katastrophal. Nicht, dass es eine Rolle gespielt hätte. Mein Vater saß starr wie ein Stein in der ersten Reihe, meine Mutter schlaff und bleich daneben, sie war nur körperlich anwesend. Das anschließende Trauermahl fand in Redcroft statt, doch sie hielt sich fern, entschwebte mit zwei Flaschen Gin in der Hand nach oben. Ihre Augen glänzten wie die Perlen um ihren Hals. Mein Vater flog noch in derselben Nacht nach Hongkong, und ich übernachtete an diesem Abend in Redcroft, damit sie nicht alleine war. In den frühen Morgenstunden wurde ich von zersplitterndem Glas geweckt. Ich schlich den Flur entlang und hörte, wie meine Mutter die nächste Flasche gegen die Wand schmetterte. Ich klopfte an ihre Tür, erst leise, dann fester mit dem Handballen, doch sie öffnete nicht. Und dabei war es geblieben.

Eine heisere Stimme holte mich zurück in die Gegenwart. Erschrocken schaute ich zum Pult. Liam fuhr sich mit der Hand durchs Haar.

»Danke, Jerry und Sarah, dass ich ein paar Worte über eure Tochter sagen darf. Lydia konnte einem echt auf den Sack gehen. Entschuldigung«, fügte er in Richtung des Pfarrers hinzu. Ein nervöses Kichern ging durch die Reihen. »Lydia war eine Primadonna. Eine Diva. Zumindest, wenn man der Boulevardpresse Glauben schenken will. Die Lydia, die ich kannte – die ich geliebt habe –, war manchmal wirklich so. Aber sie war außerdem gutherzig, lustig und unendlich fröhlich.« Liam richtete den Blick auf den hinteren Teil der Kirche. »Wir hatten unser erstes Date in Los Angeles. Ich habe sie in ein winziges italienisches Restaurant in Santa Monica ausgeführt, direkt am Strand. Ein Laden, von dem nur Eingeweihte wussten. Ich wollte sie beeindrucken.« Liam lachte auf, und ein Seufzen ging durch die Gemeinde. »Ich habe ihr erzählt, was sie sich alles in L. A. anschauen soll, und sie hat mir zugehört und eifrig genickt. Als wir gegangen sind, war es Mitternacht. Sie hat ihrem Fahrer gesagt, er solle uns zu einem versteckten Strand am Point Dume bringen. Wir hielten uns an den Händen und bewunderten den Mond über dem Meer. Irgendwann hat Lydia zu einem Schindelhaus auf der Klippe hinter uns gedeutet und mir verraten, dass sie dort jeden Sommer verbracht hat, seit sie acht Jahre alt war. Sie hatte den ganzen Abend über mitgespielt, um mir nicht wehzutun.«

Liam strich sich die Krawatte glatt und schaute kurz auf seine Schuhspitzen. Als er aufsah, lag ein schwaches Lächeln auf seinem Gesicht.

»Lydia war nicht nur wunderschön, sie war auch einfühlsam. Obwohl wir nicht mehr zusammen waren, hat sie mich nach dem Tod meiner Schwester letztes Jahr als Erste angerufen. Das werde ich ihr nie vergessen.«

Ein Mann zwei Reihen vor mir hustete lautstark, und ein missbilligendes Raunen ging durch die Bänke. Niemand wollte ein Wort von Liams Rede verpassen.

»Je berühmter Lydia wurde, desto mehr versteckte sie ihre wahre Persönlichkeit. Sie wurde von der Presse gejagt, provoziert, gequält. Und ausgerechnet heute, da wir Lydias Leben gedenken wollen, veröffentlicht ein billiges Klatschblatt«, er spuckte die Worte förmlich aus, »eine neue Schmutzgeschichte über sie. Täglich war sie mit diesen seelenlosen Schmierfinken konfrontiert, die nur an eines dachten: die Auflage.« Liams Worte trafen mich. Ich knüllte die Gottesdienstordnung in meinem Schoß zusammen. »Bevor Sie sich alle von Sensationsgier und wilden Gerüchten mitreißen lassen, möchte ich Sie um eins bitten: Erinnern Sie sich an Lydia, die Frau, nicht an Lydia, den Star. Sie war mehr als nur ein schönes Gesicht mit einem unschönen Privatleben. Und sie hat unseren Respekt und unsere Liebe verdient.« Liam küsste seine Fingerspitzen und berührte Lydias Sarg.

Der Rest der Trauerfeier verschwamm zwischen den Reden und Liedern, und während der Sarg feierlich den Gang hinabgetragen wurde, fiel mein Blick zufällig auf Cat. Ich rechnete mit dem Schlimmsten, doch sie wandte nur das Gesicht ab und legte den Arm um Lydias weinende Mutter.

Anschließend drängte ich mich den Menschenstrom hinauf, dankbar, dass mich niemand erkannte. Durch den Seitenausgang würde ich auf die Britten Street gelangen und könnte so die Menge vor der Kirche umgehen.

Ich eilte durch die Tür und prallte mit Liam zusammen. Kurz starrten wir einander an. Das Feuer in seinen Augen verunsicherte mich. Doch ich straffte die Schultern und hielt seinem Blick stand.

»Sieh einer an, die vergiftete Feder ruht nie.« Liams Stimme war leise und tief, wie entferntes Donnergrollen. »Und du hättest mich fast gehabt. Ich dachte wirklich, dir wäre nicht alles scheißegal.«

»Und das glaubst du jetzt nicht mehr?«

Ein dicker Mann in Nadelstreifen, dessen Gesicht einer eingefallenen Kürbislaterne ähnelte, bog um die Ecke. »Schöne Rede, Liam.« Er nahm Liams Hand zwischen die Wurstfinger und schüttelte sie. Liam nickte knapp und wandte sich dann wieder mir zu.

»Ich habe nie behauptet, wir würden die Geschichte nicht bringen.«

Er nickte in Richtung Sydney Street. Eine Horde Paparazzi schrie auf die verstörten Trauergäste ein. Kreuz und quer geparkte Sendefahrzeuge versperrten die Straße. Autos hupten, Menschen schrien, der Lärm war ohrenbetäubend. »Du bist schuld an diesem beschissenen Affentheater.«

»Liam, tut mir leid, dass dich das so getroffen hat, aber es war nicht meine Entscheidung, den Artikel heute zu bringen. Dafür bin ich nicht …«

»Du profitierst bestimmt so richtig davon, hm? Eure Auflage schnellt wahrscheinlich in astronomische Höhen.«

»Du hast ja recht, das Timing hätte besser sein können, aber die *Julias* spielen eine wichtige Rolle bei den Ermittlungen. Falls der Prostitutionsring irgendwas mit dem Mord an Lydia zu tun hat, könnten noch mehr Frauen in Gefahr schweben. Je mehr Leute darüber Bescheid wissen …«

»Scheiße, glaubst du diesen Mist etwa wirklich?« Liam verzog verächtlich den Mund. »Entweder bist du komplett bescheuert, oder du lügst, und damit wärst du genau die Art Mensch, die ich nicht ausstehen kann.«

»Ach ja? Was für eine Art Mensch soll das bitte sein?«

»Menschen ohne Rückgrat. Der *London Herald* muss was Dramatisches liefern, um im Spiel zu bleiben. Wenn man sich die Reaktionen mal genau ansieht, ist der Schuss allerdings nach hinten losgegangen.«

Ich schaute kurz über Liams Schulter. Lydias Eltern hielten sich im Blitzlichtgewitter schützend die Hände vors Gesicht. »Liam, ich …«

Er ging einen Schritt auf mich zu, und ich erstarrte. »Du hast mich neulich also manipuliert, um an irgendwelche Zitate zu kommen?«

Ich konnte den Blick nicht von seinem Mund abwenden, und die Stelle an meinem Hals, an der er mich geküsst hatte, flammte auf. Ich schüttelte die Erinnerung ab. »Das war vertraulich, daran habe ich mich gehalten. Ich habe dich nirgends …«

»Hier geht es nicht um mich.« Liam stockte und fuhr sich mit der Hand über das Kinn. »Hier geht es um Lydia. Um ihr Vermächtnis. Hast du irgendeine Vorstellung, wie Jerry und Sarah sich heute fühlen? Sie beerdigen ihr Kind. Dank dir müssen sie sich jetzt mit dieser … Bombe von einer Meldung auseinandersetzen. Die Polizei ermittelt schon längst gegen die *Julias*. In aller Stille. Es gab keinen Grund, es groß in der Zeitung zu verkünden. Und jetzt kommst du mir mit so einer beschissenen Ausrede, von wegen, du wolltest nur helfen. Sei doch mal ehrlich. Damit hilfst du einzig und allein den Aktionären von *Premier News*.«

Der Ekel, der sich auf Liams Gesicht abzeichnete, gab mir den Rest. »Schon mal was vom Glashaus gehört, Liam? Ehrlichkeit? Hör doch auf.« Ich ballte die Hände zu Fäusten und stopfte sie in die Manteltaschen. »Du hast am Donnerstag selbst reichlich Blödsinn abgesondert. Du wusstest, dass Lydia erpresst wurde. Du wusstest schon lange von den *Julias*, aber du bist damit nicht zur Polizei gegangen.« Meine Stimme wurde lauter. »Glaubst du, Lydias Eltern würden dich auch nur noch mit dem Arsch anschauen, wenn sie das wüssten?« Mehrere Leute schielten neugierig zu uns herüber, und ich stellte mich so hin, dass ich ihnen die Sicht versperrte. »Wieso bist du an dem Abend wirklich zurück ins *Rose Hotel*?«

Liam lachte leise. »Und du bist dir sicher, dass das hier der richtige Ort dafür ist?«

»Wieso nicht? Wir stehen auf heiligem Boden. Vielleicht überlegst du es dir zweimal, bevor du wieder lügst.«

Liam streckte die Hand nach mir aus, und ich sog scharf die Luft ein. Doch kurz bevor seine Finger mein Gesicht berührten, hielt er inne. Seine Kiefer arbeiteten. »Du glaubst mir immer noch nicht.«

Mir wurde klar, wie daneben wir vor der gaffenden Menge wirken mussten, und ich wich zurück. »Und das nimmst du mir übel?«

Eine schmale Frau mit roter Triefnase näherte sich uns krächzend. »Liam, Schatz! Wir haben dich überall gesucht. Wir fahren los.«

Erst schien er sich daran zu stören, doch dann beugte er sich mit finsterer Miene zu mir herunter. »Wir sind noch nicht miteinander fertig, Herzogin.«

Mein Handy vibrierte. Dankbar für die Ablenkung, nahm ich den Anruf entgegen.

»Sophie? Ich muss mit dir reden.« Es war Jasdeep. Seit ich gefeuert worden war, hatten wir uns nicht mehr unterhalten, aber angesichts seines dringlichen Tonfalls beschloss ich, mir den Small Talk für später aufzuheben. »Ich war die letzten zwanzig Stunden im Deep Web unterwegs.«

»Im was?«

»Das ist der geheime Teil des Internets; kein Ort, an dem du dich rumtreiben solltest. Ein perverser Vergnügungspark für Pädophile und andere Triebtäter. Hast du …«

Die Prozession fuhr ab, und ein Raunen ging durch die Menge. Ich hielt mir eine Hand über das Ohr. »Wie bitte?«

»… von Hurtcore gehört?«

»Nein.«

»Vergewaltigungspornos. Dafür existieren reichlich zahlungswillige Abnehmer. Leider sind meistens auch Kinder unter den Opfern.« Ich lehnte den Kopf gegen die kühle Steinmauer. »Ich habe eine Webseite mit Links zu Videos von Lydia und Natalia und einer ganzen Menge anderer Models entdeckt. Die Filme sind extrem detailliert. Schlimmer als das Video, das dir geschickt wurde. Sie wurden nicht in den Hotelzimmern gedreht. Die Mädchen wurden in ein Lagerhaus verschleppt, in einen Keller oder so was. Und«, er zögerte, »ich habe eine Tabelle gefunden.«

»Eine Tabelle?«

Jasdeep klang angespannt. »Man bekommt Punkte, je nachdem, wie viel Schmerz man einer Frau zufügt.«

Das war wie bei einem Wettkampf um den Preis für den größten Perversling. Eva war der Wahrheit näher gekommen, als sie dachte.

Ein kalter Wind fuhr durch die Bäume. Ich drückte mich von der Mauer weg und ging auf und ab. »Kannst du die User zurückverfolgen?«

»Nicht nur das. Die Webseite wurde mit einer anonymen Software namens Steal erstellt. Und dafür muss man sich registrieren.« Jasdeeps Telefon klingelte, und ich hörte, wie er den Anrufer um einen Moment Geduld bat. »Ich muss mich beeilen. Der Username ist jedenfalls S-i-l-v-a-b-o-i. Ich habe alles durchsucht, was irgendwie mit Natalia und Lydia in Verbindung steht, und weißt du, wer den Namen Silvaboi benutzt?« Er wartete meine Antwort nicht ab. »Letzten Monat ist er viermal auf *stitched.com* aufgetaucht.«

Ich hob ruckartig den Kopf. »Amos Adler? Bist du dir sicher?«

»Hundertpro. Ich musste mich um eine andere Story kümmern, aber ich habe vorher noch den Verschlüsselungscode geknackt und die Webseite zu Adlers IP-Adresse zurückverfolgt. Ich weiß nicht, ob er für den Prostitutionsring verantwortlich ist, aber er hat die Videos hochgeladen.«

Jasdeep legte auf. Ich lief an der Kirche entlang zum Vorplatz und suchte die Menge ab. Amos stand in einer windgeschützten Ecke und zündete sich eine Zigarette an. Er sah auf, als ich mich näherte. »Brauchen Sie Feuer?«

»Nein danke. Nur eine kurze Pause. War eine schöne Feier.«

Amos hob die übertrieben gezupften Augenbrauen. »Klar. Wenn man auf Scheinheiligkeiten steht. Die meisten hier konnten Lydia nicht ausstehen.«

Ich musterte ihn kühl. »Sind Sie nicht für den Namen Lala-Lawson verantwortlich?«

Amos zuckte die Schultern und zog an seiner Zigarette. »Von irgendwas muss man ja leben, Schätzchen.« Er hatte sich den Pelzmantel locker über die Schultern gehängt. Sein Hemd war so transparent, dass ich den Umriss eines Tattoos auf seiner rechten Brust erkennen konnte.

Amos' Handy piepste. Er schaute auf das Display, fluchte leise und tippte wild darauf herum, wobei er die Zigarette in den Mundwinkel klemmte. Ich musterte Amos. Er konnte nicht viel älter sein als ich, was bedeutete, dass er nicht viel älter als zehn gewesen sein konnte, als Amanda ermordet worden war. *Der Mörder hat nicht alleine gearbeitet.*

Ich zog eine Schachtel Zigaretten, die ich immer bei mir trug, aus der Tasche. »Darf ich auf das Feuerzeug zurückkommen?« Ich beugte mich über die Flamme und schützte sie mit meiner eiskalten Hand. Seit ich siebzehn war, hatte ich nicht mehr geraucht, und auch jetzt rauchte ich nicht auf Lunge.

Amos steckte sich noch eine an und betrachtete mich durch den Rauschschleier. »Ich erinnere mich an Sie. Sie waren bei Jemima Snows Show am Berkeley Square. Sie sind Journalistin.«

»Sophie Kent, *London Herald*.«

Etwas huschte über Amos' Gesicht. »Sie haben die Story über die *Julias* geschrieben.«

Die Zigarette zwischen meinen Fingern fühlte sich fremd an. »Wie Sie schon sagten, von irgendwas muss man ja leben.«

Amos tastete nach seiner Haartolle. Sie hatte die Farbe saurer Milch. Aus dem Augenwinkel sah ich, wie Durand mich mit verschränkten Armen beobachtete.

Wir standen schweigend nebeneinander, Amos sog gierig an seiner Kippe, während ich nur so tat.

Dann wandte ich mich ihm gespielt lässig zu. »Wann haben Sie damit angefangen?«

»Mit der Webseite?«

»Mit den *Julias*.«

Amos hielt mitten in der Bewegung inne. »Schätzchen, ich warne Sie. Auf einer Beerdigung sind derlei kranke Witze völlig unangebracht.«

»Wer sagt, ich mache Witze?«

»Ich hab mit diesem Scheiß nichts zu schaffen.« Amos schnippte die Kippe auf den Boden und machte Anstalten, zu verschwinden.

Ich fasste ihn am Arm. »Anscheinend ist das Deep Web für Sie nicht tief genug, Silva boi.«

Amos drehte sich zu mir um. Er schüttelte eine weitere Zigarette aus der Packung, steckte sie sich an und pulte dann etwas aus seinen Zähnen. Seine Augen verrieten ihn. Sie schnellten hin und her, als könnte er nicht glauben, dass all dies gerade wirklich passierte.

Ich drückte meine Zigarette aus und steckte die steifgefrorenen Hände in die Taschen. »Eins habe ich nie verstanden. Wie konnte sich Lydia mit Liam streiten, oben einen Kunden treffen und dann mit Ihnen um elf ins *DreamBox* gehen? Der zeitliche Ablauf ergab keinen Sinn. Sie haben sich darauf verlassen, dass alle zu betrunken waren, um auf Lydia zu achten.« Amos blies Rauch über mich hinweg und beobachtete mich scharf. »Während Sie ins *DreamBox* gefahren sind, war Lydia im *Rose Hotel*. Sie haben es gefilmt, online gestellt, und dann was? Einen Haufen Geld gemacht? Den Respekt perverser Vergewaltigungsfans gewonnen?« Amos fuhr sich mit der Zunge über die Lippen und schwieg. Ich zuckte mit den Schultern. »Egal. Das werde ich auch noch rausfinden.«

Ich wandte mich zum Gehen, hielt aber noch einmal inne. »Sehen Sie den Mann da drüben mit den rotbraunen Haaren? Das ist Detective Chief Inspector Durand, Scotland Yard. Der wird ganz aus dem Häuschen sein, wenn ich ihm das alles erzähle. Ach ja, und wenn Sie jetzt versuchen wollen, Ihre Spuren zu verwischen – wir haben sämtliche Beweise gesichert.«

Ich wusste zwar nicht, ob das stimmte, aber Amos wirkte nicht, als wollte er das Gesagte infrage stellen. Ein dünner Schweißfilm schimmerte auf seiner Stirn.

»Die Öffentlichkeit dürstet nach Rache, Amos. Lydia war eine Ikone, und Natalia noch ein Kind. Wie es sich wohl anfühlen wird, wenn Sie unter Beschuss geraten? Nach all dem üblen Zeug, das Sie geschrieben haben, wird Ihnen niemand eine Träne nachweinen. Ich möchte wirklich nicht in

Ihrer Haut stecken. Außer …« Ich hielt inne, als müsste ich nachdenken. »Außer ich liege falsch und Sie sind überhaupt nicht der Boss. Sagt Ihnen der Name John Bairstow etwas?«

Amos zuckte zurück, als hätte ihm jemand einen Schlag ins Gesicht versetzt, dann beugte er sich vor, und ich konnte seinen Nikotinatem riechen. »Lassen Sie ihn bloß aus dem Spiel.«

»Wie sieht es mit Ariel Butters aus? Oder Amanda Barnes?« Amos verzog den Mund. »Sie wissen also von Amanda. Dass sie ermordet wurde, nur eine Woche nachdem Bairstow in ihrem Haus war?«

Amos schwankte hin und her, als spielte er mit dem Gedanken, vor mir zu fliehen. Ich registrierte die geblähten Nasenlöcher, die gespannte Körperhaltung. Er entglitt mir. Ich ordnete meine Gedanken, sprach sanft auf ihn ein. »Bairstow braucht Hilfe, Amos. Hören Sie auf, ihn zu schützen. Sie machen es nur noch schlimmer.«

Das Blut wich aus Amos' Gesicht, sein ganzer Körper versteifte sich. Die klirrend kalte Luft schien zwischen uns zu flirren. Ich hielt den Atem an.

Hinter ihm schritt Durand mit grimmiger Miene auf uns zu. Ich stand kurz davor, im Polizeigriff abgeführt zu werden.

»Amos, überlegen Sie mal. Ist Bairstow es wirklich wert, dass Sie für ihn alles verlieren?«

Er setzte zu einer Antwort an, doch Durand kam ihm zuvor.

»Amos Adler, Sie sind verhaftet. Sie stehen unter dem Verdacht der Zuhälterei, der Verschleierung unrechtmäßig erlangter Vermögenswerte und der Erpressung.«

Ich war schockiert. Durand belehrte den schluchzenden

Amos ungerührt über seine Rechte und führte ihn dann zu einem wartenden Streifenwagen. Der Pressebereich explodierte regelrecht, die Menge drängte auf das Blaulicht zu.

Ich rief Rowley an und erzählte ihm, was gerade vor meinen Augen geschehen war.

»Und wir sind keinen Schritt weiter, was Bairstow betrifft?«

Ich grub meinen Schuh ins Gras. »Nein, aber ich glaube, die Polizei ist nah an ihm dran.«

Rowley hustete ungeduldig. »Tja, es gibt wohl nur einen Weg, das herauszufinden. Fahr zu Scotland Yard, und mach deinem Informanten dort ein bisschen Dampf.«

Ich starrte auf meine Schuhe. Unter keinen Umständen konnte ich Rowley sagen, wie viel wahrscheinlicher es war, dass die Hölle zufrieren würde, als dass Durand mir irgendwelche vertraulichen Informationen zuspielte. Ich atmete tief durch. *Irgendeinen Weg gibt es immer.*

»Philip, was hältst du von einem Deal?«

31

Ich drängte mich an einem tobenden Betrunkenen vorbei, der gerade durch die Doppeltüren von Scotland Yard nach draußen geschleppt wurde. Dann stand ich an der Rezeption.

»Meine wunderbare Wanda.«

»Hey, Kent. Lang ist's her.« Wanda war Mitte fünfzig, hatte den Körperbau einer ukrainischen Gewichtheberin, strubbeliges schwarzes Haar und einen schmutzigen Sinn für Humor. »Ich hab was für dich: Affengesicht.«

»Wie bitte?«

Wandas Grinsen brachte ihre großen, fleckigen Zähne zum Vorschein. »Willst du wissen, was das heißt?«

Ich warf einen Blick in Richtung des verschlossenen Verhörzimmers. »Klar.«

»Der Kerl bekommt einen geblasen, aber vorher, pass auf, vorher schneidet er sich eine Handvoll Schamhaare ab, und wenn er, du weißt schon, in ihr Gesicht kommt, wirft er die Schamhaare drauf und ruft ›Affengesicht!‹.«

Ich war perplex. »Woher hast du denn den Scheiß?«

»Als ob du das noch nie gemacht hättest.« Wanda kicherte in ihre Kaffeetasse.

Ich zögerte kurz, dann beugte ich mich über die Theke. »Ist Amos Adler hier?«

Wanda zwinkerte. »Der wärmt sich noch in der Verhörsuite auf, bevor die Show losgeht.«

»Und Durand?«

»Was glaubst du denn, wer die Show moderiert?«

»Ich muss ihm etwas erzählen, bevor er Amos befragt. Kannst du ihm eine Nachricht von mir überbringen?«

»Ist der Papst katholisch?«

Wanda watschelte zur Tür, zog ihren Ausweis durch und verschwand. Beim Gedanken, Durand wiederzusehen, wurde mein Mund trocken. Ein paar Minuten später stand sie wieder im Türrahmen und winkte mich heran. »Das macht er sonst für keinen. Zimmer fünf. Abmarsch.«

Zimmer 5 lag am Ende eines langen weißen Flurs. Ich stemmte die schwere Feuertür auf, und der Geruch von abgestandenem Männerschweiß stieg mir in die Nase. Ich warf einen Blick in den Taschenspiegel und setzte mich dann an den Tisch in der Mitte des Raumes. Ich zückte gerade meinen Notizblock, als Durand leise die Tür öffnete und hereinschlüpfte. Sein rotbraunes Haar streifte über seinen Kragen wie ein kupferfarbener Pinsel. Er maß mich blitzschnell und mit ausdrucksloser Miene, dann setzte er sich mir gegenüber und knöpfte sein Jackett auf. »Du hast zwei Minuten.«

Ich nickte und öffnete meine Handtasche. »Ich habe Informationen für dich, aber im Gegenzug bräuchte ich was von dir. Von wem stammt der Fingerabdruck an der Schere? Und ihr seid auf der Suche nach einem Komplizen, oder?«

Durand zupfte sich ein Haar von der Manschette und ließ es auf den schneematschgrauen Boden fallen.

Eine zerbrechliche Stille erfüllte den Raum.

Durand lächelte kühl. »Leider kann ich mich zu laufenden Ermittlungen nicht äußern.«

Wut flammte in mir auf. »Wieso wolltest du mich dann überhaupt sehen?«

»Weil ich dir das hier geben wollte.«

Durand schob mir ein Blatt Papier zu. Darauf stand in großen schwarzen Buchstaben *OBDUKTIONSBERICHT THOMAS ANTONY KENT*. Ich spürte Durands Blick auf mir, während ich las: *Todesursache: ungeklärt*.

»Aber … es gab doch gar keine Ermittlungen.« Meine Stimme klang seltsam, kurzatmig.

Durands Miene wurde etwas weicher. »Ich habe ein paar Erkundigungen eingezogen, und anscheinend wurde die Sache in aller Stille unter den Tisch fallen gelassen.«

Die Worte auf dem Blatt verschwammen vor mir. Ich schaute Durand durch einen Tränenschleier an. »Sam …« Ich konnte nicht sagen, dass es mir leid tue, mit Liam geschlafen zu haben. Denn es wäre gelogen, und er würde es merken. »Weißt du über Amanda Barnes Bescheid?«

Durand sah mich verständnislos an. Ich faltete den Obduktionsbericht zusammen und steckte ihn in meine Tasche. Noch mehr Ablenkung konnte ich gerade wirklich nicht gebrauchen. »Du musst mir versprechen, dass du mir was dafür gibst.«

»Der Bericht zählt nicht?«

»Etwas, das mit dem Fall zu tun hat.«

Durand nickte seufzend.

»Du zuerst.«

Durand legte die Unterarme auf den Tisch. »Ja, wir haben die Theorie überprüft, dass es zwei Mörder sein könnten. Wir haben anonyme Drohungen auf Natalias und Lydias Handy gefunden und die E-Mails zu Amos Adlers Computer zurückverfolgt. Und das war genug, um ihn hierherzubringen.« Er fuhr mit beiden Händen über den Tisch, tief in Gedanken versunken. »Die Spurensicherung hat einen winzigen Latexfetzen auf dem Teppich in Lydias Zimmer gefunden. Von einem Handschuh. Vermutlich ist er während des sexuellen Übergriffs gerissen. Der Gerichtsmediziner hat fremde DNA-Spuren in Lydia gefunden. Wir sollten die Ergebnisse bald bekommen. Wir hoffen, dass sie mit Adlers übereinstimmen.«

»Sie könnten auch mit denen eines anderen Mannes übereinstimmen, eines gewissen John Bairstows.« Ich öffnete die Akte zu Amanda Barnes und breitete die ausgedruckten Fotos auf dem Tisch aus. Dann erzählte ich Durand alles, bis auf die Tatsache, dass Cat Ramsey Amandas Mutter war. Versprochen ist versprochen.

Durand legte den Kopf in den Nacken und setzte die Puzzleteile zusammen. »Und wo ist John Bairstow jetzt?«

»Keine Ahnung.«

Er atmete geräuschvoll aus. »Ich setze Waters darauf an, nur für den Fall.« Er schob den Stuhl zurück und stand auf. Als er sich das Jackett zuknöpfte, bemerkte ich, wie viel er abgenommen hatte. »Vielen Dank, Sophie.«

Er klang so förmlich, dass mir fast die Tränen kamen. Ich setzte zu einer Antwort an, doch Durand war verschwunden, bevor ich auch nur ein Wort sagen konnte.

Ich ging in das Café gegenüber und bestellte mir einen Tee. Dann verkroch ich mich an einen Ecktisch und zog meinen Laptop hervor. Amos war in Haft, aber Bairstow war immer noch auf freiem Fuß. Ich hatte einen Stalker entdeckt, einen Prostitutionsring, einen zwanzig Jahre alten Mord, aber dem Mörder war ich kein Stück näher. Oder den Mördern. Seufzend kramte ich in meiner Tasche nach dem USB-Stick mit den Aufnahmen aus dem *Rose*. Was war mir entgangen?

Ich stöpselte ihn ein und beobachtete die mittlerweile so vertraute Szene. Lydias Ankunft mit Leo Brand versetzte mir einen Stich in die Magengrube. Sie hatte nur noch vier Tage zu leben. Danach folgte Natalias seltsamer Zickzacklauf durch die Lobby. Ich beobachtete, wie sie weiterhastete und dann stehen blieb, das Gesicht angstverzerrt. Ich spulte zurück. Dann spulte ich noch mal zurück. Ich weiß nicht, wie oft ich es abspielte. Jedes Mal grub sich Natalias Gesichtsausdruck tiefer in mein Bewusstsein ein. Ich wollte gerade Schluss machen, als sich ein Schalter in meinem Kopf umlegte. Stirnrunzelnd öffnete ich den Natalia-Kotow-Ordner auf meinem Desktop und klickte auf Nathan Scotts Partyfotos. Ich scrollte mich chronologisch durch. Natalia durchquert die Lobby. Schaut über die Schulter. Direkt in die Kamera. Der Hintergrund wird schärfer. Liams Gesicht. Gehen, über die Schulter blicken, direkt in die Kamera, das Gesicht verzerrt. Mein Puls beschleunigte sich. Ich vergrößerte das Foto von Natalia, wie sie Liam anschaute. *Die verspiegelte Bar.*

Hektisch wählte ich die Nummer von Detective Inspector Rob Birch. Er ging nach dem zweiten Klingeln ran.

»Zweimal in derselben …«

»Rob, du hattest mir einen Namen bestätigt. Standen in seiner Akte, abgesehen von Ariel Butters, noch andere Namen?«

»Mir geht's gut, danke der Nachfrage.« Kurz herrschte Stille. »John Bairstow … ich seh mal nach.« Ich klopfte mit den Nägeln auf den Schreibtisch und betete, er möge sich beeilen. »Ja, tut mir leid, hier steht noch ein zweiter Vorname. Scott.«

Der Trick besteht darin, selbst zu verschwinden.

Erst nach einer weiteren Sekunde fiel der Groschen, und ich stand ungläubig auf.

Natalia sah nicht Liam an. Sie sah in den Spiegel. Zu Nathan Scott.

Jonathan Scott Bairstow … Scheiße. *Nathan Scott.*

32

Ich starrte ungläubig auf meinen Laptop.

Mein Handy klingelte, doch ich ignorierte es. Ich musste auf Nummer sicher gehen. Ich kopierte ein Foto von Nathan aus dem Internet und schickte es Ariel Butters. Jasdeeps Stimme meldete sich in meinem Kopf. *Dafür existieren reichlich zahlungswillige Abnehmer.*

Ich suchte online nach der *Operation Tike*, einer Sonderkommission, die vor drei Jahren einen osteuropäischen Prostitutionsring ausgehoben hatte. Die Drahtzieher verdienten anscheinend jährlich eine halbe Million Pfund damit.

Das Blut pochte mir in den Schläfen. Nathan lebte über seine Verhältnisse. Mal angenommen, die *Julias* waren am Anfang reine Geldmacherei. Außerdem befriedigte der Ring seine perverse Seite, aber irgendwann reichte ihm das nicht mehr. Als Nathan Wind davon bekam, dass Natalia mit der Presse redete, brachte er sie um. Und kopierte dabei einen Mörder, zu dem er aufsah, seit sie gemeinsam ihre sadistischen Gelüste an einer unschuldigen Sechzehnjährigen ausgelebt hatten.

Ich nippte an meinem kochend heißen Tee und bemerkte kaum, dass ich mir die Zunge verbrannte. Doch was zum Teufel hatte Amos damit zu tun? Da fiel es mir wie Schuppen von den Augen. Amos' Brust. Sein Tattoo. Ich hatte es schon einmal gesehen, auf den Fotografien in Nathans Büro.

Wenn ich erst ein Auge auf ein Objekt geworfen habe, lasse ich so schnell nicht wieder locker.

Amos zählte zu den Auserwählten. Ich hatte Nathans Charme in Aktion erlebt und dachte an seine liebestrunkene Sekretärin Margot. Hörte Ariels Stimme: *Er war selbstbewusst, hatte so eine bestimmte Art an sich. Deswegen hab ich's nicht kommen sehen.*

Eine E-Mail von Ariel erschien auf meinem Bildschirm:

Ohne Brille sieht er anders aus, außerdem hat er sich anscheinend Haare transplantieren lassen, aber ja, das ist er.

Diesmal ging ich ran, als mein Handy klingelte.

»Sie hatten recht, Sophie«, meldete Cat sich knapp. »Bei mir hat gerade jemand von der *Mail* angerufen und mich nach Amanda ausgefragt. Wenn jemand die Geschichte schreiben soll, dann Sie. Allerdings geht um fünf mein Flieger nach Mailand, könnten Sie ...«

»Jetzt vorbeikommen?« Während ich rasch meine Sachen einsammelte, stellte ich mir Rowleys Gesicht vor, wenn ich ihm diese Story vorlegen würde.

»Tut mir leid, dass es so kurzfristig ist. Aber Sie könnten mit mir zum Flughafen fahren, mein Fahrer würde Sie hinterher nach Hause bringen.«

»Ich mache mich sofort auf den Weg.«

Vor Cats Haustür hielt ich kurz inne, um wieder zu Atem zu kommen. Ich hatte Kate eine Nachricht auf die Mailbox gesprochen, sie solle mich sofort zurückrufen. Wir mussten uns dringend darüber unterhalten, wie wir die Nathan-Scott-Enthüllung handhaben wollten. Wir konnten nicht einfach irgendwen ohne konkrete Beweise beschuldigen, diese Lektion hatten wir nach dem Mord an Joanna Yeates gelernt. Die Festnahme ihres Nachbarn Christopher Jeffries hatte die ganze Nation in Hysterie versetzt, und der *London Herald* hatte sich nicht als Einziger der Vorverurteilung schuldig gemacht. Mehrere Zeitungen mussten anschließend beträchtliche Schadensersatzzahlungen leisten, und keiner von uns hatte sich damals mit Ruhm bekleckert.

Cat öffnete die Tür und winkte mich hinein. »Mein Fahrer ist draußen, ich muss noch schnell meinen Koffer holen. Gerade habe ich von Amos Adlers Verhaftung gehört. Wer hätte das gedacht? Kommen Sie rein, es ist bitterkalt.«

Ich folgte ihr ins Haus, setzte mich auf die Armlehne des Sofas und betrachtete wieder das Bild von Lydia und Cat in New York. Einen Augenblick lang hörte ich nur das blecherne Quäken des Küchenradios, das Scharren eines Vogels auf der Fensterbank, eine zufallende Autotür. Dann regte sich etwas in meinem Hirn.

»Cat, ich …«

Draußen hupte jemand.

»Mist, mein Fahrer steht im Halteverbot. Wir müssen uns beeilen.«

Mittlerweile war die Dunkelheit hereingebrochen. Ich stieg in den schwarzen Mercedes, lehnte den Kopf an das teure Leder und atmete die feuchte Luft durch das offene Fenster ein. Ich schloss die Augen, und als ich sie wieder aufschlug, schaute ich in Cats Gesicht.

»Ist alles in Ordnung?«

Wo sollte ich anfangen? »Ich habe John Bairstow gefunden.«

»Nicht im Ernst.«

»Nathan Scott.«

Cat schlug die Hand vor den Mund. »Der Fotograf?«

»Sein zweiter Vorname ist Scott. Jonathan Scott Bairstow. Nathan Scott. Anscheinend steckt er mit Amos unter einer Decke.«

»Wurde Nathan auch verhaftet?«

»Ich weiß es nicht.« Ein Auto nahm uns die Vorfahrt, und der Fahrer fluchte leise.

Cats Handy klingelte. »Verdammt, da muss ich rangehen. Ich beeile mich.«

Während sie auf das Handy einredete, ordnete ich meine Gedanken. Etwas in ihrem Haus hatte mich gestört. Das Regal. Das Foto von ihr und Lydia. Ich kniff die Augen zusammen und konzentrierte mich. Das Foto war in der Aufnahme der Skypekonferenz zu sehen gewesen, die ich in der Agentur mitbekommen hatte. Ich hatte angenommen, sie hatte das Gespräch von zu Hause aus geführt. Der Rahmen des Bildes im Hintergrund hatte eine abgestoßene Ecke gehabt, aber das Bild in Cats Regal war makellos. Ich kramte mein Handy hervor und öffnete die Fotos von Lydias Wohnzimmer.

Ich zoomte das Bild in ihrem Regal näher heran. Der Rahmen hatte eine abgebrochene Ecke.

Ich scrollte weiter durch die Fotos. Graue Wände, weiße Regale, cremefarbene Sofas. Cat und Lydia wohnten beide in viktorianischen Reihenhäusern. Lydias Wohnzimmer konnte glatt als Cats durchgehen. Bis auf den kaputten Rahmen. Ein Wasserfall aus Gedanken stürzte auf mich ein. Die Skypekonferenz war Cats Alibi, hätte sie eines für den Mord an Lydia gebraucht. Warum sollte sie wegen ihres Alibis lügen? Ich betrachtete Cat, und je länger ich sie ansah, desto verschwommener wirkte ihr Gesicht, wie wenn man ein Wort so lange ausspricht, bis es seine Bedeutung verliert.

Wir bogen links ab. »Die können mich mal«, fauchte Cat ins Handy. »Ich gebe garantiert keine Interviews zu Lydia.« Sie legte auf. »Tut mir leid, die Presse rennt uns die Bude ein.«

»Cat, das Bild von Ihnen und …«

»Und was die für Fragen stellen, widerlich. Niemand will der Sache auf den Grund gehen, Hauptsache, die Auflage stimmt.« Sie musterte mich kühl. »Ihr Journalisten seid doch alle gleich. Nie wisst ihr, wann es genug ist. Neugierig, sensationsgeil, aufdringlich. Wollen Sie wissen, wie es mir dabei geht? Ich werde den Anblick der Mädchen in diesen Videos nie vergessen. Lydia leblos auf dem Bett in ihrem blauen Hemdchen. Die arme Natalia, wie sie sich verzweifelt an die Bar klammert.«

Ich brauchte einen Moment, bevor mir klar wurde, was Cat gerade gesagt hatte. »Was sagten Sie, trug Lydia?«

»Wie bitte?«

»Sie sagten, Lydia trug ein blaues Top.«

Cat bemerkte meinen scharfen Tonfall. »Ja, und?«

»Lydia wurde das Top erst nach ihrem Tod übergezogen.«

Cat winkte ab. »Dann habe ich das wohl irgendwo gelesen.«

Das Handy in meiner Hand wog auf einmal schwer. »Ich bin die einzige Reporterin, die davon weiß, und ich habe es an keiner Stelle erwähnt.«

Das Auto kam im zähen Verkehr zum Stehen. »Dann haben Sie mir das wohl erzählt. Woher sollte ich es sonst haben?« Sie sah mich scharf an.

Der Fahrer drehte sich um und reichte Cat etwas, da wurde sein Profil von einem entgegenkommenden Auto beleuchtet.

Mir verschlug es vor Schreck den Atem. *Nathan Scott.*

Endlich lichtete sich der Nebel; die Antwort stand so klar und endgültig vor mir, als hätte sie jemand sorgsam vor mir auspackt, die Schnüre gelöst und das Papier aufgefaltet. Ich wandte mich Cat zu, meine Stimme war dünn. »Sie … und Nathan?« Ich klammerte mich an den Sitz. »Sie sind die Komplizin?«

Cat nahm mir mein Handy aus der Hand und schaltete es ab. In ihrer anderen Hand hielt sie eine Spritze.

Mein Mund wurde trocken. »Was haben Sie damit vor?«

Cat ignorierte mich, ein Lächeln auf den Lippen. Dann sah sie zu Nathan, als würde sie auf seine Befehle warten. Einen kurzen Moment lang rührte sich niemand. Dann lehnte sich Nathan nach vorne und schaltete das Radio an. Leise Opernmusik erfüllte das Auto, die immer lauter wurde, als Nathan am Lautstärkeregler drehte. Laut genug, um meine Schreie zu übertönen.

Ich warf mich gegen die Tür, doch Cat fasste mit ihrer großen Hand nach meinem Arm. Sie riss mich nach unten, sodass ich flach auf dem Rücksitz lag und von den Autos links und rechts aus nicht mehr zu sehen war.

Ihr heißer Atem schlug mir ins Gesicht. Hinter ihr verschwamm das Autofenster vor meinen Augen.

»Cat, ich bitte Sie …«

»Liegen Sie still, Sophie.« Cats Stimme war sanft, beinahe zärtlich. »Es wird jetzt nicht mehr lange dauern.«

Ein spitzer Schmerz in meinem Arm. Cats Gesicht über

mir verdoppelte sich. Ich öffnete den Mund, brachte aber kein Wort hervor. Mein Körper sank tief in den Ledersitz, so schwer und leblos wie eine Leiche.

Ich schloss die Augen, und der silbrige Klang der Musik wiegte mich in den Schlaf.

33

Die Luft roch feucht, dunkel, wie in einem Brunnen. Ich fuhr mit der Zunge über meine staubigen Lippen und unterdrückte die aufsteigende Panik. Langsam erkannte ich Konturen im flackernden Kerzenschein. Auf der Backsteinmauer prangte ein lila Graffiti. *Wo bin ich?*

Ich versuchte, mich aufzusetzen. Metallisches Klirren. Ich war mit Handschellen gefesselt.

Schritte näherten sich. Ich blinzelte, meine Muskeln zitterten unkontrolliert. Nathan beugte sich über einen Tisch, betrachtete etwas. Er hatte sein Jackett ausgezogen und die Ärmel seines Hemds hochgekrempelt, sodass die dicken braunen Unterarme zu sehen waren. Ich räusperte mich, damit er auf mich aufmerksam würde. Er sollte den ersten Schritt machen.

Nathan drehte mir ruckartig den Kopf zu, kam dann mit leuchtenden Augen auf mich zu und blieb kurz vor dem Bett, auf dem ich lag, stehen.

»Wie lange war ich weg?« Ich hielt diese Stille nicht aus.

»Lange genug.« Er musterte mich von Kopf bis Fuß. Sein Mund verzog sich zu einem hässlichen Grinsen. »Du hast noch genauso viel Hoffnung wie Natalia und Lydia kurz vor dem Ende. Das turnt mich so was von an.«

»Meine Leute wissen, wo ich bin.«

»Nein.« Nathan neigte den Kopf zur Seite. »Tun sie nicht.«

»Wo ist Cat?«

Nathan drehte sich um und ging zurück zum Tisch. Ich konnte nicht sehen, was er dort tat, doch ein metallisches Schürfen durchschnitt die Luft. Mein Magen zog sich schmerzhaft zusammen.

Ich sah mich um. »Haben Sie die *Julias* auch hierhergebracht?«

»Manchmal.«

Metall schabte über Stahl.

»Amos wurde verhaftet. Er hat alles gestanden.«

»Um Amos mache ich mir keine Sorgen.«

Und wieder das Geräusch des Stahls.

Nathan streckte sich. »Faszinierend, wie leicht man jemanden zum Schweigen bringen kann. Alles eine Frage der Manipulation. Angst, Scham, Reue – wenn man am richtigen Punkt ansetzt, wird man mit bedingungsloser Loyalität belohnt.«

Sprach Nathan von Amos? Oder von Natalia, Lydia oder Cat?

»Ariel Butters war nicht gerade loyal.«

Nathan ließ die Arme sinken. »Aus diesem Fehler habe ich gelernt und mich in der hohen Kunst der Manipulation geübt.«

Wieder das Schürfen.

»Was machen Sie da?« Meine Stimme zitterte, und ich presste die Lippen aufeinander.

Mein Gehirn fühlte sich an, als wäre es aus Schleifpapier. Hatten Cat und Nathan die ganze Zeit über zusammen gemordet? Seit …?

»Erzählen Sie mir von Amanda.«

Das Wetzen verstummte, und Nathan drehte sich zu mir

um. Das Kerzenlicht warf grausame Schatten auf sein Gesicht.

»Sie war eine Schlampe.« Er lachte. »Eine miese, kleine Dreckschlampe. Bombenkörper, niedliche Grübchen und eine Haut zum Vernaschen. So ein Mädchen würde mich nie auch nur mit dem Hintern anschauen. Außer natürlich, sie hat keine andere Wahl«, fügte er hinzu. »Ihre Augen … wie zwei Tintenkleckse. Ihre Mutter hat die gleichen Augen, finden Sie nicht?« Nathan bleckte die gebleichten Zähne. »Sie ist nach Amandas Tod verschwunden. Aber ich wusste immer, dass ich sie irgendwann wiederfinden würde. Als ich dann nach all den Jahren ihr Gesicht gesehen habe …«

Ein lauter Schlag hallte durch die Dunkelheit hinter dem Ring aus Kerzenlicht. Ich reckte den Hals. »Cat? Wo ist sie?«, fragte ich, an Nathan gewandt. Ein Windstoß fuhr durch eine gesprungene Scheibe, und ein kalter Schauer lief mir den Rücken hinab. »Weiß Cat, was Sie ihrer Tochter angetan haben? Oder haben Sie das während Ihrer Gehirnwäsche schön verschwiegen?«

Nathans Gesicht verzerrte sich bedrohlich, er kam auf mich zu. Plötzlich umschloss er meinen Hals mit seiner Pranke, drückte zu, würgte mich, presste heiße Tränen aus meinen Augen.

Genauso plötzlich ließ er wieder los. Ich schnappte gierig nach Luft, mein Atem rauschte mir in den Ohren. Ich musste ruhig bleiben. Er fuhr mir über die Brust, den Bauch, hielt an meinem Gürtel inne. Dann holte er Kabelbinder aus seiner Tasche und ging zum Fußende. Er fesselte meine Knöchel an den Metallrahmen und strich mir über das Bein.

»Was für exquisite Knochen. So zart. Erinnert mich an

Natalia. Ihre Knochen sind zerbrochen wie Zweige.« Er schnippte mit den Fingern.

Ich musste dafür sorgen, dass Nathan weitersprach. Solange er noch sprach, blieb ich am Leben. Und solange ich am Leben war, bestand Hoffnung.

»Wieso Natalia?«

Nathan wirkte überrascht. »Sie sah aus wie Amanda. Und alle Wege führen zur kleinen Miss Barnes.«

»Wie meinen Sie das?«

Nathan ging nicht auf die Frage ein. »Eigentlich hätte es hier passieren sollen, das mit Natalia. Aber sie konnte ja ihren dreckigen Mund nicht halten und hat unseren Plan damit durchkreuzt. Da mussten wir improvisieren.«

»Und was ist mit Lydia?«

»Die hat ihr eigenes Schicksal besiegelt. Sie hat herausgefunden, dass Cats Alibi erfunden war, und das wurde zu riskant. Selbst schuld, die dumme Schlampe.«

Der Text in Lydias Twitter-Video. *She'll cut you with her smile, then laugh as you bleed.*

Lydia meinte Cat.

Cat.

Cat.

Der Name schwirrte mir rastlos durch den Kopf. Wie sollte ausgerechnet Cat in die Morde verwickelt sein? Es ergab keinen Sinn. Ich dachte an das Leben, das ihr aufgezwungen worden war. Jahrelanger Missbrauch, ein psychopathischer Ehemann, die eigene Tochter vor ihren Augen umgebracht. Wie sollte man so etwas unbeschadet überstehen? Die Vergangenheit hatte ihre Seele zerfressen. Die eigentliche Frage war, wie sie das vor dem Rest der Welt hatte verbergen können.

Nathan hustete laut, und ich zuckte zusammen. Ich sah gerade noch, wie er etwas in die Hand nahm. Metall. Ein kleines Messer, dessen Klinge an der Spitze leicht gebogen war.

Es überlief mich eiskalt. »Was haben Sie vor?«

Nathan lächelte mich schmallippig an und verschwand in der Dunkelheit. Wo war er? Das Herz schlug mir bis zum Hals. Wie aus dem Nichts stand plötzlich Cat vor mir, ihr marmornes Gesicht war wie gemeißelt und glatt, fest vor der Welt verschlossen, von der sie sich betrogen fühlte.

»Cat, ich bitte Sie. Sie müssen das nicht tun. Ich weiß, wie sehr Sie gelitten haben. Niemand wird Ihnen Vorwürfe machen, nach allem, was Sie erlebt haben. Aber Michael und Nathan sind Psychopathen. Sie manipulieren ihre Mitmenschen.« Ich spähte an ihr vorbei ins Leere, wo kurz zuvor noch Nathan gestanden hatte. »Er manipuliert Sie in diesem Moment. Egal, in welche Sache Nathan Sie da reingezogen hat, es gibt einen Ausweg. Sie haben die Wahl.«

Cat betrachtete mich.

»Hast du Durst?«

Sie hielt mir einen Plastikbecher an den Mund. Das Wasser war schmutzig, und ich spürte den Dreck in der Kehle, trank es dennoch dankbar mit gierigen Schlucken.

»Bereit?« Nathan glitt auf uns zu, wobei er mit dem Daumen über die Klinge in seiner Hand fuhr.

»Bitte.« Meine Stimme brach.

Nathan blieb hinter Cat stehen und streichelte ihr den Rücken. Bildete ich mir das ein, oder war sie kurz zusammengezuckt?

Ich schnappte nach Luft und klammerte mich an das Bett, bis mir die Finger wehtaten.

Cat sah mir in die Augen. Dann lehnte sie sich an Nathan, einen Ausdruck der Verzückung im Gesicht.

»Geduld, Süßer. Du weißt doch, dass wir den Moment genießen wollen. Nur nichts überstürzen.«

Ich starrte sie an. Cats Stimme war klar, laut und deutlich. Sie klang nicht, als würde sie manipuliert.

Sie klang, als hätte sie das Sagen.

Cat beugte sich über mich und knöpfte mir die Bluse auf. Der Stoff glitt beiseite, und ich spürte die kalte Luft an meinem Bauch.

»Deine Haut zittert wie rosa Wackelpudding, Sophie. Du bist so schön. Aber das weißt du bestimmt selbst, hm?« Cat fuhr mir mit dem Fingernagel über die Rippen, ihre Augen glitzerten im Kerzenlicht. »Als ich klein war, hat mein Vater mich immer gefickt. Er hat gesagt, das hat man davon, wenn man so hässlich ist.« Sie lächelte angespannt. »Mein Mann fand mich aber hübsch.«

»Ihr Mann hat Sie missbraucht«, entfuhr es mir.

Cats Miene verdüsterte sich. »Meistens war es einvernehmlich. Und wenn nicht«, sie zuckte mit den Schultern, »war es das auch wert. Michael war mein Licht. Er hat eine Leere gefüllt, von deren Existenz ich nicht einmal wusste. Ich war nicht mal als Kind gut. Ich war schon immer triebhaft und bösartig. Der Apfel fällt nicht weit vom Stamm.«

Cat schloss die Augen und spielte mit ihrer Halskette. »Ich habe es nie ausgelebt. Aber Michael hat einen Teil von mir befreit, der ...« Sie brach ab, keuchte. »Ich hätte alles für ihn getan.«

Ein bleischweres Gewicht lag mir auf der Brust. Ich bekam keine Luft. »Amanda.«

»Ich war überrascht, wie viel Spaß ich dabei hatte. Die

Macht. Der Rausch. Die Lust in Michaels Blick. Ich war süchtig danach, ihm zu gefallen. Aber nach einer Weile reichte ihm Amanda nicht mehr.« Cat schaute bewundernd zu Nathan auf. Die Luft zwischen den beiden schien elektrisch geladen.

»Erst haben wir eine Weile experimentiert. Andere dazu geladen. So habe ich Nathan kennengelernt, beziehungsweise John, wie er damals noch hieß.« Cat lächelte. »Er war außergewöhnlich. Konnte einen ganzen Raum um den Finger wickeln. Amanda hat das auch gespürt. Wenn Nathan da war, hat sie sich immer benommen.«

Ich rief mir die Tatortfotos des Schuppens ins Gedächtnis. Die schmutzige Matratze, die Fesseln, die Folterinstrumente.

Galle stieg mir in den Hals. »Sie haben einfach weggesehen, während sich fremde Männer an Ihrer unschuldigen Tochter vergingen?«

»Weggesehen?« Cat lachte schrill. »Ich habe den Blick keine Sekunde lang abgewandt. Die Schlampe hat so hell geleuchtet, dass für andere kein Licht mehr übrig blieb. Ich habe mir das Licht genommen. Wieso sollte sie weniger leiden als ich? Sie war nichts Besseres.«

Cat verlagerte ihr Gewicht, und ich rutschte näher zu ihr, obwohl ich mich vor der körperlichen Nähe ekelte. »Aber je öfter wir Amanda miteinander teilten, desto weniger gefiel sie mir. Sie hatte ihren Reiz verloren, ihre Unschuld. Wir brauchten ein neues Spielzeug. Amanda stellte nun ein Problem dar. Ein unerledigtes Problem. Wir mussten Michael allerdings erst davon überzeugen. Er hatte nicht den Mumm, jemanden zu töten.«

»Das heißt, damals … im Wald …« Die Worte blieben

mir im Hals stecken. Ich schloss kurz die Augen. »Michael hat Amanda überhaupt nicht umgebracht.«

Cat strich sich das Haar glatt, durchbohrte mich mit ihrem stahlblauen Blick. »Ich spüre ihr rosa Fleisch immer noch in meinen Fingern. Das kehlige Röcheln, als ihr die Luft ausging, das war der reinste Moment meines Lebens.«

Ich starrte Cat entsetzt an. »Aber Michael …«

»Hat Amanda verloren, daran ist er zugrunde gegangen. Trotzdem hat er mich nicht verraten.« Cat neigte den Kopf zur Seite, ein Lächeln umspielte ihre Lippen. »Die Polizei hatte sich so sehr auf Michael versteift, dass keine weiteren Ermittlungen angestellt wurden. Niemand hat die trauernde, grün und blau geprügelte Mutter verdächtigt.«

Cat stand auf und zog sich den Pullover aus. Unter den Armen ihrer buttergelben Bluse hatten sich Schweißflecken gebildet.

»Pures Glück, dass ich damit durchgekommen bin. Nathan und die anderen sind abgetaucht, und ich habe mein Leben weitergelebt. Aber das Verlangen … ich habe alles ausprobiert. Mich geritzt, Medikamente genommen. Mich in Sado-Maso-Clubs abreagiert. Der Job in der Agentur war nur eine andere Form der Folter. Jedes Mal, wenn mich eine schöne Frau mitleidig ansah, hätte ich ihr am liebsten zugeraunt, dass ich einen Hals wie ihren ohne Probleme umdrehen kann. Zwanzig Jahre bin ich dem Kick hinterhergejagt. Aber an dieses reine Vergnügen reichte nichts heran.«

Cat drehte ihren silbernen Ring, bemerkte meinen Blick und ließ davon ab. »Ich wollte unbedingt jemandem wehtun. Hab es in meiner Haut kaum ausgehalten. Aber ich habe mich nie getraut. Ich wollte es nicht allein machen.« Cats Atem beschleunigte sich, sie sah Nathan kurz an. »Unser Geheimnis hat uns auf ewig aneinandergebunden. Jahrelang musste ich mich verstellen. Mit Nathan war ich endlich wieder frei. Dieses Jahr war das glücklichste meines Lebens. Die *Julias* … du hast ja keine Ahnung …« Sie lachte. »Das war nur das Vorspiel.«

Nathan gab Cat einen Kuss auf den Nacken. Die Luft zwischen den beiden pulsierte, war förmlich greifbar.

»Wir haben uns mit der Auswahl Zeit gelassen.« Nathan massierte Cat mit seinen dicken, nikotingelben Fingern. »Immerhin war es mein erstes Mal, und Cat wollte, dass es perfekt wird.«

Cat nickte geistesabwesend. »Natalia war genau richtig. Sie war Amanda wie aus dem Gesicht geschnitten. Dieselbe zerbrechliche Schönheit, dasselbe verlorene Auftreten. Eigentlich hatte ich einen anderen Ort vorgesehen, aber der Rausch …«

Die beiden ließen die Erinnerung vor ihrem inneren Auge Revue passieren. Ich stellte mir Natalias verstümmelten Körper vor, das blutdurchtränkte Laken, und in mir zog sich alles zusammen.

»Was hat es mit dem Schwarzdorn auf sich?«

»Wenigstens das war Teil des Plans.« Nathan lachte. »Was soll ich sagen? Ich bin eben kreativ.«

Cat zuckte mit den Schultern. »Und ich bin eben brutal.«

Ich räusperte mich. »Aber wie haben Sie Natalia dazu bekommen, das Zimmer zu tauschen?«

Cat lächelte. »Ich konnte ihr schlecht ein Zimmer auf dem Flur ohne Überwachung buchen, schließlich wusste jeder, dass ich dafür zuständig war. Aber ich kannte das Markenzeichen ihres Stalkers.«

»Die blauen Blumen?«

»Ich habe einen Strauß auf ihr Zimmer gestellt, und voilà, Madame brach in Panik aus.« Cat klimperte Nathan mit den Wimpern an. »Du bist nicht der Einzige, der hier kreativ ist.«

Nathan strich ihr über die Wange. »Und dann kam Lydia.«

Cat seufzte. »Die hatte schon immer einen Stock im Arsch. Ich war richtig dankbar, dass sie mir keine andere Wahl gelassen hat. Während der Skypekonferenz war ich nicht zu Hause, sondern bei Lydia. Nathan hat oben auf mich gewartet.« Bei dem Gedanken stieg ihr die Röte ins Gesicht.

»Die SMS von Lydia an Liam …«

»Stammte von mir«, erwiderte Cat. »Wir brauchten einen Verdächtigen. Alexei war aus dem Spiel, und dieser Crawford sieht schon so schuldig aus.«

Nathan blieb vor Erregung das Lachen im Hals stecken. Er legte Cat eine Hand auf die Schulter. »Es ist so weit, Baby.«

Cat stand auf, ihre Augen glänzten im Kerzenschein. »Dann wollen wir mal ein bisschen Spaß haben.«

Mich packte die nackte Angst. »Vorhin, als ich gesagt habe, dass niemand weiß, wer Sie sind, das war gelogen. Durand wartet nur noch auf das Ergebnis der DNA-Probe. Wahrscheinlich hat er es schon. Sie sind umzingelt. Es ist vorbei.«

Nathan wirkte kurz unsicher, doch Cat ließ sich nicht beirren. »In dem Fall koste ich es wohl besser so richtig aus.«

Sie glitt hinab ans Fußende und zog mir die Strümpfe aus. Meine Haut brannte unter ihren heißen Händen.

»Natalia und Lydia mussten wir ja leider ruhigstellen. Aber diesmal …« Sie beschrieb eine ausladende Geste. »Du wirst nicht betäubt, Sophie Kent. Du wirst alles spüren.«

Nathan nahm Cats Gesicht in beide Hände und küsste sie auf den Mund. Kurz schmolz sie unter seiner Berührung dahin.

Eine schmerzhafte Erkenntnis breitete sich in mir aus, fuhr mir durch die Adern, durch die Lunge und erstickte mich fast von innen. *Ich komme hier nicht lebend raus*.

Cats Lippen schimmerten feucht. »Angst schmeckt sauer, findest du nicht? Ich kann sie immer noch schmecken. Amanda, Natalia, Lydia. Sogar tot waren sie noch wunderschön. Aber was bringt einem Schönheit?« Ihr süßlicher, heißer Atem strich über mein Ohr. »Du kannst mich mal, Daddy. Schönheit schützt vor Strafe nicht.«

Schlagartig musste ich mich übergeben.

»Halt sie fest.« Nathans Stimme klang weit entfernt. Zwei große Hände umklammerten meinen Kopf. Klebeband über meinem Mund. Ich bekam keine Luft. Meine Eingeweide quittierten den Dienst.

Ich schloss die Augen. In der Dunkelheit stieg ein fremdes Augenpaar vor mir auf.

Eindringlich, blau, wie zwei Saphire.

Natalia.

Lydia.

Amanda.

Rote Tränen rannen an Porzellanwangen hinab.

Mein Brustkorb brannte. Jemand stöhnte leise.

Die Augen wurden heller, weicher, veränderten die Form. Ich starrte in das runde, lächelnde Gesicht. Das Gesicht, das ich mehr liebte als alles andere auf der Welt. Ich spürte, wie die glühend heiße Panik schwächer wurde und ich mich meinem Schicksal ergab. Ich entspannte mich.

Tommy blinzelte einmal, dann nichts mehr.

34

Blendend weißes Licht verzerrte mir die Sicht. Ich gab ein Geräusch von mir, und eine Gestalt eilte auf mich zu.

»Sophie?« Kühle Hände auf meiner Stirn. »Sophie, ich heiße Cynthia. Ich bin Krankenschwester hier im Chelsea Westminster. Nicken Sie, wenn Sie mich verstehen.« Ich bewegte den Kopf fast unmerklich, und ein heftiger Schmerz schoss mir durch den Nacken. »Hier, trinken Sie einen Schluck.« Sie schob mir einen Strohhalm zwischen die ausgetrockneten Lippen. Das Wasser schmeckte wie flüssige Glückseligkeit.

»Ist sie wach?«

»Sir, ich habe Ihnen doch gesagt, Sie sollen draußen warten. Ihr Zustand ist …«

»Er kann bleiben«, krächzte ich heiser und schloss die Augen vor Schmerz. Als ich sie wieder öffnete, sah ich Sam Durand. Seine Krawatte saß locker, sein Gesicht war bleich. Er musterte mich und lächelte dann matt.

»Jetzt habe ich dir schon zum zweiten Mal in dieser Woche das Leben gerettet.«

»Mein Held.«

Durand setzte sich auf die Bettkante. Genau wie Cat. Ich schluckte die Erinnerung herunter und konzentrierte mich auf Durands Gesicht. »Wie hast du mich gefunden?«

Durand seufzte. »Ich habe das DNA-Testergebnis bekommen. Die Probe stimmte nicht mit Nathans DNA überein. Das System zeigte uns eine Frau an, die '87 wegen Ladendiebstahl verhaftet wurde. Eine Clare Barnes. Nach allem, was du mir erzählt hattest, konnte ich mir denken, dass es sich dabei um Amandas Mutter handeln musste. Über die Änderungsurkunde haben wir ihren neuen Namen herausgefunden, und als wir bei ihrem Haus ankamen, sagte ein Nachbar, Cat sei mit einer zierlichen blonden Frau weggegangen. Und als du nicht ans Handy gegangen bist ...« Durand brach ab und fuhr sich mit der Hand durch das rotbraune Haar. »Dein Handy hat eine Tracking-App, die sogar dann ein Signal aussendet, wenn es ausgeschaltet ist. Zum Glück hat Cat es nicht weggeworfen.«

Ich runzelte die Stirn. Eine Tracking-App? Mir fiel Kates spöttische Bemerkung gegenüber Mack wieder ein. *Warum befestigst du nicht gleich einen Peilsender an Sophie, dann können wir uns die Aufregung sparen?* Hatte Mack mir versehentlich das Leben gerettet? Der Gedanke war zu haarsträubend, um ihn weiterzuverfolgen.

»Das Signal hat uns direkt zu dem verlassenen Bootshaus an der Themse geführt. Wir sind gerade noch rechtzeitig angekommen. Allerdings dachten wir, Cat wäre alleine mit dir dort. Die Anwesenheit von Bairstow hat uns überrumpelt.«

Ein stumpfer Schmerz stieg in meinem Nacken auf. Ich legte meine Hand an den Hals und spürte einen Verband. »Amos hat ihn nicht verraten?«

Durand schüttelte den Kopf. »Wir haben ihn in die Mangel genommen. Wer weiß, was die beiden gegen ihn in der Hand haben.«

Ich schloss meine Augen. »Wo sind sie jetzt?«

Durand legte seine warme Hand auf meine, zog sie jedoch schnell wieder weg, als er meinen verwirrten Gesichtsausdruck bemerkte. »In Haft. Sie bekommen wahrscheinlich lebenslänglich für zweifachen Mord.«

Er weiß es noch nicht.

Ich rappelte mich mühsam in meinen Kissen auf. »Was Cat betrifft, ist es dreifacher Mord, Sam.«

»Sie hatte ein drittes Opfer?«

»Amanda. Sie hat ihre eigene Tochter umgebracht.«

Durand klappte der Mund auf.

»Ihre Zeit ist um, Detective. Miss Kent braucht Ruhe.« Auf Cynthias strenges Zungenschnalzen hin stand Durand auf.

Ich fasste ihn am Arm. »Halt mich auf dem Laufenden.«

Ich erwachte im Dunkeln. Irgendetwas hatte sich bewegt. Für ein paar grauenerregende Sekunden lag ich wieder im Bootshaus. Ich setzte mich abrupt auf, das Zimmer drehte sich.

»Scheiße.«

»Genau die gleiche Begrüßung wie letzte Woche in meinem Studio.« Liam trat aus dem Schatten hervor. Er lächelte ernst.

»Du bist hier.«

»Hab wieder mehr Zeit, jetzt, wo ich kein Serienkiller mehr bin.« Er kam lässig auf mich zu und berührte meine Wange. Die Berührung durchzuckte mich wie ein Stromschlag, und ich drehte den Kopf weg. »Wieso hast du mir nichts von der Erpressung erzählt?«

Liam seufzte. »Dann hättest du gewusst, wie feige ich bin. Als Lydia mir davon erzählt hat, wollte ich den Verantwortlichen bei lebendigem Leib verbrennen. Aber sie meinte, es würde sich schon jemand darum kümmern. Als du an dem Abend bei mir zu Hause aufgetaucht bist, war es wie …« Liam strich mir über den Arm, und ich zitterte. »Ich wollte unbedingt, dass du bleibst. Mit dem Wissen, dass ich nichts gegen die Erpressung unternommen hatte, wärst du bestimmt wieder gegangen. Du wusstest genauso viel wie ich, wieso sollte ich also ins offene Messer laufen?«

»Aber wenn du mir oder der Polizei früher davon erzählt hättest, wäre Lydia jetzt vielleicht noch am Leben.«

Liams Lächeln gefror. »Glaubst du, das weiß ich nicht? Aber sie hat mir das Versprechen abgenommen. Ich hatte schon so viele gebrochen, dieses wollte ich unbedingt halten. Ich konnte doch nicht ahnen, dass sie deswegen stirbt.«

Ich wandte den Kopf zum Fenster. Der Baumwollbezug fühlte sich kühl an.

»Sophie, bitte …«

»Ich bin so müde, Liam.« Ich meinte es ernst. Ich fühlte mich wie ausgepresst. »Ich kann das nicht.«

»Ich komme morgen wieder, wenn du dich er…«

»Ich kann das nicht.« Die Endgültigkeit, die in meinen Worten lag, überraschte mich selbst, aber sobald ich sie ausgesprochen hatte, war mir klar, dass ich nur noch allein sein wollte.

Liam schaute mich lange an. Dann nickte er knapp und gab mir einen raschen Kuss auf die Lippen. »Wir sehen uns, Herzogin.«

Ich lag da und wartete darauf, dass mein Puls sich beruhigte. Dann tastete ich nach meiner Tasche und zog meinen Laptop hervor. Mehrere besorgte E-Mails von Kollegen und Freunden stauten sich in meinem Postfach. Ich öffnete eine von Rowley.

Sophie, Gott sei Dank geht es dir gut. Wenn du so weit bist, unterhalten wir uns über deine Rückkehr zum London Herald. Beste Grüße, P.

Ich klickte auf Antworten.

Ich bin so weit. Du hast den Artikel noch heute Abend.

Ich streckte die Finger und öffnete ein neues Dokument. Ich wollte gerade anfangen zu schreiben, als ein leiser Signalton eine neue E-Mail ankündigte. Sie war von meinem Vater, im Betreff stand:

Geht es dir gut?

Meine Finger schwebten über dem Laptop, aber ich konnte mich nicht dazu durchringen, die Mail zu öffnen.

Der Gedanke an meine Vorwürfe schmerzte. Es war nicht fair. Aber es war einfacher, meinen Vater zum Monster zu erklären, als die Wahrheit zu akzeptieren. Dass auch ich Tommy aufgegeben hatte.

Das hat man davon, wenn man so hässlich ist.

Cats Worte schossen mir durch den Kopf. Ich ließ mich in die Kissen sinken, schloss die Augen. Tommys Gesicht aus dem Bootshaus war immer noch da. So echt, dass ich die Pfefferminze in seinem Atem riechen konnte. In dem Sekundenbruchteil vor meinem Tod hatte Tommy mich gefunden.

Ich schluchzte. Und schluchzte noch einmal. Tränen liefen mir über die Wangen auf den gestärkten Kissenbezug.

Es dämmerte, und Dunkelheit legte sich wie ein Schleier über die Stadt. Ich sah mein Spiegelbild in der Scheibe, bleich und geisterhaft. Eine Sirene kreischte in der Ferne. Irgendwo da draußen gingen Tommys Mörder ihren Geschäften nach. Ich würde mich so leise anschleichen, dass sie mich nicht hören würden.

Doch jetzt hatte ich erst mal eine Story zu schreiben.

DANKSAGUNG

Hier kommt der Dank …

Ohne meine großartige Agentin Teresa Chris hätte dieses Buch nie das Licht der Welt erblickt. Einen Vertrag für eine Autorin auszuhandeln, die im siebten Monat schwanger ist und mitten in einem transatlantischen Umzug steckt, ist kein Kinderspiel. Danke für deinen kühlen Kopf und die aufmunternden Worte, als ich sie dringend brauchte.

Ich bin der ganzen Mannschaft bei *Twenty7* sehr dankbar, insbesondere Kate Parkin für ihre genialen Vorschläge und dafür, dass sie mich tiefer in die menschlichen Abgründe gestoßen hat (obwohl ich nachts immer noch kein Auge zubekomme!). Dank gilt auch meinen Lektorinnen Kate Ballard und Helen Gray sowie Emily Burns im Marketing. Durch euch wurde der gesamte Prozess zu einer reinen Freude.

Vielen Dank an Jana Pruden, Crime Bureau Chief beim *Edmonton Journal* und hartnäckiges, mutiges Vorbild für Sophie Kent, außerdem an Kevin N. Robinson, ehemaliger Police Inspector und Inhaber von *Crime Writing Solutions*, für die Informationen (und mehr) über polizeiliche Abläufe, sowie an Paul McEnroe, Investigativjournalist beim *Star Tribune*. Alle Fehler sind meine Schuld, und ich entschuldige mich bei allen dreien für jegliche dichterische Freiheit! Mein Dank gilt auch Professor Ashley Mears, deren Buch

Pricing Beauty: The Making of a Fashion Model mich mit zahlreichen Details und Branchenkolorit versorgt hat.

Anne Hamilton, meine Cheerleaderin, Erstlektorin, mein Resonanzboden und meine Mentorin. Danke, dass du mich in den letzten zwei Jahren so oft davor bewahrt hast, das Handtuch zu schmeißen. An meine Kollegen bei der Zeitschrift, meine Mädels bei Core und meinen Clan in Los Angeles: Eure ermutigenden Worte bedeuteten mir mehr, als ihr ahnt. Und an die anderen Autoren bei Twenty7: Eure Unterstützung ist Wahnsinn, und ich bin dankbar, dass wir diese Reise gemeinsam unternehmen.

Aufrichtiger Dank geht an meine Familie, insbesondere an meine Eltern für ihre Unterstützung (schlafende Riesen!) sowie an Arthur und Evelyn, die mich in meine Fantasiewelt abtauchen ließen und – was noch wichtiger ist – mich wieder daraus hervorlockten.

Zu guter Letzt danke ich James.

Für alles.